Sangre joven

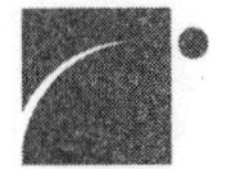

Sangre joven

Sasha Laurens

Traducción de Genís Monrabà

Rocaeditorial

Título original en inglés: *Youngblood*

Publicado en acuerdo con New Leaf Literary & Media, Inc. a través de International Editors'Co.

Primera edición: enero de 2023

Av. Marquès de l'Argentera 17, pral.
08003 Barcelona
actualidad@rocaeditorial.com
www.rocalibros.com

Impreso por LIBERDÚPLEX, S. L. U.
Printed in Spain — Impreso en España

ISBN: 978-84-19283-49-8
Depósito legal: B. 21629-2022

RE83498

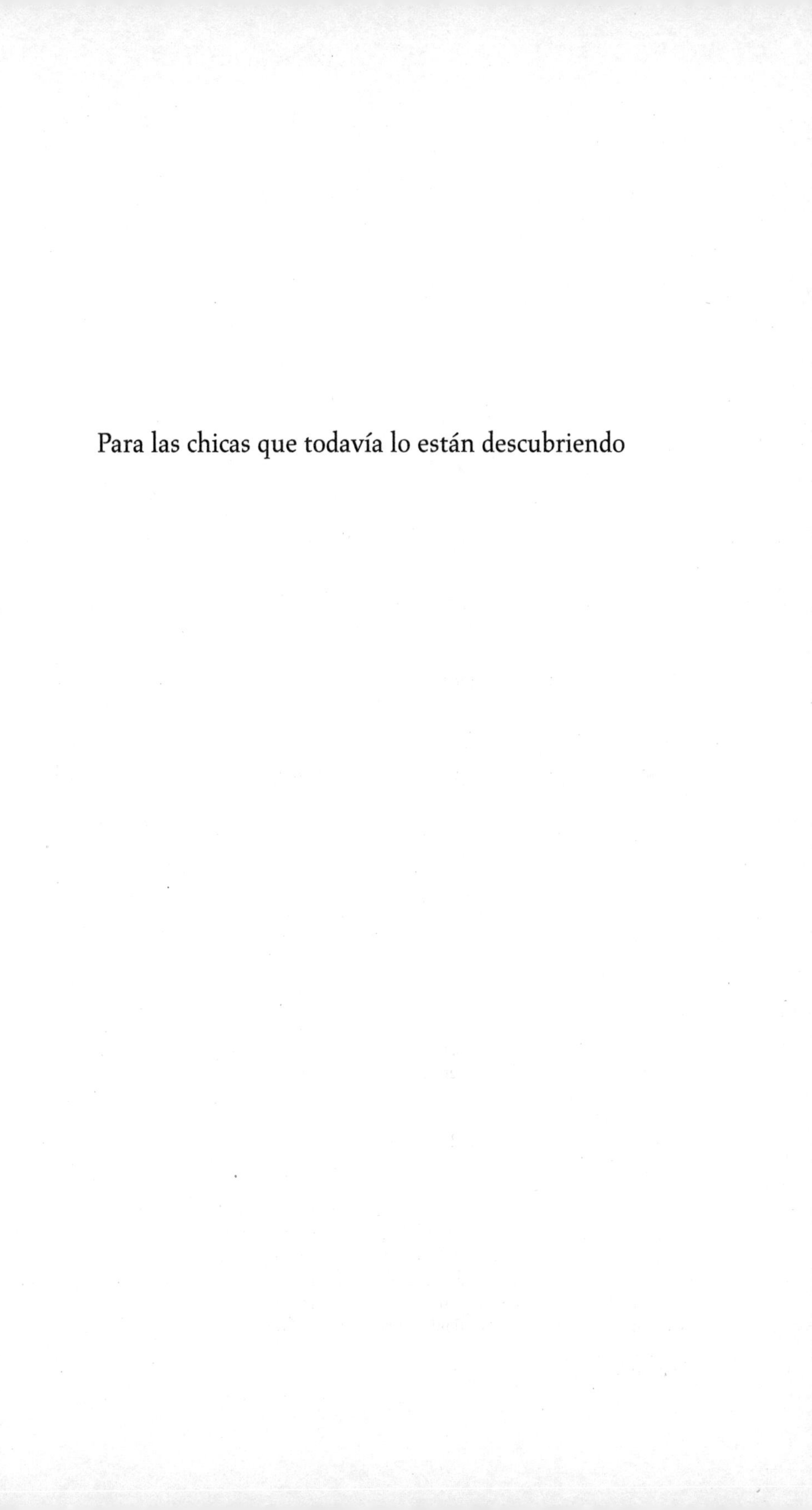

Para las chicas que todavía lo están descubriendo

1

Kat

Me incliné sobre el mostrador del Snack Shack del Country Club de El Dorado Hills y miré la piscina. El agua fresca le sentaría genial a mi sudorosa piel. Era un día caluroso de principios de agosto y la piscina había estado llena de niños que no habían parado de gritar. Estuvimos tan liados en la hora de comer que se nos juntó con la hora de la merienda; todavía tenía batido en el pelo. En ese momento el sol por fin se escondía bajo los árboles y una sombra fresca se arrastraba por la línea de las tumbonas. Los socorristas sacaban a los niños del agua y los llevaban junto a sus niñeras, *au pairs* y amas de casa.

—Kat, si tengo que hacer otra ensalada César sin picatostes ni aderezo, renuncio —dijo Guzmán desde el fregadero—. ¿De verdad solo quieren lechuga?

Me reí, pero mis ojos estaban fijos en la piscina. Por la noche, se acercaban otros miembros del club. Llevaba todo el verano viéndolos aparecer: nadadores que hacían largos bajo el sol que se desvanecía y mujeres bien vestidas que bebían a sorbos vino blanco en el bar interior. Con respecto a ellos, el mundo entero parecía desvivirse para otorgarles un momento de paz.

Yo quería ser uno de ellos.

Guzmán llenó de agua la batidora.

—Shelby está coqueteando con ese socorrista tan guapo. ¿Cómo se llama? ¿Ryan?

Miré hacia la caseta de los socorristas y descubrí a Shelby, con su malla roja de salvavidas y sus gafas de sol deportivas levantadas, golpeando con un churro de piscina el brazo de un tipo sin camiseta.

—Sí, definitivamente, Shelbs está coqueteando.

Tiré de la jarra de casi cinco litros de kétchup a través de la ventanilla de servicio.

—¿Crees que, antes de que acabe el verano, la dirección del club nos dejará sentarnos ahí fuera después de cerrar?

—¿Qué dices? ¿Dejarnos dar un baño? ¿Pedir unas patatas fritas? ¿Tumbarnos al sol?

Era imposible; no podía comer patatas fritas y el sol solía marearme. Pero, aun así, aquella ilusión no se desvanecía.

—Solo quiero experimentar lo que es ser miembro de un club de campo, ¿sabes?

—Sí, lo sé, estoy bastante seguro de que toda mi familia lo sabe, incluidos todos los que se quedaron en El Salvador. Y no, no creo que nos dejen tomarnos una tarde libre para fingir que pertenecemos al club. Aquí nosotros somos los que vamos de uniforme.

Me volví hacia la oscura cocina, con la brillante luz de la piscina detrás.

—Primero tenemos que hacernos millonarios. Entonces podremos ser miembros de pleno derecho.

Guzmán rebuscaba algo en la nevera.

—Me encanta la visión a largo plazo, pero, como acto inmediato de resistencia, estoy haciéndome una quesadilla. Esta institución nos ha robado la pausa para almorzar. ¿Quieres la mitad?

La verdad es que no me había saltado el almuerzo porque estuviésemos ocupados. Me lo había saltado porque Guzmán había estado conmigo. Las vacaciones de verano significaban que podía trabajar lo suficiente como para tener algunos ahorros para el año escolar. Guzmán pensaba hacer lo mismo, y ambos habíamos ido al Snack Shack en busca de trabajo. Con Shelby como socorrista, parecía el escenario perfecto para un verano ideal, aunque Guzmán y yo lo pasáramos en una cocina tórrida y diminuta.

Solo había un problema: me había olvidado de incluir el hema en el plan. Que Guzmán estuviera pegado a mí todo el día implicaba tener que esperar hasta que acabara mi turno para tomar el sucedáneo de sangre humana que bebía para alimentarme. Los primeros días tenía tanta hambre que, al cerrar, me descubría mirando demasiado tiempo las desnudas muñecas y los cuellos expuestos de los miembros del club. Por eso pensé que era una buena idea meter a hurtadillas un poco de hema en la cocina, para poder tomar un sorbo cuando Guzmán no estuviera mirando. Pero tener que explicar por qué había una botella de sangre junto a las hamburguesas era mucho peor que pasar hambre.

Me llevé la mano a la frente, ligeramente mareada. La mayoría de los días podía apañármelas. El autocontrol no era mi punto débil. Mi madre y yo solíamos tener suficiente hema para salir adelante, pero esta mañana nos habíamos quedado cortas. Cuando nos repartimos la última botella, sabíamos que estaríamos hambrientas para la cena. Ninguna de las dos dijo nada al respecto. Tendría que comprar algo esta noche.

—Estoy bien —le dije a Guzmán.

Él puso una tortita en la parrilla.

—Si me entero de que estás metida en una de esas dietas depurativas que no permiten comer gluten ni queso, o pasárselo bien, me voy a enfadar mucho.

Apagué la freidora y tiré a la basura las últimas patatas fritas, frías y con costra de sal.

—Últimamente tengo el estómago revuelto.

Guzmán resopló dramáticamente.

—Lo siento. Lo había olvidado.

—Guzmán, si te pillo siendo malo con Kat, te voy a multar por violar las reglas de la piscina.

La cabeza rubia de Shelby asomó por la ventana de servicio. Tenía un intenso bronceado veraniego que hacía que sus dientes fueran blancos y brillantes cuando sonreía.

—No es nada —dije—. Cosas del estómago.

Fingí no darme cuenta de la mirada que Shelby dirigió a Guzmán.

A principios del segundo año de la escuela, empecé a perder la capacidad de digerir la comida, al menos la misma que ingerían mis amigos. Había sido un año duro y triste. No sabía si esa sería la última vez que saborearía un cono de helado, un trozo de pizza o unas fresas maduras. Mi madre presentó unos informes de su clínica que me diagnosticaban un trastorno digestivo; cuando terminó la escuela, subsistía únicamente a base de hema. Sin embargo, para los demás, eso era lo mismo que no comer nunca. Jamás. Era difícil aceptarlo, incluso para la gente que conocía mis supuestas dolencias. Eso no impidió que la orientadora del colegio me pasara folletos sobre nutrición integral ni que mis amigos se lanzaran miradas de preocupación creyendo que no me daría cuenta.

No renegaba del hema. Era afortunada por no haber tenido que hundir mis colmillos en el cuello de alguien; sobre todo porque un mordisco equivocado podía matar a cualquiera. Pero mantener esa mentira era agotador. No sabía cómo sobreviviría a los dos años que me quedaban en el instituto, robando sorbos de un termo con el sucedáneo de sangre que tenía escondido en mi taquilla, al lado de mi ropa de gimnasia.

No solo dos años. No solo el resto de la escuela. Para siempre.

O el tiempo que se supone que viven los vampiros.

Shelby se subió al mostrador.

—Dame la mitad. Me muero de hambre.

Guzmán, blandiendo un cuchillo en una mano y alzando un aguacate con la otra, miró a Shelby por encima del hombro.

—Estarás hambrienta…, después de un largo día de descarado coqueteo… ¡Mierda!

Shelby soltó un chasquido.

—El karma no deja el trabajo para mañana.

Me volví hacia Guzmán. Estaba lamentándose mientras me enseñaba la mano. Del corte de su pulgar manaba un hilillo carmesí que se escurría por su palma.

Sangre.

El hambre se me disparó y pasó de un mareo sordo hasta un subidón en la cabeza. Mi visión se redujo a ese precioso charco rojo oscuro que se acumulaba en su mano.

—Voy a buscar un kit de primeros auxilios —dijo Shelby—. Kat, ¿puedes traerle una toalla de papel?

No pude.

Se me hizo la boca agua. Antes de que pudiera evitarlo, los colmillos me presionaron el interior del labio. El pánico se apoderó de mí mientras me tapaba la boca. Nunca me había ocurrido, jamás había perdido el control ni había dejado que mis colmillos asomaran en público. Si alguien me viera, mi vida aquí pasaría a la historia. Pero incluso a pesar de eso, un impulso latía en mi cabeza y una vocecita me decía que tal vez probar un poco no me haría daño…

No. Con la palma de la mano todavía pegada a mis labios, me alejé de Guzmán cuanto pude y me apoyé en la encimera de la pequeña cocina. ¿En qué estaba pensando? ¿Iba a beber la sangre de Guzmán? Eso era horrible, estaba mal, jamás haría una cosa así. Aunque pudiera, no lo haría. Nunca se sabe quién puede ser el portador de la infección. Una gota de la sangre equivocada y se acabó la inmortalidad.

—¿Kat?

Guzmán sacó un pedazo de papel del rollo y se envolvió la mano. Con la sangre fuera de la vista, me relajé lo suficientemente como para que los colmillos desaparecieran. Un segundo después, Shelby estaba de vuelta, sacando una docena de antisépticos y varias vendas de un botiquín de primeros auxilios.

Shelby me miró.

—¿Estás bien?

Tenía la piel húmeda y los nervios a flor de piel. Me pasé la lengua por los incisivos, revisándolos una y otra vez.

—Tengo una de esas fobias a la sangre. Una sola gota me provoca náuseas —murmuré—. Guzmán, ¿por qué no te vas a casa? No puedes cerrar con la herida abierta.

Pero la que realmente quería salir de allí era yo. Sin embargo, no podía renunciar a una hora de sueldo. No podía permitírmelo, al menos hasta que bajaran los precios del hema.

—Pero íbamos a tomar algo —protestó Shelby.

—Tengo que recoger a mi madre en el trabajo. —Me obligué a sonreír sin colmillos—. Estoy segura de que podréis divertiros sin mí.

Guzmán retiró de su mano el vendaje que le había hecho Shelby, tiró su delantal en una esquina y me dio un rápido y fuerte abrazo con olor a patatas fritas.

—Eres oficialmente mi amiga menos divertida. Gracias.

—Si puedes, mándame un mensaje más tarde, ¿de acuerdo? —dijo Shelby.

—Por supuesto.

Sabía que no lo haría. El nudo en mi estómago no empezó a aflojarse hasta que se fueron; finalmente, la infausta quesadilla acabó en la basura. Rocié una capa gruesa de limpiador sobre la zona, hasta que el único rastro de sangre era el lento y persistente latido de mi propia hambre.

Entré en el aparcamiento de la Clínica de Servicios Compartidos de Sacramento y envié un mensaje a mamá. Quince minutos más tarde, me cansé de esperar y entré. Mamá había nacido en 1900: estaba a punto de cumplir ciento veintidós años. Aunque su cuerpo aparentaba unos treinta y largos, siempre se olvidaba de que existían los mensajes de texto.

Cuando abrí las puertas de la clínica, me envolvió ese inconfundible hedor: productos químicos de desinfección, es decir, olores sintéticos que pretenden ocultar lo evidente, el siempre presente olor de la sangre.

Sangre infectada.

El ambiente de la sala de espera resultaba descorazonador. De las paredes colgaban grabados de acuarelas, como si el arte comprado por Internet pudiera aliviar esa atmósfera. Los pacientes que esperaban en los asientos tapizados con cinta adhesiva tenían esa mirada distante que yo reconocía como un signo de CFaD grave, aunque ese no fuera uno de los síntomas. Su cabeza estaba en otro lugar, tratando de controlar su dolor o sus cuentas bancarias. En un rincón, una mujer exhausta y su hijo pequeño deslizaban cuentas de madera por rieles de alambre: el juguete más deprimente del mundo que se encuentra exclusivamente en entornos tan deprimentes como este.

La clínica atendía a pacientes con trastornos de coagulación. Desde que se descubrió el virus en la década de los setenta, más de la mitad de la población humana se había infectado de CFaD. En la mayoría de la gente se manifestaba como un resfriado común. Sin embargo, los pacientes que acababan en la clínica de mi madre eran los desafortunados que transformaban el virus en una enfermedad crónica. El CFaD hacía que el sistema circulatorio se volviera loco. La sangre se coagulaba demasiado rápido, demasiado lento, no se coagulaba o lo hacía en los lugares y momentos equivocados. Si no recibían tratamiento, las personas contagiadas podían morir. El CFaD era prácticamente inofensivo hasta que se te llevaba por delante.

Los vampiros siempre lo habían sabido, mucho antes de que aparecieran los primeros casos graves. Cualquier vampiro que se alimentara de un humano portador de CFaD, con o sin síntomas, moría en cuestión de minutos. Los vampiros lo llamaron el «Peligro». Cuando el virus se propagó entre la población humana, estuvimos cerca de extinguirnos.

El hema fue nuestra salvación.

Aunque no fue suficiente para salvar a mi padre.

—Hola, Kat —dijo la recepcionista de la clínica—. Angela debería terminar pronto. Hoy hemos andado escasos de personal.

—Como todos los días, ¿no? —dije.

La clínica nunca tenía suficientes recursos. Ninguna clínica de CFaD los tenía. Incluso con un seguro, muchos de los pacientes de mi madre agotaban sus ahorros para poder pagar el tratamiento, con la esperanza de aguantar hasta que se descubriera una cura. La Black Foundation, la empresa que dedicaba más recursos a la investigación del CFaD, había estado trabajando en ella durante unos cuarenta y cinco años. Si el CFaD tenía cura, la Black Foundation la descubriría. Después de todo, estaba dirigida por vampiros.

Los vampiros no solían hacer causa común con los humanos, pero hacían una excepción cuando se trataba de sangre libre de enfermedades.

La otra excepción, por supuesto, era mi madre, que vivía su vida como si quisiera olvidar que era un vampiro.

Mientras me acomodaba en un asiento para esperarla, envié un mensaje de texto a Donovan, nuestro distribuidor de hema: un pedido para recoger más tarde. Reaccioné a un vídeo de Shelby, y luego, más por costumbre que por otra cosa, me deslicé hasta la última pantalla de mi teléfono, abrí una carpeta de juegos que siempre ignoraba y encontré, escondido allí, el icono de la aplicación de correo electrónico.

Ya debería haber cerrado la cuenta. Me había prometido a mí misma que lo haría cuando terminara el instituto, en verano. Mamá se pondría furiosa si se enteraba de que había creado una cuenta de correo electrónico a su nombre. Pero el fin de las clases quedaba lejos y la cuenta seguía ahí. Siempre que la había revisado, la bandeja de entrada había estado vacía. Ahora era prácticamente el comienzo del tercer año y había presentado la solicitud en enero. Ya era demasiado tarde para tener noticias, pero ¿cómo podía perder la esperanza si no había recibido ninguna respuesta?

Me asomé al pasillo para asegurarme de que mi madre no venía y abrí la cuenta.

Cuenta de correo electrónico: AngelaFinn1900

Bandeja de entrada: 1

Admisiones@TheHarcoteSchool.edu

Decisión de Admisiones para Katherine Finn

Me quedé paralizada, mirando la pantalla.

«Esto es todo.»

Pulsé para abrir el mensaje.

Ansiosa por la pésima conexión wifi de la clínica, el correo se cargó lentamente. Primero, la imagen de la cabecera, con el escudo de murciélagos y castillos que habría reconocido en cualquier lugar. Debajo, un texto en latín: «*Optimis optimus*», que yo sabía que se traducía como «lo mejor de lo mejor». Apenas respiraba cuando por fin apareció el texto.

Estimada señora Finn:

Es un placer para nosotros extender una oferta de admisión a la Escuela Harcote para el próximo año a Katherine Finn.

Me disculpo por no haber podido comunicarle su admisión antes, como es nuestra costumbre, pero hemos preparado una beca, lo que ha provocado el retraso. Un donante anónimo apoyará la inscripción de Katherine. Esta generosa oferta se detalla en la siguiente página.

El año académico comienza dentro de poco más de dos semanas. Estamos dispuestos a proporcionarle toda la ayuda necesaria para asegurarnos de que Katherine esté preparada. Le rogamos que firme y devuelva el documento adjunto lo antes posible.

Permítame ser el primero en dar la bienvenida a Katherine a la Escuela Harcote en nuestro vigésimo quinto aniversario.

Sinceramente,

ROGER ATHERTON, DIRECTOR

Había entrado.

Realmente había entrado.

Se me erizó la piel y sentí que mi cabeza daba vueltas, aunque esta vez no se trataba de hambre, sino de un excitante subidón que no parecía real.

La Escuela Harcote era uno de los mejores internados del país. En el mundo humano, se conocía por su exclusividad, con una tasa de admisión de un solo dígito. Eso era porque los humanos no sabían que Harcote aceptaba a un único tipo de estudiantes: los vampiros de sangre joven nacidos después del Peligro.

No cualquier sangre joven, la élite de la sangre joven, los descendientes de las figuras más ricas y poderosas de Vampirdom.

Y ahora también a mí.

Leí la carta una y otra vez, intentando retener ese sentimiento de satisfacción en mi cerebro. Si me centraba en ella lo suficiente, quizá podría guardar esa sensación para siempre. Porque cuando llegase la parte de la oferta de ayuda económica, tendría que renunciar para siempre al sueño de asistir a Harcote.

La matrícula ascendía a decenas de miles de dólares al año, y la beca era inexistente, sin importar los formularios que presentaras con la solicitud. A los chicos que iban a Harcote eso no les importaba: eran hijos de Capitanes Vampiros de la Industria y de Zillionaires Vampiros, y sus hacedores —los vampiros que convirtieron a sus padres— probablemente fueran legendarios. Yo era la hija de una enfermera vampira y mi padre había superado lo peor del Peligro solo para perder la vida al alimentarse de un humano cuando el dinero no le alcanzó para pagar el hema. Eso dejaba la matrícula de esa elitista escuela lejos de nuestro alcance. De todas formas, aunque nos lo hubiéramos podido permitir, mi madre estaba convencida de que yo no tenía sitio en Harcote.

Daban igual todas las veces que había soñado con entrar, o que lo hubiera hecho desde mucho antes de que me salieran los colmillos.

Mi madre y yo nunca habríamos encajado en el Vampirdom. Que siempre hubiera ido a la escuela pública (cuando la mayoría de sangre joven tenían tutores privados) o que nuestra cuenta bancaria siempre estuviera en números rojos no era el principal escollo. El problema era que nuestro linaje no era digno. Antes del Peligro, mi madre me dijo: «En nuestro mundo, el hacedor define quién eres». «Tu hacedor» era un vampiro mayor que te seleccionaba para la vida inmortal y te transmitía ese don cuando te convertía. Un verdadero hacedor le enseñaba a un nuevo vampiro cómo cazar y alimentarse, cómo hechizar a los humanos y usar el carisma vampírico, y cómo adaptarse a la vida eterna. Básicamente, cómo vampirizar. El hacedor y su vástago compartían un vínculo eterno. Ahora, cuando los nuevos vampiros nacían, no se convertían. La tradición se había adaptado: los hacedores de tus padres eran también los tuyos. Cuando otros vampiros me preguntaban por mi ascendencia —tiempo atrás, porque hacía años que no conocía a ninguno—, les decía que mis dos hacedores habían sucumbido al Peligro, y desviaba la conversación hacia el hacedor de mi padre: realmente no había sobrevivido. El hacedor de mi madre estaba completamente fuera de juego. La verdad era que no sabíamos si había sucumbido al virus o si seguía entre los siempre vivos y nunca muertos. Ni siquiera sabíamos si era un hombre, porque mi madre, simplemente, no sabía quién era.

Mi madre no había sido elegida para esta vida y su inmortalidad no había sido un regalo. Su hacedor no había querido convertirla voluntariamente: se había alimentado de ella y la había dado por muerta. Durante años pensó que era la única vampira que existía.

Cuando por fin encontró a otros, se dio cuenta de que había estado mejor sin ellos. La trataron como si no mereciese ser uno de ellos, como si su vida inmortal fuese un error y el vampiro que la mordió no hubiera acabado el trabajo. No querían saber nada de ella.

Por eso había empezado a contar mentiras. Mentiras que yo había heredado y que también contaba.

Excepto una vez.

Y enseguida sufrí las consecuencias. Tuve mucho tiempo para pensar en mi cagada, en el viaje a través del país, cuando dejamos atrás nuestra vida en Virginia para empezar de nuevo en California. Finalmente, en Sacramento, mi madre se prometió (sin consultar nada conmigo) que nunca más se relacionaría con otros vampiros. Llevábamos tres años aquí y, aparte de Donovan, no conocía a ningún vampiro en todo el estado.

Al principio, después de cómo me habían tratado, me alegré de dejar atrás el Vampirdom. Sin embargo, a medida que crecía, no podía pasar por alto mi naturaleza y el aislamiento empezó a machacarme. Tal vez estaba mal querer la aprobación de un mundo que me había rechazado, pero, cuando pensaba en Harcote, no podía evitar que ese deseo palpitara dentro de mí. Esa escuela borraría todo lo que me hacía diferente, como ser constantemente subestimada. Finalmente, sería una vampira de pleno derecho.

No era un sentimiento con el que mi madre simpatizara. En absoluto. Decía que era imposible solicitar el ingreso. Además, nunca podríamos pagarlo.

Pero este año no le pedí permiso. Rellené la solicitud y la presenté por mi cuenta, en secreto.

Solté un suspiro. Mejor acabar con la parte mala. Me desplacé hasta la oferta de ayuda económica.

Ayuda económica

– Financiación proporcionada por año, durante dos años (tercero y cuarto), condicionada al cumplimiento del Código de Honor de la Escuela Harcote:

– Matrícula y tasas anuales: financiado en su totalidad.

– Alojamiento, comida, uniforme: financiado en su totalidad.

– Gastos adicionales, incluidos libros de texto, necesidades informáticas, costes relacionados con clubes, equipos deportivos o viajes educativos: se financian en su totalidad, a petición, sin límite.

– Gastos de viaje para el traslado al campus de Harcote y una visita a domicilio por trimestre: financiado en su totalidad.

– Gastos imprevistos, incluida ropa nueva y otros artículos necesarios antes de la llegada al campus: financiado en su totalidad, a petición, sin límite.

– Todos los fondos provienen de donaciones anónimas.

Me invadió una cálida euforia y apreté los labios. No me parecía correcto sonreír en aquella lúgubre sala de espera.

—¿Por qué estás tan contenta?

Mi madre estaba de pie en el pasillo; parecía pálida y demacrada por el largo día de trabajo, pero lucía una curiosa sonrisa.

Me levanté de un salto.

—Mamá, me voy a Harcote… ¡Me han admitido!

Su rostro se transformó en un espasmo de ira: sus ojos se abrieron y sus labios desaparecieron. Con la misma rapidez, se recompuso. Relajó los labios, apretó el puño alrededor de la correa de su bolso y pasó junto a mí, atravesando la sala de espera hacia el aparcamiento. La puerta de la clínica se cerró antes de que pudiera seguirla.

2

Kat

—¿Has oído lo que he dicho?

Corrí detrás de mi madre. Caminaba decidida por el aparcamiento; cuando la alcancé, estaba cerca del coche. De pie, en el lado del pasajero, me miró con dureza, hundiendo las mejillas.

—Kat, abre el coche.

—Entré en Harcote —repetí.

—Ya te entendí la primera vez. Por favor, abre el coche.

—¿Eso es todo lo que tienes que decir?

Sostuve las llaves con fuerza en mi puño.

—Ni siquiera algo como: «¡Felicidades, Kat! ¿Has entrado en uno de los institutos más prestigiosos del país?».

—Sí, Kat, felicidades por solicitar a mis espaldas una plaza cuando te dije expresamente que no lo hicieras. Actuando así, no es de extrañar que te hayan admitido.

Sus palabras me dolieron, pero lo peor fue su mirada: solo había dicho una parte de lo que realmente pensaba.

—No lo entiendo —balbucí—. Pensé que estarías orgullosa de mí.

El calor que irradiaba el techo del coche hizo que su cara se deformara cuando volvió a mirarme.

—Siempre estoy orgullosa de ti, Kat. Pero no te voy a enviar a Harcote. Ha sido un día largo y estoy cansada.

De repente, un rayo de ira me atravesó, cortando el dolor y la confusión que sentía antes. ¿Así que mi madre estaba cansada? No me digas. Yo sí que estaba cansada. Estaba cansada de trabajar en el estúpido Snack Shack, sirviendo a personas cien veces más ricas de lo que yo nunca sería, cuando podría haber conseguido unas prácticas o haber tomado una clase extra que me sirviera como carta de presentación en las universidades y, tal vez, en las escuelas de Derecho; cansada de preocuparme por el dinero y por el hema; estaba muy cansada de sentirme como la única vampira de menos de un siglo en todo el estado de California.

Estaba cansada de querer más y no alcanzar nunca mis sueños. Cansada de pensar que mi vida sería así para siempre, que nunca mejoraría durante el resto de mi inmortalidad.

Apreté los dientes, pero hice lo que me había pedido. Conduje a casa en lo que esperaba que fuera un silencio abrumador. Era un calculado preludio de la discusión que se avecinaba. En mi cabeza, busqué cientos de argumentos diferentes, calculando el mejor ataque posible y la forma de contrarrestar sus defensas. Esperé a que se cerrara la puerta del apartamento y a que ella colgara su abrigo antes de entrar.

Me mostré firme, racional, dueña de la situación.

—Sé que el verano está acabando, pero me dieron la financiación completa. El paquete de ayudas cubre la matrícula, el alojamiento y la comida. Lo cubre todo.

—Eso no cambia el hecho de que me hayas mentido.

—Técnicamente, nunca mentí. Nunca me preguntaste.

Sus fosas nasales se ensancharon.

—¡Tonta de mí! Nunca te pregunté si habías presentado en secreto una solicitud en Harcote.

—Es verdad. Te lo oculté, y eso no está bien —admití—. Pero afrontemos la situación: me han aceptado y nos lo podemos permitir. De hecho, podríamos ahorrar algo de dinero porque la escuela cubre todas mis necesidades.

—No es solo el dinero o el momento, que es francamente ridículo. No te quiero en un internado, especialmente en Harcote. Todos vampiros, sin humanos. Quiero que conozcas un mundo más grande que ese.

—¿Desde cuándo Sacramento es más grande que Harcote?

A juzgar por su mirada, fue un paso en falso. Cambié de táctica.

—Mamá, soy una vampira. Mezclarme con humanos no va a cambiar eso.

—Kat, ¿a qué viene eso?

Tenía las manos extendidas frente a ella, como si aludiera a una presencia invisible en la habitación.

—Aquí tienes muchos amigos.

—Amigos «humanos», a los que miento todos los días sobre quién soy. ¿Alguna vez has pensado lo difícil que es para mí pasar toda mi vida sin conocer a un solo vampiro de mi edad?

—No me di cuenta de que tu vida comenzó cuando nos mudamos a Sacramento, Kat. Me parece recordar que pasaste mucho tiempo con un vampiro de tu edad antes de venir aquí.

Eso me dolió más de lo que debería. Era cierto: antes de la mudanza a California pasamos cuatro años viviendo con una familia de vampiros. Bueno, no con ellos, sino en una de sus casas de huéspedes. Su hija había sido mi mejor amiga hasta que traicionó mi confianza y nos quedamos sin nada.

—Eso fue diferente —dije—. Éramos unas niñas, ni siquiera éramos vampiras de verdad, no todavía. Y sabes que no he hablado con ella desde que nos fuimos. Ahora, necesito estar cerca de otros sangre joven.

—Me tienes a mí, lo cual no es poco. Los vampiros siempre han vivido vidas solitarias, Kat. Esa es la naturaleza de la transformación.

—Y todo el mundo está de acuerdo en que eso no es precisamente algo bueno. ¿Por qué debería vivir así cuando ahora las cosas son diferentes?

Antes del Peligro los vampiros no estaban interesados en tener niños, era una actividad solo para los adultos, y embarazarse no era sencillo en un cuerpo inmortal que se curaba tan rápido. Sin embargo, desde que el CFaD hizo imposible la conversión, los vampiros empezaron a tener hijos.

—Hay toda una generación nueva de vampiros como yo. Pero yo estoy aquí, sola.

Mamá se estaba masajeando las sienes de nuevo. Empezaba a estar cansada.

—¿Por qué recibes tanta ayuda económica?

—Porque no tenemos dinero y los demás son ricos. Porque me lo merezco.

Me dirigió una mirada cansada.

—El mundo no funciona así, y tú lo sabes.

Tenía razón: lo sabía. Lo sabía desde hacía mucho tiempo. El apartamento cada vez parecía más pequeño, denso y caliente. Me pasé las manos por la cara. Por razones que no podía precisar, había perdido la ventaja. Eso era imposible, inaceptable, pero estaba tan frustrada que no encontraba la manera de retomar el hilo.

—¡Harcote podría cambiar mi vida, mamá!

—He intentado darte la mejor vida que he podido.

Sus ojos estaban al borde del llanto, y empecé a desmoronarme. Siempre lo hacía, se ponía frágil y trágica, como si eso fuera una forma legítima de ganar una discusión, en lugar de una evasión vergonzosa.

—¡No me hagas sentir culpable cuando eres tú la que está equivocada! El hecho de que seas feliz desperdiciando tu inmortalidad aquí no significa que yo lo sea. No lo soy. No puedo vivir así para siempre.

«Para siempre.»

Una opresión familiar me estranguló la respiración en el pecho: la garra del pánico que se apoderaba de mí cada vez que me permitía pensar en ello.

Los humanos hablaban de la inmortalidad como si fuera un regalo increíble. Sonaba bien si pensabas pasarla en un castillo, sentado en una montaña de dinero, con todo el tiempo del mundo para desperdiciarlo, como los vampiros de las películas y los libros. Esa vida también me parecía bastante buena.

Pero no era la vida que yo tenía.

La inmortalidad era muy distinta cuando te enfrentabas a décadas de incertidumbre. Tenía planes para las próximas décadas. Los vampiros de sangre joven envejecen como los humanos hasta el final de la adolescencia; a partir de entonces, el proceso se ralentiza. Cuando cumpliera cien años, parecería una treintañera. Eso haría difícil establecer una vida permanente en cualquier lugar. Mi plan era ir a la universidad y a la Facultad de Derecho a base de préstamos. Luego luchar por ser socia de un bufete de abogados. Pasaría unos años ahorrando cada centavo que pudiera, tomando sorbos de hema en mi escritorio, hasta que el hecho de seguir pareciendo una universitaria de primer año levantara demasiadas sospechas. Entonces haría lo que otros vampiros habían hecho antes que yo: mudarme a un lugar nuevo, empezar una nueva vida y esperar a que el proceso se repitiera. Nada de amigos de toda la vida, nada de ver envejecer a nadie, nada de reuniones de veinte años de instituto. Solo me serviría para conseguir lo que realmente quería: seguridad, estabilidad, una vida en la que nunca me preocupara de cometer accidentalmente un asesinato-suicidio si mi cuenta bancaria se quedaba corta.

—Quiero ir, mamá —dije con la voz rota. Esta tenía que ser mi baza—. Creo que papá también habría querido esto para mí. Para asegurarse de que no acabe como él.

Dos finas líneas aparecieron entre sus cejas; solían surgir cuando estaba a punto de aceptar algo que consideraba una mala idea. Había ganado. Su aprobación estaba cerca.

—No creo que él hubiera querido que fueses a Harcote

—dijo entonces—. Seguramente, estaba convencido de que encontrarías una manera de salir adelante sin tener que ir allí.

Me quedé rígida, con la boca abierta. Durante la discusión, la rabia que sentía me había impulsado adelante, pero ahora me había estrellado contra un muro. No podía discutir con ella sobre los deseos de mi padre. Había muerto antes de que pudiera conocerlos. La mayor parte del tiempo no discutía sobre eso, pero ahora parecía que mi madre me estuviera recordando deliberadamente lo que había perdido.

—Créeme, Kat. —Su voz se suavizó—. Esto es lo mejor para nosotras.

Ni siquiera pude mirarla mientras recogía las botellas vacías de hema de la encimera de la cocina.

—El Donovan me está esperando.

«Esto es lo mejor para nosotras.»

Esas palabras no paraban de dar vueltas en mi cabeza mientras conducía.

Harcote era una escuela de clase mundial, un lugar de poder, privilegio y excelencia, con clases que eran tan difíciles como las de la universidad. Los estudiantes de Harcote se convertían en alguien, si es que no lo eran ya. Todas las oportunidades estaban a su alcance, y la ayuda económica garantizaba que yo tendría lo mismo que ellos.

¿Cómo podía creer mi madre que Harcote no era lo mejor para mí?

Tenía que reconocer que la ayuda económica era demasiado buena para ser verdad, pero yo era una de las mejores estudiantes de mi instituto y había escrito un ensayo impresionante para la admisión. Me lo merecía y, sobre todo, lo necesitaba. Apreté el volante con fuerza. Lo único que se interponía en mi camino, como siempre, era mi madre.

Conduje hasta el centro comercial donde estaba el local y entré por la parte de atrás. Por delante, el Donovan era un bar de mala muerte con un letrero de neón y ventanas opacas. Pero en la parte de atrás, Donovan se encargaba de la distribución de hema, y siempre esperábamos que lo hiciera con una buena tarifa. Pulsé el timbre y esperé entre los contenedores de basura, los palés de madera y las colillas. Olía a basura con un matiz rancio de orina. Aparté una lata de cerveza vacía con un pie.

Deseé sentirme nerviosa o asustada en aquel aparcamiento oscuro. Asqueada o fuera de lugar.

Pero no lo logré.

Todo lo que sentía era esa ansiedad tan familiar que me oprimía el pecho: «Una eternidad como esta, una inmortalidad como esta».

«Para siempre.» Mi vida siempre sería así.

La puerta se abrió y Donovan asomó la cabeza, con la colilla de un cigarrillo entre los labios.

—Hola, Kat.

Salió y encendió un cigarrillo. Tenía un aspecto atemporal, impregnado de un encanto vampírico que atraía a los humanos, aunque no supieran por qué. Sobre todo porque no se cuidaba: tenía el pelo grasiento, y un siglo de fumar sin pausa hacía que el olor a humo emanara de sus poros.

—Dos botellas, ¿verdad?

—Sí. —Le mostré las dos botellas vacías que había traído.

—Con un pequeño descuento por la devolución de la botella… —Calculaba en su teléfono con un dedo manchado de nicotina—. Son trescientos diez dólares.

Se me cayó el alma a los pies.

—¡Eso son veinte dólares más de lo normal!

Donovan dejó escapar una nube de humo y se rascó la cabeza.

—CasTech fija los precios, nena. Yo solo soy el intermediario.

—Si te doy doscientos ahora, ¿puedes poner el resto en nuestra cuenta?

Donovan hizo una mueca de disculpa.

—Algún día tendrás que saldar esa deuda, ¿lo sabes? Haré una excepción por esa cara tan bonita que tienes.

Me obligué a sonreír mientras contaba el dinero. El estómago me llegaba a los zapatos cuando llegué al último billete.

—Son solo ciento noventa. Pensé que tenía más.

—Se me acaba la paciencia, Kat. —Donovan tiró su cigarrillo—. Mira, tengo algunos productos de los que necesito deshacerme. De acuerdo.

Donovan desapareció en el interior y volvió con dos botellas. Dentro, el hema parecía casi negro. Incliné la botella, observando cómo el líquido espeso se pegaba al cristal, luego desenrosqué la tapa de una y la olí. Casi escupí a la calle.

—¡Esto está medio rancio!

—Los mendigos no pueden elegir. Las más frescas se venden a quinientos dólares.

Quería llorar o gritar, o ambas cosas. Casi podía verme rompiendo la botella contra el suelo para que los pedazos de vidrio y la sangre vieja y pegajosa salpicaran los pies de Donovan, y descubrir si le gustaba ese olor.

Pero no lo hice. No podía hacerlo.

En lugar de eso, enrosqué de nuevo el tapón de la botella y cogí la otra. Le entregué el dinero y le di las gracias por ayudarnos. Donovan me guiñó un ojo y dijo que era un placer hacer negocios conmigo, como siempre. «Como siempre», otra humillación más. Subí al coche y me dirigí a casa.

«Quinientos dólares por una botella de hema fresca.» Con esos precios era un milagro que algún pobre vampiro lograra sobrevivir. Me estremecí. ¿Llegaríamos nosotras a eso algún día? Si los precios de hema seguían subiendo, si la financiación de la clínica se cortaba para siempre, estaríamos a un paso de caer en el abismo. El hambre hacía que te desesperaras, y los vampiros desesperados corren riesgos impensables. Riesgos que les pueden costar todo.

«Esto es lo mejor para nosotras.»

Mamá estaba equivocada. Lo sentía, tan cierto y verdadero, en el mismo lugar donde las garras de mi inmortalidad rozaban mis costillas. Tal vez ella esperaba que esto fuera lo mejor, pero yo quería más. Ahora, por primera vez, tenía una salida. Harcote era el camino hacia algo mejor, hacia un lugar en el que finalmente podría encajar.

Si ella no podía entenderlo, no había nada más que hablar.

Cuando aparqué fuera de nuestro apartamento, saqué mi teléfono y abrí el mensaje del director Atherton. Rápidamente, antes de perder los nervios, firmé los documentos con la firma de mi madre, marqué todas las casillas correctas y pulsé enviar.

El primer año comenzaba dentro de dos semanas, momento en el que me convertiría en una estudiante de Harcote.

3

Taylor

En la colina del campus, me senté en la barandilla del pórtico del porche y me subí las gafas de sol. El marco era enorme y me hacía parecer un insecto, pero eran las más oscuras que había encontrado. Eran tan oscuras que casi veía bien. Por desgracia, no eran lo suficientemente oscuras como para ocultar lo que estaba ocurriendo debajo de la colina: el día de la mudanza en la Escuela Harcote.

Apreté los labios; probablemente, se quedarían así hasta que terminaran las clases, en junio.

Ya había experimentado el día de la mudanza, con entusiasmo el primer año y con hastío el segundo. Este no sería distinto. Todo era una farsa, una farsa repleta de tradiciones inventadas, como aquella que obligaba al profesorado a llevar una capa negra hasta el tobillo el primer día de clase, a pesar de que hacía tanto calor y humedad en el norte del estado de Nueva York que parecía que estábamos atrapados en una axila. Atherton parecía preocupado de que los profesores no se parecieran a los vampiros sin los accesorios con los que estaban caracterizados en los dibujos animados. El objetivo de esta pantomima era que los padres vampiros más sobreprotectores creyeran que estaban confiando a sus preciados sangre joven a una institución tan sagrada y antigua como ellos, además de que no se acordaran de que Atherton se había apoderado de la escuela solo veinticinco años atrás.

Hice rebotar el tacón de mi zapatilla contra la barandilla de madera. Apenas llevaba menos de tres horas aquí y ya tenía los hombros contracturados y la mandíbula tensa. Era difícil creer que esa misma mañana hubiera estado un poco emocionada por volver. Ahora que estaba en el campus, era obvio que los tres meses en casa de mis padres habían dañado mis facultades mentales. Confundí la desesperación por alejarme de ellos con el deseo de volver a Harcote.

En el campus, entre los familiares de vampiros que se cobijaban bajo sombrillas de seda negra y enormes paraguas de golf, vi a Radtke, la profesora de Ética Vampírica. Se estaba limpiando la frente con un pañuelo de encaje. Radtke era una de esas vampiras tradicionalistas, una chupasangre victoriana de la vieja escuela; literalmente, se había convertido ciento cincuenta años atrás. Todavía llevaba los mismos vestidos de luto con corsetería y todo. Sus faldas estaban salpicadas de manchas de sangre de cuando aún se podía alimentar de humanos. Se esforzaba visiblemente por no hacer gestos de que algo le molestaba en frente de las chicas que se atrevían a llevar una camiseta de tirantes en la Cena Sentada, pero, por supuesto, tampoco le gustaban mis conservadoras camisas abotonadas. Radtke también era la administradora de la casa Hunter, la casa a la que yo pertenecía ese año. Y, Radtke aparte, ya tenía suficientes razones para no querer estar ahí.

Alrededor de Radtke, los glamurosos ayudantes —sirvientes humanos que apenas sabían lo que hacían— descargaban el equipaje de los todoterrenos de lujo en el aparcamiento. Cada año había unos cuantos coches de la época del Titanic, pues los vampiros nunca podían dejar atrás el pasado. Algunos de los padres estaban muy afectados ante la idea de perder de vista a su querido y pequeño monstruo durante todo un semestre. Mis padres habían hecho lo mismo la primera vez, aunque ahora iba a la escuela sin ellos. Probablemente, cuando sea el turno de mi hermano pequeño, mi madre se despedirá de él llorando los cuatro días que dura la mudanza y arrastrará a nuestro hacedor de colmillos al Día de los Descendientes, en noviembre. Algún primerizo cometerá el trágico error de aferrarse a su madre delante de todos; preveo que su reputación no se recuperará, como mínimo, hasta las vacaciones de primavera.

El resto del estimado alumnado de Harcote —lo mejor de lo mejor, hijos de los siempre vivos y nunca muertos, cada uno de ellos un monumento especial y único a nuestra perseverancia frente al Peligro y un querido compañero de clase— se comportaba como los matones salvajes que siempre eran cuando se los dejaba sin supervisión. Estaban correteando por el patio, gritando por las ventanas de las casas residenciales y saltando a los brazos de los demás como si acabaran de volver de la guerra, y no de tres meses de vacaciones. Prácticamente, podía oír desde aquí sus cotilleos de las redes sociales: ¿quién acaba de volver de hacer de modelo en Milán? ¿Oíste que fulano se fue de gira con una banda de K-pop? Como verdaderos *harcoties*, no tardaron en dictaminar quién se había vuelto más sexi o rico durante el verano, y quién iba a ser el más popular este año. Podían sonreír e interactuar de forma amistosa, pero todos, obviamente, tenían colmillos. Si fuera necesario, no dudarían en despedazarse entre sí.

O si les parecía divertido.

Suspiré. Ya no me importaba nada de esto. Ninguno de ellos.

Detrás de mí, unos pasos hicieron crujir el porche.

—¿Lista para entrar?

Giré una pierna hacia el otro lado de la barandilla y dejé que las gafas de sol se deslizaran por la nariz.

—Llevo un estilo de vida minimalista, Kontos. Eso lo hace todo mucho más fácil.

El bigote de oruga de Kontos se agitó mientras intentaba

sonreír (era demasiado amable, le faltaba habilidad). Llevaba su capa negra colgada de un brazo y su camisa estaba húmeda de sudor.

—¿Y en un estilo de vida minimalista cuántos pares de zapatillas es lo más aceptable?

—¿Este año? Diecisiete. Siempre hay espacio para lo esencial.

—Me alegro de tenerte de vuelta, Taylor —dijo sonriendo.

No pude evitar sonreír yo también, salté de la barandilla y le di un abrazo.

Kontos era profesor de ciencias y una de las pocas cosas, probablemente la única, que me gustaba de Harcote. En mi primer año, había enseñado Investigación Científica y me habían asignado a su mesa para la Cena Sentada. Pero empezamos a ser amigos después de que yo saliera del armario, porque Kontos también era gay, y Harcote era un desierto de homosexuales. El sentido de la moda de Kontos había dejado de desarrollarse en algún momento de las décadas posteriores a su conversión, por lo que seguía luciendo un aspecto que yo consideraba cariñosamente como el de un padre de los setenta, con su grueso bigote.

—¿Has tenido suerte con tus compañeros de piso este año? —preguntó.

Mi sonrisa se marchitó. Se convirtió en polvo y se esfumó en el atardecer.

—Literalmente, no podía ser peor.

—No será para tanto.

—Nunca uso «literalmente» a la ligera. —Me quité las gafas de sol para poder mirarle con más fuerza—. Evangeline Lazareanu.

La boca de Kontos se abrió y cerró varias veces en falso mientras se preparaba para sacar lo mejor de esto.

—Puede que no sea lo mejor, pero ¿no fuisteis amigas una vez?

Como si fuera un presagio, un grito agudo resonó en el

campus. Nuestras cabezas se giraron a tiempo para ver el movimiento de una larga melena negra mientras una chica corría por el patio de la residencia y tiraba a alguien al suelo con un abrazo. ¡Risas! ¡Sonrisas! Chicas siendo chicas.

—Imagina vivir con esto —dije—. Luego añádele una buena dosis de odio mutuo y sus retorcidos amigos... Menos mal que soy inmortal, porque, si no, me hubiera asfixiado con los vapores de sus productos para el pelo. No te rías.

Kontos hizo como que se alisaba el bigote para ocultar que se estaba riendo. Su intento fracasó.

—Soy profesor, no puedo tomar parte. ¿Por qué no pides que te cambien?

—Sabes que no conceden traslados por razones personales. ¿Cómo vamos a aprender a querer a los compañeros de nuestra horda vampírica si no es atrapados en una pequeña habitación con ellos durante nueve meses?

—No hay nada malo en intentarlo. Vas a convivir con estos vampiros durante el resto de tu vida, y eso es mucho tiempo.

Volví a ponerme las gafas de sol. Puede que Kontos fuera mi mejor amigo en Harcote, por muy patético que fuera, pero eso no significaba que le hubiera contado toda lo que había pasado entre Evangeline y yo. Levanté la barbilla hacia su capa.

—¿No se supone que la deberías llevar puesta?

Me lanzó una mirada severa.

—No puedo enseñar a los jóvenes a celebrar nuestras tradiciones si me da un golpe de calor. Vamos —dijo—. Tenemos que ponernos en fila para la ceremonia.

Si un sitio podía transmitir por qué los vampiros eran tan jodidamente estúpidos, ese era el Gran Salón de Harcote. Cuando Atherton decidió crear una escuela exclusiva para los sangre joven, definitivamente buscaba ese ambiente de Oxford o Harvard. La pequeña capilla que venía con el internado de varones que compró no era suficiente. Además, como la escuela iba a servir a criaturas de la oscuridad, una capilla estándar no tenía mucho sentido. El problema no eran las cruces, que ni siquiera producían esa leve reacción alérgica que a veces provocaba el ajo. Es que, cuando uno espera vivir para siempre, muchas de las partes más impresionantes del cristianismo, como la resurrección, no son tan interesantes. En su lugar, Atherton construyó algo dos veces más grande y un millón de veces más ornamentado; lo llamó el Gran Salón. De lejos, parecía que había transportado una catedral en avión desde Europa y la había lanzado en el campus. De cerca, se podía ver que todo el trabajo de mampostería era vampírico, con tallas de murciélagos, cuervos, calaveras y humanos (en su mayoría, mujeres con tetas que no pasaban desapercibidas) desvaneciéndose en los brazos de vampiros encapuchados que les chupaban la sangre. Los colores brillantes y el grueso protagonismo de las vidrieras hacían que parecieran copiadas de un cómic.

Básicamente, era discreta elegancia inmortal.

En mi opinión, que a nadie le importaba, Atherton podía permitirse algo más majestuoso que una iglesia de imitación. ¿Cómo podían los vampiros ser realmente tan poderosos y superiores si reproducíamos los mismos tipos de poder en los que se basaba la sociedad humana? Pero imaginar algo nuevo no formaba parte del conjunto de habilidades de los vampiros.

Dejé a Kontos para que se vistiera de nuevo y me dirigí al Gran Salón. Cinco filas de vampiros serpenteaban desde sus puertas de madera: los profesores, los de cuarto año, los de tercero, los de segundo y, por último, los jóvenes de primer año. Cuando encontré mi lugar en la fila de tercer año, unos cuantos chicos de ciclismo y de técnica teatral me hicieron señas con la cabeza o la mano para saludarme, pero nadie se sintió tan abrumado por la emoción de verme como para tirarme al suelo. Nadie me preguntó qué tal el verano.

Daba igual. Tampoco pretendía que fingieran el más mínimo atisbo de preocupación por mí; yo tampoco iba a fingir que me importaban.

Así pues, cuando Carolina Riser, que había estado delante de mí en la cola durante dos años, se giró para charlar, casi pensé que estaba buscando a otra persona.

—¡Taylor! He oído que este año estás en la casa Hunter.

El mayor inconveniente de estas gafas de sol era que nadie podía ver cuándo ponía los ojos en blanco. Puse los ojos en blanco de forma dramática.

—Sí, con Evangeline. ¿Tú con quién te alojas?

Ignorando descaradamente mi intento de no hablar sobre el tema, ella dijo:

—Evangeline es tan divertida. ¿No está también Lucy en Hunter?

Genial. Perfecto.

La cara de Carolina contenía una pequeña sonrisa ansiosa, esperando que me incriminara: «No creerías lo que Taylor dijo sobre Evangeline y Lucy».

No hay alegría para Carolina. Con los labios apretados, me encogí de hombros.

No era precisamente inesperado que mi asignación de compañeros de habitación, y la de Evangeline, diera que hablar. La tensión entre compañeros de habitación el día de la mudanza era un regalo. Podía producir suficiente drama para los dos primeros meses de clase, hasta que el baile de los Fundadores nos diera un nuevo golpe. Evangeline contaba con el tipo de popularidad en el que la mitad de la escuela pensaba que era María Antonieta y la otra mitad pensaba que era la Madre Teresa, mientras que a mí se me consideraba universalmente, y con razón, una friki, una lesbiana y una zorra. Todo el mundo sabía que no nos llevábamos bien. No podía imaginarme qué pasaría cuando Evangeline y yo estuviéramos atrapadas en una habitación durante todo un año, pero sabía que ella convertiría lo que fuera en una historia que solo la hiciera más temida, más amada y poderosa. Para ser sincera, el talento de Evangeline para manipular era impresionante (y un poco subido de tono). Eso no significaba que quisiera vivir con eso. Hice crujir mi cuello y luego los nudillos. Tal vez Kontos podría conseguir que la administración hiciera una excepción y me trasladaran a una habitación individual para evitarle a todo el mundo las molestias.

Las diversas colas empezaron a entrar en el vestíbulo. Primero los profesores y luego los de cuarto año, con el pecho hinchado, orgullosos. Mis compañeros de tercer año los siguieron y se sentaron en los bancos de respaldo recto, que eran de lo más incómodos (totalmente innecesarios, ya que el Gran Salón nunca había sido una iglesia). El coro de cámara de Harcote cantó *I Pledge to Thee, O Harcote*, un canto fúnebre, en el sentido positivo. Me desplomé en mi banco, con las rodillas clavadas en el banco de enfrente y la cabeza apoyada en la madera. Estaba a punto de quedarme dormida cuando las puertas del Gran Comedor se abrieron con un chirrido.

Unos instantes después, Carolina susurraba al banco de enfrente que había una chica nueva sentada al fondo.

Era algo muy poco común en Harcote.

Interesante.

Quizás Evangeline y yo no fuéramos la única fuente de entretenimiento este año.

4

Kat

Cuando el coche negro y reluciente atravesó finalmente la puerta de entrada del campus de Harcote, la ansiedad me atenazó. Mi vuelo había aterrizado con retraso y mi maleta salió la última en la cinta de equipajes, aunque no es que tuviera mucho que recoger. El Benefactor —así era como había decidido llamar al donante anónimo que me financiaba— había acordado que dejaran en mi habitación todas las piezas del uniforme de Harcote y la mayor parte del material escolar que necesitaría. La noche siguiente de enviar los papeles de la matrícula, un representante de Harcote me hizo llegar una tarjeta de débito para pagar todo lo demás, incluido el vuelo (una menor que viajaba sola) y un flamante ordenador portátil. Al final, todos mis bártulos habían cabido en una sola maleta: parte de mi ropa y algunos recuerdos. Por culpa de los retrasos, estuve tan ocupada disculpándome con el chófer que el Benefactor había puesto a mi disposición para que me llevara al campus que, hasta que no entramos en la autopista, no me di cuenta de que «me había recibido un chófer vampiro».

Quería decírselo a Guzmán y a Shelby, pero, por supuesto, no podía hacerlo. De todos modos, no habían entendido por qué había abandonado el instituto en el primer año. Tampoco pensaba mandarle un mensaje a mi madre.

En lugar de eso, pasé el viaje sintiendo que mi pulso se aceleraba a medida que nos acercábamos al campus.

Las puertas del campus se abrieron, se abrieron para mí. Mientras bajábamos por una colina hacia el campus, me sentí como si estuviera en el plató de una serie de televisión. Después de las horas que había pasado en la página web de Harcote, los edificios enclavados entre los amplios robles y el cuidado césped me resultaban tan familiares que llegué a pensar que había llegado a través de la pantalla del ordenador.

El coche se detuvo en un aparcamiento y, como era novata, cometí el error de abrir mi propia puerta de la limusina. Me esperaba un vampiro de rostro puntiagudo y ojos hundidos. Iba vestido con una pesada capa negra y sus largos dedos patinaban sobre una tableta.

—Señorita Katherine Finn —dijo con voz nasal—. Bienvenida a Harcote. La ceremonia ya ha empezado en el Gran Salón. Un ayudante se encargará del equipaje.

Hizo un ademán, y un hombre con caquis y un polo de Harcote sacó mi bolsa del maletero. Había algo casi mecánico en su forma de proceder; tenía la mirada perdida, como si apenas fuera consciente de lo que ocurría a su alrededor.

—¿Es un humano? —pregunté.

—Naturalmente —respondió el vampiro de cara puntiaguda—. Este tipo de tareas no son para los vampiros.

Me quedé de piedra. Mantener la red de mentiras y engaños que ocultaba la existencia de los vampiros a la humanidad era primordial, siempre lo había sido. Era impensable que los humanos pudieran estar en un lugar como Harcote, a menos que…

—¿Están hechizados?

El vampiro puso su nudosa mano en mi hombro. Supongo que imaginó que el tacto de un extraño me tranquilizaría.

—El director Atherton hechiza a todos los ayudantes personalmente.

«Hechizados.» Eso significaba que estaban bajo el control

del director Atherton. No solo tenían que cumplir sus deseos, sino que no eran capaces de querer hacer otra cosa. Cuando salieran de allí, jamás recordarían que habían sido sirvientes en un instituto de vampiros.

Un hilillo de sudor me recorrió el cuello.

—¿Son..., se ofrecen voluntariamente?

—Reciben una generosa recompensa —contestó.

Eso no respondía a mi pregunta. Volvió a apretarme el hombro.

—Si nos damos prisa, el tiempo debería estar de nuestro lado: el discurso del director Atherton está a punto de comenzar.

Si esto era normal en Harcote, entonces tenía que estar bien, ¿no?

Dejé que el vampiro me guiara por un tramo de escaleras hacia el nivel superior del campus donde había una enorme y antigua iglesia. El Gran Salón de Harcote. Parecía sacado de un libro de historia, pero no tuve tiempo de apreciarlo antes de que el vampiro abriera una enorme puerta de madera.

Dentro, todos estaban sentados, escuchando un coro que estaba terminando de cantar. Tuve la suerte de que, al terminar la última nota, la puerta de madera se cerrara con un golpe que resonó hasta el techo abovedado. Todos los alumnos se volvieron hacia mí mientras intentaba ocultar mis ardientes mejillas tras el pelo y deslizarme hacia la última fila de asientos. Mis ojos permanecieron clavados en el suelo hasta que alguien se aclaró la garganta con un micrófono.

¿Ese era el director Atherton?

Ante el atril había un joven con un aspecto tan fresco y de mejillas rubicundas que podría haber pasado por un estudiante. Al igual que el resto del profesorado, vestía una camisa azul claro ligeramente arrugada por el calor, así como unos caquis. Su atuendo enfatizaba lo joven que era, o había sido, cuando estuvo dispuesto a envejecer por última vez. Nos miraba radiante, balanceándose con entusiasmo sobre las puntas de los pies.

—¡Bienvenidos a otro año en la Escuela Harcote! —gritó—. Estas palabras nunca pasan de moda, y eso que llevo repitiéndolas veinticinco años. Así es, este año son nuestras bodas de plata. Para algunos de nosotros, veinticinco años es solo una gota de agua, pero muchas cosas han cambiado en este tiempo. Cuando abrí las puertas de Harcote con solo quince estudiantes, lo peor del Peligro había pasado, pero no estábamos fuera de peligro. La vampirización era todavía una idea nueva. Los sangre joven también. No sabíamos cómo se desarrollarían, pero sabíamos (y lo esperábamos) que si todo salía bien, haríamos algo más que sobrevivir. Prosperaríamos. El vampirismo y los sangre joven están unidos, para siempre.

El director Atherton unió sus dedos para demostrarlo.

—Por eso la generación de los sangre joven es tan especial para nosotros, y por tal motivo es un honor para todos en Harcote prepararlos a ustedes, jóvenes vampiros, para que caminen por la tierra hasta que deje de existir. Tomémonos un minuto y miremos a nuestro alrededor. Pensemos en lo afortunados que somos por estar aquí, rodeados de los nuestros. De vampiros como nosotros.

No esperaba mucho de la ceremonia, en mi antigua escuela, el primer día solo íbamos a clase, pero mientras observaba los bancos delante de mí, mi corazón se llenó de un extraño y satisfactorio dolor. Vampiros de sangre joven, como yo. No solo uno o dos, sino casi doscientos.

—Este año tenemos un montón de divertidas sorpresas reservadas para el aniversario, y sí, también vamos a aprender. Pero recordemos que, aunque nuestra vida puede prolongarse hasta la eternidad, su estancia aquí no —dijo el director Atherton con una efervescente seriedad—. Ahora pongámonos de pie y mostremos nuestros colmillos para recitar el Juramento de Harcote.

¿Mostrar nuestros colmillos?

Me apresuré a ponerme de pie; mis manos eran dos puños ansiosos. Me habían enseñado que los colmillos se mantenían ocultos. Si asomaban por accidente, mantenías la boca cerrada hasta que pudieras volver a esconderlos. Cuando me salieron por primera vez, mamá me hizo practicar todas las noches para ocultarlos, y luego forzarlos a salir. Siempre me recordaba que ella había tenido que aprenderlo sola. Tuve suerte de tenerla para que me enseñara a vivir entre humanos.

Pero ya no estaba entre humanos. Estaba rodeada de vampiros y, por lo visto, todos ellos estaban acostumbrados a sacar los colmillos cuando les apetecía, como si se tratase de un retenedor dental.

Intenté concentrarme en soltarlos: esa sensación de estirar los músculos, de soltar la respiración que habías estado conteniendo. Sin embargo, lo único en lo que podía centrarme era en el ligero zumbido de mi pecho, en el sutil silbido que escuché a mi alrededor cuando los otros estudiantes descubrieron sus colmillos.

No pude hacerlo.

Un coro de voces comenzó a recitar el Juramento de Harcote. Me había propuesto memorizar las palabras, pero mantuve los labios cerrados. No podía arriesgarme a que alguien tomara esto como un paso en falso que evidenciara que yo solo aparentaba, que nunca encajaría.

De repente, me sentí como si estuviera de vuelta en Virginia, aquel último día en casa de los Sanger. Durante los cuatro años que nos habíamos quedado con ellos, habían estado encantados de ayudar a una madre soltera y a su hija a reponerse. Mi madre no había estado precisamente estable después de la muerte de mi padre y nos mudábamos mucho. La casa de huéspedes de los Sanger era lo más parecido a un hogar. No es que todo fuera perfecto; había que mantenerse alejado de la casa principal cuando tenían invitados, para evitarles a todos la incomodidad de explicar por qué estábamos allí. Con todo, estábamos seguras. Sin embargo, una mañana gris de diciembre, las cosas cambiaron. La señora Sanger vino a hablar con mi madre en cuanto llegó a casa del trabajo. La mirada de mi madre hizo que se me erizara el vello de la nuca. Nos íbamos, ya, inmediatamente.

No quería creerlo. Pedí una explicación: «¿Qué ha cambiado? ¿Qué hemos hecho?». Mientras mi madre embutía nuestros enseres en las maletas, yo iba detrás de ella sacando todo lo que metía.

Finalmente, me miró a los ojos.

—No sé cómo, pero se han enterado de mi conversión. Están preocupados por su reputación, especialmente por los niños. Nos han pedido que nos vayamos, así que eso es lo que estamos haciendo.

Ese fue el fin de mis quejas, pues sabía cómo los Sanger habían descubierto nuestro secreto. Yo misma se lo había contado a uno de ellos. La amargura inundó mi boca. El sentimiento de culpa, la pérdida, la traición…, no había olvidado nada de eso.

Y no podía dejar que lo mismo sucediera aquí.

—Tanto si es tu primer o tu vigesimoquinto año en Harcote, que ninguno sea el último. Aun así, que cada uno cuente como si lo fuera —exclamó el director Atherton.

Detrás de él, el sol se filtraba a través de las vidrieras y llenaba el salón de una luz carmesí.

—¡Que comience el año escolar!

Seguí a las alumnas que salían a toda prisa del Gran Salón hacia el Patio Residencial de Chicas. Eran unos edificios de ladrillo de cuatro plantas con marcos de ventanas blancos, contraventanas verde bosque y, en la parte superior, ventanales que sobresalían de la pendiente de los tejados de pizarra gris. La casa Hunter estaba en el lado norte. En el pequeño jardín central, algunos padres y hacedores de colmillos se despedían por última vez. Parecía que todas las familias habían venido para la mudanza.

Ignorándolos, me dirigí a la casa Hunter, mi nuevo hogar. Había madera oscura por todas partes, paneles y molduras en las paredes; el suelo estaba desgastado por el uso. Mientras subía las escaleras hacia el segundo piso, podía oír los portazos, las risas de mis nuevas compañeras de casa y el golpeteo de las bolsas en el suelo. Estaba comprobando el número de mi habitación cuando se abrió la puerta. Dos chicas aparecieron en la entrada.

—¿Eres Katherine? —preguntó una de ellas.

Era asiática, con unos ojos enormes y una cara en forma de corazón que me resultaba familiar.

—Yo soy Lucy, y esta es Evangeline —dijo inclinando la cabeza hacia la otra chica, que era blanca.

Lucy y Evangeline me dedicaron unas sonrisas similares; de repente, mi cerebro sufrió un cortocircuito.

Eran tremendamente hermosas.

Ambas irradiaban una belleza de televisión o de revista, no de carne y hueso. Los ojos de Lucy eran de color caoba cálido y se complementaban perfectamente con sus gruesas pestañas, al igual que el profundo arco de Cupido de sus labios. Unas sábanas de pelo oscuro y brillante enmarcaban su rostro. A su lado, Evangeline tenía una cascada de gruesas ondas negras, unos luminosos ojos azules que destacaban sobre su pálida piel y unas mejillas redondas. Tenían que ser las chicas más guapas del colegio, tal vez las más guapas de todo el estado de Nueva York, y estaban ahí, «mirándome». La picardía brillaba en los ojos de Lucy y Evangeline, y ambas mantenían el borde de la uña del pulgar presionado sus labios suaves y carnosos, como si intentaran no reírse de mí.

Casi deseaba que lo hicieran.

Tras un incómodo silencio que pareció durar diez mil años, conseguí decir:

—En realidad, es solo Kat. Mi nombre, quiero decir.

Evangeline sonrió como si fuera un bebé que acababa de decir sus primeras palabras. Era difícil no mirar su boca.

—Vale, Kat, hay un problema. Compartes habitación con Lucy, pero Lucy y yo somos «las mejores amigas». Esperábamos compartir habitación este año. —Lucy pasó su brazo sobre el hombro de Evangeline y la acercó hacia ella—. La verdad es que, cuando nos enteramos de que habían asignado a Evangeline a una habitación del último piso, nos pusimos muy tristes. Sería genial que te cambiaras con ella.

—Estaré aquí abajo todo el tiempo; sería muy molesto para ti. —La cara de Evangeline se contrajo en una expresión entre empática e irritada—. Estaríamos toda la noche hablando cuando estuvieras estudiando o algo así, y luego tendrías que estar callada cuando nosotras estuviéramos estudiando. Esto sería mucho más fácil.

—He oído que no hacen traslados de habitación.

—Oh, en realidad no les importa —dijo Lucy—, siempre y cuando todos estemos de acuerdo. Ya hemos hecho que los ayudantes pongan tus cosas arriba y trasladen las de Evangeline aquí abajo. ¿Te parece bien?

Las chicas hicieron una pausa. Los labios de Evangeline habían esbozado una media sonrisa, mientras que Lucy tamborileaba los dedos contra la puerta. Ninguna ocultaba del todo el caótico regocijo que sentía bajo su rostro. Me estaba perdiendo algo, pero no tenía ni idea de qué se trataba. Tal vez no fuera importante.

—Me parece bien, sí. De todos modos, me gusta más el último piso. Así no tengo vecinos arriba, ¿verdad?

Esto me valió dos miradas vacías. Tuve el tiempo suficiente para arrepentirme un millón de veces. Estas chicas nunca habían vivido en un edificio de apartamentos: probablemente se habían criado en mansiones o en fincas como la de los Sanger. O en islas privadas.

—Eres la mejor —dijo Evangeline.

La puerta se cerró y, detrás de ella, oí los gritos de risa que habían contenido hasta ese momento.

ϒ

En el cuarto piso, solo había una habitación. Evidentemente, era más pequeña que la que me habían asignado en la planta baja. Como cualquier ático, tenía los techos inclinados a ambos lados, por lo que las dos camas individuales estaban un poco juntas. Había dos escritorios, dos armarios y una puerta que daba al baño. El sol que entraba por una gran ventana abuhardillada inundaba toda la habitación; ofrecía una hermosa vista de los árboles que había detrás del edificio y del camino hacia el campus.

Mi maleta estaba en el lado derecho de la habitación. Solo así supe que ese lado era el mío, porque nunca había visto ninguna de las otras cosas que había allí: sábanas limpias, almohadas y un edredón granate de Harcote sobre la cama, cuadernos y paquetes de bolígrafos sobre el escritorio, libros que necesitaría para mis clases, todo gracias a la financiación del Benefactor.

Y en mi armario…

El perchero contenía todas las piezas del uniforme de Harcote: faldas plisadas grises y burdeos, camisas con cuello en blanco, negro y gris, tres americanas con ribetes en diferentes variaciones de los colores de Harcote con el escudo del murciélago y el castillo bordado en el bolsillo del pecho, bufandas, sombreros y un chaquetón gris oscuro para el invierno. En el suelo había varios pares de zapatillas de deporte blancas, zapatos planos y mocasines. Abrí los cajones de la cómoda: polos de Harcote, camisetas y pantalones cortos para educación física, jerséis cuyo único propósito era parecer completamente apropiados, y una sudadera que parecía decir: «Mis padres se conocieron en la Ivy League». En el cajón superior había dos cintas para el pelo (jamás las había utilizado) y una gama de calcetines y medias reglamentarios. Era como ver el armario de otra persona: la chica perfecta de Harcote.

Era difícil no recordar lo que Shelby había dicho antes de irme.

Cuando les dije a mis amigos que iría a Harcote, Guzmán montó un drama y me dijo que estaba profundamente herido porque no le había contado que había mandado una solicitud a otro instituto y que, sin mí, su vida no tendría sentido. Siempre era muy exagerado, pero esta vez vi que su dolor era real.

Shelby, que nunca fingía nada si podía evitarlo, dijo:

—¿En serio? Este tipo de instituciones están llenas de gilipollas ricos.

—Si me convierto en una gilipollas, estoy segura de que serás la primera en decírmelo, Shelbs.

Desesperado por aligerar el ambiente, Guzmán buscó el sitio web de la escuela en su teléfono.

—Maldita sea, ¿todos en este lugar son modelos?

Enfocó a un chico con una camiseta Harcote de color pizarra y granate, con un palo de *lacrosse* colgado de los hombros.

—Si este chico es real, prométeme que lo encontrarás y saldrás con él.

Puse los ojos en blanco.

—Babeas por cualquier musculitos.

Shelby cogió el teléfono y le echó un vistazo. La página web presentaba Harcote como la típica escuela preparatoria de tinte conservador que ocultaba que apenas tenía veinticinco años. El estilo podría haber sido el mismo en 1950 que en 2022, lo cual era, sin duda, la razón por la que a los vampiros les gustaba. Las puntas de los cuellos sobresalían del cuello de cada jersey. Todo eran diademas y faldas plisadas, chaquetones y pendientes de perlas: exactamente lo mismo que acababa de encontrar en mi armario.

—Este lugar es extremadamente cis hetero —dijeron.

—Bueno, tú siempre me llamas tu aliada cis hetero favorita, ¿verdad? —dije mirando a Shelby.

Era una broma constante entre Shelby y Guzmán. Para

ellos, yo era su amiga heterosexual simbólica. Y normalmente era divertido —o bastante divertido—, pero Shelby no sonreía.

—Nada de esto te representa.

—Lo hará cuando llegue allí.

—Pero ¿por qué quieres ir a un lugar donde encajar va a ser tan difícil?

Para eso estaba el uniforme, ¿no? No todos los días de tu vida tenían que ser una confirmación sobre tu carisma, singularidad, valor y talento. Y, de todos modos, no necesitaba justificarme ante Shelby.

Caí de rodillas y rebusqué en mi bolsa. Apenas había traído ropa de casa, pero deseé no haber traído nada de nada. Mi ropa no encajaba allí en absoluto. No necesitaba que me recordaran de dónde procedía.

Saqué una sudadera con los puños deshilachados y unos pantalones cortos de baloncesto de mi antiguo colegio, algunos hallazgos de tiendas de segunda mano que había hecho con Shelby, unas cuantas camisetas y vaqueros que apenas habían sido lo suficientemente chulos para Sacramento, y lo metí todo en un rincón de mi armario. Cerré la puerta con la espalda apoyada en ella.

Miré hacia el lado de la habitación de mi compañera. Evangeline ni siquiera me había dicho cómo se llamaba. La puerta de su armario estaba abierta, y ofrecía una vista de un excesivo número de zapatillas de deporte y una colección de camisas abotonadas. Sobre el escritorio había un bonito ordenador portátil cubierto de pegatinas. Junto a él había un maltrecho ejemplar de *1000 películas para ver antes de morir*, con las páginas manoseadas y algunos pegotes. Lo abrí y caí en una página sobre una película de Hitchcock que no había visto; los márgenes estaban llenos de notas apretadas. Me fijé más en la letra, que me resultaba familiar.

—¿Qué estás haciendo con mi mierda? Lo juro, Evangeline, si tú…

—Lo siento, no estaba…

Me di la vuelta para ver a mi nueva compañera de habitación.

Mis tripas se sacudieron de arriba abajo. La chica que estaba frente a mí era alta y delgada, llevaba unos vaqueros y una camiseta blanca. Tenía un halo de pelo rizado que le caía hasta los hombros, y las gafas de sol oscuras que llevaba puestas no ocultaban que tenía el delicado rostro aniñado de una modelo. La odié.

—¿«Taylor»? ¿Qué estás haciendo aquí?

Ella tenía la boca abierta. Las gafas de sol le tapaban los ojos, pero sus cejas casi llegan al cielo. Finalmente logró decir:

—¿Qué estoy haciendo aquí? —dijo con un gesto de autoridad—. Esta es mi habitación. ¿Qué haces tú aquí? Ni siquiera estudias aquí.

Me crucé de brazos. Aquella terrible coincidencia me había golpeado directamente en el estómago; intenté no vomitar. De todos los vampiros de Harcote, yo había acabado compartiendo habitación con Taylor Sanger. Taylor, cuyos padres nos habían echado para proteger la reputación de la familia. Taylor, que lo primero que hizo fue decirles la verdad sobre la conversión de mi madre. Antaño, habíamos sido «las mejores amigas», pero después de esa horrible mañana no había vuelto a saber de ella, y hubiera querido que la cosa siguiera igual en ese sentido.

—Es raro que dejen entrar en los dormitorios a alguien que ni siquiera estudia aquí.

Me retiré a mi lado de la habitación mientras Taylor se aproximaba a su cama y se hundía en ella. Estaba tan espigada y delgada como siempre, pero más alta; sentada en la cama baja, con la cara entre las manos, sus largas extremidades parecían todo ángulos.

—No puedo creer que esté a punto de decir esto, pero ¿dónde está Evangeline?

—Me asignaron la habitación con Lucy y me pidieron que me cambiara. Obviamente no sabía a qué habitación me cambiaba. —Sacudí la cabeza—. ¿Cómo es que nunca pensé que podría encontrarte aquí?

—¿Dónde más podría estar?

Taylor se quitó las gafas de sol: no había visto su cara desde que teníamos trece años. Ahora se le marcaban los pómulos y tenía las cejas más gruesas, aunque mantenían su rigidez. Aunque no me miraba, sabía que debajo de esas pestañas sus ojos eran del mismo color marrón dorado.

—Harcote es el único instituto de vampiros del país.

—Algunos de nosotros sí vamos a la escuela con los humanos.

Eso hizo callar a Taylor por un momento. Se tumbó en la cama, se echó un brazo por encima de la cabeza y se quedó mirando el techo inclinado. Ahora vi que había clavado una bandera del orgullo en él.

—¿Eres...?

Me quedé en silencio. No es que me sorprendiera; en realidad, nadie que la conociera podía sorprenderse de que Taylor no fuera heterosexual. Pero en cierto modo me dolió que no me lo hubiera dicho. ¿Cuántas veces nos habíamos prometido no tener secretos?

Pero mira adónde me había llevado esa promesa.

Taylor descubrió mis pensamientos.

—Si eso va a ser un problema, puedes irte a la mierda.

—Me encantaría irme a la mierda, pero eso no tiene nada que ver. —La fulminé con la mirada.

Luego, como soy una persona bien educada, le pregunté:

—¿Cuáles son tus pronombres?

Ella entrecerró el único ojo que me miraba desde debajo de su codo, como si fuera una especie de trampa. Cada segundo que Taylor pasaba sin responder, más se me secaba la boca y me sudaban las palmas de las manos. En casa, la gente mencionaba sus pronombres todo el tiempo. Si Taylor se sentía ofendida por la pregunta, entonces podía ser ella la que se fuera a la mierda. Me volví hacia mi bolsa, ya casi vacía:

—El mío es ella. Por si te lo preguntabas.

—Lo mismo —dijo Taylor—. Ella.

Me obligué a concentrarme en organizar mi carrito de la ducha.

No sabía qué tenía Evangeline contra Taylor, pero estaba segura de una cosa: Taylor no iba a estropear ni un solo segundo de mi estancia en Harcote, no después de arruinar mi vida.

—Me siento tan miserable como tú por esta situación. No vamos a ser amigas. Todo lo que pido es que no me jodas.

La miré por encima del hombro.

—Prométeme que no les dirás nada sobre mí.

—Kath-er-ine Finn.

Taylor pronunció mi nombre como lo hacía cuando éramos niñas, deteniéndose en la sílaba del medio, esa que la mayoría de la gente omitía completamente.

—No me llames así —dije—. Sabes que es Kat.

—No te preocupes. —Se bajó de la cama, cogió sus gafas de sol y se dirigió a la puerta—. Te dejaré sola.

5

Taylor

Bajé las escaleras de la casa Hunter de dos en dos hasta que salí al patio y me dirigí a las pistas de atletismo sin más razón que el ardiente deseo de estar en otro lugar. La reunión de la casa empezaría pronto, y Radtke se enfadaría si llegaba tarde. De todas formas, para ella, todo lo que hacía estaba mal.

Ahora mismo, necesitaba recuperarme del golpe que me había propinado el destino.

La maldita Katherine Finn. En mi escuela.

En mi casa.

En mi habitación.

La idea de compartir habitación con Evangeline resultaba tan atractiva como convivir con un escorpión enfundado en un traje de piel humana. Pero me quedaba corta: posiblemente, era mucho peor.

Me encontré con el campo de *lacrosse* vacío, cuya hierba verde era alegre dada la situación. Me acerqué a la primera fila de gradas metálicas y me tumbé estrepitosamente de espaldas sobre ellas, con el metal caliente contra mi piel.

Tiene que haber algún tipo de ley contra esto, como un estatuto de limitaciones. Si han pasado tres años desde que tu mejor amiga desapareció sin despedirse, no se te puede obligar a compartir habitación con ella. Si la última comunicación con esa persona fue un mensaje de texto en el que dijo «no quiero volver a hablar contigo», no deberías pasar nueve meses durmiendo en una cama a un metro de ella. Si no tuvieras ni idea de lo que ha salido mal, pero estuvieras dispuesta a aceptar que, de todos modos, es probable que sea culpa tuya, no tendrías que revivir uno de los momentos más jodidos de tu vida.

Obviamente, vivíamos en un mundo injusto, porque no existían ese tipo de leyes.

No es que nunca hubiera imaginado que Kat pudiera aparecer en Harcote. Había imaginado ese escenario exacto unos tres millones de veces, y admito que, en más de una ocasión, tal vez muchas más, había sido demasiado débil como para no husmear en sus redes sociales. No es que no supiera que seguía teniendo ese sedoso pelo largo y castaño que con la luz adecuada lucía rojizo, o que tenía las mismas mejillas redondas que hacían que las esquinas de sus ojos se arrugasen cuando sonreía. Pero eso no me había preparado para volver a verla, para experimentar lo que sentí cuando sus ojos color avellana, con el iris enhebrado de verde, ardieron con furia al reconocerme.

La vi allí de pie y, de repente, pude reconocer los recovecos de mi corazón. Mi cuerpo temblaba como el de un conejo asustado antes de ser asesinado. Esto debe ser lo que sienten los humanos justo antes de ser hechizados, pensé.

Golpeé el pie contra la grada y el estruendo retumbó en mi cráneo.

Nos conocimos cuando ella tenía nueve años y yo acababa de cumplir diez. Desde el principio fuimos inseparables. Era la única persona con la que quería pasar tiempo, y sé que ella sentía exactamente lo mismo por mí. Bueno, no exactamente lo mismo, porque ni siquiera yo entendía lo que significaban realmente mis sentimientos por ella. Entonces, cierto día, ella y su madre simplemente se fueron. Se levantaron y desaparecieron con todas sus pertenencias. Sin explicaciones, sin despedidas.

Nunca me había sentido tan mal. Era como si me hubieran abierto la cavidad torácica y la herida siguiera expuesta. Cuando mi madre me dijo que las Finn se habían marchado de la ciudad, enterré la cara en mi almohada, lloré y me quedé allí mucho tiempo después de que el llanto terminara. Mi abatimiento no pasó desapercibido, porque mi madre, una mujer con la capacidad emocional de una tortuga de trescientos años, incluso intentó consolarme. Todavía no había salido del armario, pero podría jurar que sabía lo que me pasaba.

Me habían roto el corazón.

Treinta y tres meses de silencio no habían cambiado que Kat tuviera el dudoso honor de ser el primer amor de Taylor Sanger. Verla de nuevo, plantada en medio de la habitación que compartiríamos durante meses, me hizo entenderlo con toda la sutileza que puede tener un mazo.

Me levanté sobre los codos y miré hacia el patio de las chicas. Puede que las reuniones de la casa ya hubieran comenzado. Me acomodé las gafas de sol y me volví a tumbar.

No es que Harcote ofreciera muchas oportunidades de sustituir el primer amor por la primera novia. La única chica gay que había conocido en la escuela estaba en cuarto año cuando yo era una novata, y era demasiado popular para saber de mi existencia. Desde su graduación, yo había reinado como la única lesbiana del campus.

Sinceramente, eso tenía sus ventajas. Algunas chicas me preguntaban a escondidas si quería besarlas. En realidad, no querían saber si quería besarlas. Lo daban por supuesto, porque así son las tortilleras. Pero esa era su forma de decir que querían besarme o, al menos, probarlo. Como si me estuvieran haciendo un favor. Algunas de ellas me contaban un poco sobre su curiosidad, si era diferente estar con una chica. En realidad, no me importaba lo que buscaban. Yo no era su terapeuta, ni siquiera su amiga.

Obviamente, siempre las besaba.

¿Por qué no iba a divertirme un poco? Sí, me estaban utilizando, pero me gustaba saber que yo tenía algo que ellas querían. Además, resultaba excitante ver a las pequeñas y perfectas *harcoties* asustadas por estar haciendo algo que se suponía que no debían hacer, aunque era jodido que creyeran que besar a otra mujer entraba en esa categoría.

La desventaja evidente era que ninguna de estas chicas repetiría la experiencia. Normalmente, me lo aclaraban tan pronto como acabábamos de besarnos, y esto hacía que la parte de después no fuera tan divertida. Había una alquimia maligna en esos pequeños recordatorios. Transformaban una conquista divertida en un rechazo de una persona que, en primer lugar, ni siquiera me había interesado. La mayoría de las chicas fueron fieles a su palabra: un beso y nada más.

Excepto una. No podía imaginarme que una persona pudiera rogar a alguien que le quitara el sujetador, y luego pasara de ella como si fuera lo peor de su existencia. Pero había muchas cosas de Evangeline que estaban fuera de mi comprensión.

¿Y si Kat pudiera cambiar todo eso?

«Mantén la calma», me dije mientras me sentaba de nuevo con la suficiente rapidez como para que mi cabeza diera vueltas. Kat no había salido de una ensoñación para convertirse en mi novia. Incluso pensar en la palabra «novia» me parecía una idiotez. En la vida real, Kat ni siquiera quería conocerme, y mucho menos ser mi amiga. Además, estaba convencida de que Kat era heterosexual. En caso contrario, mi intuición lésbica se habría dado cuenta.

Me permití sonreír, solo un poco, al pensar en ella preguntándome con qué género me identificaba. Nunca había oído a un vampiro preguntar tal cosa, aunque sabía que los humanos a veces lo hacían. Lo único que significaba era que Kat había pasado mucho tiempo rodeada de humanos. Es posible que, por ahora, sea diferente a las demás chicas de Harcote, pero eso no duraría mucho. Sería estúpido suponer lo contrario.

Y yo no era estúpida.

Al menos, a partir de ese momento, intentaría no serlo.

Apreté los nudillos y volví a pisar muy fuerte mientras bajaba por las gradas; cada uno de mis pasos resonaba en la pista de atletismo.

No estaba dispuesta a que me rompieran el corazón. No en Harcote, y mucho menos Katherine Finn.

6

Kat

Deambulé por mi habitación, libre de Taylor en ese momento. No podía hacerme a la idea de que iba a compartirla con ella durante un año. Cuando me cepillara los dientes: Taylor. Cuando escribiera en mi diario: Taylor. Cuando estudiara álgebra: Taylor de nuevo. Sería como si me hostigara un fantasma diseñado específicamente para recordarme lo que quería olvidar en Harcote. Solo podía cruzar los dedos y esperar que mantuviera la boca cerrada sobre mi familia y me dejara seguir con mi vida.

No quería seguir dándole vueltas a la cabeza a ciertas cosas. La reunión de la Casa empezaba al cabo de unos minutos, y justo después se celebraba la primera Cena Sentada del año. El código de vestimenta para las Cenas Sentadas era «semiformal casi pulcro». En realidad, no sabía qué significaba eso, pero no importaba. Rebusqué entre la ropa que el Benefactor me había dejado en el armario. Prácticamente, todo era negro.

Muy negro.

Saqué los vestidos del armario y los lancé sobre la cama. Realmente, no había nada malo en ellos. Eran perfectos para una bibliotecaria deprimida o para alguna neurótica del tarot. Cogí una voluminosa tela de encaje negro y, antes de descartarlo, me pasé dos minutos intentando averiguar dónde estaban las mangas. Todos parecían de una época muy lejana. Un vestido de corsé gritaba: «¡Pregúntame por mi pasado como plañidera profesional!». Otro podría haberlo llevado a una audición para ser la doble de Miércoles, la hija de la familia Adams.

Fruncí el ceño ante ese montón de tela oscura. En casa casi nunca iba de negro, ¿cómo iba a elegir uno si ninguno encajaba conmigo?

Cogí uno de los vestidos menos extraños, me lo puse y me miré en el espejo. Parecía una sombría dama de honor de la boda de Satán. Subí el labio superior e intenté sacar los colmillos. Comenzaron a despuntar, casi imperceptiblemente, cuando la escalera crujió y cerré la boca de golpe. No iba a dejar que Taylor me viera así, insegura y vulnerable. Esperé a que entrara en la habitación como un torbellino, tal como lo había hecho esta tarde.

Pero nadie estaba subiendo las escaleras.

De repente, eché tanto de menos a mi madre que el sentimiento se volvió casi insoportable. Quería hablarle de Taylor, de lo asustada y desubicada que me sentía. Quería que me asegurara que todo iría bien.

Pero ya no confiaba en ella.

Las cosas entre nosotras se torcieron desde la noche que regresé del local de Donovan y le conté lo que había hecho. Esperaba que aceptara mi decisión, pero nunca lo hizo. Apenas hablábamos de ese tema. De hecho, casi no nos dirigíamos la palabra. Nunca había sido tan fría conmigo. Después de todo, solo nos teníamos la una a la otra.

Cuando nos despedimos en el control de seguridad del aeropuerto, fue casi un alivio. Cuando me dio ese último abrazo, una parte de mí no quería dejarla ir. Pero el resentimiento se mantuvo, como una picazón que no podía rascar. Ella era la razón por la que yo tenía que hacer esto sola. Cuando me aparté, trató de colocarme un mechón de pelo suelto detrás de la oreja, pero le quité la mano.

—Prométeme que no olvidarás quién eres —me dijo.

—La gente cambia, mamá —respondí.

Luego me di la vuelta y me fui.

De todos modos, ¿acaso era importante lo que pensara mi madre?

No iba a cambiar de opinión.

Me obligué a respirar hondo, y luego relajé los hombros para acomodar el vestido.

Harcote era mi oportunidad. Lo aposté todo para estar aquí. Había dejado en la estacada a mis amigos y había dinamitado la relación con mi madre. Esto tenía que salir bien.

Me miré en el espejo y me concentré en los colmillos. Se deslizaron hacia abajo con la punzada de un músculo que lleva tiempo sin trabajar. Apenas eran lo suficientemente largos como para tocar mi encía inferior, un poco translúcidos y malvadamente afilados. No sabría decir si me resultaba antinatural o simplemente ajeno. Pero era la prueba de que había ocultado mi naturaleza durante demasiado tiempo, de que Harcote era realmente mi lugar.

Practiqué una y otra vez en el espejo hasta que me sentí cómoda.

El primer piso de la casa Hunter tenía una zona común con una serie de acogedoras habitaciones parecidas a un salón. El estudio estaba forrado de estanterías y tenía una larga mesa de madera con lámparas de color verde. Al fondo de la casa, había un espacio más informal con sofás y un proyector para ver películas. El salón principal tenía una enorme chimenea (cerrada, los vampiros son inflamables) y estaba equipado con acogedores sillones y sofás. Era agradable. Demasiado agradable. Me veía acurrucada en uno de los sillones leyendo o quedándome despierta hasta tarde para ver una película con mis hipotéticos nuevos amigos. Tal vez podría evitar por completo pasar tiempo en mi habitación.

Al pie de la escalera, en la sala principal, analicé a las chicas reunidas que estaban delante de mí. Las casas residenciales combinaban alumnos de todos los cursos. Las de cuarto año estaban amontonadas unas encima de otras, tratando de compartir un sofá de cuero con brazos enrollados que, claramente, era territorio de las mayores. Las de primer año no hablaban con nadie y vestían ropa elegida por sus padres. Las de segundo y tercero se mezclaban entre sí.

Pero todas, todas y cada una de ellas, eran increíblemente hermosas.

Se me secó la boca.

Cuando conocí a Evangeline y a Lucy, había asumido que debían de ser las chicas más guapas del colegio. La rareza era lo único que podía conceder una belleza así. Pero ahora, mirando alrededor de esta sala, Evangeline y Lucy parecían, de alguna manera, normales.

Los vampiros adultos eran atractivos de una manera distintiva, pero normalmente era algo más carismático que físico. Casi todos habían nacido humanos: solo al convertirse podían mejorar aquello con lo que habían empezado. Las estudiantes de Harcote eran diferentes. Eran sangre joven, habían nacido así, y se notaba.

Estas chicas eran aplastante y dolorosamente hermosas, de una manera que hacía difícil pensar con claridad. Cada una de ellas parecía poseer su propia forma de perfección. Pelo increíble, pestañas gruesas, labios voluptuosos. Incluso sus cuerpos, en los que intentaba no fijarme para no parecer una maleducada, eran asombrosos. Es decir, estaban cañón. No es que todas tuvieran el mismo aspecto: algunas eran delgadas, otras no tanto, musculosas o curvilíneas, como las de mi antiguo colegio. Pero había algo elegante, único y llamativo en cada una de ellas, como si cada chica fuera la mejor versión de sí misma. Me sentía en una reunión de diosas principiantes o de princesas desconocidas que habían llegado a Harcote desde sus propias islas paradisíacas y no desde el aeropuerto internacional de Sacramento, como yo.

Pero yo estaba aquí, era una de ellas. Me toqué suavemente la curva de la mandíbula.

¿Yo tenía ese efecto en la gente?

Siempre me habían dicho que era guapa. A decir verdad, nunca necesité que me lo dijeran; ya lo sabía, como sabía que tenía cuatro extremidades y colmillos sin hacer nada especial para adquirirlos. Eso no impedía que los desconocidos se sintieran con el derecho a comentar cualquier parte de mi cuerpo que les llamara la atención. Incluso mis amigos se burlaban de mí porque nunca había pasado por una fase incómoda. Ser guapa y blanca era un privilegio. Pero seguía sintiendo que cada día de mi vida era una fase incómoda, y mi aspecto solo hacía que fuera más difícil ocultarlo.

En Harcote no destacaba en absoluto.

Una pared de negro deslavado, que apestaba a naftalina, se interpuso en mi camino.

—¿Es usted la señorita Katherine Finn? —preguntó la mujer.

—Prefiero Kat —respondí.

—Soy la señora Radtke, la apoderada de la casa Hunter. Es un placer conocerla.

La señora Radtke parecía sacada de una novela de Charles Dickens. Llevaba el pelo recogido en un gran moño con peines de hueso, y un vestido largo hasta el suelo con polisón y cuello alto de encaje. El corpiño estaba bordado con cuentas talladas en forma de cráneos humanos. Todo lo demás, desde la tela del vestido hasta el pelo y la piel, era de color gris pálido, como el polvo. Era imposible adivinar su edad: parecía la guardiana de una cripta, pero sus ojos casi no tenían patas de gallo.

En resumen, era la zorra más gótica que había visto en mi vida.

—Bienvenida a la Escuela Harcote —continuó la señora

Radtke enérgicamente—. Evangeline ha registrado un cambio en la asignación de habitación y ahora residirá en la 401 con... Taylor Sanger. ¿Eso es correcto?

La voz de la señora Radtke se endureció al oír el nombre de Taylor. Al parecer, Evangeline y Lucy no debían ser las únicas con las que no se llevaba bien. Asentí con la cabeza, y Radtke hizo una enfática marca de verificación con un lápiz en su cartapacio encuadernado en cuero.

—Le he pedido a Lucy que la ayude a orientarse.

La señora Radtke le hizo un gesto para que se acercara.

Lucy llevaba una blusa azul de tirantes y una falda de cintura alta a juego, con el pelo liso recogido en una coleta alta. Sin duda estaba fuera de lugar, pero ella lo llevaba más que bien. Jugué con las mangas de encaje de mi vestido. Comparada con Lucy, parecía una empleada de una funeraria en su hora libre.

El atuendo de Lucy provocó un efecto muy diferente en la señora Radtke.

—Señorita Kang, ¿tiene que insistir en llevar un vestido tan escandaloso para la primera Cena Sentada del año?

—¡Señora R! Nunca me atrevería. Me pondré esto antes de salir.

Lucy le mostró un abrigo de pelaje azul claro, luego me agarró del brazo y me alejó. Borró la dulce sonrisa de su rostro.

—La maldita Radtke me vuelve loca. Es una trav.

—¿Qué es una trav?

Lucy me lanzó una mirada de reojo.

—¿Un vampiro tradicionalista? Ya sabes, los tarados de la vieja escuela que pretenden vivir en una casa embrujada. Actúan como si Nosferatu fuera un gurú de estilo de vida y no un personaje de ficción.

Estaba claro que era algo que todo el mundo, excepto yo, sabía.

—De donde soy yo los llamamos de otra manera. Escucha, esto puede sonar raro, pero me resultas muy familiar. ¿Nos hemos visto antes?

—Me lo dicen mucho.

Lucy cogió con los dedos el extremo de su elegante cola de caballo y entrecerró un ojo.

Me quedé helada.

—¡Vaya! ¡Qué vergüenza! Eres LucyK, ¿verdad?

En mi antigua escuela, todo el mundo, especialmente Guzmán, estaba obsesionado con LucyK. Sus vídeos no tenían nada especial, pero la gente la amaba. Algunas de mis amigas llevaban el brillo de labios que usaba LucyK, se compraban las sudaderas de LucyK y copiaban la forma en que LucyK posaba en sus fotos. En cierta ocasión, Guzmán me dijo que sentía como si fuera su amiga. Nunca se me había ocurrido que ella pudiera ser una vampira.

—Te sigo desde todas mis redes sociales.

—¡Eso es muy adorable! —Lucy hizo una mueca de disgusto—. Mis seguidores vampiros son realmente especiales para mí. Con los humanos nunca puedo saber si me apoyan realmente, pero con los vampiros sabes que es de corazón.

—¿Qué quieres decir?

—El carisma vampírico es una herramienta de *marketing* muy eficaz. —Lucy se sacudió la cola de caballo por encima del hombro—. Fui la primera en utilizarlo como *influencer*. Lo he convertido en un arte. Todos mis seguidores sienten una conexión conmigo.

Lucy se rio.

—A veces pienso en el poder que tengo sobre ellos, es como… ¡Ah!, tan intenso, ¿verdad?

Lucy no estaba haciendo un buen trabajo fingiendo que no le encantaba esa idea. Intentaba averiguar qué podía responder, pero la señora Radtke nos llamó la atención.

—Bienvenidas a la casa Hunter. Y a nuestras nuevas estudiantes, bienvenidas a Harcote. —La puerta principal se cerró con un chasquido mientras Taylor entraba—. Las chicas que os rodean serán vuestra familia durante el próximo año. Estudiaréis juntas, os alojaréis juntas, comeréis juntas. Esperamos que estas amistades se afiancen tanto como para que duren toda vuestra vida inmortal. En Harcote esperamos mucho de vosotras. Sois lo mejor de lo mejor, y nuestros estándares son altos, tanto en lo que hace referencia a vuestro comportamiento personal como en vuestro rendimiento académico. Esperamos que os adhiráis a las reglas y políticas del Código de Honor en todo momento. Cumplimos el toque de queda desde las diez de la noche hasta las seis de la mañana, con la única excepción de los pases de fin de semana, que apruebo personalmente. Y nada de chicos, sin excepción.

La sala se estremeció con gemidos quejumbrosos. Eché un vistazo a Taylor, que había contorsionado sus largas extremidades para poder sentarse en un estrecho alféizar que no estaba pensado para eso. Estaba sonriendo: estar encerrada en una casa llena de chicas no era una tortura para todas.

La señora Radtke aplaudió y las chicas se callaron.

—Espero que cada una de ustedes se comporte como una dama en todo momento. Si no pueden evitar la indecencia, al menos tengan en cuenta que sus acciones comprometen a sus compañeras, a mí, a Harcote y, de hecho, a todo Vampirdom. —La señora Radtke se esforzó en sonreír—. Ahora, tenemos que dar la bienvenida a las nuevas estudiantes, incluida a una nueva miembro de tercer año.

«Oh, no, no, no.»

—Por favor, preséntese, señorita Finn.

Veintitrés pares de ojos de rostros perfectamente simétricos se centraron en mí.

Se me secó la boca. ¿No deberían haberme advertido de esto? Porque no lo habían hecho.

—Hola, soy Kat. Soy de Sacramento. Estoy muy emocionada de estar aquí. —Mi cerebro estaba cortando suave y definitivamente la conexión con la boca—. Es una oportunidad increíble y tengo muchas ganas de conoceros a todas. ¡Vamos, Harcote!

El silencio que siguió fue profundo e inquietante. Me dio mucho tiempo para preguntarme si era posible desmayarse de vergüenza. Aunque estaba de espaldas a la ventana en la que se encontraba Taylor, estaba segura de que estaba luchando por no reírse.

La señora Radtke me sacó de mi miseria.

—Encantador. Ahora es el turno de las de primer año. Recuerden que la cena comienza dentro de poco, así que no se sientan obligadas a alargar su discurso.

Al terminar la reunión, Lucy y yo nos unimos a Evangeline para ir al comedor. Se mantuvieron alejadas de las otras dos alumnas de tercer año asignadas a Hunter, y de Taylor. Anna Rose Dent y Jane Marie Dent eran gemelas idénticas que parecían de una hermandad sureña.

—Vaya frikis —murmuró Evangeline—. ¿Has visto cuando las gemelas se acercan «demasiado»?

No sabía a qué se refería, pero me alegraba de no tener que hablar con las Dent. Me recordaban a las chicas de mi antiguo colegio; cualquier conversación sobre la violencia policial la convertían en: «todas las vidas importan».

—No dejes que Radtke y las Dent te den una impresión errónea —prosiguió Evangeline mientras seguíamos los pulcros caminos de ladrillo que cruzaban el campus—. La mayoría de nosotras no somos trav, en absoluto. Tal vez las chicas Dent sueñan con cazar humanos…

—Horrible y asqueroso —añadió Lucy mientras nos uníamos a una fila de estudiantes en las escaleras del comedor para consultar la asignación de mesas.

—Pero yo sueño con ir a Yale, ¿sabes? La mayoría de mis compañeros serían humanos.

Fue un alivio escuchar eso.

—Antes de venir aquí, en realidad fui a..., supongo que lo llamaríais escuela de humanos —dije.

—¿En serio? —preguntó Lucy—. ¿Un instituto normal?

—Como un instituto público normal. —Sonreí, complacida por haber dicho algo que las impresionara.

Los ojos aguamarina de Evangeline brillaron.

—Pero ¿esas escuelas no son una mierda?

—Quiero decir..., mi antigua escuela no era tan buena como esta.

Mientras Evangeline se dirigía a hablar con las chicas que teníamos delante, Lucy esbozó una sonrisa que me hizo sentir calor en el pecho.

—¡Estoy haciendo un trabajo terrible orientándote! La Cena Sentada es dos veces por semana y te asignan la misma mesa durante todo el año. Mezclan a chicos y chicas de todos los cursos y, además, a gente de una facultad. Es muy aburrido. Las otras noches puedes comer cuando quieras. Normalmente vamos a las siete, por si quieres unirte.

—Gracias, eso sería genial —dije—. Aprecio lo que estás haciendo por mí.

Lucy se inclinó hacia mí, con los ojos entrecerrados.

—Consejo profesional, Kitty Kat, trata de bajarle intensidad a esa mierda de «muchas gracias y estoy tan feliz de estar aquí». Nadie quiere sentirse como que está haciendo caridad, ¿entiendes lo que quiero decir? Tú relájate.

Me quedé paralizada, cosa que resultaba evidente. Podía sentir mi cara anestesiada con los ojos totalmente abiertos. Me sentía fatal, como si al saltar de un trampolín se me hubiera salido la parte de arriba del bikini.

—Sí, claro —tartamudeé—. Gracias por decir algo. Son los nervios del primer día.

—Para eso están los amigos —dijo Lucy, que se volvió para abrazar a las chicas con las que Evangeline estaba hablando.

«Haciendo caridad.»

Solo cinco minutos de conversación y ya sabía que no era como ellas. Tenía que hacerlo mejor. Ser mejor.

Habíamos llegado al principio de la fila. Evangeline hojeó la lista de los asientos y clavó una uña roja en el papel.

—Mira quién está en la mesa de la chica nueva.

—No. —Lucy miró por encima de su hombro y jadeó.

—¿Quién?

Tenía que ser Taylor, Taylor otra vez, siempre Taylor. La idea de sentarme frente a ella en la cena dos veces por semana, cuando ya teníamos que compartir habitación, hizo que no quisiera volver a comer en mi vida.

Lucy me dirigió la mirada.

—Galen Black —dijo con gravedad.

Desvié la mirada hacia un letrero metálico del edificio al lado de nosotras: COMEDOR DE SIMON Y MEERA BLACK.

—¿Galen Black..., de la Black Foundation?

Sin responder, Evangeline volvió a dejar la lista sobre la mesa. Las dos se enderezaron, sacudieron sus cabellos y ajustaron sus vestidos. Busqué lo que les había llamado la atención.

No era difícil descubrirlo: los chicos.

Subían en grupos por el camino, desde el patio de la residencia de los chicos. La mayoría de los chicos de primero seguían teniendo la misma apariencia de adolescentes humanos de catorce años, pero estaba claro que eso no duraba mucho. Los chicos que caminaban por el sendero se parecían más a los hombres adolescentes de las series de televisión que a los chicos con los que había ido al colegio. Ninguno de ellos era desgarbado o torpe. En lugar de acné o desaliñados pelos faciales, tenían la piel limpia. Algunos presumían de que necesitaban afeitarse, y por eso no lo hacían con regularidad. Utilizaban productos para fijarse unos peinados que habrían parecido ridículos en un simple mortal. Como era de esperar, unos cuantos llevaban horribles corbatas de novato o intentaban desafiar las normas de la moda, pero sus prendas se ajustaban correctamente, mostrando sus anchos hombros y sus bíceps, que se apretaban contra las mangas de sus chaquetas. A medida que se acercaban, una esencia a hombre que practicaba deportes extremos, de tipos dinámicos y populares nos envolvió lentamente.

—Galen no ha cambiado nada desde el año pasado —dijo Evangeline.

No tenía ni idea de quién era Galen; ¿quizá el jugador de *lacrosse* que Guzmán había estado buscando? Sinceramente, por muy guapos que fueran, era complicado distinguir a esos chicos.

—Más le vale que no lo haya hecho. —Lucy se ajustó la pelusa azul alrededor de los hombros mientras los encogía—. Si ese chico estuviera más bueno, estallaría en llamas. ¡Ups!, nos está mirando.

Un chico de pelo oscuro, un poco más alto que el resto, vestido de negro, había girado la cabeza hacia nosotras. Evangeline le devolvía la mirada, con los labios fruncidos.

—Voy a entrar —dijo Evangeline, que abrió la puerta de un empujón; sus tacones repiquetearon contra el suelo de mármol pulido.

Lucy me cogió de la mano y tiró de mí tras ella.

—No te dejes llevar demasiado por Galen, pequeña Kat. Va a acabar con Evangeline.

El señor Kontos, un profesor de ciencias con gafas y un grueso bigote, era el jefe de mi mesa. Exudó unas vibraciones exageradamente idiotas cuando me preguntó qué tal iba mi adaptación. Me cayó bien de inmediato.

A diferencia de otros edificios de la vieja escuela, como el Gran Salón, el comedor era moderno, todo ventanas y ángulos, pintura blanca y madera clara. Al otro lado de la habitación, mis ojos se fijaron en la cabeza rizada de Taylor: desplomada en su silla, jugueteaba con una cuchara como si no pudiera importarle menos la cena, los otros estudiantes, la vida misma. Taylor se estaba mordiendo el labio; recordé que lo hacía cuando pensaba demasiado y cuando estaba nerviosa. De repente, levantó la vista y sus ojos se encontraron con los míos, como si supiera exactamente dónde estaría yo y que la estaba observando. Aparté la mirada tan rápido como pude.

—¿Quién eres tú?

El asiento frente a mí lo acababa de ocupar un chico vampiro de dos metros.

El señor Kontos chasqueó la lengua.

—Galen, ¿te mataría ser educado?

—No me mataría, señor Kontos. Soy uno de los eternos, uno de los nunca muertos.

Galen me sostuvo la mirada. Sus pestañas eran gruesas y oscuras, y sus ojos eran de un inusual gris ahumado, hermosos. Las comisuras de su boca se levantaron ligeramente, pero no parecía que me estuviese sonriendo. Más bien parecía que se sonreía a sí mismo.

—Soy Galen Black.

—Yo soy Kat. Soy nueva, de tercer año.

Galen arqueó una ceja oscura. Era el ideal platónico de una ceja arqueada. Tenía ese aspecto clásico de los vampiros: un exuberante pelo negro que se rizaba con soltura, lo suficientemente largo como para que amenazara con caer encantadoramente en su cara. Su piel era de color marrón claro, pero ligeramente oscurecida, un poco magullada bajo los ojos. Podría haber parecido enfermiza, pero acentuaba su aire general de condescendencia, como si se acabara de despertar de una siesta y prefiriera volver a dormir. Su rostro era perfectamente simétrico, hasta la barbilla cuadrada. Al igual que yo, vestía de negro; parecía que los dos fuésemos al mismo funeral.

—Me gustan las cosas nuevas —dijo lentamente.

Había supuesto que su voz sería sexi, pero en realidad sonaba asquerosa. ¿Este era el tipo al que todos adoraban?

En ese momento, un ayudante humano llegó a la mesa con una sopera de plata. Me quedé quieta. Hasta hoy, nunca había estado rodeada de humanos glamurosos. ¿Cómo debía actuar con ellos? Por las caras que pusieron mis compañeros de mesa cuando el señor Kontos dio las gracias al ayudante que sirvió nuestro hema, parecía que ni siquiera se esperaba la más mínima cortesía por nuestra parte.

Pero me olvidé de todo esto porque cuando el señor Kontos quitó la tapa de la sopera mi mente se quedó en blanco. El aire se llenó de ese olor tan característico del hema caliente: metálico, un poco dulce y salado a la vez, con un toque de algo químico que lo diferenciaba de la sangre real.

Sumergió un cucharón en ese delicioso y espeso líquido que liberaba un hilo de vapor. Aquella sensación familiar de mareo zumbó en mi cabeza mientras mi estómago se agitaba. No había comido desde aquella mañana, hacia mil años y varios husos horarios. El señor Kontos llenó los cuencos. Galen y yo los repartimos por la mesa. Con cada cuenco que pasaba, el hambre hundía más sus garras en mis costillas. Las porciones eran muy generosas: ¿habría suficiente para todos?

Cuando le sirvieron al alumno de mi derecha, me atreví a echar un vistazo a la sopera. Seguramente no quedaban más que los últimos posos coagulados. Me quedé con la boca abierta: la olla todavía estaba medio llena. Parecía imposible: en esas fuentes humeaban decenas de miles de dólares en hema. Pasaron por mi mente imágenes de mi nevera vacía, de los viajes a ver a Donovan, del hedor del hema casi podrido. Y todo lo que aquello conllevaba: el miedo a pasar hambre, lo que podrías llegar a hacer si pasabas demasiado tiempo sin comer. ¿Cuántos de estos vampiros habían pensado alguna vez en eso?

—¿Todo bien, Kat? —preguntó el señor Kontos.

—Es que es mucho hema. —Tan pronto como lo dije, me arrepentí. ¿De qué me había advertido Lucy?—. Quiero decir, espero que las sobras no se desperdicien, con los precios tan elevados.

—Victor Castel dona el hema directamente a la escuela —me dijo Galen, como si eso tuviera alguna relación con lo que yo había dicho.

Mis cejas se juntaron. Seguramente, con la matrícula de Harcote, la escuela podía permitirse alimentar a sus alumnos sin necesidad de limosnas. Los padres de Galen eran los mayores filántropos de todo Vampirdom.

—Sería bueno que se asegurara de que todos los vampiros tuvieran el mismo acceso.

—Lo hace —dijo Galen, tajante—. Los vampiros solo tienen acceso al hema porque Victor Castel lo inventó. La enfermedad hubiera aniquilado a nuestra especie de no ser por él.

Me llevé la cuchara a los labios (después de ver a todos los demás primero —en casa bebíamos el Hema en tazas—) y sentí ese primer trago de líquido caliente cubrir mi estómago. No podía dejar que Galen me inquietara, aunque me hablara como si fuera una niña.

—Todo vampiro que queda vivo sabe lo que hizo Victor Castel. Estoy agradecida por el hema. Pero algo tan esencial como el sustituto de sangre no debería ser tan caro. Podría hacerlo más asequible.

—¿Esto es algo nuevo de los unionistas?

No tenía ni idea de lo que eran los unionistas, pero, por el tono de desprecio en la voz de Galen, no era algo que quisiera ser.

—Es solo mi opinión.

—El precio del hema es completamente justo.

Dudaba que Galen supiera a qué precio se vendía el hema. No tenía el aspecto de alguien que ha tenido que regatear por una botella de sangre en un callejón con olor a orina.

—Victor Castel es generoso, pero no dirige una organización benéfica.

—Acabas de decir que dona este hema a Harcote. ¿No es eso caridad? Suena bastante hipócrita.

El rostro de Galen se oscureció.

—No permitiré que se hable mal de mi hacedor.

Casi me atraganté.

¿Victor Castel era el hacedor de Galen? Yo, una completa don nadie, estaba discutiendo con alguien cuyo pedigrí vampírico se relacionaba directamente con el «vampiro más importante de todos los tiempos». Victor Castel no solo había inventado el sustituto de sangre que se vendía como hema, sino que era un héroe. Los vampiros lograron sobrevivir al Peligro porque él y su empresa, CasTech, distribuyeron el hema justo a tiempo.

La chica de cuarto año que estaba a su lado miró el teléfono.

—Nueve minutos, treinta y cuatro segundos. Bien, Galen. Acabas de ganarte cien dólares.

Me llevé la servilleta a los labios durante un segundo para intentar tranquilizarme. No había venido a Harcote para luchar por bajar los precios del hema. Había venido a Harcote para que algún día no tuviera que pensar en el precio del hema en absoluto. El primer paso para conseguirlo era encajar, y eso, claramente, significaba llevarse bien con Galen.

—¿Realmente es tu hacedor? —intenté sonar impresionada—. ¿Cómo es?

Antes de que Galen pudiera responder, el director Atherton se levantó de su mesa en la parte delantera del salón y nos llamó para que pusiéramos atención. Sus mejillas estaban rojas. Me pregunté si alguna vez experimentaba algún otro estado que no fuera la emoción.

—Tengo un anuncio muy especial, chicos.

Entrecerré mis ojos. En mi antiguo colegio, nadie decía nunca «chicos y chicas», ya que eso dejaba a mucha gente fuera.

—Como saben, la Escuela Harcote tiene el honor de contar con el apoyo del señor Victor Castel, el presidente de CasTech, el hombre responsable de la supervivencia de nuestra especie, el inventor del sustituto de sangre con el que actualmente nos deleitamos y el presidente de nuestro consejo de administración. Este semestre, para celebrar nuestros veinticinco años, un estudiante muy afortunado podrá conocerlo de una manera diferente: como mentor.

Un murmullo de emoción recorrió la sala.

—¡Sí, me han oído! El auténtico Victor Castel será el mentor de un estudiante de Harcote este año. El alumno tendrá la oportunidad de reunirse con el señor Castel varias veces durante este año, echar un vistazo a su vida como líder de Vampirdom, así como obtener una pequeña visión de lo que sostiene la inmortalidad. Increíble, ¿no? Todo lo que tienen que hacer es presentar un ensayo sobre lo que Harcote significa para ustedes. —Sonrió—. Sé que a nuestro comité de selección le va a costar mucho elegir al ganador.

Cuando me volví hacia la mesa, Galen esperó a que la engreída sonrisa de sus finos labios se convirtiera en un gesto de emoción. No me convenció. Tenía la mandíbula tan apretada que todos los músculos de su cara parecían tensos. Sus ojos de agua y humo se deslizaron hacia mí. Arqueó esa ceja tan exasperante.

—Tal vez puedas comprobarlo en persona —me dijo.

7

Kat

Siempre me ha gustado el primer día de escuela: las libretas nuevas, la agenda impoluta y todo el año por delante. De entre todas mis preocupaciones sobre Harcote, el nivel académico era lo que menos me había importado. Siempre había sido una alumna excelente, y mis profesores me adoraban. Esperaba que las clases fueran exigentes, pero nada que no pudiera manejar.

Sin embargo, al final de la tercera hora del primer día de clases, empezaba a pensar que me había sobrevalorado.

Me habían mandado más deberes que en todo un año en mi antigua escuela. El viernes, examen de francés, deberes de matemáticas cada día, y solo tres días para leer entera la *Odisea*, de Homero, sin tener en cuenta el ensayo para el certamen de Victor Castel.

Al final de las clases, mi nueva agenda estaba repleta de fechas de entrega. Mientras buscaba la biblioteca, me crucé con Evangeline. Llevaba unos suaves pantalones de montar de color marrón que parecían unos *leggins* y unas botas de montar de cuero pulido. En la cadera, sostenía una silla de montar, y con una mano agarraba una fusta. Una parte de mí no podía creerse que la gente se vistiera de tal guisa en el mundo real, pero, otra, más curiosa y persistente, se preguntaba si no debía empezar a vestir así, porque, en realidad, ¿no empezaba a hacer calor?

—¿Vas a montar? —le pregunté demostrando mis dotes de conversación.

Evangeline se cambió de lado la silla de montar y se echó atrás la suave melena negra.

—Los establos están fuera del campus. Soy la capitana del equipo de equitación. Esto es para nuestra mesa.

—¿Vuestra mesa?

—Para la feria de clubes.

Enredé mi pulgar en la correa de la mochila.

—¿Se celebra hoy? Se me acumulan toneladas de deberes y todavía no he empezado el ensayo para el certamen de Victor Castel.

Evangeline desechó esa idea con un rápido movimiento de fusta.

—Yo no perdería mucho tiempo en eso.

—Pensaba que era importante —dije con cierta reticencia.

Evangeline arqueó una ceja.

—Lo es. Pero solo para uno de nosotros. Galen es el protegido de Victor Castel. Lo sabes, ¿verdad?

Puse los ojos en blanco.

—He coincidido en alguna clase con él.

—Pues Castel no tiene ningún sangre joven propio. De hecho, se rumorea que no puede tener hijos. Es decir, que Galen es uno de sus únicos descendientes. Así que el certamen está organizado para él. Victor será su tutor.

Negué con la cabeza.

—Pero no tiene ningún sentido. Victor Castel no necesita organizar un certamen para ser el tutor de su único descendiente.

—No seas ingenua. Galen es «el elegido». Algún día dirigirá la Black Foundation, y creo que Castel también pretende que esté al mando de CasTech. Pero no puede anunciar libremente que Galen recibirá un trato de favor. No te conviertes en el elegido por quién hundió los dientes en el cuello de tu papá cien años atrás, sino porque has trabajado para ello.

—Así que organizan ese certamen para que parezca que Galen es el mejor de nosotros —dije entre titubeos.

—Tal cual.

Eso solo tendría sentido si el lema de la escuela fuera únicamente una metáfora para inspirar y los estudiantes de Harcote no fueran lo mejor de lo mejor. Si todo estaba acordado de antemano, ¿por qué había docenas de sangre joven como yo que querían participar en el certamen? Algo me decía que Evangeline no me resolvería esa duda.

—Si es así, ¿por qué la gente se presenta a este certamen?

—Nos gusta mantener las apariencias, ¿no crees? —preguntó con una sonrisa irónica.

Parecía lógico. La fortuna ya me había sonreído demasiado con la aparición del Benefactor. No valía la pena insistir y perder el tiempo en un certamen que no podía ganar. Sin embargo, era difícil no experimentar cierta decepción.

Después de dejar la silla de montar, Evangeline me acompañó por las mesas que estaban dispuestas en el comedor: clubes de latín y mandarín, revistas literarias, una sociedad de debate filosófico, y otros grupos para estudiantes que estaban interesados en la historia vampírica o el ajedrez. En mi antigua escuela, casi nadie tenía la oportunidad de convertirse en un jugador de *squash* nacional, descubrir un nuevo planeta en el club de astronomía o viajar a Francia con la Sociedad Gastronómica. Entre mi trabajo y la escuela, apenas me quedaba tiempo para las actividades extraescolares, y mis amigos se encontraban exactamente en la misma situación.

Sin embargo, en Harcote todo era distinto. Además de formar parte del equipo de hípica, Evangeline también tenía tiempo para asistir al club de teatro. Estaba preparando una obra de teatro de un solo acto sobre Juana de Arco, que protagonizaría ella misma. Había trabajado todo el verano para ello. Lucy era la presidenta del club de biología marina y la capitana del equipo de tenis. Carolina Riser, al parecer, tenía el suficiente talento como para ser violinista, e incluso las gemelas Dent pertenecían a una incubadora de empresas. Pero, aun así, mientras Evangeline no dejaba de hablar, mi cabeza solo pensaba en el certamen, en la tutoría de Victor Castel.

Evangeline no había tenido ningún reparo en admitir que todo el mundo participaba en una pantomima para que Galen fuera el ganador, para que el propio Vampirdom lo presentara como un ejemplo de sacrificio de forma torticera. Pero, cuanto más pensaba en ello, más me convencía de que todo el mundo en Harcote se beneficiaba de lo mismo. Académicamente, era un instituto de élite, pero estaba claro que el rendimiento académico no era lo único que la escuela tenía en consideración. Si querías una oportunidad para competir con los mejores, resultaba indispensable tener un linaje selecto, una reputación social y, sobre todo, dinero. Si gozabas de todo eso, ¿cómo no podías tener éxito?

—¿Existe algún club de justicia social? —le pregunté a Evangeline.

—¿Te refieres a alguno de derechos humanos y todo eso? —dijo arrugando levemente su hermosa nariz—. Alguien de tercer o cuarto año intentó crear un club de derechos humanos…, pero no lo recuerdo porque nunca llegó a nada. Creo que Atherton lo prohibió. En realidad, con el hema y el CFaD casi no cazamos humanos; así que debatir sobre la justicia social o los derechos humanos no tiene mucho sentido, ¿no crees?

Me quedé mirándola. Aunque Harcote fuera una burbuja de privilegios, la justicia social era un problema en cualquier lugar en el que hubiera una «sociedad».

—¿No hay ninguno sobre racismo? En mi antigua escuela teníamos uno acerca de la justicia racial.

—¡Ah, sí! —dijo mirando a su alrededor—. Está el club de los estudiantes de color; créeme, no es para nosotras.

Seguí sus ojos hasta una mesa que no atraía la atención de mucha gente. La atendía un estudiante negro de cuarto año que sabía que se llamaba Georges y una chica latina que no conocía. Eché un vistazo a las demás mesas.

—Georges no es el único estudiante negro en Harcote, ¿verdad?

—¡Por supuesto que no!

Evangeline enumeró algunos nombres de cada curso. En realidad, solo pronunció siete.

—Es un poco extraño que puedas nombrarlos a todos. Es imposible que la diversidad del Vampirdom se reduzca a siete nombres.

—Mira, defensora del pueblo, esta es una escuela pequeña. Puedo acordarme de todos los nombres y punto. Además, Harcote es muy diversa: Lucy es china y Galen es indio.

—¿De veras?

—Bueno, en realidad, solo por parte de madre. Su padre es británico —dijo—. ¡Ah! Me olvidaba: también hay un club que lucha contra el cambio climático. Todo el mundo está inscrito.

Menos era nada.

Esa noche fui a cenar con Evangeline, Lucy y algunas chicas de las otras casas. Alargamos lo suficiente la velada como para que pudieran comentar todos los cotilleos importantes del último año. Pero ahora el reloj marcaba las once y, para mantenerme al día, tenía que leer aproximadamente un millón de páginas de la *Odisea*. Lo único que me mantenía despierta era el ruido que hacía mi nuca cuando se me caía la cabeza por el sueño.

—Es agotador intentar caer bien, ¿no crees? —dijo Taylor.

Estaba echada en su cama, mirando algo en su portátil. Parecía que era lo único que hacía.

—¿Me estás molestando porque intento tener amigas nuevas?

—Te estoy molestando porque intentas caer bien a gente inútil cuando ambas sabemos que preferirías estar estudiando. Eres empollona por naturaleza.

—Así que quieres fastidiarme porque quiero tener amigas y hacer mis deberes.

—Sí, eso es.

—¿Y cuál es el problema de hacerles la pelota? No quiero pasar los próximos dos años sin amigos.

Nunca lo habría admitido ante nadie, pero si Taylor quería destruir mi vida, otra vez, tenía munición de sobra. Además, no era muy buena escondiéndole mis sentimientos.

—Ándate con cuidado: no debes decir estas cosas en público. A la gente no le gustan los lameculos. Somos vampiros, tenemos que mantener nuestra coraza de hielo.

—¿Puedo preguntarte algo?

—Claro.

Pausó lo que estaba viendo y se recostó.

—Hoy he ido a la feria de clubes y he visto que la escuela es un poco… blanca. No creo que la diversidad del Vampirdom esté bien representada con siete estudiantes negros de unos trescientos cincuenta.

—El problema está en tus expectativas. ¿Qué te hace pensar que Harcote representa todo Vampirdom?

—Eso es lo que ha dicho el director Atherton. No lo sé. Simplemente no esperaba que casi todos fuéramos blancos.

—No creo que Atherton quiera ganar el premio a la diversidad. ¿A quién le importaría tal cosa?

—No se trata de ganar un premio. Se trata de hacer lo correcto.

Taylor esbozó media sonrisa, como si algo de lo que hubiera dicho fuera gracioso.

—Mira, los vampiros que manejan Harcote, y los padres y

hacedores de nuestros queridos compañeros de clase, no son el tipo de gente que asiste cada año a la marcha por los derechos civiles, ¿sabes? Atherton tiene unos cuatrocientos años. ¿Acaso nuestras bellas sureñas locales, Anna Rose y Jane Marie Dent, no te han contado cómo su familia «lo perdió todo» en la guerra civil? ¿Por qué querría un vampiro negro estudiar en Harcote?

De repente soltó una risotada.

—Estás poniendo «esa cara».

—¿Qué cara? —respondí.

—Tu cara de loca. Se te ponen los ojos enormes y saltones. Esto te supera, Kath-er-ine.

Todos los músculos de mi cuerpo se crisparon de frustración.

—Esto no me supera y no tengo los ojos saltones. ¡Y deja de llamarme así!

—También puedo seguir haciéndolo, y así podrás contárselo a Evangeline. Las dos podréis compartir lo mucho que me odiáis.

Taylor se puso los auriculares y se dio la vuelta; me quedé con las ganas de responderle algo ingenioso: resultaba exasperante.

—Eso haré —dije finalmente, cuando ya no podía oírme.

Al menos ahora estaba tan enfadada que podría quedarme despierta toda la noche para leer. Sin embargo, cuando reanudé la lectura, no sabía ni qué libro estaba leyendo.

8

Taylor

«La moral del vampiro.»

Radtke garabateó estas palabras en la pizarra y las subrayó para que a nadie se le pasaran por alto. El sonido pastoso del polvo de tiza entre sus dedos hizo que se me erizara el

bello de la nuca.

—¿Cuál es la gran pregunta sobre la moral de los vampiros? —dijo.

Todos los empollones y lameculos de la clase levantaron la mano. Yo me encogí en la silla. No era justo que en las clases de Harcote las mesas estuvieran dispuestas en forma de «u» como en un seminario. Sin una última fila de pupitres, no quedaba ningún lugar seguro.

Como era de esperar, Radtke señaló a Dorian, un entusiasta imitador del conde Chócula, el de *Los Simpson,* que siempre vestía con trajes incomprensiblemente cutres. Hoy parecía que alguien hubiera arrancado la tapicería de un pobre taburete para confeccionar su chaleco gris y granate. A Dorian le encantaba presumir de su nombre porque estaba relacionado con Dorian Grey. Al parecer, su padre había sido «amigo» de Oscar Wilde.

En mi opinión, sonaba muy gay, pero nadie me había preguntado.

—¿Los seres inmortales pueden actuar moralmente? —preguntó Dorian.

Radtke asintió con la cabeza.

—Los principios morales de los humanos se fundamentan en la asunción de que todos los seres vivientes mueren. ¿Alguien puede ponerme un ejemplo?

Radtke señaló a Evangeline.

—La religión cristiana —respondió ella—. El cristianismo se fundamenta sobre la idea de que, si sigues un conjunto de leyes morales en vida, cuando mueras serás recompensado. Pero este sistema no funciona con los vampiros porque «nosotros» somos inmortales.

—Bien dicho, señorita Lazareanu. La moralidad humana se basa en un sistema de leyes que los humanos deben aprender.

—Como el adiestramiento de un perro —añadió Dorian.

Su comentario provocó algunas risas y una amonestación por parte de Radtke. Odiaba que los alumnos hablaran sin respetar el turno de palabra.

Al otro lado de la clase, Kat había dejado de tomar apuntes frenéticamente y estaba inmóvil. La mayoría de los sangre joven no habían pasado mucho tiempo entre humanos. Era como si sus padres tuvieran miedo de que, con el contacto, olvidáramos que éramos monstruos no muertos. Pero la madre de Kat la había apuntado a la escuela pública, a pesar de que mi madre le había propuesto que estudiara en casa, con el mismo tutor que nos daba clases a mi hermano pequeño y a mí. Esta sería la primera vez que Kat saboreaba la filosofía vampírica. Seguro que le gustaría.

Radtke siguió con la clase:

—¿Qué consecuencias tiene esto para la moral de los vampiros?

Galen indicó que quería el turno de palabra. El Príncipe de los Peinados nunca levantaba la mano como todos los demás.

En su lugar, apoyaba el codo en la mesa y levantaba dos dedos de la mano, como si Radtke fuera una camarera y quisiera pedir la cuenta.

—La moral del vampiro se encuentra en un plano superior porque no se basa en el miedo a la muerte. Sabemos que no hay vida después de la muerte, porque la muerte no existe. No nos espera un castigo futuro. Podemos tomar decisiones con una lógica superior.

Había llegado mi momento.

—Si eso es cierto, ¿en qué se basa esa lógica superior?

Radtke me interrumpió: amonestación.

—En esta clase levantamos la mano para pedir el turno de palabra, señorita Taylor.

Levanté la mano para que Radtke se tomara el gusto de darme la palabra.

—Lo dices como si los vampiros no tuviéramos que preocuparnos por las consecuencias de nuestros actos porque no somos mortales. Pero eso no es una moral superior, precisamente, es la ausencia de cualquier moral. —Ese subidón de empezar una buena discusión bullía dentro de mí, y me incliné hacia la mesa de Galen—. Si los actos de los vampiros son ajenos a una moral porque somos inmortales, eso nos convierte en seres inferiores a los humanos. Básicamente, porque los humanos son capaces de actuar moralmente y nosotros no.

La agitada reacción que generaron mis palabras resultó fantástica.

—Eso es los más estúpido que he oído en mi vida —dijo Galen—. No puedo creer que pienses que los humanos son mejores que nosotros. Hemos nacido para chupar su sangre.

—Como las sanguijuelas —dije con una sonrisa—. O los mosquitos. Los vampiros somos parásitos y, desde el Peligro, no somos capaces de alimentarnos sin ayuda.

—¡Somos criaturas inmortales! —Galen golpeó la mesa con el puño—. ¡Los que nunca mueren, los que viven para siempre!

Evangeline entró en la discusión. Radtke estaba perdiendo el control de la clase.

—Esto es absurdo. Miles de humanos trabajan para mis padres, y a la mayoría de ellos les pagamos el seguro médico. ¿Quiénes son los parásitos?

—Eso es capitalismo, no moralidad. Además, no es cierto que los vampiros no puedan morir. El fuego, las estacas de madera, el CFaD…

Tan pronto como dije esta palabra, me quedé paralizada y mis ojos se dirigieron hacia Kat: estaba agarrando el bolígrafo con tanta fuerza que podría haberlo partido por la mitad. Me di cuenta de eso, porque intentaba no mirarla a los ojos, algo que, al mismo tiempo, me parecía inútil y extremadamente necesario. Le acababa de recordar cómo murió su padre.

Radtke nos sorprendió cuando dijo:

—Taylor plantea un argumento interesante. ¿Alguna opinión?

Evangeline levantó la mano.

—¿Sabes qué es inmoral? Que los vampiros no tomen precauciones contra el CFaD y echen a perder el don de la inmortalidad. Además, si los vampiros pueden actuar de forma inmoral, es lógico pensar que también puedan hacerlo moralmente; por lo tanto, estás equivocada. Taylor, la moral del vampiro existe.

Evangeline remató sus palabras con una mueca de satisfacción que me pedía a gritos arrastrarla hacia un rincón y besarle la boca.

—¿Así que alimentarse de los humanos está bien siempre que se tomen precauciones? —respondí.

Evangeline me miró. Sabía que ese era un punto que no quería rebatir; todo el mundo había oído los rumores. Afortunadamente para ella, Galen la rescató del atolladero con un golpe de efecto: la Black Foundation.

—Pronto, los vampiros estarán protegidos contra el CFaD.

Nuestros científicos están trabajando muy duro. La vacuna o la cura está muy cerca, os lo prometo.

—Me quedo a la espera —murmuré—. Suerte que no me puedo morir de aburrimiento.

Radtke arrugó el ceño al mirarme: su anticuada forma de amonestar a los alumnos.

—Esto nos lleva a un interesante dilema —dijo—. El CFaD hace que alimentarse de humanos sea increíblemente arriesgado, pero también reduce en gran medida la pérdida de vidas humanas a manos de los vampiros. ¿Qué pasaría si el CFaD se curara y los vampiros pudieran alimentarse de los humanos sin ningún peligro?

Dorian estaba impaciente por responder, parecía a punto de implosionar.

—Que el orden natural se restablecería. ¡Podríamos vivir como lo han hecho los vampiros desde tiempos inmemoriales!

Radtke ni se inmutó. Los vampiros habían vivido de mil formas distintas desde tiempos inmemoriales, y muchas de ellas eran una auténtica basura. Por supuesto, la historia real no impedía que los palurdos idealizaran un pasado que solo había existido en *Castlevania*.

—Todo el mundo sabe quiénes son los unionistas, ¿verdad? Vampiros que creen que con una cura para el CFaD y el libre acceso al hema los vampiros y los humanos podrían vivir en armonía. ¿Alguien tiene algo que decir? —preguntó Radtke.

—Si el hema fuera gratuito, el hacedor de Galen se arruinaría —dije.

—Ten cuidado con tu lengua. —La voz de Galen era tan ronca que podía asustar a cualquiera, a cualquiera que tuviera miedo de los fumadores empedernidos.

—¿Por qué debería tener cuidado? —respondí.

—Sean respetuosos —advirtió Radtke.

—El unionismo es una fantasía —dijo Evangeline—. Sin

menospreciar a la Black Foundation, el CFaD mantiene a salvo a los humanos, y el hema protege a los vampiros.

—Ni tú misma te crees que, sin la amenaza de convertirte en un coágulo negro de sangre, seguirías bebiendo el hema —dije—. Que podamos alimentarnos de los humanos no significa que debamos hacerlo. Si encuentran una cura, seguiré bebiendo el hema. Lo prefiero a convertirme en una asesina.

—Fijaos quién está preparada para la santidad —dijo Galen.

No pude aguantarme más. En esta escuela estaban tan encandilados con Galen y su brillante pelo que parecían incapaces de darse cuenta de que era un auténtico imbécil.

—No seas tan gilipollas.

—¡Taylor! —dijo Evangeline.

Me crucé de brazos:

—Adelante. Defiéndelo.

Sus labios se entreabrieron en un gesto despectivo y se le encendieron los ojos.

—Eres una puta lesbiana —dijo Evangeline en voz baja.

Pero toda la clase pudo escucharlo.

Por un instante, me quedé de piedra: el corazón, los pulmones, la sangre. Cada músculo de mi cuerpo se contrajo, como en uno de esos sueños donde quieres correr, pero eres incapaz de moverte. Ni siquiera era un insulto, sino una descripción. No podía herirme, por lo tanto, no podía hacerme daño, sobre todo delante de todos estos idiotas. Sin embargo, no podía dejar que Evangeline se quedara con la última palabra. Aunque lo cierto es que no se me ocurría qué responder.

—Pero ¿qué coño dices, Evangeline? —dijo Kat.

Mis ojos se clavaron en su rostro. Sus mejillas estaban enrojecidas, y sus ojos, entrecerrados.

La clase estalló en gritos y un chasquido resonó en el aula. Radtke había golpeado la pizarra con una regla; un mechón de pelo se le había soltado de su polvoriento moño.

—¡Basta!

Seguí observando a Kat, esperando cruzarme con su mirada, pero la tenía clavada en sus apuntes. Se estaba mordiendo los labios y su respiración parecía agitada.

—Kat, Taylor, preséntense en mi oficina después de clase. Más tarde, hablaré con usted, Evangeline —dijo Radtke.

Kat

Esperar a la señora Radtke en su oficina era como estar en un purgatorio que recordara a una tienda de antigüedades. La iluminación con bombillas de filamento de estilo antiguo era tenue, mientras que el mobiliario era todo brocado y con flecos. El polvo de tiza y el polvo a secas recubría cada centímetro de todas las superficies. En la mesa ni siquiera había un ordenador, tan solo un cuaderno y una estilográfica.

Me senté sobre mis manos para dejar de moverlas. En mi antigua escuela nunca me había metido en líos. Ahora apenas llevaba dos semanas en Harcote y ya había insultado a un compañero en mitad de la clase. Me preguntaba qué concepto arcaico de castigo tendría la señora Radtke. Con suerte, no afectaría a mi ayuda económica.

—No creo que sea para tanto, ¿no crees? —le pregunté a Taylor, inquieta—. Los chicos se meten en problemas continuamente. El año pasado, en mi escuela, apuñalaron a alguien. En comparación, esto no es nada.

Taylor estaba encorvada en una silla antigua junto a la mía, con las piernas abiertas, como si el despacho de Radtke fuera su segunda casa.

—He tenido problemas con Radtke miles de veces. No es para tanto. ¿Puedes dejar de moverte? Me estás poniendo de los nervios.

—A mí me pone de los nervios que no parezcas tenerle miedo a nada.

Ella se encorvó todavía más en la silla y yo moví la rodilla aún a más velocidad.

—Lo que Evangeline ha dicho es homofobia.

Me traspasó con la mirada y apartó los ojos.

—Lo sé.

Al instante me arrepentí de haberlo dicho. «Claro que lo sabía.»

—Es decir, que todo ese debate era una idiotez. ¿Los humanos necesitan adiestramiento como los perros? No estamos en la Edad Media. No todos son cristianos…

—Esos son dos buenos argumentos —dijo una voz detrás de mí—. Podría haberlo compartido con toda la clase.

—Lo siento, señora Radtke. No sabía que estaba aquí.

La señora Radtke se instaló en su mesa, se ajustó la camisa para acomodarse a la silla y nos dirigió una mirada severa.

—Los estudiantes de Harcote se rigen por un código de honor —empezó diciendo—. Señorita Finn, usted firmó ese código cuando entró en la escuela. Señorita Sanger, puede recordarnos los principios de nuestro Código de Honor.

Taylor se aclaró la garganta.

—El Código de Honor establece que todos nuestros actos deben respetar el Vampirdom. Debemos mostrar respeto hacia nosotros mismos, hacia los vampiros de nuestra comunidad y hacia Harcote. —Dejó caer la cabeza hacia el pecho y me regaló una mirada insolente—. Básicamente, en lugar de decirnos que no robemos o copiemos en los exámenes, pretende que adivinemos lo que se supone que no debemos hacer. Y, en caso de que no acertemos, al menos evitar que nos metamos en ningún lío.

La señora Radtke apretó los labios.

—Sin comentarios adicionales, por favor. Por ejemplo, la postura de Taylor en este momento, a pesar de la gravedad de la situación, es profundamente irrespetuosa. Estamos ante una posible violación del código. Taylor, por favor, siéntese correctamente. —Taylor se recompuso en la silla a regañadientes—. Gracias. Señorita Finn, ¿usted ha violado el Código de Honor en clase?

—No lo pretendía —dije rápidamente—. Solo quería responder a Evangeline…

—¡Como yo! —exclamó Taylor—. Solo quería responderle a Galen.

—Sus respuestas no han sido respetuosas —replicó Radtke—. Kat, no sé lo que pasaba en su vieja escuela, pero, en Harcote, no usamos un lenguaje obsceno y mucho menos nos dirigimos así a nuestros compañeros de clase. Valoramos el espíritu del debate. En algunas ocasiones, estos pueden presentarnos desafíos, pero esa inquietud nos ayuda a crecer.

Me moría de ganas de decirle que lo que había dicho Evangeline no era ni por asomo parte del debate, pero me contuve. ¿Acaso iba a replicar también en contra del Código de Honor?

—Debería haber elegido mejor mis palabras.

—Por favor, que sea así de aquí en adelante. —La señora Radtke miró a Taylor—. No vamos a fingir que es la primera vez que se encuentra en esta situación, señorita Sanger. ¿Tiene algo que decir en su defensa?

—Sinceramente, teniendo en cuenta la situación, creo que fuimos muy respetuosas con Galen y Evangeline.

Mi estómago se descompuso.

—¡Por qué hablas por mí! No somos un equipo…

Taylor siguió hablando por encima de mis palabras.

—Deberíamos haberlos apuñalado. Así es como arreglaban las cosas en la antigua escuela de Kat. Sin embargo, en lugar de eso, hemos optado por usar nuestras propias palabras. En realidad, deberían condecorarnos con la medalla del respeto.

—Nada de eso. ¡Nadie debería haber apuñalado a nadie! —dije rápidamente—. ¡No sé de qué está hablando!

Taylor me miró haciendo pucheros de forma cómica. Había conseguido volver a adoptar la misma postura despatarrada que la señora Radtke acababa de decirle que era irrespetuosa.

—¡Oh! Kath-er-ine, creía que éramos compañeras de crimen.

—¿Eres incapaz de tomarte nada en serio? —grité—. ¡Y me llamo Kat!

—Señorita Finn, no existe ninguna razón para levantar la voz, aunque coincido en que la señorita Sanger puede poner a prueba la paciencia de cualquiera. —La señora Radtke negó con la cabeza y anotó apresuradamente algo en su cuaderno—. No permitiré que las estudiantes de la casa Hunter se comporten de esta manera. Mañana, después de clase, se presentarán en mi despacho para escribir una carta de disculpa a Galen y a Evangeline. Pueden retirarse.

Nos levantamos y recogimos nuestras bolsas. Taylor volvió a mirar a la señora Radtke.

—¿Qué va a pasarle a Evangeline?

El rostro de la señora Radtke se endureció.

—No es de su incumbencia. Ahora, por favor, salgan de mi despacho.

Antes de que la puerta del despacho de la señora Radtke se hubiera cerrado por completo, abordé a Taylor.

—¿Cuál es tu puto problema?

Taylor se encogió de hombros mientras tecleaba algo en el móvil.

—Creo que no ha sido para tanto. Pero tú pareces un poco alterada.

Se marchó por el pasillo y me obligó a seguirla hasta las escaleras.

—¡Claro que estoy alterada! Teniendo en cuenta mi situación, es lo más lógico. —Intentaba fingir que esa discusión no me importaba en absoluto, pero la presión en mi pecho me sobrepasaba y un agudo grito de rabia rompió mi fachada—. Si no fuera por tus comentarios, nunca habría violado el Código de Honor.

—Tranquila, de ahora en adelante, tendré en cuenta mis comentarios para que no reacciones de esa manera —dijo Taylor—. De todas formas, el Código de Honor es una auténtica basura. Solo quieren enseñarnos a actuar como ellos. Es lo mismo que tener una pequeña Radtke o un diminuto Atherton susurrando en tu cabeza todo el rato, influyendo en todas tus decisiones. Es una mierda.

—¿Y qué importa? Esas son las normas, y eso significa que tenemos que seguirlas. ¿Es tan terrible pensar como ellos si eso significa no meterte en problemas?

Taylor se detuvo en medio de las escaleras y torció su rostro hacia mí. La mirada de desdén en sus ojos era tan genuina que me estremecí.

—Sí, es terrible, porque pensar como ellos me romperá en pedazos. Crees que yo tengo la culpa de que no encaje aquí. Pero en esta escuela, en todo el maldito Vampirdom, solo hay espacio para cierto tipo de persona. Si no encajas, es mejor que cambies, cuanto antes. De ese modo, tal vez seas feliz. Pero yo no pienso hacerlo. No puedo. Alguien como Radtke jamás me entenderá. Tiene como doscientos años, y siempre me mira por encima del hombro porque me visto como un chico. ¿Y quieres que la deje entrar en mi cabeza, que le conceda más poder del que ya tiene sobre mí? No, muchas putas gracias.

Estaba un peldaño por encima de ella, pero nuestra diferencia de altura nos dejaba al mismo nivel. Abrí la boca dispuesta a decirle que yo no podía permitirme el lujo de actuar de ese modo, que estaba en Harcote gracias a la generosidad de un desconocido y que tenía que demostrar constantemente mi valía. No obstante, entonces me percaté de que el oro de sus iris brillaba más que de costumbre. Su pulso latía rápidamente en su cuello, y su barbilla temblaba débilmente. Desde que Taylor había entrado en nuestra habitación el día de la mudanza, era la primera vez que su voz no escondía ni una pizca de sarcasmo.

—Está bien.

En el rostro de Taylor apareció una extraña y suave mirada, pero antes de que pudiera darme cuenta, ya estaba bajando a toda velocidad las escaleras. En el rellano, se detuvo y se volvió hacia mí.

—Gracias por contestarle a Evangeline. Pero, para que quede claro, no necesito que me defiendas, y mucho menos de ella.

Me crucé de brazos.

—De nada. Y para que quede claro, no te estaba defendiendo. Evangeline se estaba comportando como una idiota.

Taylor golpeó la punta de su zapatilla contra el escalón inferior.

—Tienes toda la razón. Hasta luego, Kath-er-ine.

Bajó el siguiente tramo de escaleras y desapareció antes de que pudiera corregirla.

Taylor

Subí las escaleras de Old Hill de dos en dos.

Puta Katherine Finn.

Al recordar cómo el azote de las palabras que Kat le arrojó a Evangeline había electrificado la clase, casi pierdo la cabeza. Nadie me había defendido de esa forma, nadie salvo yo misma.

No, lo estaba sacando de contexto. Kat era una aliada de la comunidad *queer* en general. Eso no quería decir que fuera mi amiga, mi aliada personal. Si hubieran atacado a otra persona por eso, también habría saltado. Era ese tipo de persona. Me había dicho claramente que no íbamos a ser amigas, y tenía que tomar sus palabras al pie de la letra. Igualmente, en el despacho de Radtke, el ardor de su mirada asesina casi me causa quemaduras de tercer grado.

Era mejor así. Kat y yo tuvimos una amistad, pero eso no quería decir que fuera una persona de confianza. La realidad era que no podía confiar en nadie, no podía esperar que le gustara a alguien. Obviamente, no pretendía que nadie me entendiera, solo podía esperar que me respetaran. Si lo olvidaba y dejaba que me hicieran daño, la culpa solo sería mía.

Esa era una certeza fría, limpia y clara; me aferré a ella como a un bote salvavidas, incluso mientras respondía a un mensaje de texto que acababa de recibir.

«Llegaré dentro de cinco minutos.»

Cuando salí de Old Hill, saqué del bolsillo las gafas de sol y me las puse. En lugar de dirigirme a la biblioteca o a la casa Hunter, giré a la derecha y fui al teatro.

La mejor forma de protegerse de los juicios de los demás es ser siempre una misma, sin miramientos. Si solo buscas ganarte el rechazo de los demás, cuando te rechazan, todo te resbala. Eso te permite tener el control. Esa estrategia me había alejado de casi todas las personas de Harcote, pero me había proporcionado una libertad que ellos jamás tendrían.

Pero la situación con Kat era distinta.

En primer lugar, no podía echarla de mi lado porque, independientemente de lo que hiciera, siempre estaría en el otro lado de esa estúpida habitación.

En segundo lugar, Kat me conocía antes de que hubiera construido mi coraza. En cierta medida, ella tenía su responsabilidad. Kat era como un agente durmiente, alguien infiltrado en casa del enemigo que esperaba su momento para hacerme daño otra vez.

Y, por último, desgraciadamente, no quería alejarme de ella.

Para nada.

Más bien, todo lo contrario.

Eso era tan cierto y estúpidamente descorazonador que nada más pensar en ello tenía ganas de practicarme una lobotomía. Desgraciadamente, no tenía ni los conocimientos ni los recursos para practicarme una, así que, en lugar de eso, rodeé la entrada principal del teatro y me acerqué a una puerta lateral que conducía a la zona de los bastidores. Solo los estudiantes del Arte Dramático Avanzado podían acceder por esta puerta, y ni muerta me encontrarían en una de sus clases. Afortunadamente, un pedazo de papel impedía que el picaporte bloqueara la puerta, así que no tuve ningún problema para entrar. Al final de un largo y oscuro pasillo, un resquicio de luz se colaba por debajo de la puerta del armario.

Un sentimiento familiar me estrujó el estómago: un pánico encantador. Querer lo prohibido. Hacer lo que se supone que no debes hacer.

Guardé las gafas de sol, me alisé el pelo con la mano y abrí la puerta. En realidad, no era un armario: era mucho más grande que mi habitación y estaba abarrotado de vestidos de producciones anteriores y de todo tipo de artefactos inútiles. En una de las paredes había un mostrador debajo de un espejo provisto de bombillas incandescentes que iluminaban la habitación. Cerré la puerta tras de mí.

—Eso no han sido cinco minutos.

Evangeline estaba sentada en el mostrador; sus piernas se balanceaban en el aire. Llevaba el pelo recogido por encima de los hombros, como una ola nocturna, y tenía esa horrible mirada glaciar en los ojos; era una mirada ansiosa, aburrida, como si estuviera a punto de despedazar cualquier cosa que se le cruzara.

Como de costumbre, su aspecto era espectacular.

Dudé. Después de lo que me había llamado, no pensaba disculparme por llegar tarde, pero sin darme cuenta le dije:

—Lo siento, me han entretenido. ¿Qué quieres, E?

Evangeline bajó de un salto del mostrador. Su falda plisada rozaba contra el linóleo. Podría haber escuchado ese sonido todo el día. Cuando se acercó a mí, no pude hacer nada para evitar morderme el labio. Evangeline se dio cuenta. Estaba sonriendo.

—Vamos, Taylor. ¿Qué crees que quiero?

—¿Como no me has humillado lo suficiente en público, ahora quieres hacerlo en privado?

Ladeó ligeramente la cabeza y dejó al descubierto un triángulo de su apetitoso cuello. No pensaba tocarlo.

—¿Estás loca por mí?

Así era, pero mantuve mi boca cerrada.

Entonces se lamió los labios. «Mierda.»

—Me encanta cuando te enfadas en clase.

—Me trae sin cuidado lo que te gusta.

Así se hacía. Eso era verdad, o, al menos, lo había sido en el pasado, es decir, unos cinco minutos antes. Pero ahora no estaba tan segura. Al final del curso anterior, me prometí que nunca tendría nada con Evangeline. Había tomado tal determinación por varias razones, todas de peso, pero ahora parecían lejanas y escurridizas. Si la tenía delante de mí, la encarnación presente de los argumentos a favor superaba todos los argumentos en contra.

Argumento en contra: esta historia no iba a llegar a ninguna parte. A favor: en realidad, ninguna llegaba a nada.

Argumento en contra: enrollarse con chicas malas solo porque ellas lo piden no es la mejor forma de respetarse a una misma. A favor: los labios de Evangeline.

Argumento en contra: después me sentiría fatal. A favor: el futuro era un problema para más adelante. Ahora mismo, podría disfrutar de lo lindo.

Evangeline estaba ahí plantada, delante de mí, haciendo ese gesto irresistible: se mordía con un incisivo su hermoso labio, y luego me miraba la boca, a los ojos, y otra vez la boca…, como si estuviera fantaseando conmigo.

—Ha sido un verano muy largo —dije con un suspiro.

Era un hecho que para mi cuerpo también había sido un largo verano.

—Por favor… —susurró.

Mi respiración se agitó. Evangeline estaba coqueteando

conmigo. Me deseaba lo suficiente como para probarlo, como para actuar como si fuera uno de esos estúpidos chicos.

Mis labios se posaron sobre los suyos con tal rapidez que lanzó un gemido; luego nos besamos apasionadamente, con nuestros cuerpos restregándose frenéticamente y la espalda de Evangeline apoyada contra ese espejo envuelto en una luz dorada. La besé en el cuello y noté su aliento en mi oído. Me daba tanto placer y me sentía tan estúpidamente bien que era casi cruel. En realidad, quería perderme en esa horrible sensación para toda la eternidad.

Más tarde, me quedé de pie junto a la puerta fingiendo que no estaba observando cómo Evangeline se metía la camisa por dentro de la falda. Ahora que habíamos acabado, el malestar irrumpió de forma grosera. La pregunta era por qué le había dejado tener tanto poder sobre mí, y por qué, cuando estábamos a solas, la había dejado convencerme de que era yo la que controlaba. Ahora lo único que quería era desprenderme de su olor, pero, por alguna razón, no me fui hasta que ella se despidió.

—¿Vas a putear a Kat por lo que te ha dicho hoy en clase? —pregunté para romper el silencio.

—Todavía no lo he decidido. —Evangeline me miró por el reflejo del espejo—. ¿Por qué lo preguntas?

—Por nada.

Entonces se dio la vuelta, con las manos en la cintura y los ojos con un brillo aterrador. Era una diosa del caos.

—Taylor...

—¿Qué?

El horror, podía sentirlo y verlo en el reflejo del otro lado de la habitación: me estaba sonrojando.

—¿No estarás enamorada de tu compañera de habitación?

—No, eso no es lo que he dicho... La conozco de antes, y tú eres una zorra. Sé cómo eres con la gente.

Demasiado tarde. Evangeline me estaba mirando como si fuera un cachorrito: un candidato perfecto al que aplicarle una buena tortura.

—¡Oh! Taylor, eso es lo más patético que he escuchado en mi vida.

Sentí aquellas palabras como un golpe en el pecho, muy cerca de mi corazón. Intenté mantener la compostura mientras recogía mi bolsa. No iba a dejar que Evangeline supiera que me había herido. Porque no lo había hecho. En realidad, me sentía enfadada, pero no con ella. Hundir sus colmillos en cualquier lugar blando que quedara expuesto era su naturaleza. Por eso estaba enfadada conmigo, por haber mencionado a Kat, por haber quedado con Evangeline y por el hecho de que, incluso en este momento, buscara un poco de su amabilidad. Una pequeña señal de que le importaba.

Me sentí el ser más patético de la historia.

—Me largo. Ha estado bien —logré articular.

Evangeline se había dado la vuelta hacia el espejo para aplicarse brillo en los labios hinchados por mis besos.

—No dejes que nadie te vea al salir.

Kat

Esa noche, tumbada mirando el techo inclinado de mi oscura habitación, mi cabeza no encontraba paz. No podía dejar de darle vueltas, una y otra vez, a todo lo que había pasado aquel día. Habría dado cualquier cosa para que la alarma de un coche perturbara ese silencio. Pero lo único que se escuchaba era el suave crepitar de una casa vieja y el ocasional frufrú de las sábanas de Taylor.

Me revolví hacia el lado más fresco de la almohada. A pocos metros, Taylor estaba echada de espaldas en la cama, con su pecho hinchándose y deshinchándose lentamente; con su boca un poco torcida. Su paz hacía aún más evidente lo tensa que estaba durante el día.

Cuanto más intentaba encajar en Harcote, más clara resultaba la falta de voluntad de Taylor para hacer lo mismo. No tenía ningún amigo cercano, y no hacía ningún esfuerzo para intentar enderezar la situación. La había visto muy pocas veces en la biblioteca, en el comedor o en la zona común de la casa Hunter. En la habitación, su presencia me incomodaba. Apenas necesitaba abrir la boca para dejarme claro que me estaba juzgando continuamente.

Esa no era la Taylor que recordaba.

Se paseaba por el campus con sus zapatillas y sus gafas de sol buscando problemas allá donde pudiera encontrarlos. Actuaba como si nadie en el planeta tuviera autoridad para decirle qué podía hacer. Por eso todo el mundo pensaba que a Taylor no le importaba nada de nada.

Pero se equivocaban.

Esa tarde, Taylor me lo había dicho. No seguía el Código de Honor porque no quería que Harcote o el Vampirdom la controlaran. Jamás me había planteado que las normas fueran una elección, es decir, un camino que quieres seguir o no. Pero Taylor, a sabiendas de que gente como Radtke, Evangeline o Lucy le echarían en cara su comportamiento, actuaba como ella creía que debía hacerlo. No hacía falta que me gustara para que reconociera su valor.

Me tumbé de espaldas y observé las sombras de los árboles cercanos que la luz de la luna proyectaba en el techo.

Tal vez yo tampoco tenía que seguir las reglas. No me entusiasmaba la idea de aprender a pensar como la señora Radtke o de dejarla entrar en mi cabeza. Pero yo no era Taylor. Ella podía meterse en cualquier lío sin temer las consecuencias. Seguro que sus padres encontrarían una solución para que Harcote no la expulsara. Es más, aunque lo hicieran, Taylor siempre podía volver a casa. En cambio, yo no tenía salida.

Esa posibilidad se había esfumado. Debía tener en cuenta la ayuda económica. Mi eternidad dependía de lo mucho que me esforzara y trabajara en ese momento y en ese lugar. Deslicé la sábana hasta los pies, y luego volví a cubrirme con ella. No podía dormir.

Harcote y el Vampirdom eran exactamente lo mismo. Si quería medrar, debía respetar sus normas. Pero Taylor lo volvía todo mucho más complicado.

Finalmente, me di la vuelta hacia la pared.

—¡Por Dios! ¡Kat! —gruño Taylor—. Si vas a masturbarte, al menos, espera a que me duerma.

Me quedé helada.

—Pensaba que estabas durmiendo… O sea, no estoy haciendo eso, solo intento ponerme cómoda.

—¿Así es como lo llamas? —El colchón de Taylor chirriaba cuando su cuerpo se movía.

Su comentario me arrancó una sonrisa; de repente, fue como si hubiera soltado esa bolsa de aire que había estado reteniendo todo el día. Escuché cómo la respiración de Taylor se ralentizaba hasta que cayó rendida. No tardé en hacer lo mismo.

9

Kat

¡Activismo Climático! celebró su primera reunión un viernes, como correspondía a ese tipo de actividad. Evangeline no había exagerado: la mitad del alumnado se agolpaba en el auditorio. Tenía sentido. Como éramos seres inmortales que no toleraban bien las altas temperaturas, los vampiros teníamos mucho que perder con el calentamiento global. A pesar de todo, sabía con quién tenía que sentarme.

No es que me arrepintiera de lo que le dije a Evangeline. Ella no podía llamar a alguien «lesbiana«» como si fuera un insulto, y no como algo que celebrar. Taylor aseguraba que estaba bien, pero el hecho de que alguien «intentara» humillarte era solo un poco menos terrible que sentirse completamente humillada. Si los sangre joven de Harcote hubieran sido como mis amigos de Sacramento, Evangeline ya estaría excomulgada socialmente. Pero en ese lugar, si alguien iba a enfrentarse a las consecuencias de lo ocurrido en la clase de la señora Radtke, no tenía pinta de que fuera a ser Evangeline. Era obvio que ella iba a ser importante en Harcote y en el Vampirdom durante mucho tiempo. Mientras fuera así, necesitaba caerle bien.

Y eso significaba una disculpa real, no solo una de las cartas de la señora Radtke.

Evangeline y Lucy estaban revisando sus teléfonos cuando me acerqué. Antes de que pudieran matarme con la mirada, me senté y empecé a hablar.

—Evangeline, siento lo que dije en clase. Fue una estupidez, espero que no te hayas ofendido.

Los ojos de hielo de Evangeline me miraban por encima del borde de su teléfono. Tuve la misma sensación que cuando la conocí: parecía haber decidido que sería más divertido jugar conmigo antes de aplastarme. De repente, sonrió y dejó el teléfono.

—Oh, ¿eso? No pasa nada. Sin rencores.

—¿En serio? —dije.

—Fue un poco divertido, la verdad —me respondió.

No pude saber si mentía.

La reunión comenzó y Evangeline y Lucy volvieron a hundir la cabeza en sus teléfonos. En realidad, parecía que casi todo el auditorio estaba con los deberes, chateando o incluso haciéndose selfis. Estaba a punto de preguntar si el grupo organizaba protestas en los Viernes climáticos, pero, antes de que pudiera hacerlo, los tres líderes estudiantiles comenzaron a discutir sobre qué responsabilidad tenían los vampiros en el cambio climático, o si en realidad los humanos eran los verdaderos culpables; después de todo, no se llamaba cambio climático vampirogénico.

Evangeline se inclinó hacia mí con la barbilla apoyada en un nudillo.

—Todo salió bien con el cambio de habitación, ¿verdad? ¿Las cosas están bien con Taylor?

—Totalmente —me apresuré a decir. No quería saber si me estaba preguntando si me asustaba que mi compañera de cuarto fuera lesbiana—. En realidad, ya conocía a Taylor. Éramos amigas, de niñas.

—Qué casualidad —dijo Evangeline, fascinada—. ¿Erais muy amigas?

Era una pregunta sencilla, pero me rasgó el pecho. Hacía mucho tiempo había arrinconado, tan profundamente como había podido, los recuerdos de mi amistad con Taylor. Quería olvidarme del daño que me causó lo que había hecho y olvidarla por completo, pero verla de nuevo fue como abrir una cápsula del tiempo. No había olvidado nada: la frecuencia con la que nos dolía el estómago de tanto reír, su facilidad para meterse en líos, el modo en que una sola mirada entre nosotras era todo un lenguaje, esa sensación que florecía en mi pecho cuando nos prometíamos no tener secretos.

Me encogí de hombros.

—Hace mucho que no la veía.

—¿Cuánto tiempo?

«Dos años y nueve meses.»

—No estoy segura. ¿Unos cuantos años? De todos modos, ¿qué rayos le pasa?

Evangeline se sentó de nuevo en su silla, con una sonrisa serpenteante en su rostro.

Le dio un codazo a Lucy.

—Luce, Kat quiere saber qué pasa con Taylor.

Lucy parpadeó mientras sus ojos se adaptaban a mirar algo que estaba a más de veinticinco centímetros de su cara.

—Taylor tiene mala energía. El año pasado abandonó ¡Activismo Climático! porque pensaba que no estábamos consiguiendo nada. Joder, que estamos en secundaria, ¿cómo vamos a resolver nosotros el cambio climático? Pero ella lo convirtió en un gran drama; entonces todos los demás se sintieron mal por no renunciar, así que finalmente un montón de gente renunció porque odiaba el drama, que es justo lo que es Taylor.

—No es divertida —dijo Evangeline—. Es todo lo contrario a la diversión.

Lucy volvía a mirar su teléfono.

—Pensar que eres mejor que los demás no te hace tener personalidad.

Ambas se rieron.

Fue un acto de cobardía, pero yo también me reí.

Esa misma noche, mientras salía de la casa Hunter para la Cena Sentada, con un vestido digno de un figurante de una casa embrujada, la señora Radtke me detuvo en la puerta.

—Kat, no he recibido su ensayo para la tutoría con el señor Castel. Recuerde que es para esta noche.

—Claro, eso. De hecho, no pensaba presentarme.

—¿Por qué?

—Es que pensé…

Mis dedos se anudaron. La señora Radtke sabría que el certamen era una pérdida de tiempo, que todo era una pantomima. Además, tenía más deberes de los que podía hacer, todos esos clubes y lo que Taylor había llamado «Operación lameculos». No tenía sentido escribir un ensayo para una tutoría que nunca iba a ganar.

—No puedo soportar el suspense —dijo la señora Radtke—. ¿En qué está pensando?

—Cualquier otro chico sería mejor candidato.

La mirada de mármol de la señora Radtke cayó en mí de una manera peculiar y desagradable.

—No me había dado cuenta de que usted también formaba parte del comité de selección.

—No…, no lo sé.

—Y, sin embargo, se atreve a decirme que no es una candidata cualificada. Que otro chico —en la boca de la señora Radtke, sonaba más a un niñato que a un adolescente— sería una elección superior. Por favor, dígame a quién debemos seleccionar y nos ahorrará mucho tiempo.

—No me refería a eso. Puede elegir a quien quiera.

—Muy generoso por su parte. Esta es una excelente oportunidad y usted es una magnífica candidata. Cuenta con una perspectiva única, una distinta a la de los demás estudiantes de este lugar. —La señora Radtke se enderezó, con su largo collar de perlas repiqueteando—. Recuerde, Kat, que una boca cerrada no se alimenta.

Alcancé a las chicas camino del comedor. Hablaban de una noche de cine que habían planeado para más tarde en la sala común, pero apenas prestaba atención. A la hora de cenar, ignoré a Galen, que volvió a asistir vestido completamente de negro. Miraba abstraído en mi dirección, como si acabara de salir de un páramo azotado por el viento. Esta noche no tenía tiempo para mirar de reojo. Necesitaba pensar.

La señora Radtke tenía razón: la sensación de que no era lo suficientemente buena para ganar el certamen no era motivo para no concursar. Podía ser una posibilidad remota, pero en el pasado no había dejado que eso me detuviera. Al fin y al cabo, había conseguido entrar en Harcote con financiación completa, contra todo pronóstico.

Lo quería. Estaba deseando escuchar mi nombre. Quería estrechar la mano de Victor Castel. Si ganaba el certamen, demostraría que debía estar allí, que, como todos los demás, yo también era «lo mejor de lo mejor».

Incliné mi cuenco y vi cómo la última gota de hema dibujaba una línea carmesí en la porcelana.

También se lo demostraría a mi madre.

Miré a mi alrededor. En todas las mesas, los estudiantes estaban encorvados en sus sillas, estresados, aburridos o atraídos por una incómoda conversación con su profesor. Nadie que no perteneciera a ese mundo podría decir, con un vistazo, que yo era diferente; que ellos tenían apellidos legítimos mientras que los míos no significaban nada; que sus colmillos eran célebres mientras que los míos eran un misterio. Puede que yo no tuviera lo que ellos tenían y que nunca lo tuviera, pero seguía estando aquí. «Lo mejor de lo mejor.» No necesitaba el permiso de nadie para actuar como ellos.

La idea palpitó en mi pecho. Eso era lo que Harcote significaba para mí: si me lo proponía, este lugar podía igualarme a los demás.

Miré la hora. Podía ponerles una excusa a las chicas y escabullirme a una de las salas de estudio de Old Hill justo cuando terminara la cena. Si trabajaba rápido, cumpliría con el plazo.

Taylor

Era viernes por la noche y estaba sentada en un aula oscura de Old Hill con mi profesor de Química. Kontos era mucho más guay que cualquier otra persona del campus; además, no era culpa mía que nadie quisiera unirse al club de cine francés. En realidad, eran tan pocos los que querían unirse que técnicamente no era un club, solo estábamos Kontos y yo. Por eso, cuando empecé a perder el interés por el cine francés y empezamos a ver *Killing Eve* (en parte tenía lugar en Francia, así que técnicamente contaba), no hubo nadie que se opusiera.

Aunque fuera un poco raro pasar la noche del viernes con un profesor, ¿qué otra cosa podía hacer? ¿Pasar la noche de cine en la casa Hunter con Evangeline y Lucy? No, gracias. La mera idea de estar en la misma habitación que Kat, bajo la mirada de Evangeline, me causaba pavor. Desde el día anterior, me había maldecido diez mil veces por mencionar a Kat, y luego diez mil veces más por haberle dado a Evangeline una pista de lo que sentía. No tenía miedo de que Evangeline se lo contara a Kat, aunque eso sería una putada increíble y no quería que tal cosa ocurriera; eso lo tenía claro. Evangeline no tenía que decírselo a nadie para hacerme sentir mal. Todo lo que tenía que hacer era lanzarme una de esas miradas cuando Kat estuviera cerca y el mensaje sería claro: conozco tu secreto.

Era increíblemente injusto que el hecho de que me gustaran las chicas hiciera que fuera una tortura estar cerca de ellas.

Hice crujir mi cuello. En la pantalla, Villanelle estaba asesinando a alguien con extraordinaria facilidad, pero me había perdido de quién se trataba.

Maldita Evangeline, maldita Kat; eran capaces de distraerme de uno de mis cursos favoritos sin ni siquiera estar en mi habitación.

Me había burlado de Kat por la «Operación lameculos», pero en realidad odiaba que anduviera con Evangeline, y no porque estuviera celosa. Kat no sabía cómo manejar la retorcida mente de Evangeline, que era el tipo de persona que podía hacer que perdieras el control antes de que te dieras cuenta de que estabas perdiendo la cabeza. Kat pasaba cada minuto del día esforzándose al máximo. Puede que se le diera bien ocultárselo a los demás, pero a mí no. Conocía un millón de maneras microscópicas de intentar ser alguien distinta a ti misma. Eso podía quebrarte, si lo permitías, y es exactamente lo que Evangeline intentaría hacer.

No quería que Kat saliera herida.

—¿En qué piensas?

Salí de mi ensoñación. Kontos había encendido la luz de nuevo.

—¡Oh! Eh... Genial. Gran episodio. —Y me froté los ojos.

—¿Gran episodio? —preguntó Kontos—. ¿Eso es todo lo que puedes decir?

Me rasqué una ceja.

—¿No te ha parecido genial?

—Sí. Un gran episodio. —Kontos tamborileó sus dedos contra el escritorio—. ¿Quieres hablar de eso o contarme qué te preocupa?

—Depende. —Incliné mi silla sobre las dos patas traseras.

Kontos y yo éramos íntimos, era mi único amigo gay, pero seguía siendo mi profesor de ciencias, y un hombre que debía de tener setenta y cinco años más que yo. Él solo conocía la versión apta para todos los públicos de lo que sucedía con Evangeline, y no estaba dispuesta a hablarle de mis sentimientos por Kat.

—¿Vas a sentarte de espaldas en la silla para que sepa que eres un profesor guay?

—Soy un profesor guay sin importar cómo esté sentado —replicó Kontos—. Me enteré de lo que sucedió en la clase de la señora Radtke.

Puse los ojos en blanco.

—Sé que no ha sido uno de mis mejores numeritos. Solo estaba probando algo nuevo. Radtke ya me soltó la charla, así que ahórratelo...

Kontos me detuvo con un gesto de la mano.

—No lo es.

Me eché hacia atrás en mi asiento, negando con la cabeza.

—Debería haber sabido que Radtke te lo comentaría.

Kontos chasqueó la lengua.

—Lo mencionó porque sabe que me llevo bien contigo. No es tan mala.

—Eso no significa nada viniendo de ti. A ti todo el mundo te cae bien.

Se llevó una mano al pecho.

—¡Apúntame al corazón, Taylor! No creo que para ti eso sea un insulto. Piensa que podría decir lo mismo de ti.

—Entonces, si odio a todo el mundo, ¿tampoco significa nada? Ahí es donde te equivocas. Hay gente que me disgusta, gente a la que odio y gente a la que detesto, y detesto a Radtke. Seguro que cree que las mujeres no deberían montar en bicicleta o llevar pantalones. —La rabia se cocía a fuego lento dentro de mí. Mejor estar enfadada que otra cosa—. Castigó a Kat por contestarle a Evangeline: «Las damas de la casa Hunter no pueden perder el control». Pero ¿qué le pasó a Evangeline? Nada, joder.

—Evangeline también fue irrespetuosa contigo.

Descubrir que no estaba ni la mitad de enfadada con Evangeline de lo que debería haber estado era más información de la que mi cerebro podía manejar. Definitivamente era más de lo que quería explicarle a Kontos. Me encogí de hombros.

—Me llamó «lesbiana». ¿Qué será lo siguiente? ¿Llamarme «chupasangre no muerta»?

Tampoco ahora Kontos se rio.

—No tienes que bromear con eso.

—No me digas lo que tengo que hacer —le solté. La respiración se me agolpaba en el pecho, el corazón me latía con fuerza. No había querido decir eso, en absoluto. Había querido gastar otra broma, demostrar que Evangeline no podía hacerme daño, que nadie podía—. No me digas cómo debo sentirme. Si digo que no es gran cosa, entonces es que no lo es.

—Lo siento, Taylor —dijo con delicadeza, como si yo fuera una criatura frágil. Eso hizo que me viniera abajo—. Quiero que sepas que se equivocó al hablarte así y que han hablado con ella. Te escribirá una disculpa.

Me puse de pie.

—Y que estás aquí para hablar si lo necesito, ¿verdad? Es la hora: tengo que volver.

—No es eso, no. Siéntate. —Señaló hacia mi silla vacía.

No me gustó su tono, pero me senté.

—Escuché que en la clase de la señora Radtke dijiste que, si había una cura para el CFaD, seguirías bebiendo hema, que no te alimentarías de humanos.

—Algo así. Ella quería debatir sobre si los vampiros podrían vivir con los humanos.

—Las voces más poderosas del Vampirdom quieren que nos sintamos diferentes de los humanos, pero somos iguales en muchos aspectos. Personalmente, me gustaría que trabajáramos hacia una mayor apertura, en pos de una comunidad compartida.

—Probablemente, Radtke te despediría si te oyera hablar

de ese modo. El Vampirdom es así: no importa lo que comas, lo que importa es que somos mejores que los humanos. «Lo mejor de lo mejor», ¿no?

—Olvídate de la señora Radtke por un momento. ¿Qué crees tú?

No seguía mucho la política del Vampirdom, ya tenía mi ración de hipocresía en Harcote, pero definitivamente había pensado en la idea de la integración con los humanos. Recordé cuando Kat preguntó con qué genero me identificaba y que yo apenas fui capaz de responder. En aquel momento, había sido emocionante y sorprendente, pero, cuanto más pensaba en eso, más me entristecía. Joder, no eran pocos los vampiros que todavía utilizaban la palabra gay para describir una agradable tarde en un parque. Si los vampiros querían progresar (algo que obviamente yo deseaba), los humanos eran nuestra mayor esperanza.

—Creo que sería bueno que los vampiros pudieran acercarse a los humanos. Pero no veo cómo podría suceder.

—¿Por qué no? —Kontos se inclinó hacia delante, con los codos sobre las rodillas—. Si lo piensas bien, ahora tenemos un sustituto de la sangre y no necesitamos cazar: ¿qué nos detiene realmente?

—Suenas como un unionista.

Kontos extendió las manos y sonrió.

—¡Bueno! Si encajo en la etiqueta…

Me quedé con la boca abierta.

—¿Qué?

—Soy un unionista —dijo.

Nunca había oído que nadie se llamara a sí mismo de esa manera. Jamás. Todo el mundo sabía que hablar del unionismo era como hablar de la mierda de perro: algo repugnante, casi vergonzoso.

—Creo que los vampiros pueden vivir en armonía con los humanos, con una cura para el CFaD y acceso libre al hema. Parece que tú también crees en algunas de esas cosas.

No sabía qué decir. Sí que creía en esas cosas, pero cuando las encadenaba de esa manera, llegaba a un lugar, el unionismo, con el que no me identificaba. Al menos, jamás lo había pensado así. Me quedé reflexionando sobre el tema cuando Kontos miró su reloj. Justo lo que necesitaba para que todo volviera a la normalidad.

—Rayos, es casi la hora del toque de queda —dijo.

Me levanté y me arreglé el cuello de la chaqueta vaquera.

—Genial. No quiero que Radtke me dé por culo otra vez.

Kontos hizo una mueca.

—Por favor, por lo que más quieras, ¿puedes cuidar tu lenguaje?

Miré hacia el oscuro pasillo.

—Lo siento, amigo, pero creo que no.

Los pasillos de Old Hill estaban a oscuras. Comprobé mi teléfono y maldije en voz baja. El reloj de Kontos debía ir con retraso. Ya habían pasado cinco minutos del toque de queda y el edificio estaba casi cerrado. Consideré pedirle que me acompañara de nuevo a la casa Hunter, para usarlo como excusa por salir tarde, pero no podía dejar que todo el patio residencial viera a nuestro profesor de ciencias acompañándome a casa el viernes por la noche.

Bajé las escaleras del este y fui hacia el despacho del director. Quienquiera que hubiera diseñado Old Hill, mucho antes de que Atherton comprara la escuela, quiso asegurarse de que nadie se perdiera de camino a la oficina del director. Las escaleras del este y del oeste convergían en la segunda planta en una única y amplia escalera que conectaba el despacho del director con la entrada del edificio. Básicamente, todos los que entraban o salían pasaban por delante del despacho de Atherton. Algunas mañanas se quedaba allí, flanqueado por asistentes humanos, sonriendo ante nuestra falta de sueño. También permitía que un aficionado al diseño interior de Harcote se desviviera por la simbología vampírica que había aquí abajo. Los pisos inferiores de Old Hill estaban llenos de tallas de madera oscura que retomaban el tema de los murciélagos y los castillos; columnas y barandillas talladas con espeluznantes gárgolas, y nichos en los que se exhibían recuerdos de la escuela y antigüedades anteriores al Peligro, como los elegantes cálices, que eran básicamente copas gigantes para la sangrienta fuerza vital que nos sostenía.

Estaba a punto de llegar al último tramo de escaleras cuando divisé una franja de luz amarilla en el suelo de parqué que salía del despacho del director. Se ampliaba mientras se abría la puerta. Antes de oír las voces, me adentré en las sombras de una de las alcobas. Menos mal que lo hice, porque cuando las escuché, reconocí una de las voces: Radtke.

10

Kat

Cuando acabé mi redacción, me quedé un buen rato releyendo el correo electrónico. Como era de esperar, Galen se llevaría el premio, pero mi redacción estaba muy bien. En Harcote, todos aseguraban que eran lo mejor de lo mejor. Pues bien, iba a darles la oportunidad de comprobarlo. Pulsé «enviar».

Luego revisé los mensajes de mi teléfono móvil y un nudo se me atravesó en la garganta. Había perdido la noción del tiempo y tenía que volver rápidamente a la casa Hunter para no infringir el toque de queda. No podía meterme en más líos en mi primera semana en la escuela. Radtke no sería tan comprensiva esta vez. Metí todas mis cosas en la mochila y salí a toda prisa de la sala de estudio.

Mientras andaba por los oscuros pasillos, casi se me sale el corazón por la boca cuando atisbé a lo lejos a un humano que empujaba un carrito de la limpieza. No sabía si los humanos podían denunciar que un estudiante se había saltado el toque de queda, pero, incluso si esa era una de sus funciones, su mirada era tan aterradora y vacía como siempre. De ninguna manera quería cruzarme con uno de ellos por la noche. Por eso subí las escaleras del este de dos en dos y abrí de un empujón la puerta del primer piso.

Vi la luz que se filtraba desde el despacho del director. La puerta estaba abierta y dos sombras se proyectaban sobre el pasillo desde el interior.

Estaba perdida, totalmente sentenciada.

Tenía que esconderme, alejarme o hacer cualquier cosa para mantenerme a salvo. Pero ¿cómo? Mis piernas apenas eran capaces de aguantar mi propio peso.

La puerta de las escaleras rechinó mientras se cerraba detrás de mí. Las voces del despacho cesaron y las sombras empezaron a moverse. Todo lo que se me ocurrió pensar era que estar en Harcote había sido divertido. Breve, pero divertido.

Algo o alguien me agarró por detrás; los ojos casi se me salen de las cuencas. Iba a gritar, pero una mano presionó suavemente mis labios. Instintivamente, saqué los colmillos y los hundí en la carne que amordazaba mi boca. El pecho se me encogió. ¿Acababa de morder a uno de los sirvientes humanos? ¿Sería portador de CFaD? Intenté desprenderme de las manos que me sujetaban, pero eran demasiado firmes y me arrastraron hacia un pequeño rincón oscuro entre la pared y un estante de artículos de Harcote. Aun de espaldas, estaba segura de que el olor de la persona que me sujetaba me era casi familiar: un olor a zapatillas nuevas.

—¡Deja de moverte y cállate! —me dijo Taylor al oído.

Me mantuve inmóvil. Taylor retiró la mano de mis labios; me di la vuelta para pedirle una explicación. Sin embargo, el repiqueteo de unos tacones contra el suelo de madera me sumió en un pequeño estado de pánico; casi sin darme cuenta, me encontré presionando mi cuerpo contra el suyo. Apoyé los brazos contra la pared y ella me rodeó con los suyos: ambas nos apretujamos en una pequeña sombra que apenas era suficiente para ocultar un solo cuerpo.

Había pasado mucho tiempo desde la última vez que la había tocado.

Desde el despacho del director Atherton, se oyó una voz:

—Esto ha ido demasiado lejos... El Vampirdom es mejor que esto.

—¿La señora Radtke? —susurré.

Estábamos tan pegadas que mis pestañas rozaban la mandíbula de Taylor. Así pues, cuando asintió con la cabeza, pude verlo y notarlo al mismo tiempo.

—No pienso aguantarlo más, y no soy la única... —La voz de la señora Radtke se desvaneció.

—¡No puedes pedirme eso, Miriam! —La voz del director Atherton temblaba como la de un niño que tiene un berrinche. Volví a preguntarme cuántos años tenía cuando se convirtió.

—Es una amenaza para todos —dijo Radtke.

De repente, me sentí muy asustada; era un miedo mucho más profundo que el que me provocaba saltarme el toque de queda. Estábamos escuchando a escondidas una conversación que no debíamos escuchar. Mi respiración era tan débil que mi pecho apenas se movía. Me acerqué todavía más a Taylor. Ella también estaba conteniendo la respiración.

Silencio. Atherton soltó una carcajada.

—Leo Kontos no es una amenaza.

Noté que el cuerpo de Taylor se endurecía al escuchar ese nombre.

De nuevo, el repiqueteo de los talones; ahora la voz de Radtke se oyó con nitidez:

—Si no está de acuerdo, tomaremos acciones drásticas. No pienso decir nada más.

La puerta del despacho de Atherton se cerró de golpe. Los zapatos de Radtke golpearon los escalones, y la puerta de Old Hill se abrió para volver a cerrarse.

Ambas dejamos escapar un suspiro. Me hundí entre los hombros de Taylor mientras la adrenalina de mi cuerpo disminuía. Ella apoyó su mejilla en mi frente mientras seguía rodeándome con los brazos.

De súbito, un calor extremo se apoderó de mi cuerpo. ¿Qué estaba pasando?

Taylor debió de pensar lo mismo, porque sin pensarlo me apartó de ella para ganar un poco de espacio. Luego me hizo un gesto para que la siguiera; nos escurrimos fuera de Old Hill, en la oscuridad que rodeaba el lateral del edificio.

—¡Joder! ¿Me has mordido? —El tono de Taylor era suave pero afilado. Extendió la palma de la mano en la penumbra. En la carne entre el pulgar y el primer dedo vi dos pinchazos manchados de rojo.

—¿Eso es lo único que te importa? —Me limpié la boca: todavía tenía sangre en los labios—. ¿Qué estás haciendo aquí?

—Salvarte el culo. ¿Y tú? Pensaba que estabas viendo la película.

—Estaba terminando la redacción para la tutoría de Victor Castel en una de las salas de estudio.

—Debes de ser la única estudiante en la historia de Harcote que se salta un toque de queda para hacer los deberes.

—Si no estuvieras todo el rato molestándome, habría hecho la redacción en mi cuarto.

—Podrías haberme dicho que no querías saber nada de mí. No sería la primera vez.

Un escalofrío me recorrió la espalda. Sabía de lo que estaba hablando: se refería al último mensaje que le había enviado después de que me destrozara la vida. Llevábamos dos semanas viviendo juntas, pero esta era la primera vez que mencionaba lo que había pasado. No esperaba una disculpa, pero ni mucho menos que me hiciera sentir culpable.

—Tenemos que regresar antes de que Radtke pase lista —dije—. Vamos.

Nos dirigimos a toda prisa hacia el campus. Delante de nosotras, el susurro de las faldas de la señora Radtke contra la senda de ladrillos nos permitía saber dónde estaba. Tropecé en la oscuridad y Radtke se dio media vuelta mirando en nuestra dirección, pero nos escondimos justo a tiempo detrás de un árbol.

Finalmente, seguí a Taylor hacia la parte trasera de la casa Hunter. Nuestra habitación del cuarto piso estaba todavía demasiado lejos.

—La ventana está abierta —susurró Taylor.

—¿Y cómo se supone que vamos a llegar hasta el cuarto piso? —Lo dije con más dureza de la que pretendía. Estaba enfadada con Taylor, pero aquello no era culpa suya. En realidad, tenía suerte de que estuviera allí. Tragué con fuerza y me repetí que su aparición, arrastrándome hacia la sombra, me había salvado—. Lo siento, no puedo meterme en más líos.

—Yo tampoco. Odio los líos —dijo Taylor.

No pude contener la risa. Entonces Taylor me señaló un canalón pegado al ladrillo del edificio que iba desde el suelo hasta el tejado.

—Treparemos.

—Somos vampiros, no tenemos nada que ver con *Spiderman* —respondí.

—¿Tienes una idea mejor?

Examiné el tubo con cierto recelo. No parecía que pudiera aguantar ni el peso de una ardilla.

—Vamos, Kath-er-ine —dijo Taylor lentamente—. Te reto.

Cuando Taylor sonreía, lo hacía de forma torcida, con un lado más alto que el otro; y la fría luz azul de la luna parecía engancharse en el blanco de sus dientes. Sus ojos se encontraron con los míos: eran tan brillantes que parecían contrastar con el abanico oscuro de sus pestañas, demasiado vivos para la noche. De repente, reconocí a la chica que era antes. Fue como recuperar un pedazo de mí que había extraviado por el camino.

Sentí que el corazón se me aceleraba.

Me agarré al canalón y empecé a subir.

11

Taylor

El sábado, cuando me desperté, Kat se estaba peinando después de una ducha; las imágenes de la noche anterior abrumaron mi mente; su cuerpo contra el mío, mi mejilla contra su pelo. Pero, sobre todo, esa mirada, la que me devolvió cuando la reté a subir por la tubería. Pude sentirlo físicamente..., la conexión que teníamos.

La conexión que teníamos «antes».

Tan pronto como empecé a deslizar las piernas fuera de la cama, me dijo:

—¿Ya sabes lo que vas a hacer? Porque estoy convencida de que no te vas a quedar de brazos cruzados con lo de Kontos. En realidad, solo espero que no hagas una estupidez.

—Vaya, ahora mismo, me siento un poco juzgada.

Kat dejó de peinarse y me miró por encima del hombro. Se me aceleró el corazón.

—¿Así que no piensas hacer nada?

—¡Por Dios! ¿Quién te crees que soy? No podemos dejar que Radtke vaya a por Kontos.

Volvió a mirar al espejo.

—Ni siquiera estoy segura de que eso sea lo que está ocurriendo. La señora Radtke hablaba de una gran amenaza, Kontos es demasiado bondadoso.

Me mordí el labio. Un día antes habría estado de acuerdo con ella, pero ahora sabía que Kontos era unionista. No pensaba decírselo a Kat, pero si Radtke lo sabía..., bueno, eso explicaría muchas cosas.

—Radtke es una trav. Esa gente aún cree que la electricidad es una amenaza. Kontos no es un trav —dije—. Tal vez sea por eso.

—Pero ¿qué es lo que quieren los travs? Pensaba que solo pretendían vestirse sin un criterio estético válido.

—Son vampiros supremacistas —le contesté—. No es que esa forma de pensar sea muy extraña en el Vampirdom, pero ellos son extremistas. Creen que desde que el CFaD se propagó, la cultura de los vampiros está en peligro. Creen que los sangre joven deben aprender cómo funcionaba el mundo antes, cuando disfrazarse de murciélago no era un problema estético y los vampiros eran criaturas nocturnas que dormían en ataúdes llenos de moho. —Como Kat no había tenido la suerte de disfrutar de una educación vampírica, se lo expliqué—. Lo peor de todo es que esa supuesta cultura que defienden es una fantasía reconstruida a partir de las películas de Bela Lugosi y las novelas de Anne Rice. Que yo sepa, antes del Peligro no existía la cultura vampírica. Ni siquiera existía el Vampirdom. Un vampiro podía pasar décadas sin cruzarse con otro chupasangre, así que era literalmente imposible que surgieran estúpidas tendencias estéticas.

Kat frunció el ceño.

—No lo sabía. ¿Así que el Peligro reunió a todos los vampiros?

—A los vampiros que no se llevó por delante. Si sobrevivías era porque tenías acceso constante al hema. Eso quería decir que, por primera vez, los vampiros empezaban a relacionarse regularmente entre sí. Esa es la base del Vampirdom. Los travs son un movimiento surgido de la nostalgia.

—Por eso la señora Radtke es la profesora de Ética Vampírica: quiere asegurarse de que los sangre joven no se apartan de la tradición —dijo Kat—. Pero, la verdad, no veo el problema con Kontos. Solo es un profesor de química, no creo que su propósito sea corromper a la juventud.

—Es cierto.

Aunque la última vez que habíamos hablado me había dado la sensación de que intentaba reclutarme para la causa unionista, habíamos sido amigos íntimos durante casi dos años antes de que lo mencionara. Era muy poco probable que estuviera a punto de empezar una insurrección en el campus.

—Sea lo que sea, no es de nuestra incumbencia —dijo Kat—. Así pues, si quieres meterte en problemas, por favor, no cuentes conmigo.

—Por supuesto, apenas cuento contigo para nada.

El martes por la tarde, por fin, pude arreglármelas para acorralar a Kontos en su despacho, que quedaba al lado del laboratorio de química. Probablemente, era el peor despacho de Harcote. La mesa estaba repleta de papeles y vasos llenos de esos bolígrafos que tanto le gustaban. También contaba con una librería de gran tamaño que sobresalía de la pared y ocupaba gran parte de la estancia. En el alféizar de la ventana, un grupo de cactus se las apañaba para sobrevivir.

Cuando me vio, esbozó una sonrisa por debajo del bigote.

—Buenos días, Taylor.

No me senté porque una pila de libros descansaba en la única silla del despacho.

—Necesito hablar contigo. Creo que tienes problemas. —Se lo conté todo, y dejé a Kat fuera de la historia; es decir, le dije que había escuchado cómo Radtke intentaba convencer a Atherton de que Kontos era una amenaza.

Mientras hablaba, Kontos golpeaba suavemente el pulgar contra su barbilla, como si nunca hubiera pensado que sus compañeros quisieran arruinarle la vida.

—Atherton parecía molesto, pero creo que Radtke estaba dispuesta a llegar hasta el final.

Kontos dejó escapar un suspiro.

—Gracias por contármelo, Taylor. Pero no debes preocuparte por nada. Mantengo una buena relación con Miriam Radtke. Si hay algún problema, seguro que no tendrá ningún reparo en hablarlo conmigo.

—¡«Acciones drásticas», Kontos! Esas fueron sus palabras exactas.

—Entonces me mantendré atento a cualquier «acción drástica». En serio, no tienes nada de qué preocuparte.

Fruncí el ceño, y no dejé de hacerlo hasta que llegué a mi siguiente clase. No me sentía mejor que antes. Kontos estaba seguro de que se trataba de un malentendido, pero era demasiado cándido. Pero yo no pensaba dejarlo caer, sobre todo si Radtke estaba implicada en ello.

Algo estaba pasando y no pensaba descansar hasta que lo averiguara.

Kat

El dulce y metálico aroma del hema inundaba la estancia en la Cena Sentada del martes. Aquel olor aún me producía cierta inquietud, pero ya no sentía la desesperación del principio. Lentamente, me había acostumbrado al hecho de que, en Harcote, el hema no escaseaba y que había suficiente para alimentar sobradamente a todo el mundo.

El estudiante de primer año que se sentaba a mi lado se llevó la cuchara a la boca y un hilillo de sangre se le escurrió en la camisa. Lo disculpé con la mirada.

—Yo también tardé un tiempo en acostumbrarme al hema, pero al final ni siquiera echarás de menos la comida humana.

Me lanzó una mirada rencorosa y dijo:

—Bebo hema desde pequeño. La comida humana es asquerosa.

Galen observaba la escena desde el otro lado de la mesa. Llevaba otro traje que combinaba el negro con el negro y que, fuera de Harcote, todo el mundo asociaría a un camarero, pero que en la escuela le otorgaba un aspecto de joven poeta que frecuentaba bares parisinos.

—No es culpa mía que a este niño nunca le hayan dado unos nachos con queso —dije.

La frente de Galen dibujó una arruga.

—¿Unos qué con queso? —respondió.

El director Atherton llamó al orden en la sala para empezar a hablar. Cada vez que lo hacía, el impacto de las miradas de una estancia llena de sangre joven amenazaba con desbordarlo, pero hoy sus mejillas estaban más coloradas que de costumbre.

—Tengo una gran noticia que me gustaría compartir —dijo—. Sé que todos ustedes están ansiosos por saber quién ha ganado el certamen para hacerse con la tutoría del señor Victor Castel. Que la participación haya sido tan elevada dice mucho de esta escuela: el afán de superación es una de las virtudes vampíricas que distingue a nuestros estudiantes.

Mientras el director Atherton seguía con su discurso, Galen se retorcía elegantemente en su asiento para evitar cualquier movimiento extraño, con el brazo colgado sobre el respaldo de su silla. Su gesto era cortésmente inexpresivo, casi aburrido. Me pregunté si alguna vez en su vida había deseado algo que no estuviera seguro de lograr. ¿Era siquiera consciente de que todos los alumnos y profesores de Harcote participaban en tal pantomima?

—... Es un honor anunciaros que el ganador de la tutoría es...

El director Atherton hizo una pausa dramática que nadie supo apreciar.

En ese efímero instante, Galen se llevó el nudillo a los labios y apretó los dientes contra él. Fue algo sutil que habría parecido casual, si no hubiera visto la tensión en sus manos o cómo un pequeño músculo de la mandíbula se le tensaba.

Estaba nervioso, aquello le importaba de verdad.

—... Galen Black —dijo el director Atherton.

Galen dejó caer su mano instantáneamente, una sonrisa confiada asomó en su rostro y su maldita ceja se arqueó de nuevo. Un educado aplauso llenó el comedor y casi logra ocultar los gemidos de decepción. Galen se puso en pie y realizó una pequeña y sencilla reverencia, como si hubiera tenido suficientes ocasiones de inclinarse en su vida y pudiera realizarla con la exactitud justa como para comunicar que apreciaba el apoyo de la gente, pero que, al mismo tiempo, tampoco le daba demasiada importancia.

Me sumé a los aplausos, fingiendo que la decepción no anegaba mi pecho. «Una boca cerrada no se alimenta», había dicho la señora Radtke. Aunque si la abres es posible que sigas pasando hambre. Se suponía que la gente como yo se alegraba de tener la oportunidad de ponerse a prueba. Sin embargo, en realidad, los premios eran una recompensa reservada para los niños ricos del mundo.

—¡Hay algo más! —dijo Atherton—. Como la participación superó con creces nuestras expectativas, el señor Castel ha aceptado ser el mentor de dos estudiantes. Así pues, tengo que anunciar un segundo nombre...

De súbito, mi decepción desapareció y las mariposas se arremolinaron en mi estómago... No, las mariposas revoloteaban en el estómago para las buenas noticias, y esto no pintaba bien. Así pues, sería mejor decir que los tentáculos de un calamar empezaron a estrujar mis entrañas.

—... Y el segundo estudiante es...

Los calamares aumentaron su presión.

—Vaya, qué agradable sorpresa. ¡Nuestra estudiante de tercer año, Katherine Finn!

Los tentáculos se desvanecieron; se hizo un silencio que pareció eterno. Me quedé congelada en mi asiento, con la boca abierta.

Sin embargo, inmediatamente, el señor Kontos me puso la mano sobre el hombro y el resto de la mesa me animó a que me levantara. Retiré la silla hacia atrás con cierta violencia e intenté ponerme en pie.

La primera cara que vi fue la de Taylor. Me miraba fijamente mientras el resto del comedor se preguntaba dónde estaba esa chica nueva que había ganado. No sonreía: su rostro mostraba cierto asomo de amargura, algo cercano a la decepción. Sabía que Taylor no se había presentado al certamen. En realidad, había dicho que era un concurso para idiotas; ella prefería dormir la siesta antes que pasar un rato con ese vejestorio de quinientos años. Tal vez Taylor iba por la vida intentando demostrar que era mejor que todos los demás. Pero yo estaba aquí para demostrar otra cosa: que era tan buena como el resto, ni mejor ni peor. Era uno de ellos. Una igual.

«Una boca cerrada no se alimenta.»

Levanté la barbilla.

—¿Podéis creerlo? —preguntó Kontos mientras volvía a tomar asiento—. ¡Cuando dijeron lo mejor de lo mejor, se referían a la mesa doce del comedor! ¡Felicidades Galen y Kat!

12

Kat

Cuando la cena acabó, tenía el corazón en un puño. El director Atherton nos felicitó personalmente, tanto a Galen como a mí, y nos informó de que nuestra primera reunión con Victor Castel tendría lugar al día siguiente.

Ni siquiera me molestó regresar al campus andando con Galen, que no abrió la boca mientras yo no dejaba de hablar acerca de la tutoría. A pesar de que Galen había ensalzado innecesariamente la figura de Victor Castel, no parecía ni siquiera un poco complacido desde que el director Atherton había mencionado su nombre. Supongo que, para él, todo esto era de lo más normal. Sin embargo, para mí, era un sueño hecho realidad.

De vuelta en la casa Hunter, me encontré a las chicas repantingadas en los sofás de la planta baja.

Lucy levantó sus ojos del teléfono móvil.

—¿Qué sientes al ser la «elegida», pequeña Kat?

—Lo siento por vosotras —dije, aunque no era cierto—. Sé lo importante que era para todas.

Evangeline resopló.

—La verdad, tampoco necesito la ayuda de Victor Castel. Lo hemos hablado entre todas y creemos que sabemos por qué te han elegido.

—Era un certamen —dije con cierto recelo—. Supongo que mi redacción estaba bien.

Lucy volvió a teclear algo en su teléfono.

—Solo queremos que sepas lo que dice la gente.

—Bueno, gracias —respondí—. ¿Por qué creen que he ganado?

Evangeline clavó sus diáfanos ojos en mí; su rostro era totalmente inexpresivo.

—Porque no eres nadie. Si alguien indaga sobre tu familia en los registros, nadie ha oído hablar de tu madre, y tu padre ni siquiera aparece.

—Mis padres no están juntos —respondí. Eso era técnicamente cierto, pero no demasiado exacto. De todas formas, no pensaba compartir la historia de la muerte de mi padre con Evangeline y Lucy—. No veo qué importancia tiene eso.

—Es importante, porque tus padres no tienen conexión alguna. Tal vez tus hacedores movieron algunos hilos, pero ni siquiera sabemos quiénes son —dijo Evangeline.

—Es un poco extraño —añadió Lucy.

Empecé a sentirme inquieta.

Lucy levantó sus cejas y dijo:

—Ahora es cuando tú nos cuentas cuál es tu historia, pequeña Kat.

Era cierto: había ocultado mi historia durante demasiado tiempo, y ellas no dejarían de preguntarse quién era hasta que lo descubrieran. Si se lo contaba sin tapujos, es decir, si mentía descaradamente, podría controlar lo que decían a mis espaldas.

—En realidad, ninguno sobrevivió al Peligro. Ambos murieron antes de que naciera. Pero supongo que tenéis razón, no eran de un linaje importante. Es decir, mis hacedores nunca formaron parte de ninguna corte imperial o aconsejaron a Vlad el Empalador, como los vuestros. Eran unos desconocidos, como yo.

—Vaya, esto es mucho mejor de lo que habíamos pensado —dijo Evangeline, sonriendo—. Realmente, eres la mejor candidata para que parezca que todo el mundo tiene las mismas oportunidades.

Mis mejillas se tiñeron de rojo. Evangeline tenía razón. El mensaje era perfecto: el elegido y la huérfana. Galen tenía todas las de ganar.

—No hay justicia en nada, ¿verdad? —dije.

—Así es —respondió Evangeline con una sonrisa lastimera.

No respondí a la pulla. Ni grité ni lloré. Contuve el huracán que sacudía mis sentimientos y los mantuve a raya hasta que abandoné la habitación. No quería darles la satisfacción de verme perder los estribos. Contuve la respiración hasta que la puerta de mi habitación se cerró detrás de mí, y me arrojé contra el suelo.

Calientes lágrimas de frustración resbalaron por mis mejillas. Sus palabras no deberían afectarme tanto: Lucy y Evangeline ni siquiera me caían bien. Simplemente, estaba interpretando mi papel lo mejor que podía. Creía que con eso bastaría para que las chicas se olvidaran de mis orígenes. Pero, si sobresalía, nadie perdería un segundo en recordarme cuál era mi lugar.

Lo peor era que me habían golpeado exactamente donde más me dolía: el linaje vampírico del que carecía, la historia personal que desconocía. Que el hacedor de mi madre no la convirtiera voluntariamente (la había dado por muerta) no impedía que me preguntara constantemente quién era. ¿Y si era tan importante como los hacedores de los demás estudiantes? ¿Cómo habría sido mi vida si fuera una vampira legítima? Lo más extraño era que, desde que sabía quién era la hacedora de mi padre, no sentía ninguna curiosidad para saber cómo era. Sin embargo, cuando pensaba en el hacedor de mi madre, un gran vacío se apoderaba de mis pensamientos. Una parte de mí permanecía oculta.

Además, la única verdad que conocía debía mantenerla en secreto. Los vampiros, especialmente desde el Peligro, otorgaban mucha importancia a su linaje. Su hacedor era el que determinaba la suerte de su vida, el que les enseñaba cómo cazar o cómo afrontar el hecho de dejar atrás su vida mortal. Evidentemente, desde el Peligro y la aparición de la nueva generación de vampiros, los sangre joven, todo ese aprendizaje carecía de importancia, pero no dejaba de ser determinante. Era una tradición y el hecho de que en la actualidad no tuviera mucho sentido solo hacía que algunos vampiros se aferraran a ella con más fuerza.

A los vampiros les gustaban los purasangres.

Desde pequeñas, Taylor y yo nos habíamos prometido que nunca habría secretos entre nosotras. En teoría era una promesa que una niña de diez años podía cumplir fácilmente, pero, desde el momento en el que enlazamos y besamos nuestros pulgares, supe que no podría mantenerla. Antes le había prometido a mi madre que nunca confesaría la verdad sobre su hacedor. Me dijo que no era el asunto de nadie y que, en realidad, solo se trataba de una mentira piadosa.

Sin embargo, a medida que me hacía mayor, cada vez me sentía más deshonesta. Mi madre había tejido una historia inventada sobre su hacedor, pero, cada vez que la repetía, estaba echando más mentiras sobre mi vida. Había perdido la cuenta de cuántas veces le había repetido esas mentiras a Taylor.

Finalmente, cuando ambas teníamos trece años y Taylor se inscribió en Harcote, le conté toda la verdad. Estábamos en su habitación, supuestamente ocupadas con los deberes. Recuerdo que estábamos tumbadas en su cama, ella reposaba la cabeza sobre mi estómago y nos habíamos reído de algo que ahora no recuerdo. Entonces me miró de soslayo y me dijo:

—No puedo creerme que me manden a esa estúpida escuela sin ti.

—Yo tampoco —dije enredando en mi dedo uno de sus rizos—. Pero estaré aquí cuando regreses por vacaciones.

Esbozó una sonrisa con los labios.

—Quizá boicotee mi admisión. Tengo que escribir una redacción importante sobre mis hacedores. Tal vez podría mentir y contarles que no conozco a los hacedores de mi linaje.

Mi mano se quedó enredada en su pelo. Taylor levantó la cabeza. Se había dado cuenta de que algo iba mal.

—Sin secretos, ¿recuerdas? —susurró.

Con todo, podía repetir la mentira de siempre. No tenía que contarle la verdad, pero quería hacerlo. Tenía su rostro justo delante y confiaba en ella. Quería confiar en mi mejor amiga, aunque todavía no sabía quién era realmente.

De súbito, echaba tanto de menos a mi madre que tenía problemas para respirar. Tal vez nuestra vida en Sacramento no era suficiente para mí, pero era mucho más plena que la que tenía aquí en Harcote. Desde que había llegado, solo le había escrito para darle señales de vida.

Tenía el teléfono en la mano. Podría llamarla y contarle que había ganado la tutoría con Victor Castel. Seguro que se pondría contenta, ¿no?

Pero ¿y si no era así?

Me cubrí el rostro con el brazo y cerré con fuerza los ojos para que no se me escaparan más lágrimas. No quería llorar. En vez de malgastar más lágrimas, quería estar con mis compañeros y que todo el mundo me dijera que me merecía estar junto a Galen Black. En ese momento, odié a mi madre, porque podría haber aguantado cualquier comentario si ella hubiera estado orgullosa de mí.

Entonces, cómo no, escuché a Taylor subir por las escaleras. No quería que me encontrara al borde de un ataque de nervios. Me levanté de un salto y, antes de que abriera la puerta, me las arreglé para recobrar la compostura: fingí que estaba ocupada con alguna tarea en mi escritorio.

Por algún horrible motivo, Taylor estaba tarareando «ella es la belleza, es la elegancia, la cara bonita de la corporación Vampirdom».

Ni siquiera la miré.

—¿Puedes dejar de ser una idiota conmigo tan solo un momento?

Apenas pude sacar un hilillo de voz, pero, al menos, pude acabar la frase.

—¡Aquí está la flamante ganadora! —Se quitó la chaqueta—. Pensaba que estarías contenta.

—Lo estoy —respondí con la voz rota.

«Mierda.»

Oculté mi rostro con las manos, y las lágrimas se me acumularon en ellas.

—¡Oh! ¿Qué ocurre?

La voz de Taylor era cálida, suave. Reposó una de sus manos en mi hombro y ejerció una leve presión. El resultado solo fueron más lágrimas, porque ¿cómo podía ser posible que Taylor Sanger tuviera que consolarme? No podía contárselo. De todas formas, no había nada de malo en que fingiera preocupación cuando lo necesitaba.

—¿Qué te han dicho esas chicas? Cuando se ponen celosas, pueden ser horribles. Pero significa que les gustas.

Mis manos cubrían mi rostro, porque, de alguna manera, era importante para mí que no me viera llorar. Sin embargo, me di la vuelta hacia ella. Taylor puso otra mano en mi brazo. Sus pulgares frotaban mis hombros manteniendo un ritmo reconfortante.

—Esto es tan...

No pude acabar la frase por culpa del llanto. Resoplé de forma dramática para que un torrente de mocos no se derramara sobre mi cara.

—Lo sé —dijo ella a media voz—. A veces, Harcote es un asco.

Intenté regular mi respiración.

—Sí.

Taylor apartó suavemente las manos de mi rostro. No se lo impedí. Me miró juntando las cejas y haciendo sobresalir su labio inferior.

—Hola —me dijo.

—Hola —respondí con apenas un hilo de voz.

—¿Puedo abrazarte?

Aspiré profundamente y asentí. Taylor me rodeó con sus brazos; pude sentir su fuerza, su seguridad. Pasé los míos por detrás de ella. Sin saber cómo, aunque todavía estaba llorando y no le había contado nada, ahora me sentía más fuerte, más segura, me reconocía de nuevo.

Cuando Taylor se apartó un instante, deseé retenerla entre mis brazos, pero no ofrecí resistencia.

—Gracias. Lo siento, solo…

—¿De verdad vas a disculparte por llorar?

Tan rápido como había surgido, su calidez se desvaneció. Taylor estaba en el otro lado de la habitación colocando en su lugar del armario las zapatillas que llevaba puestas. Era la única parte de la habitación que mantenía ordenada.

—¿Qué será lo siguiente? ¿Disculparte porque tus colmillos son demasiado puntiagudos?

—Lo son. Podría matar a cualquiera que se me cruzara por delante.

Taylor se rio, pero su rostro denotaba cierto nerviosismo. Algo parecía haberse roto en el ambiente. La habitación estaba llena de una tensión no resuelta.

—¿De quién es la carta?

Taylor miró a mi cama. Había un sobre de color crema en mi almohada. No me había dado cuenta. Mi nombre figuraba en el papel. Lo abrí.

Querida Kat, no tenía previsto contactar contigo directamente, pero estoy muy orgulloso de que en apenas unas semanas tu nombre ya tenga un lugar en Harcote. Mi confianza en ti no ha sido un error. Enhorabuena por haber ganado la tutoría con el señor Victor Castel. Aprovecha la oportunidad.

La carta no estaba firmada ni tenía ningún membrete, pero sabía de quién era: del Benefactor. Debía de haberse enterado de que me habían elegido antes incluso de que anunciaran mi nombre. Obviamente, tenía algún tipo de contacto con la escuela, tal vez era amigo de Atherton. Si mi madre no era capaz de valorar o entender lo que estaba haciendo aquí, al menos el Benefactor sí lo era.

—¿De quién es? —me preguntó Taylor.

Guardé la nota en el cajón de mi escritorio. Había aprendido perfectamente la lección: Taylor no necesitaba saber nada de mí.

—La Oficina de Admisiones me felicita por la elección. —Cambié de tema—. ¿Has podido estudiar cálculo?

Taylor se hundió en la cama.

—Voy a tener que improvisar. Las matemáticas se me dan fatal.

—Como mujer, no tienes derecho a decir esto. De hecho, no está bien porque se trata de sexismo internalizado. ¿Acaso, en el fondo, eres sexista?

—No…, espero que no —respondió.

Rebusqué en mi mochila. No me sentía en deuda por el abrazo, solo quería ayudarla.

—No se te dan fatal las matemáticas: nunca te he visto estudiando y no sacas malas notas. Simplemente, tu actitud es terrible.

Taylor se rascó la oreja.

—Pensaba que todo el mundo adoraba mi actitud.

—Toma, mis apuntes. —Le entregué mi cuaderno—. Más tarde podemos repasar lo que no entiendas. ¿Te parece bien?

Taylor lo cogió.
—Está bien.

Taylor

¿Qué otra cosa podía hacer? ¿Quedarme ahí plantada mientras lloraba?

13

Kat

Al día siguiente, cuando acabaron las clases, había un helicóptero en el campo de *lacrosse.*

Un helicóptero moderno.

Me estaba esperando a mí. En realidad, también esperaba a Galen. El piloto abrochó nuestros cinturones y nos entregó unos auriculares. Luego, empezamos a subir, subir y subir hasta tocar el cielo. Mi cara estaba pegada a la ventanilla; a medida que los árboles y los edificios del campus se volvían diminutos, los otros estudiantes se giraban hacia el estruendo y nos seguían con la mirada.

—¿Puedes creértelo? —le dije a Galen.

Por el auricular, mi voz sonaba deslucida. Galen me miró, tan sereno como de costumbre. ¿Nunca se emocionaba?

—Claro que sí. Probablemente, vuelas en helicóptero todos los días —añadí.

—Sí, se puede decir que no es la primera invitación que recibo.

Sus ojos estaban fijos en la ventanilla. No sabía a qué se refería. Nadie nos había invitado; simplemente, Victor Castel quería reunirse con nosotros. Sin embargo, Galen no me dio más detalles. Pronto aterrizamos en una finca; el viento de las hélices allanó el amplio campo de césped y sacudió los arbustos cercanos.

Una especie de mayordomo vampiro nos condujo a través de una pista de tenis, lo que parecía un laberinto de setos y una piscina enorme, que se alimentaba del agua que vertía una pomposa fuente, hasta que llegamos a una casa tan enorme que no era justo llamarla así. Recorrimos un pasillo de mármol tras otro. Cuando ya no podía llevar la cuenta de las estancias que dejábamos atrás, tomamos un ascensor hasta el segundo piso. ¿Quién tenía un ascensor en su casa? Galen, más retraído que nunca, no se sentó, así que yo tampoco lo hice.

Las estanterías del segundo piso llegaban hasta el techo y estaban abarrotadas de libros que parecían genuinamente antiguos. En una pared colgaba un cuadro que parecía sacado de un manual de historia del arte. Al acercarme, lo supe: me encontraba en un libro de historia del arte. Una cosa era saber que yo era pobre, y otra, que los demás estudiantes de Harcote eran tan increíblemente ricos. En realidad, se reflejaba en todo lo que hacían, no solo en la cantidad de paquetes que pedían por Internet o en la rapidez con la que cambiaban de móvil cuando una rozadura aparecía en la pantalla. Gozaban de una confianza sin fisuras. Actuaban con una seguridad innata que nunca habían puesto en duda. Como había convivido con los Sanger, creía que los conocía, pero la riqueza de Victor Castel era de tal magnitud que los Sanger parecían gente humilde. Que Galen no estuviera asombrado, que pensara que todo eso era normal, dejaba claro que existía un mundo lleno de riquezas que desconocía por completo. Y, por alguna razón, esta situación reforzaba mi sentimiento de fracaso.

La puerta se abrió y Victor Castel apareció en el umbral.

A primera vista, no era una figura imponente: solo un hombre mayor con ojos profundos y un jersey de cuello alto, alguien a quien podría haber servido en el Snack Shack. Sin embargo, al mismo tiempo, la energía que irradiaba llenaba toda la biblioteca. Era esa clase de energía latente que transmiten los trajes caros, esos viajes en helicóptero que se hacen para evitar los atascos o la autoridad y seguridad que se desprende de unas palabras tan sencillas como «yo me ocupo de eso». Una energía que podía abordar los problemas de mi vida con la misma facilidad que un cuchillo corta la mantequilla.

Se dirigió directamente hacia mí; de camino, esbozó una sonrisa que dejó al descubierto sus colmillos, largos y afilados.

—Tu debes de ser Kat Finn —dijo mientras extendía su mano hacia mí—. Es un placer conocerte.

Cuando me disponía a tomar su mano, me acordé de las palabras de Lucy. No podía permitir que se diera cuenta de mi asombro o de cómo mi pulso se estaba acelerando hasta el punto de que casi estaba por perder el sentido. Dejé que mis colmillos salieran en toda su longitud y separé mis labios para que pudiera verlos.

—Gracias, señor Castel. Es un honor estar aquí.

Castel agarró mi mano. Al hacerlo, me escudriñó con la mirada, como si estuviera buscando algo en mí, algún tipo de defecto que demostrara que no pertenecía a ese mundo, una cosa que inclinaría la balanza en favor de Galen. Me cuadré de hombros. Finalmente, se separó de mí.

—Por favor, llámame Victor —dijo.

Luego señaló el sofá de cuero y ordenó:

—Tomad asiento.

Le obedecimos. Victor se sentó en un sillón frente a nosotros y nos examinó apoyado en la barbilla. Todavía no había prestado atención a Galen.

—Enhorabuena, sois los ganadores de mi tutoría. El nivel del certamen fue muy alto, así que es todo un logro. Galen, como nos conocemos bien, me gustaría que Kat nos contara su historia.

Levanté las cejas en un gesto de sorpresa.

—¿Mi historia? —Realmente no quería contarle nada que le disgustara, que hiciera hincapié en lo poco que tenía en común con Galen o con una casa como esta—. Estoy segura de que mi historia no tiene ningún interés para alguien como usted.

Victor se incorporó y centró en mí toda su atención.

—Nunca digas eso de ti. Kat, aquí estoy, dispuesto a escucharte.

—De acuerdo, lo siento.

Tragué saliva y empecé a hablar. Le conté todas las veces que nos mudamos hasta que nos establecimos unos años en Virginia, y luego en Sacramento. Me sorprendió que, una vez que empecé a hablar, Victor pareciera realmente interesado en lo que decía. Sus ojos estaban clavados en mí; de vez en cuando, me preguntaba sobre el trabajo de mi madre en la clínica, cómo había sido la experiencia de ir a una escuela de humanos o criarme sin ningún vampiro a mi alrededor. Ningún adulto me había prestado jamás tanta atención.

Luego preguntó:

—¿Qué sabes de tu padre?

—Murió cuando era pequeña. —Noté cómo Galen se estremecía a mi lado. Le lancé lo que pretendía que fuera una mirada devastadora. Quería que supiera que se lo estaba diciendo a Victor—. Fue el CFaD.

Victor asintió con la cabeza.

—Es una pena que algunos vampiros sigan tomando riesgos innecesarios, cuando el hema es una alternativa viable.

—No fue un riesgo innecesario —mascullé. Podía notar la amargura en mi lengua—. Cuando nací —no podía creerme lo que estaba a punto de decir en casa de Victor Castel y delante de Galen Black—, mis padres no podían permitirse comprar hema. Mi padre no se alimentaba de humanos por diversión. Estaba hambriento.

Galen me observaba fijamente, con la boca ligeramente abierta. Victor le lanzó una mirada afilada y Galen recuperó la compostura.

Quería seguir hablando, decir que el precio del hema era desorbitado, pero Victor dijo:

—Bueno, tus hacedores podrían haber tomado cartas en el asunto.

Inspiré profundamente y fijé la mirada en los pliegues de mi falda. Con suerte, si parecía lo suficientemente afectada, cambiaría de tema por cortesía.

—Murieron antes del Peligro —susurré.

Victor se acercó y me apretó la mano.

—No es justo que hayas crecido sin tu padre... y sin tus hacedores. Es una tragedia que no puedas contar con ellos ni por parte de tu padre ni por la de tu madre.

Levanté los ojos hacia él. Tenía esa mirada lastimera que me dedicaban todos los humanos cuando hablaba de mi padre o todos los vampiros cuando hablaba de mis hacedores. Me sacaba de quicio, pero, por alguna razón, ahora sentía una profunda tristeza que se abismaba en mi interior. Nunca había contado con el apoyo que merecía por parte de mi padre o de mis hacedores. No era justo. Pero no lo era porque no encajaba en Harcote, sino porque, a pesar de que pocas veces pensaba en ello, sentía que me faltaba una parte de mí.

—Lo siento, Kat —dijo Victor—. Estoy muy orgulloso de que estés aquí. Quiero que sepas que puedes contar conmigo para lo que necesites.

Incluso después de que se recostara en su sillón, podía sentir la calidez de su mano. Victor Castel, el vampiro más poderoso del mundo, estaba a mi lado y me había prometido su ayuda. ¿Y si esta tutoría podía enmendar parte de lo que había perdido? Se me atravesó tal nudo en la garganta al pensarlo que no estaba segura de poder volver a hablar. Afortunadamente, siguió adelante con otro tema.

—Voy a ser muy claro. No pretendo ejercer una tutoría al uso. Estoy buscando un líder joven. Alguien que pueda representar a vuestra generación.

Mi corazón dio un vuelco. Era tal y como había dicho Evangeline: un montaje para coronar a Galen, que estaba aún más sereno que de costumbre, con la espalda muy recta y las manos apoyadas ligeramente en los brazos de la silla. Me preguntaba si sabía de antemano lo que iba a suceder.

Victor prosiguió con su discurso.

—En la historia del Vampirdom, nunca ha sucedido nada parecido al fenómeno de los sangre joven. Una generación de vampiros sin contacto con la humanidad ni la experiencia de la conversión. Los sangre joven apenas acaban de aparecer, y ahora mismo un tercio de los vampiros de este país pertenecen a esta generación. El vampirismo está entrando en una nueva era. Y es la hora de que los sangre joven tengan voz y voto.

—¿Voz y voto? —pregunté porque soy una idiota.

Victor miró a Galen.

—¿Qué crees que quiero decir con eso, Galen?

Galen se encogió de hombros, como si esa pátina de confianza que siempre lo recubría fuera más delgada de lo habitual bajo la mirada de Victor.

—El Vampirdom es un organismo vivo —empezó Galen. Lo decía como si estuviera respondiendo de memoria, repitiendo las palabras de otro, tal vez del propio Victor—. Es una sociedad de vampiros que crece y cambia, y prospera o desfallece. Su salud está determinada por las decisiones de sus líderes. Y Victor cree que es el momento de que nosotros tengamos una representación entre ellos.

Nunca había pensado que el Vampirdom tuviera líderes.

—Lo dices como si existiera algún tipo de Gobierno vampírico. Pero, en tal caso, ¿no deberían celebrarse unas elecciones para escuchar la voz de todos?

Victor me sonrió de una forma que solo logró transmitirme cierto paternalismo.

—Tienes una mente activa y una perspectiva única, Kat. Por eso te he elegido. Comparto estos rasgos contigo, pero no puedes esperar que todos los que te rodean piensen de la misma forma que tú. Si algo he aprendido a lo largo de estos cientos de años de existencia, es que la gente necesita líderes. Sin embargo, son más felices si nadie los dirige.

—¿Y uno de esos líderes debería ser usted? —pregunté antes de que pudiera cerrar mi maldita boca.

—Podrías ser tú.

Me mordí la mejilla. Eso era imposible. Lo sabía perfectamente, aunque de todas formas mi pulso se aceleró. Quería que Victor viera ese potencial en mí. Su forma de prestarme atención, con los pequeños músculos de sus ojos tensos y su ceño fruncido, me hacía sentir que tal posibilidad no era una utopía.

—Piensa en tu inmortalidad y en todo el tiempo que tienes que vivir. Esfuérzate para comprenderlo. Si contaras con el poder necesario, ¿qué tipo de mundo construirías?

«Una boca cerrada no se alimenta.»

—Te voy a mandar deberes para nuestra próxima reunión. Quiero que identifiques cuál será la próxima gran amenaza para el Vampirdom y me la presentes como es debido.

«Una amenaza para el Vampirdom.»

¿No era eso lo que había escuchado cuando la señora Radtke le había dicho a Atherton que el señor Kontos era una amenaza para todos nosotros? Nunca había pensado seriamente que Vampirdom fuera una organización que podría temer amenaza alguna.

—Galen, no quiero verte holgazaneando. Espero lo máximo de ti. No quiero decirles a tus padres que me has decepcionado.

—No se preocupe, señor —dijo Galen—. No le fallaré.

—Yo tampoco, señor... Victor —dije—. Tampoco le fallaré. Muchas gracias por esta oportunidad.

El cálido foco de su atención volvió a centrarse en mí.

—No me lo agradezcas, Kat. Te lo mereces.

En ese instante, supe con certeza que sería capaz de cualquier cosa para demostrarle que tenía razón.

ϒ

Durante el viaje de vuelta, Galen no dejó de fruncir el ceño. Tuve que esforzarme mucho para que su expresión no hiciera mella en mi entusiasmo. Mientras caminábamos por el campo de *lacrosse* hacia las residencias, me dirigió la palabra por fin.

—Deberías tener cuidado con lo que dices —dijo tímidamente—. Me refiero a la pregunta de si Victor debería ser el líder. A él no le gustan ese tipo de comentarios.

Hice una mueca de desagrado. Necesitaba tanto los consejos de Galen como su confianza.

—Victor dijo que estaba interesado en los puntos de vista de nuestra generación. Eso quiere decir que quiere saber lo que pensamos.

El frío viento soplaba colina abajo, levantando las hojas a nuestro alrededor.

—Solo quiere controlar lo que le pertenece —dijo Galen—. Ten cuidado, Kat.

14

Taylor

Kat estaba realmente excitada después de su encuentro con el mismísimo Victor Castel. El helicóptero, la enorme casa, el tiempo a solas con el distinguido Galen. Me quedé esperando a que llegara a la parte en la que se daba cuenta de que Castel era asqueroso de cojones.

Lo había conocido una vez. Había venido a nuestra casa para hablar con mis padres de algún asunto. Recuerdo que fue el mismo invierno en el que Kat y su madre se marcharon: en los tres minutos que me quedé a solas con él, me preguntó si iba a solicitar el ingreso en Harcote y me dijo que estaba orgulloso de mí por ello, como si aquello fuera de su incumbencia. Me miraba como si estuviera evaluando si era o no un miembro de la preciada generación sangre joven. A veces se sabe cuándo alguien no está bien, y yo sabía en mis entrañas que Victor Castel no lo estaba.

Me asomé a la ventana mientras Kat se cambiaba el uniforme y se ponía una sudadera de Harcote. Sabía que era una sudadera de Harcote porque Kat nunca se ponía la ropa que había traído de casa.

Por la ventana, divisé una figura sombría con crinolinas decrépitas barriendo el camino del campus.

—Oye, Radtke está en movimiento.

—¿Y? —dijo Kat—. El toque de queda no es hasta dentro de dos horas.

—Ella nunca sube al campus tan tarde.

Después de haber hablado con Kontos, había hecho un rápido inventario de mis conocimientos relacionados con Radtke: le gustaba molestarme, no tenía ningún problema en aplicarles el estúpido Código de Honor a los estudiantes cuando le apetecía y su perfume favorito era la naftalina.

No había casi nada sobre ella en Internet. Solo pude encontrar un perfil que había creado en las redes sociales, aparentemente para unirse a un grupo de familiares de personas que habían muerto de CFaD. Sin embargo, nunca había publicado nada. Para ser sincera, no tenía idea de qué hacer con tal información. Tuve que consultar los libros de historia de Harcote para confirmar que había estado allí desde que Atherton se hizo cargo del internado masculino, echó a los antiguos alumnos y lo convirtió en una acogedora incubadora de sangre joven. Todo ese tiempo había estado viviendo en el pabellón de la casa Hunter. Así pues, mi primera misión como espía fue asegurarme de que nadie me viera entrar o salir de la biblioteca. No quería que nadie me tomara por una empollona.

Pero necesitaba más información.

Así pues, me limité a seguirla discretamente, esperando a que hiciera algo incriminatorio.

Radtke solía pasear después de la cena, así que esperaba a que saliera de la casa Hunter; tenía que hacerlo por la misma puerta que los estudiantes. Luego la seguía por el campus. Hasta el momento, había sido una total pérdida de tiempo: era tal cual, estaba paseando. Supongo que en 1850 se consideraba algún tipo de entretenimiento. Pero nunca salía tan tarde. Me puse las zapatillas y cogí mi chaqueta.

—¿Qué estás haciendo? —preguntó Kat.

—Siguiéndola, obviamente.

—¡Qué dices!

Cogí mis llaves.

—¿Vienes o qué?

Me fulminó con la mirada.

—Claro.

Radtke llevaba un poco de ventaja, así que tuvimos que darnos prisa para alcanzarla; sin embargo, una cualidad de las zapatillas en la que Radtke aún no había reparado era que te permitían ser discreta. Ni una sola vez se dio la vuelta.

Me metí las manos en los bolsillos de la chaqueta para evitar el frío de la noche. Sin embargo, enseguida se me puso la piel de gallina porque vi que Radtke se desviaba de su ruta habitual y se dirigía a los edificios académicos del campus.

—¿Va a hacia Old Hill? —susurró Kat—. Tal vez vaya a hablar con el director Atherton de nuevo.

Sin embargo, al llegar a la cima de las escaleras del campus, pasó de largo el camino a Old Hill y se dirigió hacia el edificio de Ciencias. El edificio de Ciencias, técnicamente el Edificio de Ciencias Victor Castel, solo tenía diez años y podía resultar ofensivo para los arquitectos de todo el mundo. Se había diseñado para que pareciera una molécula, y eso quería decir que la distribución no tenía ningún sentido y que las aulas eran octogonales. En cuanto Radtke abrió la puerta, también octogonal, supe adónde iba. El aula de Kontos estaba en la primera planta.

Nos escabullimos tras ella por el pasillo, aunque no fue tan fácil como pensaba: no hay muchos lugares para que dos personas se escondan en un pasillo y, para colmo de males, las zapatillas chirriaban en el suelo de linóleo que los ayudantes mantenían pulido. Kat y yo nos apretamos contra la pared (esta vez sin tocarnos) mientras Radtke se acercaba al aula de Kontos. Antes de sacar la llave del bolsillo, ni siquiera intentó abrir la puerta para saber si estaba cerrada. El pomo giró fácilmente en su mano y cerró la puerta tras ella.

—Las luces están apagadas —dije.

Probablemente, Kontos estaba en su casa, en el patio de los chicos, haciendo algo muy Kontos, como pujar por unos caquis plisados *vintage* en eBay o pensando en que en este planeta todo el mundo es buena gente. No tenía ni idea de que Radtke estaba entrando en su despacho y que había robado una llave.

Nos acercamos sigilosamente a la puerta. Kat intentó girar suavemente el pomo. Estaba cerrado.

—¿Quieres seguirla ahí dentro? —musité.

Me impresionaba que ella considerara hacer algo tan arriesgado.

—¿Cómo se supone que vamos a saber lo que está haciendo?

—Mejor que nada —señalé hacia el techo.

Encima de la puerta había una ventana que dejaba pasar la luz del aula al pasillo.

Encontré una silla, la acerqué y me subí. Era perfecto. Solo tendríamos que mover el culo antes de que Radtke terminara el problema que estaba causando. Estaba acercando las manos al cristal cuando sentí que la silla se balanceaba. Kat estaba de pie a mi lado, encajando sus pies alrededor de los míos. Se me secó la boca y le lancé una mirada de «¿qué estás haciendo?». Ella me clavó el codo en el brazo.

—Yo también quiero ver.

Nos asomamos a la clase. No se veía a Radtke en el despacho adjunto de Kontos. La puerta estaba abierta lo justo para mostrar que había una luz blanca que iluminaba parte de la sala. Conocía la disposición del despacho de Kontos; las sombras que proyectaba la luz me parecían extrañas.

De repente, mi teléfono zumbó mucho más fuerte de lo aconsejable. Casi pierdo el equilibrio al sacarlo del bolsillo: «Lucy ha salido hasta el toque de queda, pásate por mi habitación».

Maldita Evangeline. Apreté el teléfono contra mi pecho, esperando que Kat no hubiera visto el mensaje.

—¿No podrías poner tu teléfono en silencio para esto?

—Está en silencio.

—Si puedo oírlo vibrar, no está en silencio.

Me retorcí en la silla para que Kat no pudiera verme respondiendo el mensaje de texto: «Estoy un poco liada».

Me mordí el labio y añadí: «Quizá más tarde». Luego volví a pegar mi cara contra el cristal. Las sombras de la habitación eran extrañas, pero ninguna se movía. ¿Quizá Radtke estaba quieta?

De repente, algo me tocó la pierna: alguien me agarró, una mano firme se cerró alrededor de mi pantorrilla derecha. El corazón se me subió a la garganta con tanta fuerza que parecía que iba a seguir avanzando y a salir disparado de mi cráneo. Miré hacia abajo.

Un ayudante me miraba fijamente. Los ojos de los ayudantes siempre eran distantes, pero la cara de este era más inexpresiva que de costumbre, como si las luces estuvieran encendidas pero hubiera otra persona en casa.

Kat gritó y se cayó de la silla, pero yo estaba atrapada en su agarre, sus dedos clavados con fuerza en mi pantorrilla.

No podía permitirme gritar, porque eso llamaría la atención de Radtke. Aunque tal vez no fuera tan malo. El rostro ausente del ayudante era extrañísimo, parecía una especie de robot. Atherton controlaba a todos los ayudantes, pero ¿acaso ese tipo estaba como…, no sé, poseído?

—El edificio está cerrado a los estudiantes después de las cinco —dijo.

Al diablo con lo de ser espías furtivas. Me lancé hacia atrás desde la silla, aterricé frente al ayudante y casi aplasté a Kat. El ayudante se tambaleó hacia delante, perdió su agarre sobre mí y golpeó la silla contra la puerta del aula. Nos pusimos de pie a trompicones y corrimos por el pasillo hacia la salida.

No paramos hasta que llegamos al campus.

—¿Qué demonios fue eso? —Kat jadeó—. ¿Por qué ese ayudante…?

—¡No lo sé! Se supone que no pueden tocarnos en absoluto.

—El director Atherton los controla, ¿acaso los usa para vigilarnos?

Eso nunca se me había ocurrido. La verdad es que rara vez me fijaba en los ayudantes. Lo cual era bastante estúpido en varios niveles, ahora que lo pensaba.

—Espero que no.

De vuelta en nuestra habitación, nos sentamos a nuestros respectivos escritorios para fingir que simplemente «éramos unas estudiantes de Harcote estudiando»…, hasta que Radtke llamó a nuestra puerta para comprobar que nadie se estaba saltando el toque de queda.

Me senté inmóvil frente a mi libro de álgebra cuando Kat abrió la puerta.

—Solo estamos haciendo los deberes, señora Radtke —dijo Kat con tono rígido.

—No olviden su merecido descanso, chicas —respondió la señora Radtke.

Kat

A finales de esa semana, me reuní con Galen y el director Atherton en la biblioteca. Llevaba días temiendo que el director me citara para comentar lo que había ocurrido en el edificio de Ciencias. Sin embargo, no parecía preocupado, llevaba una camiseta de rugby manchada por el césped y unos pantalones cortos de deporte. Después de reunirse con nosotros, tenía un partido de *ultimate frisbee*.

Siempre me incomodaba que el director Atherton apenas

aparentara ser un poco mayor que un estudiante de secundaria. Era alto y escuálido; parecía que no había acabado de crecer. Su cara estaba surcada por marcas de acné que no podía esconder. Además, su barba era incapaz de brotar con fuerza, pero el contraste entre sus labios tan llamativamente rosados y su piel pálida como el pergamino me hacía desear que le creciera por todo el rostro. El cerebro me daba vueltas pensando en que era el mismo director Atherton que había fundado Harcote en medio del Peligro, y que, antes de eso, había estado chupando sangre humana durante cientos de años. Era lo suficientemente poderoso como para controlar a cada uno de los asistentes humanos, incluso mientras se balanceaba por la silenciosa sala de la biblioteca, hablando a voz en grito sobre el próximo partido de *ultimate frisbee*. Nos llevó hacia una esquina descuidada en la que había una puerta equipada con una cerradura de acceso rápido. Una placa al lado decía: «COLECCIÓN RESERVADA DE ROGER ATHERTON».

La lengua del director Atherton salió para humedecer sus labios, como una pequeña y ansiosa lagartija.

—La biblioteca de Harcote a la que han tenido acceso hasta ahora es solo nuestra colección educativa. Hay mucho más —dijo mientras pasaba su identificación por el escáner—. Bienvenidos a las «Colecciones ampliadas».

Al abrir la puerta, una ráfaga de aire frío surgió de la oscuridad. Las cejas de Galen se alzaron ligeramente, lo suficiente como para dar a entender que él tampoco tenía ni idea de lo que estaba pasando. Seguimos al director Atherton en la oscuridad.

Al otro lado, entramos en una pasarela metálica. Desembocaba en una escalera que descendía cuatro pisos. Aunque habíamos entrado desde el primer piso de la biblioteca, estábamos cerca del techo de un espacio que descendía bajo la biblioteca. Apenas estaba iluminado por unas candilejas que alumbraban nuestros pasos. En el centro de aquella caverna negra había un enorme cubo de cristal. Cuatro pisos de materiales de archivo, encerrados en cristal, se hundían en el suelo bajo nosotros, iluminados con un rojo espeluznante que emitía alguna señal de salida. Parecía que habíamos entrado en una especie de reactor nuclear alimentado por libros.

Cruzamos la pasarela que conectaba con el nivel superior del cubo de cristal. El director Atherton se detuvo ante una segunda puerta.

—Como la institución más importante del Vampirdom en el país, Harcote alberga el archivo más extenso de vampirología en América del Norte. Abarca desde el folclore antiguo hasta la investigación médica de este año. ¿Cómo dice el Código de Honor que debemos comportarnos aquí?

—Con respeto —dijo Galen automáticamente.

El director Atherton hizo un aspaviento.

—¡Eso es! Con respeto, en todo momento. Los objetos de la colección no salen de esta ala: ustedes realizan sus investigaciones dentro del pabellón.

—¿La Pila? —pregunté.

Cuando abrió otra puerta, nos llegó el sonido de un sello que se rompía y una pequeña ráfaga de aire. El director nos hizo pasar y volvió a cerrar la puerta tras nosotros.

Las luces de detección de movimiento parpadeaban en el techo. El silencio era tan profundo que me empezaron a sudar las palmas de las manos.

—Bienvenidos a la Pila —dijo el director Atherton—. Estas puertas deben permanecer cerradas. La Pila mantiene una baja concentración de oxígeno en el aire para mitigar el deterioro de la colección. En general, aquí no queremos asistentes humanos, excepto en situaciones de emergencia.

—Porque… ¿se asfixiarían? —pregunté.

—Toda vida humana tiene un final, Kat.

Giró sobre sus talones. Le seguimos por un tramo de escaleras y pasamos por unos pasillos oscuros llenos de estanterías iluminadas con luces fluorescentes que parpadeaban encima.

Era difícil no pensar que estábamos en una caja de cristal ubicada dentro de una caja de hormigón más grande mientras descendíamos a lo más profundo del subsuelo. Galen se pasaba los dedos por el pelo un poco más de lo habitual, pero, si estaba incómodo, su rostro era incapaz de expresarlo. Nunca lo hacía.

—He habilitado sus tarjetas de identificación para que tengan acceso, a petición del señor Castel. Todo el archivo está a su disposición, pero esta sección puede ser de especial interés: la Colección CasTech. —Se detuvo y señaló una serie de estanterías y archivadores—. Aquí encontraréis todos los libros y artículos escritos, por humanos o vampiros, sobre Victor Castel: biografías, perfiles de revistas, etcétera. También hay muchos estudios sobre CasTech desde el punto de vista empresarial, el descubrimiento del hema y la historia de su fabricación, incluidos documentos de su producción durante el Peligro.

—Qué cantidad de material —dijo Galen con respeto.

—¡Tremendo, sí! —El director Atherton se puso de puntillas, satisfecho—. La historia es nuestra conexión con el pasado. Los vampiros, como criaturas eternas, somos la encarnación viva de esa conexión. Te sentirás tan a gusto aquí como yo.

Después de esto, el director Atherton se dio la vuelta y nos dejó solos. El chirrido de sus zapatillas en el suelo se desvaneció hasta que quedamos en un silencio absoluto.

Galen tenía los brazos cruzados y sus rizos negros desordenados sobre la frente. Incluso bajo la dura luz fluorescente, parecía que podría haber salido de un cuadro de un maestro del Renacimiento. Sabía que íbamos a pasar mucho tiempo juntos durante la tutoría, pero no esperaba que fuera en un garaje subterráneo a prueba de incendios y sin ventanas.

—La encarnación viviente del pasado —refunfuñó Galen mientras miraba las estanterías—. Si soy la encarnación viva de algo, definitivamente no es de esto.

—Estamos en un archivo dedicado a tu hacedor. Todo esto es, literalmente, parte de tu pasado.

Galen se frotó el puente de la nariz, como si eso fuera un gran inconveniente.

—Mi hacedor no es lo más interesante de mí.

—Por eso te esfuerzas tanto en no mencionarlo nunca.

—Es lo que la gente espera. Me miran y piensan en Victor Castel. No importa lo que haga.

—Debe ser un verdadero infierno —dije—. Sobre todo, teniendo en cuenta que te encanta.

Galen intentó burlarse, pero no lo consiguió. Sus ojos grises parecían inquietos.

—¿Por qué dices eso?

Me encogí de hombros. Me sentí bien por haberlo pillado con la guardia baja; ni siquiera lo había negado.

Galen se pasó los dedos por el pelo.

—Es complicado. Victor espera mucho de la gente en la que invierte. Si supieras cómo es eso… —Se detuvo y esa expresión neutra volvió a apoderarse de él—. Es un honor contar con su atención.

—Sí, lo es. Esta oportunidad significa mucho para mí. —Mi pecho se contrajo, todavía albergaba el calor que había sentido cuando Victor había fijado su mirada en mí—. No puedo estar cerca de alguien como Victor Castel todos los días. Mi hacedor se ha ido. Quiero saber cómo es vivir tanto tiempo como él, o cómo se las arregló para dar con el hema cuando la supervivencia de todos los vampiros estaba en juego.

—No fue así como sucedió —dijo Galen—. Él ya había creado el hema diez años antes del Peligro.

Aquello me molestó tanto que me entraron ganas de llorar.

—¿Ves? —dije, pero no pude terminar—. No sé nada de nuestra historia.

Galen suspiró y bajó el bolso de su hombro.

—Sé que esta «competición» puede hacer que estemos enfrentados, pero, si vamos a pasar tanto tiempo juntos, creo que es mejor que lo aprovechemos. Yo no soy tu enemigo, Kat.

—¿Quieres que trabajemos juntos?

—Lo que yo estaba pensando más bien es que podríamos ser amigos —dijo con una sonrisa: la curva de sus labios parecía aún más perfecta cuando no fruncía el ceño. No me gustaba Galen, pero esa sonrisa explicaba que les gustara a todos los demás.

Tragué con fuerza, esperando no arrepentirme.

—Ser amigos estaría bien.

Cuando estás a solas con una persona en un enorme sarcófago de libros con poco oxígeno no tardas mucho en sentirte unido a ella.

Como no podíamos sacar los libros de la Pila y a ambos nos perturbaba demasiado bajar solos, Galen y yo empezamos a pasar mucho tiempo juntos en el foso de la desesperación de las Colecciones ampliadas. No sabíamos cuándo Victor nos pediría información sobre las amenazas a Vampirdom que habíamos identificado, así que queríamos estar lo más preparados posible. Hasta ahora habíamos investigado a fondo. Galen había leído relatos originales de los primeros tiempos del Peligro, en los setenta. Yo había empezado con la historia de CasTech y cómo Victor había elaborado el hema. Galen tenía razón: Victor comenzó a trabajar en el hema casi dos décadas antes. La decisión fue un poco interesada: si no tenía esperanzas de ganar, al menos podía intentar impresionar a Victor con halagos.

Al contrario de Galen, yo disfrutaba hojeando libros que podría haber escrito el presidente del club de amigos de Victor Castel. Fuera como fuera, a solas en la Pila, Galen estaba mucho menos tenso. Cuando se relajaba, me sorprendía descubrir que no era tan imbécil: sus hombros se desencajaban, no se pasaba la mano por los rizos cada treinta segundos e incluso dejaba de arquear la ceja.

—¿Qué crees que busca Victor en un líder de los sangre joven? —pregunté.

Pensativo, las oscuras cejas de Galen se juntaron.

—Nunca he estado muy seguro. Dice que quiere a alguien que pueda dirigirlos sin que se sientan dirigidos.

—Debería haber elegido a Lucy o a Evangeline. Lucy tiene literalmente miles de personas que se autodenominan sus seguidores. No sé por qué me eligió a mí.

Por un segundo, había olvidado que sí sabía por qué me había elegido; las chicas me lo habían dicho. Galen y yo no habíamos admitido que toda aquella idea de la tutoría era una mera excusa para que pudieran nombrarle «príncipe heredero del Vampirdom». Yo solo era una comparsa. La verdad, resultaba un poco raro no hablar de ello. Puede que si le echaba en cara todo el esfuerzo que los demás hacían solo para que él triunfara en la vida hiriera sus sentimientos. Y entonces, claro, todo ese esfuerzo habría sido en vano.

Cambié de tema.

—Amenazas al Vampirdom —dije.

Ambos llevábamos una lista actualizada.

—¿Listo?

—Listo.

—¡Adelante!

—Fallo en la red de distribución del hema —dijo—. Un accidente o desastre podría hacer imposible llevar el hema a los puntos de distribución, y los vampiros morirían de hambre o volverían a alimentarse de sangre humana.

—O el suministro del hema podría infectarse con CFaD. Podría suceder, ¿no?

Galen parecía un poco alarmado.

—El CFaD podría mutar, por lo que los vampiros podrían contagiarse tan fácilmente como los humanos.

—Un asteroide podría chocar con la Tierra y matarnos a todos. —Hojeé la lista, pero ninguna de las catástrofes me parecía apropiada—. Hay un millón de escenarios que podrían acabar con los vampiros. Pero él quiere amenazas para el Vampirdom, no para los vampiros. Eso es diferente, ¿no?

Galen asintió.

—El Vampirdom es la comunidad. Es más importante que los vampiros.

—¿Y si los vampiros salen a la luz pública? —sugerí—. Si se revelan todas las mentiras acerca de su existencia y los humanos nos descubrieran, entonces tal vez podríamos integrarnos…, pero eso implicaría el final del Vampirdom. Seguiríamos siendo una comunidad de vampiros, un tipo de comunidad diferente, sin más.

—Victor no lo vería así. No le gustan mucho los humanos y odia a los unionistas.

Golpeé el bolígrafo contra mi cuaderno.

—Quizá los unionistas sean la mayor amenaza. Literalmente, quieren un mundo sin el Vampirdom, ¿verdad?

—Lo quieren, pero no están cerca de lograrlo. Al menos eso dicen mis padres.

Los padres de Galen, que dirigían la Black Foundation.

Mi bolígrafo cayó sobre la mesa.

—¡La cura! Si el CFaD tuviera cura, los vampiros podrían volver a alimentarse de los humanos. No necesitaríamos hema, así que no tendrían que vivir cerca de los distribuidores. Y Victor…

—¿Mi hacedor se arruinaría?

Había repetido la frase de Taylor, pero con un énfasis distinto.

—Ya has pensado en eso.

Se le escapó una sonrisa encantadoramente irónica.

—¿Si he pensado en cómo sería vivir en un mundo en el que no dependiera totalmente de Victor Castel? Claro, no paro de hacerlo.

De repente, dejó caer sus ojos grises, como si acabara de

darse cuenta de que no estaba gastando una broma, al menos no una que nadie pudiera entender.

—Victor está muy involucrado en el desarrollo de una cura, ya sabes. Es el mayor donante de la fundación y el presidente del consejo. Mis padres lo informan mensualmente acerca de nuestros progresos. Todos trabajamos por el mismo objetivo: un mundo donde los vampiros estén a salvo del CFaD.

—Y los humanos también, ¿no?

—Por supuesto, los humanos también —respondió, serio—. Somos los buenos, Kat.

—Lo sé —le tranquilicé.

En ese momento, como encendida por un interruptor, la tensión se apoderó del ambiente. Él también lo sintió, porque sacó su móvil para revisarlo, a pesar de que no tenía cobertura.

Saqué el siguiente artículo de la pila de documentos de los primeros días de CasTech, de los tiempos en los que el hema aún estaba en desarrollo. Ambos sabíamos que, antes de que se produjera la primera muerte de vampiros por CFaD, uno de los problemas a los que Victor se enfrentó fue explicar que el hema era una buena alternativa a la alimentación de humanos. A finales de los cincuenta, cuando él lo descubrió, no es que los vampiros compartieran sus cuitas en grupos de Facebook. Pensé que estudiar esas primeras dificultades podría resultar revelador o al menos que despertaría el interés de Victor, pero hasta ahora solo había sido aburrido.

Hojeé un artículo de una revista de 1957 en el que se describía la investigación de Victor sobre un posible sustituto de la sangre para los humanos. Había sido una de las primeras iniciativas de *marketing* de CasTech, que en realidad jamás había intentado crear un sustituto de sangre que pudiera transfundirse a los humanos —eso era más complicado que inventar un alimento para vampiros—, pero así había promocionado el hema en un principio. La esperanza era que los vampiros acudieran a ellos. Por lo que entendí, no había funcionado.

Pasé la página a una serie de fotos en color del laboratorio. Allí estaba Victor, con unas gafas de montura negra que no necesitaba, sosteniendo un frasco de hema. Luego había una foto en cuya leyenda podía leerse: «El equipo de investigación de Castel Technologies». En la foto, ocho personas con batas de laboratorio rodeaban una mesa, con Victor en el centro.

Galen se acercó a la mesa y tocó la página.

—Ese es mi padre, a la izquierda de Victor.

Simon Black era blanco y alto; sus hombros destacaban bajo su bata de laboratorio. Tenía rasgos afilados, los de Galen eran su eco más suave.

—Y esa es mi madre. —Señaló a una mujer pequeña de piel dorada, pelo negro y llamativos ojos pálidos.

Miré la foto de Meera Black.

—Tienes sus ojos.

—Sus ojos y su pelo —dijo—. Por lo demás, todo el mundo dice que me parezco a mi padre.

—Es india, ¿verdad?

Asintió con la cabeza.

—Mi padre formaba parte de la Compañía Británica de las Indias Orientales; ahí se conocieron.

—¿Te refieres a la Compañía Británica de las Indias Orientales que colonizó la India?

Esbozó una mueca.

—No es tan horrible como parece. Mi madre no habla mucho de ello, pero es de una familia de comerciantes ricos de Gujerati, y él pasó años persiguiéndola hasta que aceptó. No es que se haya aprovechado de una chica indefensa de algún pueblo. De todos modos, eso sucedió hace mucho tiempo.

—No hace tanto. Creía que los británicos se habían ido de la India en la época en que se tomó esta foto.

—Eso fue diez años antes, en 1948. Me refiero a que la convirtió mucho antes. —Levantó la vista hacia mí—. Aquí nadie me pregunta nunca por estas cosas. Entre mi padre y Victor, todo el mundo me ve como «un blanco».

¿No lo había hecho yo también? Galen parecía tener todos los privilegios posibles de su lado, pero yo había ignorado por completo que él también podría sentirse fuera de lugar en Harcote.

—Eso suena muy duro —dije—. ¿Estás en el grupo de estudiantes de color?

—¿El de George? Eso no es para mí.

—¿Qué quieres decir?

—Supongo que no veo la necesidad de pasar tiempo hablando de ser un vampiro de color. Está bien para ellos, pero yo tengo demasiadas cosas que hacer. —Volvió a acercarse la revista. Frunció el ceño al estudiar la foto—. ¡Mira! ¡Qué curioso! En la imagen también aparece Meredith Ayres.

—¿Quién?

Me dejó ver la fotografía y me señaló a la otra mujer, de pie al lado del grupo de la madre de Galen. De repente, sentí los latidos de mi corazón retumbando en mis oídos.

—Meredith Ayres. Es una especie de figura legendaria, en mi opinión. Formó parte del equipo fundador, justo al principio, e hizo algunos de los descubrimientos más importantes en los que se basa el hema.

Tragué con fuerza.

—¿En serio?

—A Victor le hubiera gustado hacerlo solo, pero el papel de ella resultaba esencial. Desapareció antes de que el hema tuviera éxito. Está claro que Victor estaba muy disgustado, porque se esfumó de los registros y no se habló más de ella.

—¿Qué le pasó?

Sacudió la cabeza.

—Lo más probable es que muriera en el Peligro.

—Qué pena —me obligué a decir. Cerré la revista, pero dejé mi dedo marcando la página de la foto—. Voy a volver a dejar esto en la estantería.

Un zumbido sordo resonó en mi cabeza mientras entraba en la Pila. Sostenía la revista con tanta fuerza que, incluso dentro de su cubierta protectora, las páginas se arrugaban bajo mis manos.

Ya sin Galen cerca, volví a abrirla y observé la cara de la mujer que, según Galen, se llamaba Meredith Ayres. Me quité la sudadera y la enrollé alrededor de la revista. Luego volví a nuestro escritorio y la metí en mi mochila.

Durante mi investigación no me había encontrado con ese nombre, pero el rostro de mi madre resultaba inconfundible.

15

Kat

Durante el camino de vuelta al campus, sentía el peso de esa fotografía en mi mochila. La había cogido sin pensarlo; tenía que esconderla antes de que me pillaran. Sin embargo, me encontré con Evangeline y Lucy haciendo los deberes en un sofá.

—Hola, guapa —dijo Evangeline—. Ven a saludar.

Evangeline me agarró de la mano y me tiró al sofá junto a ella. No había espacio para mí, así que mi cuerpo estaba medio aplastado contra el suyo. Mi mochila, con la revista dentro, resbaló hasta el suelo. Evangeline se movió un poco para hacer sitio, pero seguíamos apretadas la una contra la otra, con mi cara a escasos centímetros de sus enormes ojos azules y sus labios carnosos. No estaba cómoda. Normalmente, no tengo tanto contacto físico con mis amigas. Pero Lucy y Evangeline siempre se ponían las manos encima o se abrazaban cuando tenían que separarse para ir a alguna clase de la tarde.

—Así que tú y Galen os estáis haciendo muy amigos —dijo.

Todos mis sentidos se pusieron en alerta máxima. Mi nueva amistad con Galen era un símbolo de estatus, pero debía tener cuidado. Las chicas podrían haber fingido que no estaban interesadas en acceder a la tutoría, pero les resultaba imposible fingir que no querían a Galen. Era la única actividad extracurricular que tenían en común. Lucy había empezado a salir con uno de los mejores amigos de Galen, Carsten, el jugador de *lacrosse* por el que Guzmán había babeado, y ni siquiera ella había dejado de hablar por completo de Galen.

Al mismo tiempo, Evangeline tenía cierto derecho sobre él, algo que todo el mundo reconocía. Todas las chicas que empezaban a suspirar por Galen terminaban con un «pero Galen y Evangeline van a terminar juntos». Sabía que habían salido durante unas semanas tiempo atrás, pero eso no era suficiente para convertirlos en trágicos amantes.

—Estamos pasando mucho tiempo juntos. Es inevitable —dije.

—¿Te gusta? —Una sonrisa atormentada apareció en los labios de Evangeline.

—Está bastante bueno —dije.

—Lo sé. —Lucy asintió—. Es tan misterioso…, es como si prefiriera que le clavaran una estaca antes que mostrar sus sentimientos.

—A veces lo miro en clase y me olvido totalmente de lo que estoy haciendo —dijo Evangeline.

—Imagínate cómo me siento yo pasando todo ese tiempo a solas con él en la biblioteca —añadí.

Las chicas resoplaron.

Desde el otro lado de la sala, alguien cerró un libro de texto de golpe. Me di la vuelta y vi que Taylor repicaba los dedos sobre su libro de álgebra. No me había dado cuenta de que estaba allí. Me avergonzó que hubiera escuchado lo que había dicho sobre Galen.

—¿Puedes bajar la voz? Algunas intentamos estudiar.

—Para eso está la biblioteca —respondió Lucy.

Taylor cogió sus cosas y subió las escaleras. Quise seguirla, pero Evangeline me enroscaba los dedos en el pelo.

—No sé cuál es el problema de esa chica —dijo Lucy, como si Taylor tuviera una enfermedad terminal—. De todas formas, pronto se celebra el baile de graduación. ¿Crees que Galen te invitará?

Las chicas habían estado hablando del baile de graduación prácticamente desde el primer día de escuela. Se celebraba en la noche de Halloween, aunque, como me había explicado Taylor, eso no quería decir que hubiera que disfrazarse. Al baile había que ir bien vestida, con ropa formal, pero vampirizada.

—Creo que Galen no me considera una candidata para él —dije—. Si va a llevar a alguien, será a Evangeline.

Evangeline esbozó una pequeña sonrisa de autosuficiencia, un gesto con el que parecía agradecerme que pensara que se merecía al chico más guapo del colegio, al tiempo que dejaba perfectamente claro que no le importaba en absoluto mi opinión, pues estaba claro que ella se merecía lo mejor. Con apenas un leve movimiento de hombro, podía recordarle a todo el mundo que, tarde o temprano, conseguiría lo que quería, y que este periodo de espera, en el que tal vez Galen no la invitara, no era más que un descuido pasajero.

—Pero, bueno, yo no sé nada, ¿eh? No quiero darte falsas esperanzas. No ha dicho nada sobre ti. Ni una vez —añadí.

La expresión de Evangeline se volvió quebradiza. «Bien», pensé. Por otro lado, parecía que a Lucy se le estaban a punto de caer los ojos de un placer casi diabólico.

—Mi pequeña Kat, vas a venir el sábado, ¿verdad? —dijo Lucy—. Hay una fiesta en mi casa, en la ciudad. Solo es una noche. Le he pedido permiso a Radtke, solo tienes que apuntar tu nombre en una lista.

Ladeó la cabeza hacia las escaleras.

—Solo vendrán amigos cercanos, así que no se lo digas a nadie.

No creo que Lucy estuviera muy preocupada de que arrastrara a Taylor a su fiesta de pijamas en Nueva York. Seguramente, sería más fácil acarrear con ella hasta el infierno.

—Me apunto —dije.

Finalmente, el viernes por la tarde me quedé un momento a solas en la habitación para volver a mirar la revista tranquilamente; Taylor había tenido una reunión de ciclismo, por lo que había tenido que levantarse de la cama y parar de ver películas en *streaming* de aquel modo. Había guardado la revista detrás de mi cama. En realidad, era un escondite de lo más estúpido. Si Taylor o uno de los asistentes que limpiaban nuestra habitación la encontraban precisamente ahí, seguro que levantaría sospechas. Solo de pensar en que hubiera podido suceder algo así la cabeza empezó a darme vueltas.

Abrí la revista para ver la foto. No había duda de que la mujer de la fotografía era mi madre. Literalmente, no había envejecido lo más mínimo desde entonces, aunque llevaba el pelo distinto y, como todos los que aparecían en la imagen, fingía que necesitaba gafas.

«Meredith Ayres.»

¿Qué hacía mi madre en CasTech?

Galen había dicho que era una de las fundadoras, que había completado descubrimientos cruciales, pero que luego había desaparecido. Eso no cuadraba para nada con lo que sabía de la vida de mi madre..., o con lo que creía saber. Ella siempre me había dicho que se las había arreglado por su cuenta, que no tenía a nadie, que estaba sola hasta que conoció a mi padre. Luego, me habían tenido a mí, y un tiempo después mi padre falleció. Trabajar para Victor Castel no era mi idea de arreglárselas sola.

Tal vez no había trabajado mucho tiempo en CasTech, o puede que se hubiera enemistado con Victor, como había dicho Galen. Pero, de todos modos, no podía entender por qué me había mentido.

Me había mentido durante toda mi vida.

Ni siquiera sabía cuáles eran mis verdaderos apellidos; sentí que la habitación se me caía encima. ¿Y si no era realmente Kat Finn? ¿Y si me llamaba Kat Ayres?

Cerré la revista y descargué la mano contra el escritorio con tanta fuerza que el dolor me subió por el brazo. Luego lancé la revista detrás de la cama, sin importarme si las páginas se arrugaban. Mi madre era una mentirosa y una hipócrita. Durante años me había asegurado que estábamos mejor lejos del Vampirdom, y resulta que ella había trabajado codo con codo con Victor Castel, Simon Black y Meera Black. Me había culpado por querer ir a Harcote aduciendo que no podíamos permitírnoslo, cuando había dejado un trabajo que podría habernos dado la estabilidad económica que siempre quise. Me había hecho sentir como una basura por solicitar una plaza en Harcote a sus espaldas, cuando me había estado mintiendo durante toda mi vida. Había roto mi confianza de más maneras de las que podía comprender.

Ir a Harcote había sido la mejor decisión de mi vida. Si me hubiera quedado en casa, habría tenido que sentarme frente a ella mientras bebíamos nuestro hema, fingiendo que no estaba furiosa. Sin embargo, al estar en Harcote, podía ir a una fiesta en Nueva York con mis nuevos, ricos y glamurosos amigos, y olvidar que mi madre me había traicionado.

La casa de Lucy en Nueva York estaba en el SoHo. Fui hasta la ciudad con Evangeline. El viaje duró dos horas, pero su todoterreno era extraordinariamente cómodo, y nos pasamos todo el trayecto poniendo música a todo volumen y cantando. Fue tan divertido que solo pensé en mi madre para darme cuenta de lo poco que pensaba en ella.

Aunque no lo pareciera por lo que había publicado en las redes sociales, el apartamento de Lucy era el mejor lugar donde había estado. El salón era un enorme espacio abierto con techos de seis metros y suelos de hormigón pulido. Todo parecía caro: alfombras mullidas de piel de oveja, dos sofás enormes, una gran mesa de centro de cristal y, en una esquina, una palmera de verdad. Colgado de la pared había un inmenso cartel de neón con forma de labios rojos y largos colmillos blancos que iluminaba la sala.

Lucy nos hizo pasar al dormitorio para que nos cambiáramos. Estaba nerviosa, y era culpa de Taylor. La mirada de pocos amigos que me dirigió mientras me arreglaba me hizo creer que divertirme con mis amigas era lo peor del mundo.

—Toma buenas decisiones, Kath-er-ine —me dijo.

Claro, como si ella fuera una experta en tomar buenas decisiones.

Para colmo, no tenía ningún vestido digno para una fiesta organizada por una *influencer*, y el Benefactor, obviamente, no había incluido ninguno en mi guardarropa. Si quería vestirme bien, tendría que emplear la ropa de la Cena Sentada. Cuando Evangeline me vio meterme en el vestido negro menos inapropiado, me dijo:

—No vas a ponerte eso.

—Es mi única opción. Me equivoqué con lo que traje de todo lo que hay en mi armario —mentí.

Evangeline rebuscó en su maleta. Había traído una docena de conjuntos y me lanzó una bola de tela verde. Era un vestido de un solo hombro, con un corte lateral. Dejaba al descubierto mucha más piel de la que estaba acostumbrada a mostrar. Me encogí un poco cuando me miré en el espejo: el vestido ajustado, el pelo suelto y más rojizo por el contraste con el vestido verde y el lápiz de labios oscuro que Evangeline me había prometido que me quedaría de muerte.

Me mordí el labio. Volvía a experimentar esa ansiedad tan familiar que aparecía cuando me estaban poniendo a prueba y se avecinaba un fracaso. Me bajé el vestido por las caderas.

—Me queda bien, ¿verdad?

—¡Te sienta jodidamente bien! —dijo mientras me recorría el cuerpo con esos ojos brillantes que me sacaban los colores—. Somos vampiros, Kat. Nunca nada te queda «solo bien».

Luego pasó su mano por mi hombro desnudo y apoyó la barbilla en él. Nuestros rostros estaban uno al lado del otro en el espejo.

—Apuesto a que a Galen le encantará —dijo.

Una parte de mí quería apartarse de ella, pero a otra, esa parte a la que quería escuchar esta noche, le gustaba esa forma de mirarnos en el espejo. De todos modos, me tenía acorralada: no tenía adónde ir.

—¡Llegaron los chicos! —gritó Lucy—. Será mejor que salgáis de ahí, perras.

16

Taylor

Todos los sábados por la noche eran iguales: un recordatorio de que no tenía planes ni amigos. Pero tenía a Kontos. Esta semana, para compensar su ausencia en nuestra última reunión, había organizado la sesión del club de cine francés el sábado. En realidad, últimamente, había sido bastante difícil reunirme con él. Ni siquiera había tenido la ocasión de explicarle que habíamos visto a la señora Radtke entrar en su despacho.

Por eso se lo vomité nada más cerrar la puerta de la clase de Old Hill que habíamos reservado para ver la película. Al menos esta vez no se lo tomó a la ligera. Pero no estaba satisfecho con mi comportamiento.

—No puedes hacer ese tipo de cosas, Taylor. Te vas a meter en un lío y no podré protegerte.

—No soy la única que necesita protección. Además, uno de los asistentes nos pilló *in fraganti* y no pasó nada.

Kontos puso los ojos como platos.

—¿Uno de los asistentes humanos os descubrió siguiendo a Miriam hasta mi despacho?

—Bueno, técnicamente, uno de los asistentes me pilló mirando tu despacho por la ventana mientras Radtke estaba dentro. Pensaba que tendríamos problemas con Atherton, pero no ha pasado nada. De todas formas, si estoy metida en un lío, habrá valido la pena porque... —me habría gustado decir que me importaba, pero las palabras se me atragantaron— será una gran aventura. Travesuras.

Se pasó una mano por la cara y se atusó el bigote. Parecía cansado.

—Cuéntame qué está pasando —le dije—. ¿Por qué está tan enfadada Radtke? ¿Es porque tú eres unionista y ella es una trav?

—Te voy a preguntar algo y quiero que seas totalmente sincera.

Me estaba mirando tan seriamente que sentí que se me retorcían las entrañas. Tuve que hacer de tripas corazón para no soltar una bromita.

—Lo intentaré.

—¿Se te ha pasado por la cabeza que quizá Miriam esté en lo cierto y estoy haciendo algo peligroso por las noches?

Me quedé un poco aturdida.

—No. No se me había ocurrido. Radtke apesta y tú..., tú eres tú.

—En realidad, Miriam tiene razón —dijo Kontos lentamente—. Formo parte de un grupo de unionistas. Estamos trabajando para el cambio. Para que el mundo de los humanos y los vampiros se unifique. Para lograr un mundo donde podamos convivir unidos gracias a nuestra humanidad compartida.

Me quedé boquiabierta.

—¿Quieres desmontar toda esta farsa? —le pregunté—. ¿Quieres que los vampiros anden libremente con los humanos?

—Ahora mismo no, pero queremos hacer que sea una posibilidad factible en el futuro.

—¿En el futuro? Estamos hablando dentro de unos cuantos años luz, ¿verdad? Los vampiros y los humanos siempre han vivido separados.

—Eso es lo que diría un trav —respondió Kontos—. Una de las cosas que aprendes con el tiempo es que mucho de lo que antes pensabas que era eterno, en realidad, es temporal. He pasado mucho tiempo con los humanos. No solo alimentándome de ellos, sino formando parte de su comunidad. Amigos, novios, compañeros de trabajo. Es posible.

—¿Así que dejaste todo eso atrás para vivir en un edificio repleto de sangre joven?

—El Peligro lo cambió todo. Algunos de nosotros, los vampiros más jóvenes y afines a los humanos, como yo, nos dimos cuenta de que el hema y el CFaD nos brindaban una oportunidad única: la integración completa. El hema solventaría nuestra sed de sangre humana y el CFaD serviría como garantía. Sin embargo, por aquel entonces, esta idea no era muy popular en el Vampirdom. Muchos vampiros empezaron a temer a los humanos por culpa del CFaD. La enfermedad se había cobrado tantas víctimas que la amenaza de extinción era real. A nadie le gusta tener miedo. Por eso otra facción de vampiros se las ingenió para canalizar todo el miedo con esa idea de nuestra supremacía. Llevaba mucho tiempo circulando, pero después del Peligro se asentó y luego aparecieron los sangre joven.

»Antes del Peligro, los embarazos entre vampiros eran extraordinariamente raros. Estoy seguro de que sabes lo difícil que es que un embarazo llegue a buen puerto. Francamente, la mayoría de nosotros pensábamos que no valía la pena tanto esfuerzo cuando podías convertir a quien quisieras y dejar tu impronta en ellos para siempre. Pero, con el Peligro, convertir a alguien era muy arriesgado y ciertas estimaciones aseguraban que en América del Norte apenas quedaban unos dos mil vampiros. La única opción para nuestra supervivencia era concebir vampiros de forma natural. Entonces empezó a circular la idea de que las nuevas generaciones serían mucho mejores que los vampiros convertidos, porque los vampiros, por naturaleza, son superiores a los humanos. Así pues, los vampiros sin ascendentes humanos serían mucho mejores que los demás. Teníamos que proteger a los sangre joven y mantenerlos separados del mundo.

—Creo que Atherton firmaría este discurso: nuestros niños son el futuro —dije.

—Eso es. Por tal motivo nosotros queremos cambiar ese futuro.

—No te ofendas, pero me parece que es jodidamente difícil.

—Es difícil, pero no imposible. —Kontos se echó hacia delante en su silla, con los codos clavados en las rodillas—. El movimiento unionista necesita tres cosas. En primer lugar, el libre acceso al hema u otro sucedáneo de sangre humana. En segundo lugar, una cura para el CFaD…

—Espera un momento. ¿No acabas de decir que el CFaD es una garantía para los humanos? Sin ella, nada impediría que los vampiros se alimentaran de ellos.

—¿Tienes la menor idea de los estragos que ha causado el CFaD en los humanos? Tenemos que liberarnos de esta enfermedad, es un interés compartido. Los vampiros siempre han practicado el autocontrol. Eso me lleva al tercer punto: necesitamos a los sangre joven de nuestro lado.

Estaba un poco mareada. Lo que decía Kontos sonaba más y más delirante y estaba fuera de toda lógica. Pensé en la fiesta de Lucy y en la rumorología que la acompañaba. ¿Acaso Kontos hablaría del mismo modo si hubiera escuchado tales rumores?

—Pero si la mitad de ellos son asesinos desesperados. ¿Crees que puedes convencerlos para que abracen un nuevo orden mundial?

—Tú misma has dicho que los niños son el futuro. —Que fuera capaz de hacer una broma a pesar de la situación me dejó ligeramente avergonzada—. Los sangre joven tienen un papel especial en el Vampirdom. Además, conforman un tercio de la población total. Si pueden liderar el camino hacia el futuro, otros vampiros los seguirán. Otros vampiros que podrían estar demasiado asustados para tomar ese camino por sí solos.

Me crucé de brazos.

—Kontos, es el peor plan que he escuchado en mi vida.

—¿Se te ocurre alguno mejor?

—Pero ¡si esto es cosa tuya!

—Pero también puede ser cosa tuya, Taylor. Por eso te lo cuento. Creo que puedes estar interesada en formar parte de esto.

Antes de que pudiera mediar palabra, levantó la mano.

—Tú ves las cosas de otro modo. Muchos sangre joven todavía no han abierto los ojos. Pero tú sí. Si un mundo mejor es posible, tenemos la obligación de abrir el camino para que sea una realidad. No pienso malgastar mi inmortalidad esperando. Y creo que tú tampoco. No te enfades conmigo por decirte esto, pero creo que sería bueno que te tomaras algo en serio.

Estaba intentando convencerme para su causa. Resultaba terriblemente incómodo. Sabía lo que me estaba ofreciendo: la oportunidad de formar parte de algo grande, que dejara en nada los pequeños dramas de Harcote. Kontos había visto algo en mí, algo que yo pensaba que me hacía distinta a los demás, a pesar de que no me procuraba ningún beneficio. Había visto esa ira, esa negatividad, esa soledad, y la había entendido. No era solo una lesbiana marginada; mejor dicho, era una lesbiana marginada a mucha honra.

Pero eso no quería decir que estuviera de su parte.

Era imposible que yo fuera la persona idónea para ayudarlo. Ni siquiera era la mejor persona para hablar de ello. Si aceptaba, solo acabaría decepcionándolo. Y no estaba segura de que fuera algo que pudiera gestionar.

Levanté una ceja y lo miré.

—Tal vez me interese entrar en tu sociedad secreta. ¿Cuáles son los ritos de iniciación? Si implican cualquier tipo de desnudo, no creo que esté interesada.

Me arrepentí al momento de haber dicho esas palabras. Acababa de joder el momento, como siempre. La distancia que había entre nosotros había vuelto; otra vez estaba sola en mi isla solitaria.

Kontos se frotó las manos y alisó las arrugas de sus pantalones.

—Tómate un tiempo para pensarlo.

—Lo haré. —Me levanté dispuesta a salir de la clase—. En serio, a veces puedo ser una basura, pero puedes confiar en mí.

Intentó forzar una sonrisa.

—Lo sé.

17

Kat

La música retumbaba en la habitación iluminada con el resplandor rojo del cartel de neón. No es que hubiera mucha mucha gente: algunos estudiantes de tercer y cuarto año bailaban, se hacían fotos y vapeaban. Yo estaba sentada en el brazo del sofá hablando con Carsten, el novio de Lucy. Estaba bebiendo uno de esos cutres licores de malta. Todos los chicos habían aparecido con una botella de ese licor, y Carsten hablaba de que era una locura, mejor que el champán. Quizá no beber nada era mejor que beber el licor de malta que venden en las gasolineras. Pero, de nuevo, no tenía forma de saberlo, ya que no había visitado la región francesa de Champagne, como había hecho Carsten. La mayoría de la gente que bebía ese tipo de licor no lo había hecho.

Tomó un trago y me tendió la botella tibia.

—¿Quieres?

—No, tomé un poco de esa absenta que Lucy está pasando por ahí.

El alcohol hacía que mi cabeza estuviera ligera y confusa, mis miembros, sueltos y alegres. Era una sensación a la que no estaba acostumbrada. Los vampiros no podían ingerir comida, pero el alcohol no era comida. Era una molécula que la sangre llevaba al cerebro, y nuestra sangre era perfectamente capaz de hacerlo. Cuanto más puro fuera el alcohol, es decir, cuanto menos se pareciera a la comida, mejor para los vampiros. Por eso bebía absenta, aunque me quemaba desde los labios hasta el estómago. Al día siguiente, las tripas de los chicos estarían hechas un nudo, pero supuse que comportarse como un macarra merecía la pena.

En casa, rara vez bebía. Siempre tuve miedo de bajar la guardia. Admitir que era un vampiro o mostrar mis colmillos podría arruinar mi vida. Morder a alguien tenía consecuencias en las que no quería ni pensar. De todos modos, con mis clases y el trabajo no tenía tiempo para ir a muchas fiestas, y a Guzmán y a Shelby les gustaba que estuviera sobria para que pudiera conducir.

Sin embargo, aquí y ahora nada de eso importaba. No tenía que ocultar que era un vampiro a los demás *harcoties*, aunque todavía tuviera secretos que guardar. El alcohol hacía que todo lo relacionado con la fiesta fuera más fácil. Aligeró esa tensión que se acumulaba en mi pecho. Había posado para un selfi con Lucy justo después de ese primer trago, y en la foto vi a la chica que Evangeline me había dicho que debía ser: sexi, segura de sí misma, y a la que todo le importa una mierda. Publiqué la foto con la frase «Me siento guapa, quizá la borre más tarde… Es una broma @lucyk».

Revisé los me gusta mientras Carsten hablaba de que no podía esperar a que empezara la temporada de esquí. Guzmán ya había comentado mi foto: «¿Estás de coña?».

—Carsten, ¿estás tratando de aburrir a Kat hasta que se vuelva loca?

Galen estaba de pie junto a mí. Tenía un ligero rubor en las mejillas, el pelo oscuro le caía en la cara y llevaba una franela que le hacía parecer el chico malo y seductor de una película de los noventa. Sonreí y me levanté del sofá a trompicones. El alcohol me zumbaba en la cabeza.

—Estás muy guapa —dijo.

Levanté un hombro y parpadeé coquetamente.

—Gracias. Tú también.

Él esbozó una sonrisa irónica con sus ojos grises brillando.

—¿Así es Kat borracha? Eres una ligona.

—No estoy ligando contigo, Galen. —Me reí—. Tú estás ligando conmigo.

Se inclinó más hacia mí, o tal vez fui yo quien se balanceó.

—¿Ah, sí?

—Pero no va a funcionar. Porque sigo pensando que eres un gilipollas.

Su sonrisa se desvaneció.

—Oh. De acuerdo, entonces, no estamos ligando, supongo.

«Mierda.»

—No quise decir eso.

—¿Se suponía que era un cumplido? —Se pasó una mano por el pelo. Sus rizos negros cayeron perfectamente—. No bebas demasiado.

Me abrí paso entre los bailarines para ir hacia la cocina. Tenía la sensación de haber hecho algo terrible, pero no lo había hecho, ¿no? Era una broma que Galen no había entendido. Y tal vez no era gracioso, pero ¿qué le importaba a Galen lo que yo pensara de él?

Cogí la botella de Everclear y bebí un trago.

Lucy entró en la cocina y me arrebató la botella.

—No te olvides de dejar espacio, pequeña Kat —dijo guiñándome un ojo.

—Deja de llamarme así. Eres peor que Taylor. —La seguí hasta el salón—. ¿Y dejar espacio para qué?

Lucy bajó el volumen de la música.

—Bien, chicos y chicas, todos sabemos por qué estamos aquí —dijo Lucy.

Alguien aulló como un lobo. Me moví nerviosamente. No tenía ni idea sobre qué estaba hablando.

—¡Vamos a sacarlos!

Se oyeron unos pasos en el pasillo y luego cuatro personas entraron en la habitación.

«Humanos.»

Estaban profundamente hechizados. Lucían una sonrisa vacía en sus rostros y una mirada aturdida y desenfocada en sus ojos, peor que la que suelen llevar los asistentes de Harcote. No se movían, no parecían nerviosos. No tenían ni idea de en qué acababan de meterse.

—¡Conozcan a los afortunados ganadores de asistir a una de las fiestas de LucyK!

Tuve una horrible sensación en mi estómago. Lucy solía organizar concursos en los que sus seguidores podían pasar un fin de semana con ella. Seguidores a los que había admitido manipular con su carisma vampírico.

—Chicos, os presento a Kayla y a Vanessa.

Lucy señaló a las dos humanas que estaban a su lado. No eran mucho mayores que nosotros, parecían de primer año de universidad. Kayla era blanca, de pelo pajizo. Vanessa tenía la piel ligeramente morena, rizos castaños y llevaba una sudadera de la Universidad de Nueva York.

—Y para mis chicas: Eric y Clark.

Lucy los miró de arriba abajo teatralmente. Eric era negro, de pelo corto y complexión musculosa. Clark tenía una tez aceitunada y unos antebrazos cubiertos de tatuajes.

—Esta tarde se les hizo la prueba de CFaD..., y están limpios. —Lucy juntó las manos e inclinó los hombros; era una pose mona que utilizaba siempre en sus vídeos—. Ya conocéis las reglas. No los dejéis secos: no estamos aquí para convertirlos o matarlos. Tomaos un descanso si se desmayan. Y si mancháis de sangre el sofá, os clavo una puta estaca en el pecho. Divertíos.

Hubo silbidos y aullidos de lobo por parte de los chicos, que no perdieron el tiempo en descender sobre las humanas; las chicas no se quedaron atrás: tiraron a los chicos en los sofás, también con miradas horribles y hambrientas, como si estuvieran enfocándolos con un láser.

La neblina del alcohol, lo insólito de esta situación y el asco que me revolvía el estómago me habían paralizado el cerebro. «Esto no puede estar pasando.» Me lo repetí una y otra vez, incluso cuando vi que Carsten empujaba a Vanessa al mismo sitio del sofá donde acababa de hablar conmigo y le clavaba los dientes en la muñeca. La sangre de ella brotó —color granate Harcote— y manchó sus labios. Una perversa súplica se grabó en su rostro. Al otro lado de la habitación, una chica de cuarto año estaba a horcajadas sobre Clark para alcanzar su cuello. A su lado, Evangeline tenía los labios apretados contra su muñeca. La sangre goteaba de la comisura de su boca, pero no se dio cuenta: la oscura mirada de Evangeline estaba clavada en la chica mayor, que estaba bajando las afiladas puntas de sus colmillos hacia la yugular de Clark. Dos o tres vampiros hincaban sus colmillos en cada humano a la vez. Nadie había vuelto a subir la música y en el apartamento se escuchaban salvajes sonidos de succión.

A mi lado, Lucy estaba sacando fotos con una sonrisa de satisfacción.

—¡Entra ahí! —dijo Lucy—. ¿Cuándo fue la última vez que bebiste sangre de verdad?

—No podemos dejar que hagan esto —solté—. Lucy, tenemos que pararlo.

—No te preocupes, pequeña Kat. —Lucy me pellizcó la mejilla. Luego, sentí su palma cálida y pegajosa sobre mi piel—. Están limpios. Si no lo estuvieran, alguien ya la habría palmado.

—No me refería a eso. —La cabeza me daba vueltas. No podía encontrar la manera correcta de explicarlo—. Son personas. No puedes simplemente… alimentarte de ellos.

El rostro de Lucy se endureció y me penetró con la mirada.

—Sé que son personas. Ahí está la gracia. Son personas,

nosotros somos vampiros, nos alimentamos de ellos. No vamos a matarlos. Resulta inofensivo.

—Pero…

—No voy a tener esta conversación ahora mismo —dijo Lucy—. Estás siendo una invitada de mierda.

Lucy pasó por mi lado empujándome con el hombro; por un momento, la habitación comenzó a dar vueltas. Me apoyé en la barra mientras me enderezaba. No iban a matar a los humanos, pero eso no hacía que aquello se pudiera tolerar.

Al otro lado de la habitación, Carsten se separó de la muñeca de Vanessa. Su lengua atrapó una gota de sangre del labio inferior. La cabeza de la chica estaba echada hacia atrás en los cojines del sofá y su cara era de color ceniza. Su cuerpo parecía inerte. Carsten también se dio cuenta, pero tenía la mirada ida y estaba jadeando de placer. En lugar de detenerse, le empujó la cabeza hacia un lado y se inclinó hacia su cuello.

—¡Para! —grité mientras me abalanzaba sobre él.

—Oh, mierda, ¿a la chica nueva le gusta la sangre femenina? —dijo uno de los chicos.

Carsten no me escuchó. Su cabeza estaba inclinada sobre el cuello de Vanessa. Lo agarré por el hombro, demasiado ancho por sus estúpidos músculos de deportista; tiré de él tan fuerte como pude.

No esperaba que se soltara tan fácilmente, o puede que tuviera más fuerza de lo previsto. Sin embargo, cuando Carsten cayó hacia mí, perdí el equilibrio. Ambos salimos disparados hacia atrás y nos estrellamos contra la mesa de cristal, haciéndola añicos. Sentí que mi cerebro rebotaba cuando mi cabeza chocó con el suelo de hormigón pulido. Todo se oscureció durante un segundo.

Durante más de un segundo.

Una de las chicas estaba gritando. Tal vez algunas de ellas. Era como estar debajo del agua, me costaba respirar.

Tenía el cuerpo de Carsten encima, aplastándome como la

tapa de un ataúd; luego ya no, estaba de pie sobre mí maldiciéndome, mientras yo luchaba por incorporarme. Tenía los labios llenos de restos de la sangre de Vanessa.

Me levanté para mirarla. La chica estaba desplomada en el sofá. La herida de la muñeca sangraba directamente sobre los cojines. Pero no estaba a salvo, ninguno de los humanos estaba a salvo. Tenía que sacarlos de allí.

Me arrastré hacia ella. Algo rechinaba bajo mis rodillas, pero lo ignoré. Intenté subirme al brazo del sofá.

—¡Increíble! —gritó alguien—. Hay vidrios, como… ¡pegados en su cabeza!

—¡¿Qué coño te pasa, Kat?! —gritó Lucy—. ¡Estás sangrando por todo mi puto apartamento!

Miré el suelo. Estaba cubierto de cristales y había grandes manchas de sangre donde yo había estado arrodillada. Pero eso no explicaba las manchas rojas redondas que seguían goteando hacia el suelo. Me llevé la mano al pelo. Estaba mojado donde no debía estarlo. Las yemas de mis dedos encontraron algo dentado y duro. Tiré de él. Un hilillo caliente recorrió mi cuero cabelludo, mi cuello y mis hombros.

Dejé que el fragmento de vidrio ensangrentado cayera al suelo mientras la habitación empezaba a girar…

Entonces sí que mi estómago se revolvió.

En el baño, retiré los cristales de rodillas, espalda y cuero cabelludo. Cada fragmento cayó con un ruido seco en el cubo de la basura. Luego me metí en la ducha hasta que el agua salió limpia. No tuve más remedio que ponerme el desastroso vestido de Evangeline, manchado con sangre. Nadie me había traído mis cosas.

Me senté en el inodoro con la cabeza entre las manos.

Los cortes se curarían. Ya no necesitaban vendas, aunque me seguían picando y chorreando sangre. El terrible dolor de cabeza que tenía tras haber chocado contra el suelo pronto desaparecería. Lo de esa sensación desgarradora, de malestar, era harina de otro costal.

Se estaban alimentando de personas, a pocos metros de mí, y no podía detenerlos. Pensé en los amigos que tenía en casa, en las cuatro personas que estaban ahí sin saber lo que ocurría, en mi padre, limitado a alimentarse de humanos para evitar el dolor de la inanición. Estos *harcoties* no se habían enfrentado a una decisión como esa. Para ellos, beber sangre humana era pura diversión, otro lujo que podían permitirse sin preocuparse de las consecuencias.

Había venido a Harcote en busca de otros sangre joven como yo…, pero ellos no eran como yo, y yo no quería ser como ellos, ya no.

Llamaron a la puerta del baño.

—¿Kat?

Abrí la puerta. Galen estaba allí, con cara de preocupación. Tenía mi bolso en una mano.

—¿Estás bien?

No pude responder.

—Sé que probablemente quieras volver a la fiesta, pero Lucy me pidió que te llevara de vuelta a la escuela.

—¿Estás sobrio?

—No bebo —dijo tajante.

—Entonces, por favor, sácame de aquí.

Galen pisó a fondo durante el camino de vuelta. Apenas hablamos hasta que aparcó su BMW en el estacionamiento y el ronroneo del motor quedó en silencio.

—Gracias —dije—. Lamento que te pierdas el resto de la fiesta.

—No quería quedarme. —Jugueteó con sus llaves, sin mirarme—. ¿Por qué hiciste lo que hiciste?

—¿Tienes que preguntarlo? Sabes que mi padre murió de CFaD. No bebió sangre humana porque se estuviera divirtiendo en una fiestecita, sino porque se estaba muriendo de hambre.

—Lucy siempre es muy cuidadosa con el CFaD.

—¡Porque puede serlo! —grité—. Porque es un riesgo que ella toma por diversión. Para algunos de nosotros, sigue siendo cuestión de vida o muerte.

—Lo entiendo —dijo de una manera que no me convenció—. Si te sirve de consuelo, nunca se beben toda su sangre. Lucy se asegura de ello.

—¿Y?

—Entonces es inofensivo, ¿verdad? —Era la misma palabra que había utilizado Lucy. Tampoco ahora parecía convencido—. No recordarán nada, como si fuera una mala resaca de la fiesta con LucyK. Además, ella siempre les paga.

No sé qué tipo de expresión tenía en la cara —indignación, disgusto, rabia por no haberme dado cuenta de que, por supuesto, lo mejor de lo mejor seguía alimentándose de humanos—, pero hizo que Galen se sobresaltara.

—¿Qué es lo inofensivo? Han sido hechizados para que accedan a cualquier cosa; mañana se despertarán sin saber que un grupo de gilipollas ricos se abalanzaron sobre ellos para chuparles la sangre de las venas. Si crees que unos pocos dólares harían que eso, de alguna manera, estuviera bien, no tienes ni puta idea.

—Es cierto, ¿no? ¿Nunca lo has hecho? —preguntó.

—No. No puedo creer que tenga que explicarte esto, pero los humanos a los que Lucy engañó para que vinieran a esa fiesta son personas como nosotros. Tienen nombres, vidas, cosas que les importan y gente a la que quieren. No son menos que nosotros. Son iguales. ¿Cómo te sentirías si alguien te estafara para que le dejaras comer parte de tu cuerpo?

Galen se quedó callado. Era el momento de salir del coche. Probablemente, ya lo había ofendido más allá de toda esperanza. Me lo imaginaba volviendo a la fiesta y quejándose con sus amigos por haber llevado a la loca de la chica nueva a casa. Pero tenía que saber una cosa más. Los miré, a él y a su lisa piel, tan azul pálido bajo la luz.

—¿Tú lo has hecho? —pregunté.

Su nuez de Adán se balanceó. Estaba mirando sus llaves, presionando la almohadilla de su pulgar en el borde afilado.

—Esta noche no —dijo con cuidado.

La ira de mi pecho se encendió aún más. Se suponía que debía agradecerle su honestidad o que fingiera ver mi punto de vista o que no se riera en mi cara. Pero no me atreví a celebrar el hecho de ser una persona decente durante unas horas. ¿Para qué servía eso?, si había hecho cosas de las que nunca podría retractarse, cosas de las que probablemente nunca pensó en arrepentirse. Por lo que sabía, acababa de perder la cabeza esta noche antes de que a Galen le llegara su turno.

Todavía estaba hablando.

—Para ser sincero, nunca me sentó bien. Lo que quiero decir... es que está mal. Alimentarse de humanos está mal. Me pareció genial cómo te enfrentaste a ellos.

Sacudí la cabeza, con la boca abierta.

—Galen, tienes más poder que toda la gente que estaba en ese apartamento, que todos ellos juntos. Si eso es lo que sentías, ¿por qué no me ayudaste?

Parecía afectado, con sus bonitos labios entreabiertos y sus preciosos ojos despabilados. Era la primera vez que lo veía un poco feo.

Salí del coche y cerré la puerta tras de mí.

Taylor

La luz se encendió y me tapé la cabeza de un tirón.

—¿Qué ha pasado con Lucy? —gemí, con los ojos cerrados.

—Cambio de planes —respondió Kat con un tono áspero en su voz: algo iba mal.

Retiré las sábanas para mirarla; un instante después, me puse de pie en la cama.

—¿Qué ha sucedido?

—Es sangre. Estoy bien —dijo sin mirarme.

Bajó la cremallera del vestido (lo que quedaba de él) y olvidé que debía apartar la mirada. Incluso su sujetador y su ropa interior estaban manchados de un rojo pardo, su pelo largo estaba mojado y encrespado y colgaba en mechones por su espalda. Kat recogió el vestido del suelo y lo tiró a la papelera.

—¿La sangre de quién?

—Mía. Sobre todo.

Abrió de un tirón el cajón de la ropa interior y miré hacia otro lado mientras se cambiaba. Cuando me di la vuelta, estaba de pie junto a la cama, flexionando los dedos y mirando a su alrededor, como si no supiera qué hacer a continuación. Tenía los pies desnudos. Se veía fría.

—¿Estás… bien? —me aventuré a preguntarle.

Su mirada se centró en mí. Había un fuego desnudo en sus ojos que me hizo volverme a la cama.

—Lo sabías, ¿verdad?

—Nunca he estado en una de esas fiestas…, pero corren rumores.

Hasta ese momento no estaba segura de que fueran ciertos. Pensé en el plan de Kontos: convencer a los sangre joven de que podíamos convivir con los humanos, como si eso fuera posible cuando nos alimentábamos de ellos para divertirnos.

—¿Por qué no me lo dijiste?

—No sabía si debía hacerlo. Son tus amigos. Por lo que sabía, estabas entusiasmada…

—Creíste que estaba…, que lo haría…

Una terrible mirada de horror sombrío me traspasó; era como si hubiera perdido el mundo que tenía bajo sus pies. Por un segundo, se me ocurrió ir hacia ella y pensar que mis brazos podrían tranquilizarla.

Pero entonces crispó las manos en sus puños y sus ojos brillaron. No necesitaba consuelo.

—¿Qué puta mierda es este lugar? —gritó—. ¿Alguna otra pesadilla de la que quieras hablarme?

—No lo sé, mujer. Solo vengo aquí.

Puso los ojos en blanco.

—Como el resto de nosotros, ¿no?

—¿Qué se supone que significa eso? No soy como tus estúpidos amigos.

Me lanzó una mirada oscura.

—Ya no son mis amigos. Perdí la cabeza cuando empezaron a alimentarse de los humanos. Intenté detenerlos y..., digamos que no espero más invitaciones.

Una chispa se encendió en mi vientre.

—¿Intentaste detenerlos?

—Bueno, no podía quedarme ahí sin hacer nada, ¿no? No soy Galen.

—¿Qué pasó con Galen?

—Me hizo una pequeña confesión después de traerme aquí. Aparentemente también cree que alimentarse de humanos está mal, pero nunca se le ocurrió intentar detenerlos. No puedo creer que me encuentre en una situación en la que eso parezca realmente redentor y no una puta locura.

—¿Galen cree que eso está mal?

Sabía que nunca me alimentaría de un humano. Pero así era yo. Jamás albergué muchas esperanzas respecto a que otros vampiros hicieran lo mismo. Pero si Kat, si alguien como Galen pensaba así..., quizá las ideas de Kontos no fueran tan descabelladas.

Kat se desplomó en el borde de su cama, con la cabeza entre las manos. Parecía pequeña, asustada y sola.

—¿Qué voy a hacer?

Una voz resonó en mi cerebro, como una marea que me decía pulsando y atrapando mi cráneo: «Acércate a ella, acércate a ella. Rodéala con tus brazos, apoya su cabeza en tu hombro». La voz era tan fuerte que me preguntaba si Kat podría oírla.

—Preocúpate por eso mañana —me obligué a decir—. ¿Puedo volver a dormir ahora, Kath-er-ine?

Me miró a través de sus dedos, sus labios se volvieron hacia abajo en un hermosa y perfecta decepción, que no ayudó a debilitar el palpitar de mi cabeza.

—¿Por qué lo dices así?

—¿Decir qué? ¿Cómo?

—Kath-er-ine. Tres sílabas. Sabes que todos los demás me llaman Kath'rine, con solo dos sílabas.

—Pensé que todos los demás te llamaban Kat. Con una sílaba.

—Lo hacen —suspiró ella mientras apagaba la luz.

18

Taylor

Al día siguiente, Kat se levantó tarde, y yo llevaba una hora en mi escritorio con el bolígrafo en la mano. No solía escribir mucho y me sentía extraña. Sin embargo, llenar un bloc de notas me parecía un ejercicio excitante.

Señalé el vaso de su mesita de noche.

—Te he traído un poco de hema.

Kat se frotó los ojos.

—Gracias. No creo que pueda presentarme nunca más en el comedor de Harcote.

Mordisqueé el extremo del bolígrafo.

Durante la mañana, estuve dándole vueltas a lo que Kontos me había contado. La noche anterior había dudado de él, había dudado de mí, y ya no sabía en quién podía confiar ni a quién creer. Además, tampoco estaba segura de que pudiera formar parte de lo que me estaba pidiendo.

Luego Kat había vuelto a la habitación con el aspecto de una princesa zombi. Había visto cómo sus amigos chupaban sangre directamente de un humano, y no se lo había pensado dos veces, es decir, no se quedó parada preguntándose qué creía o si estaba lista para comprometerse. Simplemente, había pasado a la acción.

Por eso la amaba.

Kontos había aprovechado la oportunidad para demostrarme que creía que yo era capaz de representar algo más grande. Y estaba segura de que, si hubiera hecho lo mismo con Kat, ella habría dicho que sí. Habría aceptado, aunque no se sintiera digna o no supiera exactamente lo que se esperaba de ella. Yo había actuado miles de veces de forma reprochable, pero dejar pasar esta oportunidad no quería que apareciera en esa lista.

Sin embargo, todavía flotaba en el aire el asunto más importante: el objetivo de mi nueva misión era intentar sumar a los sangre joven a la causa unionista. Pero no sabía si era posible. Kat era única. Todos los asistentes en la fiesta de Lucy se rieron de ella.

—¿Crees que los sangre joven son una causa perdida? —le pregunté a Kat.

—¿Qué quieres decir?

—¿Recuerdas el debate en la clase de Radtke, el día que Evangeline me insultó?

—Sí, me acuerdo.

—Estábamos hablando de lo que ocurriría si encontraban una cura para el CFaD. ¿Cómo crees que reaccionarían si realmente dieran con ella?

Kat dejó escapar un resoplido de cansancio.

—Probablemente, lo harían peor de lo que lo están haciendo ahora. Admito que tenías razón. Se creen que son lo mejor de lo mejor, pero no son más que unos monstruos.

—Pero tal vez podrían cambiar. O sea, ¿crees que podrían cambiar de opinión?

—¿Desde cuándo te preocupa lo que piensan los demás?

Kat se hundió entre las almohadas y se cubrió la cabeza con las sábanas.

Seguramente, cualquiera entendería que el hecho de que mis compañeros de clase chuparan la sangre directamente de los humanos era una prueba incontestable de que la misión de Kontos estaba condenada al fracaso. Los sangre joven estaban haciendo exactamente lo que esperábamos que nunca hicieran. Pero, sorprendentemente, la confirmación de que no se trataba de un mero rumor me llenó de energía. Al menos ahora sabía a lo que me enfrentaba. Y era demasiado importante como para no intentarlo.

Arranqué la página de mi cuaderno, la tiré a la papelera y empecé un segundo borrador.

Aunque fuera una derrota, Kat pensaba cumplir su propia profecía: no volvería a pisar el comedor de la escuela. Por eso, a la hora de cenar, todavía estaba en el servicio de entrega del hema.

Mucho mejor. No es que me gustara ver triste a Kat, pero así estuvimos todo el día juntas. Para animarla, la convencí de que viera conmigo *Crepúsculo*, una película tan hetero que incluso un icono lésbico como Kristen Stewart parecía heterosexual. Sin embargo, fue suficiente para que se riera del brillo de los vampiros y de la extraña obsesión por jugar al béisbol a toda velocidad. El efecto de su sonrisa era más fuerte que el subidón de una droga, incluso más intenso que el hormigueo que me producía estar sentada a su lado en la cama, con nuestros hombros pegados, las rodillas entrechocando y el olor a jazmín de su pelo golpeando mi nariz.

Me sentía como antes, y tal vez fuera así para siempre: Kat y yo contra el mundo. Las otras chicas se mofarían de los dos bichos raros del ático de la casa Hunter, y a nosotras nos traería sin cuidado porque nos tendríamos la una a la otra. Si estábamos juntas, ¿a quién diablos le importaba lo que decían los demás?

Sin embargo, ahora no me encontraba en la seguridad de mi dormitorio. Estaba en el comedor, trabajando en un asunto oficial y personal. Cogí dos vasos de hema para llevar, y luego eché un vistazo al comedor. Menudo chasco. Evangeline, Lucy y Galen estaban en una mesa repleta de platos vacíos de color rojo.

Evangeline me miró directamente y luego observó los vasos. En su rostro se dibujó una mirada de una suficiencia psicopática.

Le rogué que no dijera nada, pero, de todos modos, gritó:

—¿Es para Kat? ¿Cómo se encuentra?

Todos los del comedor se giraron para ver el precioso puchero de Evangeline: al mismo tiempo que exhibía ese rostro de enfermera psicópata fingía una «preocupación verdadera».

Si Kat hubiera sido una mortal, el comentario habría sido pasivo-agresivo. Pero era una vampira, una criatura cuyas lesiones, incluso las conmociones cerebrales, se curaban milagrosamente rápido. Evangeline solo les estaba recordando a todos los presentes lo que había sucedido en la fiesta. Sugería que Kat no era como todos lo demás. Evangeline no sabía la verdadera historia del hacedor de la madre de Kat, pero si Kat la escuchaba hablar de ese modo, tal vez le hiciera mucho daño.

Por desgracia, como los profesores se encontraban en el comedor, no podía mandarla a la mierda; además, al estar sujetando dos botes de hema, hacer un gesto para transmitirle lo que opinaba de ella no parecía buena idea.

—Lo que le pasa a Kat no es asunto tuyo —contesté.

Al instante me arrepentí de haberlo dicho. La mirada de placer diabólico (la inclinación de una ceja y la ligera curvatura de un labio) que se dibujó en el rostro de Evangeline me interpelaba directamente. Sabía lo que significaba. Quería decir que yo era la criatura más patética que había visto jamás.

Tal vez tuviera razón, pero al menos Kat estaba de mi lado.

No tuve más tiempo para interpretar las monerías de Evangeline porque, justo en ese momento, Max Krovchuk entró en el comedor. Llevaba un lápiz pegado detrás de la oreja. Max siempre mostraba esa faceta suya, la de editor del *Diario de Harcote*.

Me acerqué a Max mientras él recogía un poco de hema.

—Oye, Max. ¡Contigo quería hablar!

Max hizo una mueca.

—No me gusta como suena eso, Taylor.

—Escúchame. Tengo una historia interesante para el *Diario de Harcote.*

—Mándamela por correo y la presentaré en la próxima reunión.

Puse los ojos en blanco. Max actuaba como si trabajar en el *Diario de Harcote* solo fuera un poco menos prestigioso que trabajar en el *New York Times.*

—Créeme, esta historia te encantará. Deberías publicarla en el número de mañana.

—¿Mañana? Vamos a imprimir dentro de dos horas.

—Te lo prometo. Te interesa mucho. ¿Sabes de qué está hablando todo el mundo?

Los ojos marrones de Max se cerraron a medias, mostrando cierto interés. Era tan cotilla como el resto, aunque disimulaba su hambre de chismorreos asegurando que lo suyo era por razones profesionales.

—Está bien, Taylor. Tienes una hora para enviarme una copia.

—¡Hecho! Una cosa más. Necesito que mantengas mi anonimato.

—Sabes que no puedo hacer eso. Tenemos un código deontológico.

Efectivamente, su código deontológico prohibía la publicación de artículos anónimos. Para Atherton, esconderse tras el anonimato era una falta de respeto y dejaba las puertas abiertas al acoso escolar. Ojalá estuviera en lo cierto.

—No tengas miedo de poner tu nombre, Taylor. De todas formas, te encantan las polémicas —dijo Max.

—No puedo poner el mío, porque no lo he escrito yo. Solo estoy ayudando a un amigo. A un amigo que tiene algo que contar, pero no se siente seguro. —Cuando pronuncié la palabra «seguro», los ojos de Max se entrecerraron todavía más—. ¡Vamos, Max! ¿Acaso los periodistas no protegen a sus fuentes? ¡Es la voz del pueblo! ¡Debes contar las historias que la gente necesita escuchar!

—Vale, vale. Basta de lemas absurdos.

—Todo el mundo hablará de ello —le dije—. ¿No sería estupendo publicar algo que interese a la gente?

—Bien. Mándame una copia dentro de una hora.

—No hay problema.

Cuando regresé al dormitorio, le envié el artículo de opinión; luego levanté una ceja hacia Kat.

—¿Lista para ver *Luna nueva*?

Kat

Ese lunes me pareció tremendamente cruel salir de la cama, abandonar mi habitación y asistir a clase. A pesar del desastre de la fiesta del viernes por la noche, el fin de semana no había estado nada mal. Taylor me había convencido para ver la serie completa de *Crepúsculo*, que ganaba mucho si la veías con otra vampira. No obstante, no era eso lo que me hizo estar bien. Cuando estábamos acurrucadas en la cama, contando chistes y lamentándonos cada vez que Kristen Stewart besaba a uno de esos chicos, volví a sentirme como antes.

Como antes de que rompiera mi confianza.

Taylor dijo que estaba relamiendo mis heridas. No era sencillo expresar exactamente cómo me sentía. No me arrepentía por intentar proteger a esos humanos; en realidad, lo que me pesaba en el alma era no haberlo hecho mejor.

No obstante, si no me arrepentía, ¿por qué no podía soportar que mi amistad con las personas que chuparon la sangre se hubiera roto? Me había humillado delante de los estudiantes más populares de la escuela, completamente cubierta de mi propia sangre y de fragmentos de vidrio encarnados en mi piel. Miles de rumores corrieron por el campus, y supongo que seguirían extendiéndose hasta mucho después de que me graduara.

La primera clase fue bastante bien. Me presenté a Química exactamente a la hora, para no tener que aguantar ningún comentario antes. Sin embargo, cuando entré en la clase de la señora Radtke, a segunda hora, todo el mundo se quedó en silencio. Estaba segura de que estaban hablando de mí. Prácticamente podía escuchar el sonido de mi nombre rechinar entre sus dientes. «¿Habéis oído lo que hizo Kat?»

Había ejemplares del *Diario de Harcote* por todas partes, todo estudiante parecía tener uno delante. Era como si estuvieran consultando la nueva programación del Día de los Descendientes, el fin de semana que los padres y los hacedores visitaban el campus.

El único sitio vacío era donde solía sentarme siempre, justo al lado de Evangeline. Por cómo me miraba, era plenamente consciente de eso. El pánico se apoderó de mí.

Taylor estaba en una esquina, recostada en su silla con sus brillantes zapatillas apoyadas en la mesa. Cruzamos nuestras miradas. Debía de estar tan asustada que, nada más verme, saltó de la silla y con una pierna acercó otra que sobraba a la mesa del seminario.

—Gracias —murmuré.

Deslizó un ejemplar del *Diario de Harcote* hacia mí.

—¿Has leído esto?

—Esta mañana tengo problemas más graves.

Taylor golpeó el ejemplar insistentemente.

—Lee el editorial de la contraportada.

El titular decía: «El futuro común de los humanos y los vampiros».

Leí un fragmento: «Solía pensar que era posible porque nunca había matado a un humano (ni pensaba hacerlo) y eso quería decir que no les hacía daño…».

Miré a Taylor, que levantó las cejas como si dijera: «Increíble, ¿verdad?».

Ya es la hora de hablar de un secreto a voces. Hay estudiantes de Harcote que se alimentan de humanos. No lo hacen porque desconozcan los riesgos o porque estén hambrientos. Lo hacen para pasárselo bien. Porque pueden.

No importa ser precavido o el buen trato que se dispense a los humanos. Con el hema, no hay ninguna excusa para alimentarse directamente de un humano. No es correcto chupar la sangre de sus cuerpos. No es correcto hechizarlos para que no puedan negarse. Y lo más importante es que está mal creer que nuestros actos no tienen consecuencias en el mundo en el que vivimos.

Hemos escuchado durante toda nuestra vida que la generación de los sangre joven es distinta a la de nuestros padres o hacedores, que somos fundamentales para el destino del Vampirdom.

La diferencia es esta: ellos no tenían otra alternativa que beber sangre, a pesar de que, en ocasiones, eso significara matar a un humano. Nosotros tenemos una alternativa.

Podemos ser mejores que los vampiros que nos precedieron. No tenemos que convertirnos en monstruos, hipócritas o asesinos. No tenemos que renunciar a nuestra humanidad.

Es posible que algún día no tengamos que ocultarnos de los humanos. En realidad, escuchamos su música, practicamos deporte con ellos o leemos sus libros en clase. Quiero un mundo donde este tipo de conexiones se fortalezca, donde los vampiros puedan aprender de los humanos. Un mundo donde el Vampirdom no sea necesario, donde los humanos y los vampiros vivan en paz.

Dejé caer el periódico sobre la mesa. Sentía un hormigueo en el estómago, pero era de los buenos, de emoción. En apenas unos días había perdido cualquier esperanza en los sangre joven. Y ahora uno de ellos apostaba por la unión entre humanos y vampiros en el periódico de la escuela.

—Buen intento —dijo Carolina Riser desde el otro lado de la mesa—. No tenías suficiente con arruinar la fiesta que ahora denuncias a Lucy en público.

—Yo no lo he escrito —respondí—. Lo acabo de leer.

—Seguro —resopló Carolina.

—No te hagas la inocente —dijo Evangeline.

—Escribir un artículo de opinión no es un crimen —respondí.

—Escribir un artículo de opinión «anónimo» es un crimen. Al menos eso dice el Código de Honor. Se supone que tienes que respetar las reglas —dijo Carolina.

—Y eso habría hecho si hubiera escrito un artículo de opinión.

Lo releí. Era sencillo saber por qué todos pensaban que yo era la autora. Parecía un manifiesto de alguien que quisiera echar a Lucy a los leones.

Tal certeza me golpeó como los excrementos de una bandada de gaviotas. Sabía perfectamente quién había escrito el artículo. Estaba sentada a mi lado.

—Taylor, no habrás... —susurré entre dientes.

—Kat, jamás me atrevería... —susurró de vuelta.

Taylor intentaba que no se le escapara la sonrisa mientras hacía girar un bolígrafo sobre sus nudillos. Quería enfadarme con ella por violar el Código de Honor, por meterme en ese avispero, pero, para mi sorpresa, no podía. Todo lo contrario, mi pecho estaba henchido de orgullo. En Harcote, Taylor siempre desempeñaba el papel de marginal. Solo regalaba insultos y burlas, o se metía en problemas. Destrozaba todo lo que tenía a su alrededor para crear una barrera de escombros en torno a ella. Sin embargo, esta era la primera vez que se comprometía con algo, aunque fuera amparada en el anonimato.

La señora Radtke entró en clase con una nube de polvo de tiza que se arremolinaba en su cabeza. Llegaba un poco tarde, y eso era algo poco común. Siempre era muy puntual. Pero lo más extraño era que parecía nerviosa. Tardó varios minutos en preparar el vídeo que se suponía que teníamos que ver de la película *Entrevista con el vampiro*. Era la parte donde Lestat convierte a la chica joven. Cada vez que los colmillos de un vampiro se hundían dramáticamente en la carne humana se me encogía el corazón. El recuerdo de la noche del sábado todavía estaba borroso por culpa del alcohol. Sin embargo, me acordaba perfectamente de los colmillos abalanzándose alegremente sobre esos pobres humanos. Es probable que la señora Radtke propusiera un debate cuya respuesta resultaba obvia: era inmoral convertir a los niños de cinco años porque nunca envejecerían como los sangre joven. Aquella sería la segunda vez que la señora Radtke nos advertiría de que no convirtiéramos a menores; sin embargo, jamás nos había hablado del racismo o de los privilegios de los vampiros, del patriarcado o de la desigualdad social. Alguna vez le había preguntado a Taylor si trataríamos esos temas en clase, y ella se había limitado a decir: «¿Acaso en tu antigua escuela hablabais de eso?». No fue fácil convencerla para que creyera que sí, que en mi colegio aquello no era ningún tabú.

Las luces se encendieron.

—Señora Radtke, debería advertirnos antes de poner este tipo de escenas —dijo Evangeline—. Algunos de nosotros somos muy sensibles para ver cómo muerden a un humano.

El rostro de la señora Radtke se oscureció.

—Así debería ser.

¿Tenía algún sentido intentar que los *harcoties* pensaran sobre sus responsabilidades morales cuando, al fin y al cabo, la moral solo era un conjunto de reglas? Si crees que estás por encima de las reglas, la moral no tiene ninguna importancia.

Sin embargo, Taylor pensaba que existía una posibilidad. Y si ella lo creía, tal vez fuese cierto.

19

Taylor

Durante la comida, en el comedor no se hablaba de otra cosa: el editorial del periódico. Hice un esfuerzo para sentarme con el equipo de atletismo y luego con el de teatro. Todas mis sospechas se confirmaron: todo el mundo le daba vueltas a lo mismo.

No había tiempo que perder. Tenía que hablar con Kontos.

Desde el sábado, había estado pensando sobre qué decirle. El mundo estaba hecho una mierda, pero, como él, yo también estaba convencida de que podía ser un lugar mejor. Al menos eso me gustaba creer. Quería intentarlo, y había escrito ese editorial para probárselo. Eso es lo que le iba a decir. Al menos, en parte.

Lo encontré en su despacho, mirando fijamente la pantalla de su ordenador y apretando el pulsador de su bolígrafo.

—Taylor, te estaba esperando. —No parecía especialmente contento de verme. En realidad, no parecía el mismo—. Cierra la puerta.

—He estado dándole vueltas a lo que me dijiste la otra noche —empecé a decir, pero me interrumpió.

Señaló un ejemplar del *Diario de Harcote* que estaba encima de su mesa.

—Supongo que estás detrás de esto.

—¿Tú qué crees? —dije sonriendo.

Kontos resopló.

—Me gustaría que antes lo hablaras conmigo.

—Pero esto es lo que quieres. ¡Empezar una revolución! Todo el mundo está hablando de ello. Es el momento perfecto, después de lo que ocurrió en la fiesta de Lucy.

Esbozó una mueca. Sabía lo que había pasado.

—¿Quién sabe que eres tú la que ha escrito el artículo? —me preguntó.

—Nadie, lo prometo. Max cree que estoy encubriendo a una amiga que quiere mantenerse en el anonimato. Tiene que proteger sus fuentes. Además, incluso me ha asegurado que piensa que es un buen artículo.

Kontos golpeó levemente el periódico.

—Es demasiado escandaloso. Taylor, estás atrayendo demasiada atención.

—Pero no podemos cambiar la opinión de la gente en secreto, ¿no? Tú mismo dijiste que querías que los sangre joven abrieran los ojos, pero que Atherton y Radtke les estaban lavando el cerebro cada día.

—Si alguien descubre que tú has escrito el artículo, te habrás metido en un buen lío.

—No te preocupes. Todo el mundo piensa que lo ha escrito Kat. —Me sentí un poco mal nada más decirlo; eso no formaba parte de mi plan.

Kontos se pellizcó las puntas del bigote.

—A partir de ahora, tenemos que ir con mucho cuidado. Aunque no lo creas, el artículo está levantando ampollas en lugares que ni te imaginas. No puedes hablar con nadie sobre esto, incluso si te preguntan.

—O sea, que... ¿tengo que mentir? ¿Qué pasa con el Código de Honor? —Era una broma, aunque era cierto. Resultaba extraño que un adulto, especialmente Kontos, me animara a mentir.

—Esto es mucho más importante que el Código de Honor —me contestó—. Francamente, Taylor, lo que te he pedido puede suponer una amenaza para ti. Me he cuestionado muchas veces sobre tu propia seguridad. ¿Estás segura de que quieres formar parte de esto?

En realidad, no estaba totalmente convencida.

—Por supuesto —contesté.

—De acuerdo, pero prométeme que, antes de hacer cualquier otra cosa, hablarás conmigo.

Levanté las manos en señal de rendición.

—Lo prometo. Seré supercautelosa. ¿Cuál es la siguiente misión?

—Tu próxima misión consiste en no hacer nada sin consultármelo primero.

—¡Vamos! Ya te lo he dicho. Estoy preparada.

Sacó un disco duro externo de su escritorio y me lo entregó.

—Tu misión secundaria es guardar esto en tu habitación. No es necesario que lo escondas, porque eso haría que pareciese sospechoso. Simplemente, guárdalo en un lugar seguro.

Lo observé con curiosidad.

—¿Qué es?

—Un disco externo.

Lo fulminé con la mirada.

—Quiero decir..., ¿qué hay dentro?

—Es una copia de seguridad de algunos datos que he ido recopilando. No me preguntes más. Pero tu artículo ha añadido cierta presión sobre nosotros y necesitamos almacenar copias de seguridad hasta que todo se calme. Eso es todo lo que puedo decirte. Aunque también contiene alguna de mis películas favoritas, así que si quieres echarle un vistazo...

Miré en el lateral del disco duro y encontré una etiqueta que decía: CLUB DE CINE FRANCÉS. Estaba orgullosa de él porque había tomado ciertas precauciones. Kontos era la persona más abierta y transparente de Harcote.

—Puedes contar conmigo.

ϒ

Hice lo que Kontos me pidió. Escondí el disco duro supersecreto en el no tan secreto cajón de mi escritorio y no hice más alarde de mi nueva devoción unionista. Sin embargo, el ambiente no se calmó, para nada.

En primer lugar, Atherton intentó crear una suerte de proceso inquisitorial para saber quién había escrito el artículo. Pero no llegó muy lejos. Max era su primera y única pista. Además, él no sabía quién había escrito el artículo realmente, por lo que aprovechó las presiones de Atherton para sacar a relucir su ética periodística. No reveló mi conexión con el artículo. En represalia, Atherton citó a Max ante el Consejo Escolar, un comité que presidía con Radtke y dos lameculos de cada curso, y lo expulsó durante tres días. Algunos rumores aseguraban que Atherton había hecho oídos sordos a las recomendaciones del consejo que optaban por un solo día de expulsión. Después de esto, tuve la certeza de que tenía que andar con pies de plomo. Ni siquiera le agradecí a Max lo que había hecho para no levantar sospechas. De todas formas, él entendía esa expulsión como un elogio a su profesionalidad.

Pero ese no fue el único problema. Aunque Atherton nunca interrogó a Kat, todos los estudiantes creían que ella había escrito el artículo por lo que había ocurrido en la fiesta de Lucy. Y, por supuesto, Evangeline no dejó que nadie pensara lo contrario. Ahora su nuevo y preferido pasatiempo era avivar las llamas y arruinar la vida social de Kat. Una semana después, Kat todavía no podía acercarse a ella sin escuchar algún comentario sarcástico relacionado con el tema. En realidad, empezaba a lamentar que la serie de *Crepúsculo* solo tuviera cuatro partes. No había previsto que Kat necesitara tanto apoyo emocional.

Ni siquiera los chismorreos del baile de los Fundadores pudieron dejar en un segundo plano los comentarios sobre Kat. Además, Kat y yo tuvimos que aguantar la invitación pública que organizó Carsten para pedirle a Lucy que lo acompañara al baile. Después de eso, Kat descartó definitivamente asistir al baile de los Fundadores. Yo tampoco pensaba ir, pero escuchar que ella renunciaba me llenó de tristeza. Yo no iba al baile porque era Taylor Sanger, es decir, una chica a la que los bailes no le gustaban. Pero Kat probablemente habría disfrutado.

Luego, todo fue a peor. Finalmente, Atherton empezó a investigar lo que había sucedido en la fiesta de Lucy. No encontró nada incriminatorio, porque ninguno de los invitados de Lucy quería dejar de ser un chico popular y convertirse en un topo. Aun así, Atherton prohibió cualquier fiesta fuera del campus durante el resto del semestre. Cuando hizo pública la noticia, alguien, seguramente Evangeline, publicó de forma anónima una foto de Kat en la fiesta, donde aparecía aterrada y con restos de sangre por la cara.

Esa fue la gota que colmó el vaso.

Cuando acabaron las clases, seguí a Evangeline hasta el teatro. Estaba trabajando en el montaje de su obra de un solo acto. Ahí había empezado nuestra historia. La habían elegido para dirigir el musical de final de curso de primer año. Yo me ocupaba de la iluminación y estaba atareada con el panel de las luces. Como era una obsesiva del control, me hizo ensayar todo el espectáculo sin nadie en el escenario; solo estábamos ella y yo. Por aquel entonces, apenas tenía experiencia en otras relaciones, y no me di cuenta de que su rodilla estaba rozando la mía hasta que se inclinó repentinamente hacia mí, y lo único que tenía sentido era besarla.

Aquel día, el teatro también estaba vació. Solo estaba Evangeline, de pie en el centro del escenario. Llevaba el pelo recogido, tenía el guion en una mano y el lápiz enganchado en su oreja. Nada más verme, hizo una mueca con sus labios. Tenía ganas de arrancarle la cabeza.

—¿Qué estás haciendo aquí? —me preguntó—. Todavía no estoy preparada para ensayar la iluminación.

—Tenemos que hablar. —Subí por las escaleras laterales del escenario y me la encontré delante, con los focos iluminando toda la escena—. Tenemos que hablar sobre lo que le estás haciendo a Kat.

—Estoy siendo muy educada con ella.

—No es verdad. La estás acosando, lo sabes perfectamente.

—¿Cómo te atreves? Me estás ofendiendo.

—Deja de burlarte de ella, y díselo también a Lucy —le dije con voz firme.

Evangeline echó los hombros para atrás, gesto que remarcó sus pechos. No pensaba seguirle la corriente.

—Es muy tierno que intentes proteger a tu novieta.

—Y eso lo dice la chica que me he estado follando durante meses.

Evangeline me agarró del brazo con fuerza y me arrastró fuera del escenario hacia las cortinas de terciopelo negro, lejos de la fila de butacas vacías.

—¿Qué diablos te pasa? ¡Podrían haberte oído! —dijo—. Además, no hemos follado, solo nos hemos liado.

—¿Cómo te crees que follan las chicas?

Un gesto de confusión se le dibujó en el rostro. ¡Dios! Harcote era el lugar más puritano del planeta.

—Taylor, estoy ocupada. Dime lo que tengas que decir y déjame volver al trabajo.

—Deja de putear a Kat. Si no lo haces, esto se ha terminado.

—Eso ya lo habías dicho antes…

Se acercó con una de sus sonrisas seductoras, que solían funcionarle, pues eran extremadamente sensuales.

—Te conozco perfectamente, Taylor.

Tenía razón. La había amenazado con la misma frase varias veces, aunque muchas menos de las que lo había hecho en mi cabeza. Sin embargo, en todas esas ocasiones solo se trataba de mí. Ahora era distinto. Di un paso hacia atrás para poner cierta distancia entre nosotras, apenas unos centímetros. Sin embargo, parecían muchos más.

—Tú te crees que yo no sé quién eres —respondí—. Crees que no me doy cuenta de la lástima que das cuando suspiras por Galen, de cómo enredas a todas las chicas para poder herirlas más tarde o de cómo estás todo el día encima de Lucy, que, por si no lo sabías, es la persona más heterosexual de esta escuela. Ninguno de ellos puede darte lo que quieres y nunca lo harán. Estás tan sola que pareces un agujero negro emocional. Y, sin mí, definitivamente, te quedarás completamente sola. —Su rostro se había endurecido en una máscara de rabia concentrada—. Así que sé amable con Kat, ¿de acuerdo?

Evangeline se pasó la lengua por los dientes y se recolocó el bolígrafo detrás de la oreja.

—Como quieras —dijo dando un paso atrás hacia el escenario—. Nos vemos en el armario dentro de una hora.

20

Kat

Me asomé por aquella desvencijada y fría pasarela, y miré hacia el cubo de cristal de la Pila. Había ido sin Galen para ver si podía sacar a la luz alguna otra información sobre el pasado de mi madre. Para eso, y para alejarme de los rumores y las miradas. La semana había resultado agobiante y solitaria; además, para colmo, alguien (probablemente, Evangeline) envió esa horrible foto. Después de esconder con tanto ahínco la muerte de mi padre, mi origen o quién era mi hacedor, al final echaría por tierra mi vida social a la antigua usanza: haciendo el ridículo en una fiesta. Me sentía totalmente sola, aparte de Taylor, por supuesto, de quien había llegado a depender más de lo que quería admitir.

Sin embargo, al parecer, en la biblioteca no estaba tan sola como esperaba. A través del cristal, pude ver que el escritorio que habíamos reservado y las estanterías que lo rodeaban eran el único punto iluminado en el espacio vacío. Galen tenía una rodilla flexionada, la otra pierna estirada y sus pantalones negros apretados contra el muslo. Estaba sumido en sus pensamientos. Un pulgar presionaba suavemente la hinchazón de su labio inferior y sus rizos oscuros caían sobre su cara.

Aunque esperaba evitarlo, de nuevo me sorprendió lo guapo que era, incluso con su conjunto negro, su preferido del uniforme escolar. No era guapo en el sentido de desearlo locamente, como a Evangeline, que era tan bella que querías poner tus manos sobre ella para asegurarte de que era real. Tampoco tenía el tipo de belleza de Taylor: sus rasgos eran como un mapa que, por mucho que lo estudiaras, no lo podías aprender. Galen era hermoso de una manera que me animaba a estudiarlo de lejos y, luego, a guardar todos los detalles en una caja. En realidad, a pesar de ser la única forma de vida dentro de aquel lugar tan mal ventilado, Galen parecía que formaba parte de él.

Pasé mi tarjeta de identificación y el sello de la puerta se abrió. Me senté frente a él.

—¿Cómo estás? Me refiero a si todo es… —dijo mientras se enderezaba.

—Como una mierda, básicamente. —Soné más seria de lo que quería—. Ya sabes lo que dicen.

Sonrió suavemente.

—Como si realmente te importara lo que piensan.

Pero sí me importaba. Me importaba más de lo que quería, y es no me gustaba. Pero no podía evitarlo. Cada vez que Evangeline o Lucy hacían algún comentario cortante, una parte de mí quería morir, y esa parte ni siquiera se consolaba con el hecho de que Evangeline y Lucy eran un montón de mierda.

Galen me miraba con algo parecido a la admiración.

—No puedo creer que hayas escrito eso.

—No lo hice.

—Todas esas ideas son tuyas.

—Entonces también son ideas de otros.

Me guiñó un ojo, como si estuviéramos conspirando.

—De todos modos, creo que el artículo (que ha escrito otra persona) es realmente bueno. Me hizo pensar en que la fundación curará el CFaD algún día. Deberíamos hablar sobre el tipo de mundo en el que queremos vivir cuando eso ocurra.

Esta vez me mordí la lengua. Tenía que dejar de enfadarme porque hubiera tardado tanto en pensar así, y enfocarme en que ahora sí que lo hacía.

—Entonces, ¿a qué clase de mundo aspiras? —le pregunté.

Frunció el ceño.

—Supongo que..., ante todo, tendríamos que proteger el Vampirdom.

Le lancé un bolígrafo, que le golpeó el hombro. Lo buscó a tientas.

—No te he preguntado qué pensaría Victor Castel, sino qué piensas tú.

Me devolvió el bolígrafo.

—Realmente, no lo sé. A veces me pregunto si, en realidad, el Vampirdom es tan pequeño y frágil como aseguran Victor y Atherton. Es como si pudiera desaparecer si no hacemos lo correcto. Pero a mí no me lo parece. ¿Has visto la valla que rodea el campus, la de hierro forjado?

Asentí. La valla que delimitaba el campus estaba rematada con pinchos donde atravesaba el bosque, y la única puerta que conocía era por la que había entrado el día de la mudanza.

—La mayor parte del tiempo no pienso en esa valla, para nada. Normalmente, solo me fijo en ella cuando estoy en el campo de *lacrosse*. No es un muro. Puedo ver a través de ella. Sin embargo, otras veces, pienso en esa valla y siento claustrofobia. Como si esa valla nos encerrara aquí del mismo modo que nos protege del mundo exterior. Es lo que a veces pienso del Vampirdom. Trazaron estos límites a su alrededor y ahora todos estamos atrapados. —Agachó la cabeza—. Sé que suena muy estúpido.

—No suena estúpido —dije con firmeza—. En absoluto. De hecho, puede que yo me sienta igual.

De repente me di cuenta de que me miraba de un modo diferente. Sus ojos grises eran más cálidos, casi tiernos, y sus labios se habían separado ligeramente. Un cosquilleo me recorrió la nuca y se extendió hacia mis mejillas. No quería que me mirara con esa intensidad, así que saqué mi portátil.

—Debería ponerme a trabajar.

Su mano cruzó la mesa para impedir que lo abriera.

—Ven al baile conmigo —dijo.

—¿Al baile de los Fundadores?

Arqueó una ceja.

—Sí, eso es lo que solemos entender por «el baile» por estos lares.

—Sinceramente, después de todo lo que ha pasado, no pensaba asistir. Sería muy incómodo.

—No si vamos juntos.

Un sentimiento radiante me recorrió todo el cuerpo. El chico más deseado de la escuela me estaba invitando al baile. Se suponía que debía decir que sí, pero negué con la cabeza.

—¿Y qué pasa con Evangeline?

Volvió a coger el bolígrafo y empezó a jugar con el tapón.

—¿Qué pasa con ella?

—Ya me está haciendo la vida imposible. Pensé que irías con ella, si es que ibas con alguien.

—¿De dónde has sacado tal idea?

—Debes saber lo que la gente dice de vosotros.

—Lo seguirán diciendo independientemente de si la invito o no —dijo pasándose los dedos por el pelo—. Aquí siempre estoy bajo una lupa. Y ni siquiera se trata de mí: es Victor, mis padres, cosas que están fuera de mi control.

—¿Por eso no sales con nadie?

—Así es más fácil. —Empujó el tapón del bolígrafo y se echó atrás en su silla—. Mira, olvida lo que he dicho.

Fingí que trabajaba, pero no podía dejar de pensar en su invitación. Si iba a quedarme en Harcote y convertirme en la líder que Victor Castel creía que podía ser, no podía pasarme los próximos dos años escondida en un rincón, esperando que Taylor apareciera para que se sentase conmigo en la cena.

«Una boca cerrada no se alimenta.»

Había sido una estúpida al pensar que podría ser amiga de Evangeline y de Lucy. De todos modos, la amistad no era una protección contra su rabia. Pero tampoco podía pasar el resto de mi vida escondiéndome de ellas.

Me habían tratado de forma diferente tras ganar la tutoría con Victor, una vez que habían terminado de intentar convencerme de que no la merecía. Ahora necesitaba recuperar esa sensación.

Justo delante estaba el premio que Evangeline pretendía, pero que aún no había ganado.

—Sí —le dije.

Galen levantó la cabeza de su ordenador.

—Sí, ¿qué?

—Sí, iré al baile de los Fundadores contigo. Pero con una condición —añadí—: lo mantendremos en secreto hasta el día del baile. Dirás que vas a ir solo y yo fingiré que no iré. Entonces nos presentaremos juntos. Eso mantendrá a Evangeline al margen. Y podría ser divertido.

Dudó, con sus ojos grises medio ocultos a través del filtro de sus gruesas pestañas, como si estuviera mirando algo que no podía tener y que deseaba mucho. Por alguna razón, no estaba del todo segura de que aquel objeto de su deseo fuera yo.

—No importa —dije—. Una idea tonta.

—No, de hecho, es perfecta.

La sonrisa de Galen, amplia y verdadera, era casi lo suficientemente brillante como para iluminar aquel lúgubre archivo.

Esa noche, con las luces apagadas, escuché el viento que azotaba los árboles frente a la ventana del último piso, me pasé la lengua por el filo de los dientes. No pude dormir. Mi mente daba vueltas, repasando sin cesar lo que había pasado ese día.

Lo que había sucedido estaba bien, me dije. Le gustaba a Galen, y aunque yo no viera en él lo mismo que las otras chicas, si me esforzaba por conocerlo, tal vez cambiaría de opinión. Sin embargo, cuando me imaginaba a mí misma en el baile, con toda aquella gente, lo único que veía eran sus labios manchados de sangre. Tenía esa sensación embriagadora y distante de que sería otra persona la que estaría allí, que sería otra persona la que asistiría al baile. Todavía faltaban unos días, pero ya sentía un nudo en el estómago del tamaño de un puño.

La ropa de cama de Taylor crujió al otro lado de la estrecha habitación.

—¿Taylor? —susurré—. ¿Estás despierta?

Después de un murmullo incoherente, la cabeza despeinada de Taylor se asomó por entre las sábanas.

—Claro, ¿qué pasa?

—No pasa nada. Solo quería preguntarte algo.

—Sí, lo que quieras.

Con la suave luz de la luna que llenaba la habitación, podía ver el brillo de sus ojos y la sutil separación de sus labios.

—¿Irías al baile de los Fundadores?

—¿Quieres que sea tu pareja?

—No, no…, no es eso —dije rápidamente—. Simplemente, ¿asistirás?

Se apoyó en el codo.

—La última vez que te pregunté, tú no ibas a ir al baile. ¿Estás planeando algún tipo de masacre al estilo *Carrie*?

—No, es difícil explicarlo. Iré, pero nadie puede saberlo. Es una especie de sorpresa.

—¿Y eso en qué me incumbe?

—En nada, simplemente… —No podía explicar por qué quería que fuera. Tal vez ni yo misma lo sabía—. Me gustaría que fueras.

Taylor se echó hacia atrás. Sus ojos estaban fijos en el techo y sus rizos se desplegaron en la almohada. No aparté la mirada.

Estaba demasiado oscuro para ver con claridad, pero conocía lo suficiente su rostro como para distinguir el patrón de grises que definía la subida y la bajada de sus pómulos, la prominencia de su mandíbula y la ondulación de su garganta. Tenía una belleza inquietante, como una especie de criatura mística; tal vez lo fuera, en su condición de vampiro.

—De acuerdo, iré —dijo suavemente, después de un largo silencio.

—Gracias —susurré una vez que la ansiedad empezó a desvanecerse.

21

Taylor

Cuando me desperté con el ruido de Kat metiéndose en la ducha, tardé un segundo en darme cuenta de por qué estaba tan cansada. Me di la vuelta y gemí contra la almohada.

«¿Quieres que sea tu pareja?»

¿Cómo podía pensar que Kat me había invitado a un baile en mitad de la noche?

Aunque, en realidad, eso era lo que había hecho. Platónicamente. Como amigas.

Pero lo peor de todo era que, como la completa idiota que era, había aceptado.

Agarré la otra almohada y la aplasté sobre mi rostro, creando un emparedado de almohada y cabeza, pero eso no cambiaría la realidad: iba a ir al baile de los Fundadores.

Me había prometido a mí misma que no volvería a asistir. El año pasado, Kontos me había convencido: los bailes eran incómodos, pero eran un rito de iniciación. Aunque al cabo de una hora me escabullí a mi habitación (técnicamente una violación del Código de Honor). Estaba acostumbrada a sentir que no pertenecía a Harcote. Pero no esperaba sentirme peor —de una manera casi dolorosa— al estar entre todas esas parejas de chicos y chicas engalanados.

El vestido que había llevado no había ayudado. En la percha era tremendamente bonito; sin embargo, cuando me lo puse, parecía horrible. Era como si alguien hubiera envuelto un tenedor de plástico en una servilleta. Cuando volví a mi habitación, lo metí en el rincón más profundo de mi armario y lo dejé allí para olvidarme de él hasta que terminara el año escolar.

Este año no sabía cómo me las apañaría, pero sabía que no iba a defraudar a Kat. Me sentía orgullosa de hacer lo correcto, de ser una mejor persona, alguien que se preocupaba por las cosas. Y Kat me importaba.

Además, estaba en deuda con ella. Se había llevado un montón de críticas por el artículo.

Salté de la cama y rebusqué en mi armario. Era una absoluta pérdida de tiempo porque sabía que nada de lo que había allí sería adecuado. Una cosa era ponerse camisas y pantalones para la Cena Sentada, pero en mi guardarropa solo había conjuntos formales de marimacho.

Cuando Kat cerró el agua, pateé el montón de ropa para esconderla otra en vez en el armario y salté a la cama.

—Vas a llegar tarde a clase —dijo Kat.

Parecía un ángel, envuelta en el vapor de la ducha.

—Dos minutos más —gemí mientras cogía mi teléfono.

Escribí un mensaje de texto: «¡Emergencia! ¿Puedes reunirte conmigo después de clase?». No, eso lo asustaría. Lo cambié: «¡Emergencia moda!».

Y se lo envié a Kontos.

Por la tarde, cuando regresé a la habitación, Kat estaba de pie, con la espalda recta y quieta. Tenía la mirada fija en una gran caja que estaba sobre su cama. Había restos de papel de seda esparcidos por la habitación.

—¿Es para el baile? —dije mientras dejaba mi mochila en la silla. El traje que Kontos me había ayudado a comprar estaba allí dentro. Lo colgaría más tarde, pero no delante de Kat—. Pensé que ibas a ponerte algo que ya tenías.

—Lo iba a hacer. —Su voz parecía lejana y aceleró mi pulso—. Pero ahora supongo que voy a ponerme esto.

Kat levantó el vestido lentamente. El papel de seda se desprendió y crujió como si fuera algo escamoso. Era un vestido impresionante: de tirantes, ceñido, cubierto completamente de lentejuelas de color rojo carmesí. Era el tipo de vestido que abraza cada curva de tu cuerpo.

—Vaya —dije—. No está mal, creo que con eso te dejarán entrar.

Pero Kat sostenía el vestido como si nunca lo hubiera visto, como si pudiera morderla. La cola estaba desparramada en el suelo como un charco rojo y brillante.

—Creo que me he perdido algo —dije—. ¿Cuándo lo has comprado?

Esa pregunta pareció romper el hechizo de Kat; arrojó el vestido sobre su cama.

—No lo hice.

Buscó en la caja y sacó un papel color crema con una nota escrita. Me la tendió.

> Querida Kat: Considera este regalo una recompensa por tu duro trabajo. El baile de los Fundadores es una antigua tradición de Harcote y debes parecer digna de él.

—¿Quién te envió esto? Tiene pinta de ser un asqueroso.

—Es del que me ofreció la ayuda económica.

—¿Tienes ayuda económica?

—No hace falta que finjas que no lo sabías.

—No lo sabía. Pensaba que Harcote no ofrecía ayudas de ese tipo y que por eso la escuela está llena de idiotas.

Kat volvió a meter el papel de seda sobrante en la caja como si lo estuviera castigando por haberse escapado.

—¿Creías que mi madre y yo podíamos permitirnos este lugar?

La parte posterior de mi cuello se estremeció. Hablar de dinero me hacía sentir incómoda. Era como quitarse la ropa interior en público: sabía que no debía hacerlo.

—¿Y qué? Ahora estás aquí.

—¿Y qué? —Kat me miró fijamente, con la boca abierta—. ¿Y qué? Que no puedo permitirme la vida que tú y toda esta gente dais por sentado. ¿Y qué más da? Pues que no tenemos dinero para pagar un par de zapatillas nuevas cada semana, para reparar el coche o incluso para comprar el maldito hema que nos mantiene con vida. Pero qué importa. Ahora estoy aquí, ¿verdad?

Di un paso atrás, con las manos en alto.

—Me refiero a que no pienso en eso cuando pienso en ti. El dinero no me importa realmente.

—Lo dices porque lo tienes. Que algo no te importe no significa que no importe para los demás. ¿Has pensado alguna vez en la suerte que tienes de poder elegir lo que quieres?

—¿Crees que soy como los idiotas que andan por aquí? —le dije.

—Creo que, si solo te comparas con los imbéciles de Harcote, entonces es fácil pensar que eres una especie de ángel. ¿Sabes que si el director Atherton me echa la culpa por ese artículo podría perder mi beca y que estaría bien jodida?

—No lo pensé. No lo sabía.

Dejó caer el vestido de nuevo en la caja y le dio una patada. Se deslizó hasta la mitad de la cama.

—De todos modos, ¿qué te importa? Seguramente, quieres que me vaya.

Tenía hielo en las venas: había sido estúpida, muy estúpida, al asumir que todos esos momentos que habíamos pasado juntas en las últimas semanas podían llevar a una amistad. ¿Cómo podía haber pensado que esos momentos significarían algo para ella como lo habían significado para mí?

—¿Cómo puedes decir eso? Yo no quiero estar aquí. Me gustaría desvanecerme en la nada. Pero no, aquí estoy.

La agarré por los hombros. Las mejillas de Kat estaban brillantes y su respiración era agitada.

Intenté poner en mi voz toda la sinceridad que tenía.

—Siento lo del artículo. Tendría que haber pensado en cómo podía afectarte si todo el mundo creía que lo habías escrito tú. No puedo contártelo, pero tiene que quedar en el anonimato.

Los ojos de Kat buscaban los míos y me obligué a no bajar la mirada. No sabía cuánto tiempo podría soportar estar tan cerca de ella cuando estaba así, hecha una furia. Tragué con fuerza.

—No quiero que te vayas. En absoluto. Tenerte aquí, estar las dos…, quiero decir, ha estado bien, ¿no?

—Sí —dijo ella con voz ronca—. Ha estado bien.

Con cuidado, la solté y me alejé. Me sonrojé.

—No puedo creer que la Oficina de Admisiones te haya enviado un vestido de lagarta.

Kat casi se rio y mi corazón dio un salto mortal.

—La ayuda económica no tiene nada que ver con Harcote. Me financia un benefactor anónimo, eso es todo lo que sé. No solo ha pagado la matrícula, sino que también me ha comprado el portátil, toda esta ropa nueva, mi vuelo, todo. Pero nunca hizo nada como esto.

Una beca para la escuela era una cosa. Dejar que un millonario desconocido te vistiera para ocasiones especiales era totalmente diferente.

—No te lo vas a poner, ¿verdad?

Kat frunció el ceño ante la caja que sobresalía bajo su cama.

—Si me queda bien…

—Pero…

—Leíste la nota. Tengo que hacerlo. Quiere que parezca digna de las tradiciones de Harcote.

—Lo que no significa llevar un vestido que te haga parecer una paleta de sangre.

—Nunca me ha pedido nada antes. Y tengo que llevar algo para el baile, ¿no?

Arrugué la nariz ante el vestido.

—Por supuesto. Es un pequeño precio que hay que pagar.

Taylor

Todo el sábado giró en torno al baile: la cuenta atrás para que llegara el día en cuestión, y luego la cuenta atrás del mismo día hasta que llegara la hora. Cuando Kat me preguntó si quería que me ayudara con el maquillaje —«Está bien si no quieres ponerte nada, pero te quedaría fenomenal un poco de rímel y delineador en los ojos»—, le dije que sí. El delicado roce de sus dedos contra mi mejilla y sus labios fruncidos como señal de concentración me hicieron sentir algo. Por suerte, Kat lo atribuyó a la emoción por el gran baile. Después, entré en el cuarto de baño para cambiarme.

Me miré en el espejo. El traje era azul y lo llevaba sobre una camisa de esmoquin blanca que había encontrado en el edificio de los chicos, el botón superior desabrochado y sin corbata. Nunca me había puesto un traje y no estaba segura de cómo tenía que quedarme. No obstante, Kontos me había dicho que era el adecuado y, milagrosamente, no había que cambiarlo. Imité lo que la gente hacía en las películas: me encogí dentro de la chaqueta, extendí los brazos para estirar las mangas y revisé los botones de los puños. Para mi sorpresa, me veía muy bien.

Cuando Kat me vio y puso esa expresión en su cara, todavía fue mejor.

Sonreía con un brillo en los ojos que hacía tiempo que no veía. Esa vocecita en mi cabeza, casi demasiado silenciosa para escucharla, volvió a recordarme: «No significa nada».

—Estás fantástica —dijo Kat.

—¿De verdad?

—Sí. De verdad, de verdad.

«No seas estúpida, Taylor», suplicó la voz.

—Me gustaría llevar algo así.

Fui a mi armario para elegir un par de zapatillas.

—Pero eres tan femenina.

—No soy tan femenina —protestó ella.

Saqué un par de zapatillas blancas sin manchas y me senté en mi cama para ponérmelas.

—Kath-er-ine, ¿has visto tu armario?

—Es solo ropa.

La frustración en la voz de Kat hizo que me preguntara si me estaba perdiendo algo. A pesar del uniforme, el armario de Kat estaba tan lleno de vestidos y faldas, con pliegues y volantes, que podría haber sido el de una Barbie gótica.

—Es tu ropa.

—Solo un poco. El Benefactor quería que tuviera el armario propio de una joven vampira.

Levanté la vista de mi zapatilla; así pues, no era solo el atuendo de esta noche.

Kat estaba presionando la uña roja del pulgar contra su labio. Para algunas personas, la ropa podría no parecer un gran problema. Las normas de vestimenta de Harcote eran bastante tradicionales, y a algunas chicas les gustaba llevar esas cosas. Pero no se trataba solo de estar guapa. Intentaban que fueras de una determinada manera. Querían enseñarte a ser un chico o una chica. Querían asegurarse de que tu aspecto expresaba lo que ellos querían, no tu identidad.

De repente, esa tristeza brotó en mí. La tristeza de haber perdido la oportunidad de conocer a Kat fuera de este lugar. Y la tristeza por ella, también, por todo lo que le estaba haciendo pasar esta estúpida escuela y su tóxica gente, por sentir que no le quedaba otra que vestirse como una muñeca todos los días.

—Estarías fenomenal con un esmoquin —le dije—. Tendrías que llevar uno el año que viene. Pero esta noche te vas a vestir como un chupito de salsa picante; va a ser increíble. Ahora cámbiate, o llegaremos tarde.

Kat entró en el baño con el vestido rojo en la mano. Una vez que la puerta se cerró, de nuevo me miré en el espejo desde todos los ángulos, asegurándome de que todo estaba en su lugar y de que la punta de mis zapatillas sobresaliera de los pliegues de la tela azul brillante. Un temblor me recorrió las entrañas. Llevaba todo el día tratando de ignorar esa ansiedad, fingiendo que no me preocupaba entrar en el baile con un traje. Mis padres se iban a volver locos cuando vieran las fotos. Probablemente, me llamarían para charlar sobre lo mucho que me querían, que me apoyaban y que les parecían bien mis elecciones (faltaría más), pero ¿tenía que llamar tanto la atención?

Lo peor es que pensaban que así me estaban apoyando. En cierta ocasión, mi madre se felicitó por ser tan moderna en todo este asunto. Pero no había nada de moderno en que nunca hubieran dicho la palabra «lesbiana» o en que esperaran que nadie supusiera que yo era gay con solo mirarme. Pero, bueno, podía haber sido peor, teniendo en cuenta que mis padres habían nacido antes de que se redactara la Constitución.

Pero esa noche no estaban aquí. Guardé mis pensamientos sobre ellos en lo más profundo de mi cerebro y volví a mirarme en el espejo. Cuanto más me miraba, más cedía el temblor de mis tripas hacia algo sólido, correcto y verdadero. Pasé los dedos por las solapas; luego me saqué la chaqueta para deslizar las manos por los bolsillos de los pantalones. Me desabroché un botón más de la camisa —a quién le importaba lo que dijera Radtke sobre vestirse como una dama—, aparté mis rizos y sonreí. A la mierda lo que tuvieran que decir los demás: me sentía yo misma con ese traje, y eso era algo que nadie me podía quitar. Kat y yo íbamos a entrar juntas al baile y a dejarles boquiabiertos.

Kat salió del cuarto de baño y mi propia mente se quedó boquiabierta. El vestido era espectacular en la caja, pero en el cuerpo de Kat era increíble. Le bajaba como una cascada por los hombros, rodeaba el suave arco de sus clavículas y luego se ceñía a su cuerpo, adaptándose a él en todos los ángulos. Las lentejuelas rojas captaban la luz y resaltaban el castaño de su pelo, que había recogido en un moño suelto.

—Estás genial —murmuré. El vestido no se parecía en nada a la ropa recargada que el Benefactor le había regalado para la Cena Sentada. No dejaba nada a la imaginación. A pesar de lo hermosa que estaba, también parecía fría e incómoda—. ¿Estás bien?

Kat se llevó las manos a los hombros, como si quisiera esconderse.

—Es que sigo pensando..., ¿por qué este vestido?

—No tienes que ponértelo. Hay tiempo para cambiarse —dije mientras intentaba mirarme—. Sé lo que vas a decir, pero no puede quitarte la ayuda económica por un estúpido vestido.

—Me lo voy a poner —dijo con voz firme.

Deslizó los pies en unos tacones de aspecto afilado y se arrodilló para abrochar los tirantes. La luz captó su pómulo, la curva de su oreja, la línea de su cuello; a pesar de toda esa belleza, todavía parecía nerviosa.

—No es solo para él, ¿verdad? —dije lentamente—. Es por ellos. Pensé que habías terminado con esas chicas...

Desvió la mirada hacia mí. No lo negó.

—Esta noche..., ¿de qué va esta noche realmente? Me pediste que fuera al baile y te dije que lo haría, aunque no quería. Prometí que haría creer a todos que no ibas a ir. Pero, para ser sincera, no me siento del todo cómoda yendo a ciegas.

Se puso de pie y se ajustó el vestido.

—Voy a ir con Galen.

Un puño de hielo me golpeó en el estómago.

—¿Qué vas a hacer qué?

—Galen es mi cita. Lo planeamos en secreto, para sorprender a todos.

—¿Galen? —Di un paso atrás—. ¡Ni siquiera te gusta!

—Eso no lo sabes —dijo Kat.

La fulminé con la mirada.

—Pensé que cuando vieras cómo eran esos idiotas, cómo son de verdad, dejarías de perder el tiempo tratando de encajar. Pero hete aquí de nuevo: subiendo la escalera social al infierno.

—No lo hago por ser amiga de ellos.

—¿Esperas que me crea eso después de la «Operación lameculos»?

—Te juro que a veces eres la persona con más prejuicios de la escuela, Taylor.

Eso me dolió.

—Esta no eres tú.

—Como si tú supieras quién soy yo.

Mi corazón iba a mil por hora; mi sangre estaba demasiado caliente. Apreté las manos para que Kat no me viera temblando.

—Entonces, ¿por qué querías que viniera al baile? ¿Solo para que pudiera ver a la verdadera Kat del brazo del mayor imbécil de la escuela? ¿O vas a joderme de alguna manera? Eso sí que haría feliz a Evangeline.

—¡No! No voy a joderte. Solo…, no sé, estaba nerviosa y quería que estuvieras allí, ¿vale?

—Mentira. Probablemente, estás planeando utilizarme de alguna manera para volver con ellos.

—Nunca haría tal cosa.

—Mira, ya no sé qué esperarme —le solté.

—No vayas si no quieres. No quería hacerte daño. Lo siento.

Antes de que pudiera decir algo, Kat estaba atravesando la puerta, bajando las escaleras, con el ruido de esos tacones, camino de la sala común donde las otras chicas estarían esperando, listas para mirarla embobadas, para ver cómo daría un golpe que me dolería más a mí que a ellas.

Kat

Los latidos de mi corazón tomaron tal velocidad que casi no pude mantener el equilibrio al bajar las escaleras de la casa Hunter. Abajo, las chicas soltaban unas carcajadas tontas por los nervios previos al baile. Se habían reunido en el salón de actos, esperando que los chicos fueran por ellas. Otra tradición de la vieja escuela de Harcote. Tenía que enfocarme en ellas, en Galen, que, ahora mismo, seguramente, estaba recorriendo el camino hacia el patio de las chicas, en mantener la punta de mi tacón alejada de la larga cola del horrible vestido rojo.

Pero solo podía pensar en Taylor.

En Taylor sentada sola en nuestra habitación, hirviendo de ira porque no sabía sentirse herida sin más. Casi no tenía palabras para describir lo que había sentido al ver a Taylor con ese traje. Algo así como orgullo, regocijo, envidia. Taylor estaba radiante. Su sonrisa había sido inusual: una sonrisa que nada ni nadie, ni siquiera la propia Taylor, podía reprimir. Podría haberla mirado toda la noche. Por un momento me sorprendí pensando que íbamos a ir al baile juntas, no solo como amigas.

Y entonces todo se vino abajo.

Me detuve en el rellano del primer piso, agarrándome a la barandilla.

Debería volver a subir. Tendría que ver si Taylor estaba bien. Debería disculparme, pero ¿por qué, exactamente? ¿Por hacer algo con lo que Taylor no estaba de acuerdo? Ella no estaba conforme con la mayoría de lo que la gente del planeta Tierra hacía. Sus estándares resultaban imposibles de cumplir, no dejaban espacio para la comprensión, el compromiso o el punto de vista de otra persona. Taylor pensaba que no estaba siendo yo misma y tenía razón.

Aquello no era un accidente o una debilidad. Era una elección.

Pero estar al lado de Taylor con aquel traje, ponerme ese vestido que se arrastraba conmigo como la piel de otra persona y esperar a la cita que había conseguido solo para impresionar a unas chicas que no respetaba no era lo que me esperaba.

La puerta principal de la planta baja se abrió. El sonido de los zapatos de los chicos resonaron por toda la entrada.

Una náusea hizo que apretara los labios. El sonido cadencioso que hacía Galen subió las escaleras hasta donde me encontraba.

«Ni siquiera te gusta», había dicho Taylor.

Casi me reí cuando lo dijo, no porque fuera gracioso, sino porque tenía razón. De alguna manera, Taylor había logrado ver lo que todos los demás —Evangeline y Lucy, el propio Galen y quizá yo misma— no habíamos visto: había fingido que Galen me gustaba como algo más que un amigo.

Ahora no podía dar marcha atrás. Mi futuro estaba al final de estas escaleras.

No en la pequeña habitación del ático que acababa de dejar.

Así pues, me ajusté el vestido una última vez y me obligué a ir a su encuentro.

Entré en la sala común. Por un segundo, sentí lo mismo que el primer día: docenas de hermosos ojos de vampiro se fijaron en mí, examinándome, midiéndome.

Pero esta vez fue diferente. Iba cubierta de diez mil lentejuelas y sabía que, si las miradas pudieran matar, todos los presentes estarían muertos. Al otro lado de la habitación, apoyando elegantemente un hombro en el marco de la chimenea, un chico me esperaba. Cuando Galen me vio, su habitual compostura irónica se convirtió en asombro, sus labios perfectamente arqueados se separaron y sus ojos de bronce se abrieron de par en par. De repente, se recompuso: descolgó el hombro del marco, se enderezó y su rostro volvió a adoptar ese aspecto elegante. Aun así, sus mejillas seguían sonrojadas.

¿Y qué si no sentía mariposas en el estómago cuando lo veía? La vida real no era una comedia romántica. Me gustaba que me mirara de esa manera porque, cuando él lo hacía, los demás también me veían de otra manera. ¿No era suficiente?

Mientras cruzaba la habitación hacia él, mi respiración era rápida y superficial, pero no creo que nadie la oyera por encima del crujido de mi vestido. Lucy, que tenía los brazos de Carsten rodeando su cintura, emitió un suave silbido. Evangeline estaba a su lado, sin acompañante. Estaba sonriendo, pero eso no ocultaba una mirada alocada que pasaba de Galen a mí y viceversa.

—¡Kat! Qué sorpresa, pensé que no ibas a venir —dijo Evangeline poniéndome la mano en el brazo.

—He cambiado de opinión —respondí, apartando su mano y acercándome a Galen.

—Hola —le susurré a Galen.

Con todo el mundo mirándonos, las mariposas parecían bastante reales, aunque no fueran por él.

—Hola —dijo el chico, con la voz un poco ronca. Se inclinó y me besó en la mejilla—. Estás preciosa, Kat.

Miré hacia abajo y me mordí el labio, incómoda. Aunque todo el mundo pensó que me sentía radiante por estar con Galen. La habitación zumbaba con sutiles murmullos que pasaban de boca a boca mientras yo anidaba mi mano en la suya.

La señora Radtke, que nos vigilaba con un poco menos de severidad que de costumbre, anunció que, si ya estaba todo el mundo, era el momento de dirigirnos al gran salón. Miré hacia las escaleras. ¿De verdad Taylor no iba a venir? ¿De verdad pensaba que iba a convertirla en el blanco de una horrible broma? Pero era demasiado tarde para preocuparse por eso, tarde para que el plan que había puesto en marcha no siguiera su curso.

Mientras caminábamos por el frío de octubre hacia el Gran Salón, las manos de Galen y las mías estaban entrelazadas, con una tenue capa de sudor entre las palmas.

—¿Crees que se han sorprendido? —pregunté.

Me miró, con sus rizos enredados en la oscuridad y su rostro iluminado con un efecto de dorado químico por las luces del camino.

—No me importa lo que piensen. La única persona que me importa esta noche eres tú.

Me di cuenta de que estaba siendo sincero; de repente, sentí nuestras manos demasiado apretadas. Rechiné los dientes. Me estoy acostumbrando a estar con él así, me dije a mí misma. Cuando llegáramos al baile, me relajaría.

—Vamos, todos se nos están adelantando —dije.

La entrada al Gran Salón estaba a rebosar. Todos aquellos estudiantes nos miraban, se fijaban en nosotros o decían algo sobre nosotros: el chico de oro que nadie podía tener, la chica nueva que acababan de darse cuenta de que querían. El rey y la reina vampiros de la noche. Era lo que yo quería, me recordé. Lo repetía una y otra vez en mi cabeza mientras subía las escaleras del Gran Salón teniendo cuidado con los tacones y manteniendo la falda fuera del camino. Y Galen estaba allí, a mi lado, sujetando mi brazo como si no pudiera hacerlo yo misma, con esa actitud tan galante.

Al final de la escalera, no pude evitar mirar el camino que acabábamos de bajar.

—¿Qué estás buscando? —preguntó Galen.

—Nada —respondí.

Cuando atravesamos la puerta, los estudiantes se apartaron de nuestro camino. Ninguno de ellos dijo una palabra.

22

Taylor

Me quedé en la cama con las manos en la cabeza y mis dedos enterrados en el pelo durante más tiempo del que me gustaría admitir, hasta mucho después de que los tacones de Kat dejaran de escucharse por las escaleras y todos se fueran hasta que la casa Hunter quedó en completo silencio. Estaba hundida, y lo detestaba. Además, tenía el rostro manchado con ese delineador de ojos que dejé que me pusiera. Pero no podía reprimirme.

Había sido una estúpida.

No debería haber bajado la guardia, pero Kat se había abierto paso a través de mi coraza y había hecho bandera en mi corazón. Yo misma me había engañado diciéndome que ese hormigueo que sentía en el estómago cuando me miraba no sería mi perdición. Que Kat no era como los demás estudiantes de la escuela, otra prueba más de esa teoría que afirma que los vampiros han vendido su alma al diablo. Pero aquí estaba, otra vez, como siempre: sola y maldiciéndome a mí misma por confiar en la puta Katherine Finn.

Sin embargo, en mi frágil defensa, cuando Kat regresó de la fiesta de Lucy totalmente destrozada y manchada de sangre seca, había tenido sentido pensar que iba a ser distinto. La Kat que conocía, esa chica que no podía dejar de lado, nunca acudiría a ese baile. Pero ahora no solo pensaba asistir al baile con el mayor idiota de la escuela (con su estúpido pelo alborotado y su cara de dibujos animados, con esa pinta de alcohólico francés que contagia a toda su clase de clamidia y es capaz de negarlo), sino que lo haría para ganarse el favor de esas mismas personas que habían organizado la fiesta.

Pasé las manos por la tela azul que yacía sobre mis muslos. Quería arrancarme los ojos pensando en lo estúpidamente feliz que había sido apenas media hora antes. Cómo me había convencido a mí misma de que, si no podíamos asistir al baile como una pareja, al menos podríamos haberlo hecho como amigas, que eso sería suficiente. Que vivía en un mundo en el que podía ir al baile de los Fundadores con este traje y nada se iría a la mierda. Que mis sentimientos acaso importaban y que, por una vez, era feliz. Que este puto universo me permitiría gozar de eso al menos durante unas pocas horas.

Apenas era otra persona que Kat podía aplastar mientras se

abría camino hacia la cima.

Pero los vampiros son así, no pueden cambiar su naturaleza, son egoístas. Siempre lo había sabido, aunque en las últimas semanas había pensado que podía haber algo distinto.

Me pasé los dedos por el pelo.

Iría al baile de todas formas. Pero no lo haría por Kat ni por ninguno de ellos.

Kat

El Gran Salón estaba distinto: los bancos habían desaparecido y en su lugar había una pista de baile, sus candelabros desprendían luces de colores que proyectaban extrañas siluetas en el techo gótico y la música pop palpitaba entre sus engalanadas paredes talladas. A pesar de todo, como en cualquier baile anterior, tenía la sensación de que todo era posible. Nuestro grupo recorrió el salón rápidamente para que Lucy, que formaba parte del comité de fiestas, pudiera informarnos de la cantidad de trabajo que requería preparar cada ornamento. Desde que Galen me había besado la mejilla, todas las chicas se comportaban como si las últimas dos semanas no hubieran existido.

Luego nos acomodamos en una de las capillas oscuras, y Carsten nos pasó una petaca que llevaba escondida en la chaqueta. No me había hablado en todo el rato; en realidad, no me había vuelto a hablar desde que atravesamos la mesa de cristal en la fiesta de Lucy. Cuando cogí la petaca de manos de Evangeline, Galen me lanzó una mirada interrogativa. El alcohol estaba caliente por el calor del cuerpo de Carsten y me llegó a la boca como un ácido. El estómago se me revolvió un poco.

Sin embargo, el alcohol hacía que todo fuera más manejable. Lo necesitaba. Evangeline y Lucy fingían que no se habían pasado las últimas dos semanas comportándose como unas gilipollas conmigo. Me daba igual. Nos pegamos las unas a las otras, envaneciéndonos de lo guapas que estábamos: «Estás realmente preciosa», «Estos chicos no nos merecen», «Estás tan buena que me da vergüenza publicarlo en las redes». Luego nos apiñamos para un selfi.

—¡Colmillos fuera, chicas! —gritó Lucy sacando los suyos, tan afilados.

Verlos y recordar para qué los había usado me provocó una náusea infame que apenas pude controlar. Saqué los colmillos e imité la mueca de las demás chicas, que mostraban una sonrisa provocadora con la boca abierta para no arruinar sus labios pintados. También imité su forma de posar, sacando pecho y con los hombros hacia atrás. Realmente, no me importaba, estaba ahí para eso.

Evangeline estaba más despampanante que nunca. Llevaba los labios pintados de carmín y el pelo ondulado. La tela negra de su vestido resaltaba la palidez de sus hombros y ningún ojo se escapaba a la gravedad de su escote. Si cualquier otra persona hubiera llevado el mismo modelito, habría sido exagerado.

Pero a Evangeline le quedaba estupendo, daban ganas de arrodillarse y rogar que te chupara la sangre.

Todo Harcote sabía que Evangeline no tenía miedo de ser desconsiderada o cruel, incluso con sus amistades. Por eso su opinión nunca era tan importante. No obstante, ponía el listón tan alto que la gente se arrastraba para ganar su aprobación. Pero yo estaba cansada de arrastrarme.

Con una sonrisa confiada le dije:

—Me encanta tu vestido.

—No digas bobadas. Esta noche todos están pendientes de ti. —Me repasó de arriba abajo con la mirada—. ¿De dónde has sacado este vestido?

—Decidí venir al baile en el último momento, así que no tuve tiempo para comprarme nada. Por suerte, tenía este conjunto tirado por ahí.

Evangeline miró para otro lado. Estaba observando a los chicos. En realidad, miraba a Galen. Me mantuve con la espalda erguida, esperando cualquier ofensa que se le ocurriera. Sin embargo, entre susurros, me preguntó:

—¿Cómo lo has convencido para que venga contigo?

En ese instante, Evangeline pareció mucho más joven. Frunció el ceño y apretó los labios suavemente. La vi confusa y algo triste. No hacía falta mucho más que la verdad para herir sus sentimientos.

—¿A qué te refieres? Yo no he convencido a nadie. Simplemente, me lo pidió. Nada más.

La ternura abandonó el rostro de Evangeline.

—Eso es muy romántico.

—Lo sé —dije sonriendo—. Me gustó desde el primer día, pero, como soy la chica nueva y todo el mundo dice que estáis destinados a estar juntos, no me molesté en decírselo. Supongo que él tuvo que hacer el trabajo por los dos.

Evangeline giró la cabeza hacia mí. Tenía los brazos cruzados y sus largas uñas rojas apoyadas en su piel blanca y pálida.

—No te lo han dicho, ¿verdad?

Su pregunta me pilló desprevenida.

—Todo el mundo dice que acabaremos juntos por una razón. —Me miró por encima del hombro—. Solo hace falta mirarte para saberlo.

De súbito, unas manos me rodearon la cadera y me sobresalté.

—Soy yo —dijo Galen—. ¿Quieres bailar?

Me llevó a la pista de baile y dejamos a Evangeline sola.

Taylor

Cuando me aproximé al Gran Salón, percibí el ruido. No solo se escuchaba el ritmo de esa estúpida música, sino también las risas, los gritos y la energía de los muertos vivientes en una fiesta de Halloween. Mientras subía los escalones, el disco duro que llevaba en el bolsillo me golpeaba la pierna. Apreté los dientes y abrí la puerta de un empujón.

Lo que estaba ocurriendo detrás de esa puerta no podía importarme menos. Dorian, con una capa de cuello alto y un sombrero de copa, miraba consternado la pista de baile como si estuviera decepcionado porque no sonaba música de órgano. Anna Rose y Jane Marie Dent, ambas vestidas como dos viudas que han perdido a sus maridos en la guerra civil, hablaban entre susurros. ¡Luces de fiesta! ¡Los *flashes* de la cabina de selfis! ¡Y las chicas restregándoles sus culos vestidos de gala a chicos que no los merecían! En otras palabras: el típico baile de mierda.

Me hubiera gustado encontrar otra forma de buscar a Kontos sin tener que ser testigo de esta orgía de hormonas vampíricas, pero, por desgracia, no la había.

Entonces, como si se tratara de una película, la multitud abrió un hueco. Era imposible que se me pasaran por alto: Galen y Kat estaban en medio de la pista de baile. La luz era perfecta. Estaban debajo de uno de esos focos colgantes que los iluminaba exclusivamente a ellos. El vestido de Kat parecía en llamas, las lentejuelas se pegaban a su cuerpo y dejaban al aire la espalda que mostraba su columna vertebral. El corazón se me salía por la boca. Los inútiles brazos de Galen rodeaban su cintura, y los de Kat colgaban en su cuello. La pequeña diferencia de altura la obligaba a mirar ligeramente hacia arriba, y a él, ligeramente hacia abajo, con su tonta mata de pelo engominada hacia atrás y un poco desgarbada. Saltaba a la vista que se morían de ganas por besarse.

La actuación de Kat era prodigiosa. La mirada vidriosa y húmeda que le había dirigido a Galen parecía real.

Pero entonces se dieron la vuelta y observé cómo cruzaba las manos detrás del cuello de Galen. Estaba clavando su uña en la cutícula de su pulgar tan fuerte como para llorar de dolor.

—¡Fisgona! —dijo una voz detrás de mí.

Evangeline estaba lo suficientemente cerca como para ver mi expresión.

—Solo estaba mirando cómo bailan.

Evangeline arqueó la ceja, sus labios imitaron un puchero lastimoso. Le eché un rápido vistazo: parecía una asesina, una vampira con un vestido negro ajustado que rozaba el suelo.

Ella me devolvió el repaso con sus ojos de lince.

—Parece que vayas a la fiesta del Orgullo Gay.

Parecía un insulto, pero su tono y el brillo de sus ojos decían todo lo contrario.

—Tú te pareces a Morticia Adams con una permanente, supongo que estamos en paz. —Evangeline hizo algo que no esperaba: sonrió. Le había hecho gracia de verdad. Había visto todas las muecas de Evangeline: sonrisas condescendientes, mohínes manipuladores o risas burlonas. Pero esta… era su sonrisa real… No la había visto desde que entramos en la escuela—. Solo he venido a hablar con Kontos. ¿Lo has visto?

—Está en la mesa del hema.

Inclinó la cabeza hacia una mesa situada en el otro extremo de la sala, en cuyo centro había una fuente de hema, que un asistente humano servía en elegantes copas de cóctel. Kontos bailaba al ritmo de la música; de vez en cuando, se inclinaba para escuchar lo que decía Radtke, probablemente señalando a las chicas cuyos vestidos se habían saltado el decoro aceptable para una mujer y, según ella, parecían sacadas de un prostíbulo. Dejé a Evangeline y crucé la pista de baile para llegar hasta ellos.

—Kontos, tenemos que hablar —le dije gritando por encima de la música.

—¡Taylor! —chilló—. ¡Estás espectacular!

Aunque estaba avergonzada, intenté no encogerme de hombros hasta que Kontos le hizo un gesto a Radtke para que se fijara en mi traje. La noche me deparó otra sorpresa: Radtke me miró y esbozó una sonrisa tensa. No era de aprobación, pero tampoco parecía contrariada. No me lo esperaba.

—¿Puedo hablar contigo afuera? ¿A solas? —dije.

—Podemos hablar mañana. Pásatelo bien esta noche. He visto que Kat ha venido con Galen. Se sientan a mi mesa en el comedor... En fin, eso no me lo esperaba.

—¡Kontos!

Su bigote recobró su posición. Luego le dijo algo a Radtke y lo seguí al exterior.

Lejos de la música, la noche parecía inquietantemente tranquila, como si descansara entre algodones. Llevé a Kontos a un lateral del edificio. No quería que nadie nos interrumpiera.

—Lo dejo —dije.

—¿Que lo dejas? ¿De qué estás hablando?

—¡De nuestro gran plan secreto! No quiero tener nada que ver.

—Taylor, ¿qué ocurre?

Me pasé el dorso de la mano por la frente.

—¿Por qué siempre tiene que ir algo mal?

—Es obvio que estás enfadada.

—Sí, estoy enfadada porque me he creído todas tus mentiras. —Su rostro cambió por completo. Pero no me detuve—. Todo el proyecto es una auténtica pérdida de tiempo. Si no puedes verlo, es que tienes un problema.

Mi voz temblaba ligeramente, las palabras me salían sin filtro, pero no podía parar. No me importaba. Todo el mundo se podía ir a la mierda. Estaba muy enfadada, y toda esa ira necesitaba una víctima. Es posible que Kontos no se lo mereciera, pero estaba en el lugar equivocado.

—Los vampiros no pueden actuar moralmente. Sobre todo, los sangre joven. Es imposible. Y aunque pudieran, nunca lo harían. Por eso tu plan es una auténtica estupidez. Es una batalla perdida.

—Yo todavía tengo esperanza.

—¿Por qué?

Quería que me respondiera sinceramente. Después de todo lo que había vivido, Kontos todavía creía en la bondad. Yo quería ser como él. Quería tener fe en algo, en los demás. Quería poder mirar el eterno futuro que se extendía delante de mí y pensar que podía ser mucho más que esta absoluta basura.

—La gente puede sorprenderte si le das una oportunidad —dijo seriamente.

—Sí, pueden sorprenderte con alguna puñalada trapera —musité.

—Ahí fuera, hay humanos y vampiros que necesitan nuestra ayuda. De eso estoy seguro, y creo que tú también. Si aquí hay dos como nosotros, debe haber más.

Todavía podía recordar el rostro de horror y disgusto de Kat la noche que regresó de la fiesta de Lucy. Pero viendo el comportamiento de Kat, parecía un recuerdo lejano. Kat estaba de fiesta con la misma gente que había llamado hipócritas.

—Te equivocas —dije con rotundidad—. Yo no pienso igual.

Mientras aparecían arrugas en su rostro, me di cuenta de que me acordaría de este momento durante mucho tiempo. Esa mirada era peor que la de decepción, le había roto el alma.

—Si cambias de opinión...

No pude aguantar más su mirada. Le había fallado. No era culpa mía que me pidiera algo que no podía darle. Lo peor es que sabía que, incluso después de esto, Kontos nunca tiraría la toalla conmigo. Seguiría con el club de cine francés, y me preguntaría de nuevo si quería formar parte de los unionistas. Kontos me perdonaba una y otra vez, a pesar de que no me lo merecía, porque esa era su horrible y hermosa forma de ser: Kontos perdonaba a la gente que no había hecho una sola buena acción en su vida.

—No cambiaré de opinión. Nunca creí en la causa. Todo ha sido una mentira. —Para reforzar mis palabras, le entregué el disco duro—. No lo quiero.

—Taylor...

Necesitaba que dejara de mirarme de esa forma, como si se preguntara cuál era mi problema.

—¡Qué! —dije con malicia.

—Voy a dejar esto en mi despacho. Tal vez podemos hablarlo con más calma el lunes.

—No hay nada más que hablar.

Me devolvió una sonrisa amarga.

—Espero que todavía puedas disfrutar del baile. Estás estupenda —dijo, y luego se fue en dirección al edificio de Ciencias.

Me quedé plantada en las sombras, al lado del Gran Salón, con un sentimiento que ardía en mi interior y que era incapaz de entender. Tenía el corazón acelerado, estaba tremendamente enfadada, con Kontos, con Kat, conmigo y con todo el puto Vampirdom. Y, por alguna incomprensible razón, de mis ojos salían unas lágrimas, a pesar de que me había prohibido llorar en público. Era como si me hubiera partido en dos. Una parte de mí quería regresar a mi habitación, hundir la cabeza en la almohada y olvidar lo que había pasado esa noche. Pero, si hacía eso, me quedaría sola con este torbellino de emociones hasta que Kat volviera y me hiciera sentir todavía peor.

Podía volver al baile, donde la música estaba demasiado alta como para pensar en cualquier cosa. Podía fingir que era como ellos, alguien a quien no le importaba una mierda nadie o cualquier otra cosa que no fuera yo misma.

Se podían ir todos a la mierda. Este traje me quedaba genial. Sería un crimen que nadie disfrutara de él. No pensaba dejar que la puta Katherine Finn estropeara mi noche.

Kat

Como no podía ser de otro modo, cuando empezamos a bailar, comenzó a sonar una lenta. Galen deslizó sus manos hasta mi cadera y me acercó, como si fuera la cosa más natural del mundo. Puse mis manos en sus hombros y mis dedos se tocaban detrás de su cuello.

No estaba cómoda.

Me sentía mal. Parecía que el mundo estaba desalineado. Como si nosotros dos no fuéramos los que teníamos que estar ahí. Sus manos no eran las que deberían acariciar la piel desnuda de mi espalda, y mis ojos no deberían estar mirándolo con esa ternura. Sin embargo, Galen me devolvió una mirada tan dulce y repleta de emoción… Debería haberme enamorado de esa mirada. Debería ser capaz de devolvérsela. Quería hacerlo.

Sin embargo, en lugar de eso, me sentía pequeña y perdida.

—Tengo una sorpresa para ti —dijo mientras me acercaba todavía más hacia su cuerpo.

Quité una mano de su cuello y me acaricié el pelo hacia atrás.

—No necesito ninguna sorpresa, Galen.

—Creo que te va a gustar —me dijo—. ¿Te acuerdas de los humanos de la fiesta de Lucy?

Se me hizo un nudo en la garganta.

—Por supuesto.

—Sé que estabas preocupada por ellos. Por eso los rastreé, para saber cómo estaban.

—¿Que los rastreaste?

—Tengo a mi alcance muchos… ¿recursos? —dijo torpemente—. Pensaba que te gustaría saber que se encuentran perfectamente.

—Es bueno saberlo.

No sabía qué más podía decir. Independientemente de lo que pensara Galen, esa gente no estaba bien. Una manada de hambrientos vampiros les había lavado el cerebro y traumatizado. Eso tenía que dejar alguna huella, incluso si no lo recordaban.

—Pero esa no es la sorpresa. Me dijiste que yo tenía el poder para marcar la diferencia si así lo deseaba, y no he podido sacármelo de la cabeza. Así pues, les he dado una suma de dinero. De forma anónima, por supuesto. Les he dado a cada uno cinco mil dólares.

Mi pecho estaba a punto de estallar.

—¿Les has dado cinco mil dólares?

—Era importante no quedarse de brazos cruzados. Como dijiste, alimentarse de humanos no es inofensivo.

Detrás de su cuello, clavé una de mis uñas en la cutícula de mi pulgar.

Apenas podía respirar.

Cinco mil dólares.

No llegaba ni para pagar el alquiler. Era una miseria. Apenas calderilla para alguien tan rico como Galen. Él podía cambiar sus vidas sin despeinarse, como había hecho el Benefactor conmigo.

Ninguna suma de dinero podía compensar la forma en que habían violado los derechos de esos humanos.

Apenas podía mirarlo a la cara. Cuando lo conocí, pensé que

era un chico pagado de sí mismo. Pero ahora me daba cuenta de que ese no era su único problema: todo el mundo lo adoraba y él ni siquiera era consciente. La gente lo escuchaba, hacía lo que quería y se anticipaba a sus necesidades para que nunca tuviera que sentir la amargura del mundo. Todos se preocupaban por él de tantas formas distintas que era incapaz de darse cuenta. Si Victor Castel lo elegía para encarnar la voz de los sangre joven, una responsabilidad para la que había nacido, Galen no dudaría ni un instante que lo mejor que podía hacer para los humanos era repartir dinero de forma anónima.

De repente, me pareció que el ambiente se enrarecía y que las paredes se me echaban encima. Tenía dificultades para respirar, con todos esos cuerpos en la pista de baile, el zumbido de la música y las luces parpadeantes. Me imaginé a todos esos sangre joven con zapatos nuevos hundiendo inofensivamente sus colmillos en cualquier vena limpia.

Quería encender una cerilla y observar cómo todos ardían en el infierno.

Galen me miraba como un cachorro satisfecho, esperando que le dijera que era un buen chico.

¿Y qué es lo que hice?

Lo miré a los ojos como si fuera mi héroe. Ignoré el veneno que circulaba por mis entrañas y clavé más profundamente la uña en la cutícula de mi pulgar. Dejé que el dolor me atravesara.

—Fue un gran detalle por tu parte.

Pude escuchar mis palabras, pero mi voz apenas era un susurro lejano, muy lejano.

Taylor

Irrumpí de nuevo en el Gran Salón como si fuera Keanu Reeves en *Matrix* o *John Wick*, y dejé atrás a la Taylor que se sentía mal por la conversación con Kontos. Esta Taylor estaba dispuesta a comportarse como una idiota delante de la única persona cuya opinión le importaba.

Obviamente, no tardé en encontrar a Kat colgada del cuello de Galen. La imagen no me afectó en absoluto. Todo lo contrario, parecía que no podía sentir nada. Él era un cretino, y ella, una estúpida. No era mi problema.

Evangeline también se encontraba en la pista de baile, moviendo las caderas con un grupo de chicas. Lucy estaba en el centro, exhibiendo sus nuevos pasos (en realidad, no había hablado de otra cosa durante las dos últimas semanas). Pero esa noche, ni el hecho de ver sacudir las caderas a su preciosa y heterosexual amiga podía sacarle una sonrisa a Evangeline Lazareanu.

Todavía estaba enfurruñada porque su príncipe había elegido a otra princesa.

Eso me animó a actuar.

Le había dicho tantas veces que quería que me tratara mejor como tantas veces ella me había dicho que no le gustaban las chicas. Pero ninguna de esas afirmaciones había cambiado nuestra forma de comportarnos. Evangeline era la que llevaba los pantalones, la que me enviaba mensajes de texto, la que me atrapaba en el armario de los disfraces. Yo simplemente le seguía la corriente para tener la oportunidad de sentir su cuerpo y fingir que era algo parecido al afecto.

Pero esta noche no iba a ser así.

Esta noche me sentía libre: libre de las tonterías de Kat, de cualquier delirio de Kontos o de esta pantomima que llamábamos escuela.

Metí las manos en los bolsillos y crucé la pista de baile. Me detuve justo donde Evangeline pudiera verme. Por lo común, no era muy buena ligando, tampoco había practicado demasiado, pero en ese momento me salió de forma natural. Evangeline me miró y nuestros ojos conectaron. Entonces, de repente, ocurrió algo que no podía controlar: estaba muy caliente y no pensaba quedarme sin lo que quería.

Los ojos de Evangeline se abrieron de par en par; entreabrió los labios. En el acto, puso los ojos en blanco y se excusó con Lucy: todo el mundo sabía que Taylor Sanger era una molestia. No escuché lo que dijo cuando sus amigas le preguntaron qué se traía conmigo. Lo único que importaba era que, mientras me dirigía a una capilla oscura al fondo de la sala, ella me siguió.

Kat

Cuando Taylor entró en el salón, la localicé enseguida. Como siempre, era como una chispa en la oscuridad. Siempre me parecía saber dónde estaba.

Por eso pude ver cómo le lanzaba esa mirada a Evangeline. Parecía que había terminado de desnudarla con los ojos y estuviera lista para hacerlo con sus manos. Con un leve movimiento de barbilla señaló una de las capillas y Evangeline fue detrás de ella.

No puede ser… No pueden… Taylor odiaba a Evangeline, y Evangeline no podía aguantar a Taylor. Era imposible, impensable, que se fueran juntas. Evangeline era una serpiente, y, en cuanto quisiera, haría daño a Taylor. Estaba maquinando algo, algo que le complicaría la vida Taylor o, peor aún, que la humillaría. Y sería culpa mía: Taylor estaba en el baile porque yo se lo había pedido.

Pensé que podía seguirlas, alcanzar a Taylor y avisarla, pero desaparecieron en la sombra.

Otra canción lenta y Galen me atrajo de nuevo hacia él. Sin pensarlo, deslicé las manos por la parte delantera de su esmoquin para apoyarme en sus hombros. Ahora ni siquiera podía ver dónde habían ido Taylor y Evangeline.

No podía dejar de pensar en lo que ocurriría cuando estuvieran a solas. ¿Qué haría Evangeline? ¿Qué estarían haciendo ahora mismo?

Las manos de Evangeline encima de Taylor, desapareciendo debajo de su chaqueta.

Los dedos de Evangeline ensortijados con los rizos de Taylor.

Taylor presionándola contra la pared.

Sus bocas, sus labios fundiéndose en un beso que habían negado durante tanto tiempo.

Galen me acarició la cintura.

—Oye, ¿dónde estás?

Me sobresalté, tomé aire y levanté los ojos. No obstante, me parecía que los tenía demasiado abiertos, era como si de repente pudiera ver con demasiada nitidez. Mis sentidos estaban afinándose para saber qué estaba ocurriendo en aquel rincón oscuro.

—Estoy aquí —respondí.

Intenté sacarme de la cabeza la imagen de Taylor y Evangeline. Pero todo aquello que me habría gustado olvidar durante las últimas semanas parecía negarse a desaparecer. Mi cuerpo estaba ardiendo, demasiado tenso.

—Pareces distraída.

Me acercó todavía más a él. Estaba empeñado en pegar nuestros cuerpos, a pesar de mis intentos por mantener algunos centímetros de distancia entre nosotros. Me había tratado de ese modo durante toda la noche, siempre tan caballeroso: su mano en mi espalda guiándome entre la multitud, sus brazos en mi cintura mientras bailábamos, un toque en mi hombro desnudo cuando me hablaba. Lo hacía con tanta confianza que habría sido atractivo si lo hubiera visto tratar así a otra chica. Pero, en cambio, me sentí pequeña, disminuida, como si me desvaneciera en la nada. Durante la noche había ignorado esa sensación, pero, ahora, con el cuerpo en llamas, no quería nada de contacto.

Lo aparté de mí.

—Hace mucho calor, ¿verdad?

—¿Quieres que salgamos un rato?

Un poco de aire fresco me iría bien. Además, lo que se traían entre manos Taylor y Evangeline no era asunto mío. En realidad, lo más probable es que no estuviera pasando nada y todo fuera fruto de mi imaginación.

Pero ¿por qué estaba pensando en esto?

—Sí, mejor vamos afuera —dije.

Galen deslizó su brazo alrededor de mí; eso fue todo lo que pude hacer para dejar de darle vueltas.

Taylor

Cuando estuvimos fuera de la vista de todos, Evangeline apenas esperó un segundo para pegar su cara contra la mía, meter su lengua en mi boca y apretar sus manos contra mi cuello. Estaba fuera de sí. Jamás me había besado de esa manera, como si yo fuera agua y ella estuviera sedienta. Sonreí con sus labios pegados a los míos.

Esto era. Esto era exactamente lo que quería.

Evangeline agarró las solapas de mi traje y me arrastró hacia delante hasta que su espalda golpeó la piedra de las paredes de la capilla.

Cuando estaba curvada hacia mí, le susurré en el oído:

—¿Qué pasa si alguien nos ve?

Evangeline, temblando, me contestó:

—Esta fiesta y todo el mundo se pueden ir a la mierda.

Aquello debería haberme dejado temblando.

La besé otra vez. Ahora, más intensamente, recorriendo con mis manos la desnudez de sus hombros hacia abajo. Su cuerpo se arqueó delante de mí.

Evangeline me deseaba, a pesar de que a veces fingía que

no sabía de mi existencia. No le importaba quién podía estar mirando. Yo tenía poder sobre ella.

Dejó de besarme cuando ambas nos quedamos sin aire, con mi pierna apretada entre las suyas. Entonces, con la yema del pulgar, me limpió los restos de carmín que tenía en los labios. Quería meterme su pulgar en la boca cuando me dijo:

—Estás tan sexi con este traje que, por un segundo, pensé que eras un chico.

Me quedé helada.

—¿Cómo?

—Casi me creo que eres un chico.

La aparté, pero Evangeline me agarró el brazo. Se había pasado de la raya.

—No me hables así —le solté.

—Vamos, Taylor. Era un cumplido.

—No me jodas. Si quieres estar con un chico, ¿por qué no te largas y buscas uno?

Su rostro se oscureció tanto que casi me sentí mal por ello. Pero cuando Evangeline estaba herida, cuando era capaz de sentir algo, asomaban los cuchillos.

—Déjame adivinar lo que viene ahora: «He terminado contigo, Evangeline, esta es la última vez». Pero ambas sabemos que solo es la última vez si lo digo yo.

Quería aplastarla contra la pared y besarla para que no pudiera hablar nunca más. Tenía tantas ganas de hacerlo como de escapar de ahí y no volver a verla. Pero, supongo que, más que nada, quería quedarme ahí para que me hiciera daño.

Y eso es lo que hice.

—No tienes ninguna posibilidad con Kat. —Evangeline pasó un dedo por mi chaqueta, con su uña roja captando la luz de la pista de baile—. Pero no necesitas que te lo diga. Lo has visto con tus propios ojos.

Saber que Evangeline me conocía lo suficiente como para mencionar en la conversación a Kat me provocó náuseas. Aunque, por otro lado, yo sabía que Evangeline también estaba jodida a su manera. Las dos personas que queríamos se querían entre sí. Habría sido trágico si le hubiera pasado a una buena persona.

—¡Aquí estáis! —dijeron dos voces al mismo tiempo—. ¡Estábamos buscándote!

Me separé de Evangeline y me limpié la boca con el dorso de la mano; con la misma rapidez, Evangeline ya tenía los brazos cruzados y había puesto una mirada aburrida, como si con el poder de su impaciencia pudiera hacer desaparecer a Anna Rose y a Jane Marie Dent, tal y como algunos niños quemaban hormigas con una lupa.

—¿Qué queréis? —dijo Evangeline.

—No te estamos buscando a ti —dijo Anna Rose.

—Buscábamos a Taylor —dijo Jane Marie.

Yo ya estaba saliendo de la capilla.

—¿A mí?

—Es Kat —dijeron las dos a la vez.

23

Kat

Dejé que Galen me guiara por las escaleras del Gran Comedor hacia el césped, lo suficientemente lejos como para que nuestros acompañantes no pudieran seguir viéndonos. El aire frío era afilado, pero no liberaba la opresión de mi pecho ni la tensión de mi estómago.

Galen se quitó la chaqueta.

—Debes de tener frío.

Me la puso alrededor de los hombros antes de que pudiera decir nada, como si hubiera querido salir precisamente para poder hacer eso y no porque estuviera ansiosa. Olía su colonia, que tenía notas de madera, y después sentí el aroma de su sudor.

Me obligué a concentrarme en él. Solía fantasear con chicos parecidos a Galen, no exactamente iguales, pero, como él, sacados de un anuncio de colonia para hombres. Su belleza era impecable, exquisita, casi como si no corriera sangre por sus venas. Por cómo me miraba —había estado mirándome toda la noche— sabía que podía ser mío. Al lado de Galen, la vida en Harcote sería fácil. Tendría un lugar en el Vampirdom. Nunca me olvidarían ni me dejarían de lado.

Pero por mucho que anhelara eso, no lo veía.

—¿Te estás divirtiendo? —preguntó.

—Sí —dije débilmente.

—Estoy muy contento de que hayamos venido juntos. Todo el mundo ha quedado sorprendido. Ha sido genial.

La cara de Taylor en nuestra habitación cuando le dije que me iba con Galen, el rápido estallido de decepción y de dolor que había tratado de ocultar.

¿Escapar con Evangeline era una especie de venganza?

No, eso era ridículo.

Los nudillos de Galen me rozaron la barbilla cuando me levantó la cabeza.

—Oye, ¿segura que estás bien?

Me apresuré a buscar una excusa.

—Estaba pensando en mi casa, en realidad. Me acabo de dar cuenta de que este año no voy a poder ir al baile de invierno ni al de graduación con mis amigos.

Inesperadamente, pude verlo muy claro: Taylor en el gimnasio conmigo, con Guzmán y con Shelby; Taylor y yo bailando juntas, agarradas de la mano; Taylor sonriendo de verdad, riendo y sin ese ceño fruncido, que nunca desaparecía en Harcote.

Galen arqueó esa ceja.

—No me digas que alguien te espera en casa.

—Oh, no. No me refería a eso.

—Bien.

Su voz sonó más áspera. Me di cuenta de que estaba más cerca de lo que había estado en toda la noche, su cara estaba flotando cerca de la mía. Sabía lo que venía. Dejé que lo hiciera. Sus dedos inclinaron mi barbilla hacia arriba, luego, su boca estaba sobre la mía, besándome.

Mis ojos permanecían muy abiertos mientras los suyos se cerraban, y una voz gritaba en mi cabeza: «Actúa normal, piensa en lo que haría una persona normal en esta situación y hazlo».

Lentamente, mis labios se movieron con los suyos.

Me obligué a cerrar los ojos. .

Galen deslizó sus manos bajo la chaqueta, sus dedos helados presionaron la piel desnuda de mi espalda para acercarme hacia él. Su lengua en mi boca. La mía en la suya.

No sentí ningún tipo de subidón, calor o excitación. La única sensación que me recorría era una especie de adormecimiento desesperanzador. Era como si estuviera fuera de mí, viendo a una chica guapa besar a un chico guapo. Como si estuviera en el cine, sentada en unos asientos de terciopelo rojo con las zapatillas pegadas al suelo, mirando una película protagonizada por una estrella que no era yo y que no conocía en absoluto.

Pero no estaba fuera de mí.

Nadie lo estaba.

Mis ojos se abrieron de golpe, y así la frágil escenografía de las últimas semanas tembló y se desquebrajó. Todo se derrumbaba ante mí: hacer la pelota a Evangeline y Lucy, besar a Galen, no responder a los mensajes de Guzmán y Shelby, lo mucho que echaba de menos a mi madre. ¿Por qué me estaba haciendo esto a mí misma?

Me di cuenta de que estaba llorando.

Luego el llanto fue a más. Me temblaba todo el cuerpo, mis hombros se habían encogido hacia atrás mientras empujaba a Galen —su chaqueta estaba en el suelo— y le decía «lo siento, lo siento, no puedo» una y otra vez. Él me preguntaba qué pasaba con miedo en sus ojos: «No es nada, lo siento, lo siento». Lo repetía una y otra vez hasta que apenas pude respirar entre las palabras. De mis pulmones, que luchaban por tomar aire, solo salían hipo y sonidos silbantes. ¿Me estaba muriendo? ¿Me estaba muriendo, literalmente, en un baile escolar? Caí de rodillas, noté el césped mojado en las palmas de las manos y me corté con las lentejuelas de ese estúpido vestido rojo. No creía que los vampiros pudieran asfixiarse, pero ¿era posible?

—¡Que alguien llame a la señora Radtke! —gritaron.

Luego, no sé cómo, estaba sentada en los escalones con decenas de piernas apiñadas a mi alrededor y con la señora Radtke sentada a mi lado.

—Inhale y exhale —decía ella—. Despacio, ahora, despacio.

Respirar. Otra cosa que había dejado de hacer en las últimas semanas.

—Joder, Galen, ¿qué le has hecho? —dijo alguien entre risas.

Galen lo golpeó y el caos estalló a nuestro alrededor. La señora Radtke se puso en pie a trompicones para separarlos.

—¿Dónde está el profesor Kontos? —gritó.

Me miré las manos, que estaban manchadas del rímel que me había limpiado de las mejillas. Las lágrimas no se detenían, incluso cuando mi respiración se estabilizó. Aquella sensación no me abandonaba. Era como si no fuera nadie, como si pudiera desaparecer por completo. Como si ya lo hubiera hecho. Como si eso fuera algo bueno.

Vi algo azul. Taylor estaba en la hierba, agachada frente a mí.

—Hola —dijo.

No preguntó qué pasaba ni si estaba bien. Solo dijo «hola», pero lo entendí. Significaba que estaba aquí, que estaba conmigo.

La necesitaba. Y ella estaba aquí.

Como si nada, ese horrible sentimiento desapareció.

—Sé que probablemente te estás divirtiendo mucho —dijo—. Pero yo me he lesionado en la pista de baile y Radtke quiere que me lleves a nuestra habitación. Está ocupada juzgando este concurso de masculinidad tóxica.

Taylor ladeó la cabeza hacia la izquierda. La señora Radtke tenía a varios chicos en fila a los que regañar. Galen estaba sacudiendo la mano.

—¿Te has lesionado bailando? —dije en voz baja.

Taylor asintió sombríamente.

—Parece ser el típico esguince de baile escolar. Le puede pasar a cualquiera.

Se levantó y me tendió la mano.

La agarré con fuerza.

Taylor

La caminata de regreso a la casa Hunter fue lenta y fría. El único sonido era el de las hojas de los árboles que se desprendían con el viento y el golpeteo de los tacones de Kat en los ladrillos. La vigilé por el rabillo del ojo. Lo único que dijeron Anna Rose y Jane Marie fue que Kat había salido con Galen y que había tenido una especie de ataque de pánico. La gente decía que se habían estado besando. Cuando oí aquello, quise matar a Galen, aunque era demasiado pronto como para convertirme en una asesina. Pero ahora que los sonidos del Gran Salón se desvanecían comencé a preguntarme si aquello no era parte del plan de Kat. Todo el mundo en el baile estaba hablando de Kat y de Galen. Si Harcote se hubiera entregado a algo tan cutre y propio de la tradición humana como coronar a la reina del baile, habrían ganado por goleada. Nos miraban alejarnos, como si Kat fuera un pajarito herido. La respiración entrecortada y la cara llena de rímel. ¿Todo formaba parte de su actuación?

¿Y yo? ¿Qué pintaba ahí? Kat me había asegurado que me había dejado fuera de esto. Y yo había jurado que no la creía y había vuelto a jurar que ya no me preocuparía de ella. Aun así, había corrido por el Gran Comedor para encontrarla. Nunca había dejado de preocuparme por ella. Jamás podría hacerlo. Ese era mi problema. Como si estar enamorada de Katherine Finn fuera esa piedra que debería empujar colina arriba el resto de mi inmortalidad, para que en la cima rodara hacia abajo y me aplastara una y otra vez.

Cerramos la puerta de la casa Hunter tras nosotras. Como todo el mundo estaba en el baile, estaba silenciosa y tranquila. Kat se quitó los tacones y subió las escaleras. La seguí.

En la habitación, se fue directamente a su armario y empezó a buscar algo en el fondo.

Me paseé de mi escritorio a mi cama, esperando como una idiota a que me explicara qué había pasado o me dijera que estaba bien o me revelara que realmente era una sociópata. Todavía podía saborear a Evangeline en mis labios, sentir la crueldad de sus palabras. Cuanto más tiempo permanecía Kat en silencio, más fácil era creer que me había engañado, que me había tratado igual de mal que Evangeline y que, por una lógica que no podía entender del todo, ambas tenían razón al hacerlo. Kat tiró de las correas de ese estúpido vestido y dejó que se deslizara desde sus hombros hasta el suelo. Me giré y colgué mi chaqueta en el armario, solo para tener algo que hacer.

Cuando me volví, llevaba una sudadera de gran tamaño de su antiguo instituto y unos pantalones cortos de baloncesto que le quedaban por encima de las rodillas. Era su ropa, no la de Harcote ni la del Benefactor. No se la había puesto desde el día de la mudanza. Todavía parecía alterada y un poco triste, pero más tranquila. En realidad, se parecía mucho a la chica que yo recordaba. La chica que había imaginado que todavía era.

—Si no vas a contarme lo que pasó, al menos dime si te hizo daño —dije, finalmente.

—No fue nada de eso —respondió con una voz pesada.

Apoyé mis caderas contra el borde de mi escritorio.

—Hiciste un buen trabajo para que pareciera tal cosa.

—¿A qué te refieres?

—Ese era tu plan, ¿verdad? Ir al baile con Galen, luego fingir el ataque de pánico y conseguir puntos de simpatía para el resto del año. Sinceramente, estoy a favor de gastarle una broma a Galen. Es un auténtico idiota. Tengo que reconocerlo. Es un plan tan retorcido como los de Evangeline. Nunca creí que fueras capaz de actuar como ella.

—Eso no es lo que pasó.

Me obligué a ignorar lo agotada que sonaba.

—Por eso me querías allí, ¿verdad? Para que tu salida realmente los dejara pasmados.

De repente, se giró hacia mí.

—Vaya, has descifrado mi plan, Taylor. Hice que te presentaras al baile, luego hice que te besaras con Evangeline para añadir más dramatismo.

Me quedé helada.

—No estaba… haciendo eso.

—Te vi salir con ella.

—No viste nada más —dije—. No sabes qué pasó.

Se cruzó de brazos.

—Entonces, ¿qué pasó?

—Nosotras… —empecé, pero las buenas mentiras llegan en el momento oportuno, y esta lo hizo demasiado tarde.

Kat estaba sacudiendo la cabeza.

—¡Oh, como si pudieras juzgarme cuando te estabas besando con Galen delante de toda la escuela!

Decirlo fue como tener algo podrido en la boca.

—¡Exactamente! Y odié cada segundo.

Había odiado besar a Galen, ¿lo había odiado tanto que casi había dejado de respirar?

—Pensé que eras mejor que Evangeline.

—¿Qué te importa a quién bese, Kath-er-ine? No sabes lo que es para mí. Lo solitario y aislante que es ser la única lesbiana en una escuela como esta. Todo el mundo piensa que soy una especie de bicho raro porque no soy exactamente como ellos…

—No eres un bicho raro…

—Gracias, pero eso ya lo sé —dije—. No necesito más de tus pequeños intentos de validar mi identidad. Puedo cuidar de mí misma.

—O dejar que Evangeline se ocupe de ti —se burló Kat—. Cuando no esté ocupada insultándote delante de toda la clase.

—De todos modos, ¿qué te importa ella? Eras tú la que estaba sedienta de su atención, no yo. ¿Estás celosa? Porque una vez que la conoces es una completa psicópata y...

Pero no hubo nada más. Las palabras se desvanecieron en el éter porque, sin previo aviso, Kat me estaba besando.

«Kat» estaba besándome «a mí».

Ni siquiera noté en qué momento se acortó la distancia entre nosotras. Fue tan repentino que mis manos seguían agarradas al borde de madera del escritorio; mis codos, totalmente bloqueados. Los labios de Kat eran cálidos, aterciopelados y dulces. Su pelo se deslizaba contra mi cara y olía a ese champú de jazmín. La palma de su mano acariciando mi mandíbula, sus suaves dedos contra mi mejilla. Apenas pude devolverle el beso, hasta que reaccioné. Tenía los ojos cerrados y su nariz pegada a mi mejilla. Fue algo suave y frenético al mismo tiempo, como lo que se siente justo antes de dejarse llevar por el llanto.

Se apartó. Tenía los ojos muy abiertos, las mejillas brillantes y los labios entreabiertos en un gesto de sorpresa, asco o confusión. No tenía forma de saberlo, ni tiempo para averiguarlo antes de que se llevara la mano a la boca; probablemente, no quería que la siguiera mirando.

—Dios mío —dijo.

El pulso me retumbó en los oídos. La mirada de Kat me dejó congelada en la misma posición. Mis manos seguían aferradas al borde del escritorio y los nudillos me empezaban a doler. Aquella piedra estaba a punto de volver a rodar colina abajo para aniquilarme. Toda la habitación, el universo entero, en realidad, parecía estar en pausa, esperando, dilatando cada vez más ese momento. Sentí como si toda mi vida inmortal se hubiera acabado, aunque probablemente fue solo un segundo, antes de que Kat dijera:

—Lo siento mucho.

24

Taylor

Eché a correr.

Cuando el aire fresco golpeó mi cara, incluso antes de que la puerta de la casa Hunter se cerrara, ya estaba corriendo.

Si alguien me hubiera visto, habría quedado como una tonta; y si alguien me hubiera pillado, probablemente me multarían por algún tipo de infracción del Código de Honor. Pero no me importaba: mientras estuviera corriendo, no podía estar llorando.

O así se suponía que funcionaba.

No sabía adónde me dirigía, pero si iba a llorar, desmayarme o desaparecer de la faz de la Tierra, al menos podría hacerlo sola. Cuando llegué al campo de *lacrosse*, las lágrimas resbalaban por mi rostro, como si todo ese esfuerzo me hubiera dejado sin defensas contra el llanto.

Ni siquiera estaba pensando en el beso. No podía pensar en eso. Una mancha negra en mi cerebro lo borraba todo, excepto una voz que repetía una y otra vez: «Lo siento mucho». Con cada paso que daba en el suave césped, oía: «Lo siento mucho, lo siento mucho, lo siento mucho». Ese momento en el que se dio cuenta del error que había cometido. Ya sabía que cuando me pidiera, más tarde, guardar el secreto, le diría que sí. Fingiría que nunca había pasado. No volvería a mencionarlo. Nada tendría por qué cambiar.

Estaba corriendo.

—Mierda, ¡Taylor! ¡Vamos! ¡No puedo correr tan rápido como tú!

Pensé que de todas las cosas que Kat podría haber dicho, esa no debería haber funcionado para frenarme, pero lo hizo. Kat no corría tan rápido como yo. Ni por asomo. Pero que se las hubiera arreglado para perseguirme hasta el campo de *lacrosse* era lo suficientemente asombroso como para que me detuviera. No me di la vuelta. Mi pecho ardía y tenía el rostro lleno de lágrimas.

¿Por qué me había seguido? Sabía mejor que nadie lo poco que pueden significar los besos, especialmente, cuando yo estaba involucrada. Me pasé el dorso de la mano por las mejillas para borrar las lágrimas.

El beso no debía significar nada para ella. Si no, ¿cómo podría haber cruzado la habitación y haberme besado como si tal cosa? Podía hacerlo porque no había pasado años agonizando por ello, soñando con una causa perdida como yo. No se preocupó lo suficiente como para preguntarse si había esperado el momento perfecto, si sería como ella lo había imaginado, o si yo estaría completamente disgustada y le contaría a toda la escuela qué había hecho. La pequeña parte que aún sobrevivía de mi alma debería haberse alegrado por aquel beso. Pero, en cambio, me sentí engañada y utilizada. Y patéticamente triste.

—¿Quieres mirarme?

Su voz era más distante de lo que esperaba. Acababa de pasar la línea de medio campo. Cuando me giré, lentamente, ella todavía estaba cruzando la portería.

Por la noche, el campo tenía un aspecto diferente. Los árboles que nos rodeaban parecían un encaje negro; cada brizna de hierba era visible por la luz gris de la luna llena. Las líneas blancas del campo resplandecían en la oscuridad. Y, bajo esa luz, Kat parecía más un fantasma que un vampiro: su piel plateada, su pelo suelto y libre, los pantalones cortos de baloncesto, los pies descalzos y las mangas de su sudadera ocultándole las manos.

Quería ir hacia ella y besarla. Saber que no podía hacerlo, que aquello jamás sucedería, hizo que deseara que la tierra me tragara.

Kat se acercó lentamente, como si se acercara a un animal salvaje al que no quería asustar. Se detuvo a unos metros de distancia. Sus manos se cerraron dentro de su camiseta.

—¿Estás bien?

Crucé los brazos sobre el pecho, con fuerza. Hacía rato que el frío se había colado bajo mi camisa desabrochada.

—¿Para eso me has perseguido hasta aquí? Estoy de puta madre. El mejor día de mi vida.

—Te he perseguido porque has huido. ¿Se suponía que debía dejarte vagar por la noche a pesar de todo?

—Soy una maldita vampira. No me va a pasar nada malo.

—Y quería disculparme. No debería haber hecho eso —dijo después de apretar los labios.

—Lo entiendo. No te preocupes. Tampoco es algo que me vaya a cambiar la vida.

—No, yo… —dijo Kat después de dudar si dar un paso adelante para cruzar la media línea de campo. Sus pies descalzos trazaron marcas en el césped cubierto de rocío—. De acuerdo. Lo que quería decir es que no debería haberte besado sin preguntar primero. Eso estuvo mal. Y ahora me doy cuenta de que, si lo hubiera hecho, habrías dicho que no. Por eso no debería haberte besado. —Su voz titubeó—. Nunca pensé que haría este tipo de cosas. Estoy muy decepcionada conmigo misma. Pero, sobre todo, lo siento mucho, Taylor.

Se me secó la boca. ¿Qué se suponía que debía responder? ¿Que la hubiera besado tantas veces como me lo hubiera pedido? ¿Que, probablemente, si me lo hubiera pedido, le habría dicho que no porque era incapaz de creerme que iba en serio?

Después de todas las veces que las chicas hetero de Harcote me habían acorralado para tener una sesión clandestina de besos, nunca había considerado que podía pedirle un beso a Kat. Solo de pensarlo me daban ganas de vomitar. Me parecía algo inconcebible.

—Puedo pedirle a Radtke que me cambie de habitación. O, como dijiste, puedo fingir que nunca sucedió…, si eso es lo que quieres.

—¿Si eso es lo que quiero? —dije lentamente. Los dos metros que nos separaban parecían kilómetros y, al mismo tiempo, escasos centímetros—. ¿Sabes lo que realmente quiero? Quiero saber por qué me odias.

La pequeña hendidura en el centro de la frente de Kat me dijo que estaba consternada.

—No te odio, Taylor.

—Mentira.

—Pero solía hacerlo —dijo mientras balanceaba su peso entre una pierna y otra. Los dedos de sus pies se hundieron en el césped húmedo—. ¿Quieres saber la verdad?

«No.»

—Sí.

—Cuando tus padres nos echaron, mi vida dio un auténtico vuelco. A mi madre y a mí nos llevó mucho encontrar un… lugar estable.

—Mis padres no te echaron. Simplemente, os largasteis.

—¿Así es como quieres maquillar lo que sucedió? —Su voz era dura, como si la hubiera decepcionado exactamente de la manera que ella esperaba.

—No estoy maquillando nada.

—Entonces admite lo que realmente pasó.

Apretó su mandíbula mientras me miraba fijamente. Reconocí esa ira que había visto en sus ojos cuando entré en nuestra habitación el día de la mudanza, como si quisiera quemar la tierra y, particularmente, a mí.

—Sabías lo de la conversión de mi madre. Te lo dije y me prometiste que guardarías el secreto. Lo siguiente que supe fue que tu madre nos echó porque no quería que tu familia se relacionara con vampiras como nosotras; sobre todo, tú y tu hermano pequeño. Como si fuéramos a contagiarlos.

Sentí un extraño zumbido en mis oídos. Recordé cuando Kat me confió lo del hacedor de su madre. Aquel invierno, mientras rellenaba la solicitud de Harcote, nos había llegado la noticia de que me iría el siguiente otoño. Eso nos unió aún más. Estábamos tan unidas que imaginar la idea de irnos a la escuela resultaba aún más difícil. Una noche había hecho una broma estúpida sobre sabotear mi solicitud diciendo que no tenía ningún hacedor. Kat se había quedado helada. Algo iba mal. «Sin secretos», le había dicho.

Entonces se echó a llorar.

Me lo contó todo: cómo el hacedor de su madre no tuvo la intención de convertirla y la había dado por muerta. Entendí por qué había tenido que mentir, qué significaba no saber quién eres realmente. Gran parte del vampirismo giraba en torno a tu linaje, tus padres, tus hacedores. Mi madre había comentado a menudo que era una pena que Kat hubiera perdido a sus hacedores durante el Peligro. Pero ¿no saber siquiera quién era su hacedor materno? ¿Que la hubiera dejado morir? Era algo de lo que los vampiros no solían hablar directamente, pero estaba bastante claro cómo se sentían: sin linaje, eras menos que nadie.

Kat y yo habíamos jurado, con el meñique, por nuestras vidas inmortales y nuestra amistad, que guardaría su secreto. Recuerdo que pensé que no era necesario. Hubiera preferido morir antes que romper la confianza de Kat. Pero, de todos modos, cruzamos nuestros dedos y nos los llevamos a los labios.

—Cumplí mi promesa —le dije.

—No me mientas —dijo negando con la cabeza—. En este momento, no.

Me acerqué lo suficiente a ella como para mirarla directamente a los ojos.

—No lo hago. Nunca les dije una palabra.

Casi podía sentir sus labios suaves sobre los míos otra vez, la descarada confianza con la que puso su palma en mi mandíbula. Me obligué a ignorar el calor que, imaginaba, existía entre nosotras. Era más importante dejar que me buscara y que encontrara la manera de confiar en mí.

—Pero todos estos años pensé… —Su voz era un susurro—. ¿Cómo se enteraron?

—¿Estás segura de que lo hicieron? Nunca me dijeron nada al respecto.

—Entonces, ¿por qué pensaste que nos habíamos ido?

Tragué con fuerza. Lo que había sido verdad hasta hace un segundo era ahora algo extraño y agrio.

—Mi madre me dijo que os habíais marchado. Simplemente, hicisteis las maletas y desaparecisteis en mitad de la noche, como si toda nuestra caridad no significara nada. Quería enviarte un mensaje. Debería haberlo hecho. Pero no lo hice. Supongo que estaba…

Quería decir que estaba enfadada. Así es como me gustaba recordarme a mí misma: si me importaba lo suficiente como para sentir algo, ese algo era rabia. Pero cuando realmente pensaba en ese lugar, en ese momento —mi cara enterrada en la almohada, la bicicleta de Kat abandonada y oxidada detrás del garaje, y luego ese texto que me había enviado—, no era ira.

—Sentí como si me hubieras abandonado.

Estábamos tan cerca que tuve que dejar que mis ojos se desviaran mientras decía lo del abandono. Cuando volví a mirar, sus cejas estaban juntas.

—Pensé que me habías traicionado.

Tenía sentido que Kat no me hubiera escrito, que no hubiera confiado en mí. Pero si mis padres las habían echado, entonces no tenía nada que ver conmigo o con nuestra amistad. Era demasiado complejo como para entenderlo ahora mismo. Había creído una versión diferente de la historia durante mucho tiempo. Cada vez que la echaba de menos o me sentía sola, esa idea, la historia que me había contado a mí misma, se mostraba verdadera, era como una piedra con los bordes desgastados por los años de uso. En esa historia, yo era alguien de quien había que huir, alguien que merecía la pena dejar, y era una historia que yo misma había inventado.

—Lo siento —dije. Una persona mejor ya habría pensado en decir eso—. Ojalá no hubiera pasado nada de esto. Mis padres no deberían haberos echado. Todavía seríamos…

Me quedé sin palabras. Nunca habíamos hablado de esa época. No podía asumir que yo había sido alguien que ella llegara a echar de menos.

—Mejores amigas —dijo entonces.

No tuve nada que decir a eso, excepto: sí.

—Gracias —dijo ella—. Por la disculpa. Por esta noche.

—Oh, Kath-er-ine. —Suspiré—. Esta noche no fue nada. No me lo agradezcas. No sirve de nada.

—Tal vez no sirva de nada, pero yo también lo siento.

La luz de la luna se deslizó por su sien, por la curva de su oreja y la línea de su mandíbula. Por cómo me miraba, con sus ojos suaves y los labios un poco apretados, era fácil imaginar que la besaba. Más fácil que nunca. Podía acortar el espacio entre nosotras, inclinarme hacia ella y deslizar mi mano por su mejilla, mis dedos en su pelo, y besarla. Apenas respiraba pensando en ello.

Pero había agotado todos mis puntos de incomodidad del día. Por un instante, estar plantadas en el campo de *lacrosse*, ella en pijama y yo en traje de etiqueta, parecía lo más natural del mundo. Pero ahora nos movíamos inquietas sobre nuestros pies, preguntándonos cómo habíamos llegado hasta allí.

—¿Deberíamos volver? —preguntó Kat.

—Espera.

Me agaché para desatar mis zapatillas, me las quité y se las entregué. Ella se las puso. Volvimos al patio de las chicas, ella con mis zapatillas y yo con mis calcetines de dinosaurio.

La casa Hunter seguía benditamente vacía cuando volvimos. Mientras apagaba la luz, oímos que la puerta de abajo se abría. Nos quedamos tumbadas en la oscuridad escuchando a las quince chicas que se quitaban los tacones y subían a sus habitaciones.

No quería mirarla, pero lo hice. No pude contenerme.

Kat también me miraba.

25

Kat

Mis pasos trazaban círculos en el interior de la Colección ampliada. Las luces verdes de detección de movimiento se encendían por el pasillo con cada una de mis pisadas.

Aquella mañana, cuando me había despertado, Taylor estaba profundamente dormida en su cama. Salí de la habitación lo más rápido posible. Darle un poco de espacio era lo más decente que podía hacer y, de todos modos, yo también necesitaba pensar.

Pero ahora que estaba sola en la Pila, no podía más que pensar en ella.

En el alivio que me invadió cuando se arrodilló frente a mí en los escalones.

En su aspecto en aquel campo, con su camisa blanca y las palpitaciones en su pecho, como un faro bajo la luz de la luna. Y en esa certeza de que Taylor estaba perdida, pero que, a pesar de que estaba huyendo de mí, la había atrapado a tiempo.

En «ese beso».

Un minuto antes, estábamos discutiendo con tanta rabia que se nos salía por los poros; de pronto, sentí que lo único que importaba era la inclinación de sus labios, que Evangeline no debería haberlos besado. Entonces me quedé en blanco. Ni siquiera recuerdo haber decidido besarla antes de hacerlo. El roce de sus rizos contra mi mejilla, la suave presión de su boca, ese momento en que me devolvió el beso, la forma en que su cuerpo se inclinó hacia el mío. Se me puso la piel de gallina, pero era más profundo que la piel, era como una necesidad, sentí que algo muy dentro de mí me tiraba hacia ella. Como si quisiera llorar, pero no pudiera; como si quisiera reír, pero fuera incapaz. Podría haberla besado para siempre. Incluso, ahora mismo, sentía que podría seguir besándola.

Sacudí la cabeza para aclarar mis pensamientos.

No estaba bien. Nunca debí tomarme esa libertad, no sabía si ella también quería. Yo no era ese tipo de persona. Me importaba el consentimiento. Pero, en ese momento, no me pregunté cómo se sentía Taylor. Estaba segura de que sentía lo mismo que yo. Pero, al parecer, me equivocaba: huyó de mí.

Sonó mi móvil. «Oye, fiestera, ven al comedor, estamos de-

sayunando», decía el mensaje de Evangeline.

De repente, sentí que en la Pila había muy poco oxígeno como para que pudiera respirar.

«Evangeline.»

Por supuesto que Taylor no me quería. Tenía a alguien, aunque esa persona fuera una pesadilla con rostro humano que nunca la haría sentir como se merecía. Una persona de la que había estado tan celosa anoche que, prácticamente, me había desmayado.

¿Cómo podía obsesionarme con Taylor Sanger? Si me había dejado vacía y había roto mi confianza. No, me recordé, no lo había hecho. Anoche me había dicho que nunca le había contado nada a sus padres, y yo la había creído. Eso convertía a Taylor Sanger, mi ex mejor amiga y mi actual compañera de habitación, en algo totalmente distinto.

En realidad, no importaba. Porque yo no era *queer*.

Si lo fuera, lo hubiera sabido.

Sí, sí: seguro que lo hubiera sabido.

Pensé en llamar a Guzmán o a Shelby. Perderían completamente la cabeza cuando se lo dijera.

Pero, un momento, cuando les dijera qué exactamente. ¿Cómo iba a explicarles algo que ni yo misma entendía?

La idea de contárselo a mis amigos era tan mortificante que podría haber vomitado en medio de la sección de Vampiros americanos.

Necesitaba una distracción, otra cosa en la que concentrarme. Era la primera vez que estaba sola en la Pila, sin Galen. Debería haber estado rastreando información sobre la época de mi madre en CasTech.

Mi madre se llamaba Meredith Ayres: Galen la había llamado así y el pie de foto de la revista decía lo mismo. No era tan extraño que los vampiros cambiaran sus nombres, pero mi madre nunca lo había mencionado. La Pila no tenía un catálogo digital, así que tuve que ir a por el catálogo físico de tarjetas para buscar el nombre.

Nada. Por supuesto.

Pateé el catálogo con frustración.

Odiaba no tener respuestas. Odiaba no saber.

Si fuera *queer*, lo habría sabido.

Pero no lo sabía. Eso significaba que sabía que no era *queer*.

No tenía motivos para tener miedo de ser quien era. No era como si yo hubiese crecido en un lugar como Harcote, donde Taylor era la única bandera arcoíris en un radio de ocho kilómetros. En mi antiguo instituto había un millón de estudiantes *queer*, no binarios y trans, con organizaciones estudiantiles que los representaban y todo tipo de formaciones sobre diversidad y aceptación. No me preocupaba lo que pudiera pensar mi madre (aunque Harcote estuviera, aparentemente, más allá del límite de su tolerancia). Mis dos mejores amigos eran *queer*. Íbamos juntos al Orgullo, a los espectáculos de *drags*, a las noches de clubes para todas las edades, y me llamaban su aliada cis hetero número uno. Incluso ellos estaban seguros de que yo era eso.

Una vez le pregunté a Guzmán cómo sabía que era gay. Él frunció el ceño.

—Odio esta pregunta. ¿Cómo supiste que eras heterosexual?

Como no pude responderle, agregó en tono presumido:

—¿Ves? Los heterosexuales siempre asumen que es algo que tienes que descubrir, pero yo nací así.

En el caso de Shelby sucedía lo mismo. Ambos habían salido del armario ante sus padres, como trans, a los nueve años. Guzmán y Shelby hacían ver que eso era algo que tenían en común todas las personas *queer*: siempre eras consciente de tu identidad y solo tú decidías cuándo y cómo compartirla.

Yo no me sentía así, para nada. Si había nacido así, ¿me había mentido a mí misma? ¿O era realmente heterosexual y la noche anterior había sido una especie de casualidad?

Abandoné el catálogo de tarjetas y volví a la sección de CasTech. Tal vez había otros documentos de aquellos primeros días en los que aparecía esa tal Meredith Ayres.

Me mordí el interior de la mejilla. En realidad, nunca me habían interesado los chicos tanto como se supone que «debería» haberlo hecho. Se supone mal, claro. Pero, desde que era pequeña, la gente me decía que volvería locos a los chicos y que no me dejarían en paz. Incluso Guzmán y Shelby hacían comentarios de ese tipo, como si mi aspecto hubiera sido diseñado para atraer a los chicos.

Me había enrollado con algunos chicos en mi antigua escuela, y no me disgustó. Pero era como si siguiera esperando a que me gustara profundamente. Nunca fui más allá porque, si perdía el control, aquello podría haber acabado en un baño de sangre. O, al menos, eso es lo que siempre había pensado. Tal vez el hecho de que nunca me hubiera excitado tanto fuera una señal. También estaban los nervios, la falta de experiencia. Si existir físicamente en el mismo plano que otra persona era incómodo cuando estabas completamente vestida, no me podía imaginar cómo sería cuando estabas parcialmente desnuda.

Abrí otra revista y vi la cara de Victor mirándome fijamente. La cerré de un manotazo. Pensé en el aspecto perfecto de Galen, con su esmoquin, en la perfección que lo acompañaba siempre. Galen era una estatua griega: innegable y empíricamente exquisita. Pero nunca pude sentir lo que Evangeline y Lucy sentían por él. Lo mismo me ocurría en casa: Guzmán o Shelby siempre me señalaban a los chicos guapos, pero yo nunca me habría fijado en ellos. En cuanto a las chicas…, no necesitaba la ayuda de nadie para verlas. Lucy y Evangeline eran hermosas de una manera que me hacía querer arrodillarme a sus pies. Lo sentí desde el primer momento; por ejemplo, cuando abrieron la puerta y el pecho se me encogió. Estaban tan buenas que Galen apenas se diferenciaba de un ficus.

Pero todo el mundo pensaba que las chicas eran hermosas. La palabra se usaba básicamente para describirlas a ellas. No era gay derretirse en una piscina de gelatina cuando una chica hermosa te miraba.

A menos que uno lo fuera.

Saqué un libro de la estantería de materiales sobre la fundación de CasTech.

No podía ser *queer*. Era una persona que se conocía a sí misma. Sabía lo que quería. Me había pasado toda la vida preguntándome por mi linaje y buscando un lugar en Vampirdom, pero esto era algo más profundo. Si era *queer,* no podía ser la persona que creía ser. ¿Quién era entonces?

La cabeza me daba vueltas. Volví a poner el libro en la estantería y probé con otro.

Tal vez solo me atraía Taylor, algo específico de ella. Nuestra antigua amistad, todos esos sentimientos. La locura de anoche.

«Taylor.»

Incluso pensar en su nombre hizo que mi pecho se desbordara de algo parecido al deseo.

Pero ¿acaso no había sido siempre así entre nosotras? Como si el mundo no existiera sin ella, como si fuera una luz constante en el firmamento. Incluso cuando la odiaba, eso seguía siendo así.

Pero éramos amigas, o eso creía. ¿Acaso quería algo más de ella? Tal vez era solo ella, su sonrisa torcida, sus bromas inapropiadas y la forma en la que siempre podía saber qué sentía.

Siempre había sido ella.

Siempre habíamos sido las dos.

Nunca había besado a nadie como la había besado a ella anoche.

Abandoné los libros y abrí de un tirón un archivador.

Las extrañas náuseas de la noche anterior volvían a aparecer, ese malestar en el estómago cuando entré en el baile con Galen. Era demasiado para desenredar. Lo que éramos. Quién era yo.

Una noche, un beso... Eso no podía cambiarlo todo.

Mi mano se detuvo en una lista del personal de 1979, unos cinco años después del Peligro. Registraba a todos los empleados de CasTech, su función y cuándo habían estado en la empresa. Tenía una columna marcada como «estado». Ella estaba justo en la parte superior: Meredith Ayres, búsqueda y desarrollo, 1944-1975, desconocido.

Galen tenía razón: Meredith Ayres había empezado a trabajar en CasTech el año en que se había fundado la empresa. Ojeé la página. Incluso los padres de Galen no habían trabajado allí hasta 1947. También habían abandonado CasTech para fundar la Black Foundation en 1975, casi tan pronto como se descubrió la primera muerte de un vampiro por CFaD. Mi madre había trabajado allí durante treinta años y luego había desaparecido.

Llevé la lista a mi escritorio y examiné las fechas de inicio de los demás empleados. Victor era el único que había trabajado con ella antes de 1944. En su estado aparecía «vivo». Los pelos de la nuca se me erizaron al centrarme en la columna «estado». La mayoría de los vampiros que habían trabajado en CasTech antes del Peligro no habían sobrevivido; su estado marcaba «fallecido». ¿Cómo era posible? El Peligro mató a miles de vampiros, pero esta gente había ayudado a desarrollar el hema. Deberían haber tenido más acceso a él cuando llegó la catástrofe.

Meredith Ayres era la única marcada como «desconocido». Galen había dicho que había desaparecido. ¿Por qué? ¿Serían muy diferentes nuestras vidas si se hubiera quedado? ¿Por qué nunca me había dicho que había pasado más de veinte años trabajando con el hombre más importante del Vampirdom?

Por supuesto, no podía preguntárselo ahora. Era una gran mentira, otra historia de vida. No confiaba en que me dijera la verdad.

—Pensé que te encontraría aquí.

Casi se me para el corazón. Había una figura alta detrás de mí, con los hombros encorvados. Parecía que Galen apenas había dormido, estaba con los rizos despeinados y la piel bajo los ojos más oscura de lo habitual.

—¿Podemos hablar? —preguntó.

Escondí la lista entre mis cosas. Lo último que quería hacer ahora era hablar con Galen.

—Por supuesto.

—Nunca debí invitarte al baile —dijo.

—Está bien. Sí. No era mi intención arruinarlo todo.

—No, no es eso lo que quiero decir, para nada. No necesitas disculparte.

Tomó el asiento opuesto al mío y apretó las manos contra el escritorio.

—Déjame explicarte. Todo el mundo está pendiente de lo que hago. Sabía que no era justo exponerte a eso, pero quería tener una noche para fingir que era normal. Y pensé que podría tener eso contigo. Pero no pude.

Tragué con fuerza. Normal. La chica que llegó de la nada. Galen solo me quería por la misma razón por la que me habían dado la tutoría.

Empecé a recoger mis cosas.

—Lo entiendo. No pasa nada.

Se acercó a la mesa y me paró la mano.

—En realidad, no pude por ti —dijo mientras sus ojos grises buscaban mi rostro—. ¿Quién eres realmente, Kat?

Taylor

Me quedé mirando la bandera del Orgullo que estaba clavada encima de mi cama y me di permiso para pensar en la noche anterior. Pensaría en el beso solo esta vez, nunca más. Lo olvidaría, como Kat deseaba. Al menos no había iniciado una conversación sobre el tema, como algunas de las chicas que me buscaban que querían dejar muy claro que solo era un experimento, y yo tenía que sentarme, asentir y entenderlo. Intenté besar a una chica una vez, no me gustó, le pasa a todo el mundo, excepto a mí.

Podría desterrar el beso de mi cerebro, pero había una cosa de la noche anterior que no olvidaría: lo que Kat me contó sobre cómo dejó Virginia. Todos estos años, había pensado que había roto su confianza, mientras yo pensaba que ella me había abandonado. Ahora sabíamos que ninguna de esas versiones era cierta y que las historias que nos habían contado no coincidían. ¿Qué había pasado realmente?

Había solo una persona en la Tierra en la que confiaba para que me ayudara a resolver aquello, la misma a la que había mandado a la mierda la noche anterior.

Nunca debí haberle hablado así. Kontos era mi padrino *queer*. Se merecía mi respeto, y yo quería ganarme el suyo. Me comprometí a contarle todo: lo de Kat, cómo me había engañado para ir al baile, incluso lo que había pasado con Evangeline. Solo podía esperar que, a cambio de mi honestidad, me perdonara.

Sería muy poco Kontos que no lo hiciera.

No supuso un gran trabajo detectivesco encontrarlo, menos un domingo por la mañana. Siempre estaba en su despacho.

Mis zapatillas chirriaban por el laberíntico pasillo del edificio de Ciencias. Arrugué la nariz. Había un olor extraño, como si alguien hubiese dejado fuera un espécimen de la sección de desechos. Y el hedor era cada vez más fuerte.

La puerta del aula de Kontos estaba abierta. Pero el olor ya no se podía percibir. Tal vez alguien había pateado uno de los frigoríficos del laboratorio de biología y las ranas y los fetos de cerdo que descansaban en sus pequeños frascos de formol se estaban descomponiendo.

—Kontos, ¿cómo estás trabajando con este olor?

De pronto, ya no pude seguir hablando. Solo me salió un extraño lamento medio ahogado que no sonaba para nada a mí. Lo sentía como cuando corremos en sueños: atascado, sombrío e irreal; la urgencia que lo hace horroroso y la inevitable certeza de que correr nunca será suficiente.

Había un charco de sangre ennegrecida y medio seca. La punta de mi zapatilla estaba en él: la mitad de mi pie en su sangre.

La sangre de Kontos.

Estaba en el suelo, desplomado, de lado. Su pecho se había hundido, como si los huesos de su interior no fueran lo suficientemente fuertes como para sostenerlo. Sus hombros formaban un ángulo extraño que empujaba su cara hacia la sangre derramada en el suelo. Esa sangre había salido de todas partes, de su boca, de su nariz, incluso de sus orejas y de sus ojos. Salía por cualquier orificio.

Había una mujer muerta junto a él. Tenía un tatuaje en el hombro que parecía demasiado brillante y colorido en contraste con su piel azulada. Sus ojos estaban nublados y vacíos. Su pelo rubio, que reposaba en forma de abanico sobre el linóleo, se veía opaco. En su cuello había dos heridas punzantes que habían dejado un rastro de sangre en el suelo.

Mientras retrocedía hacia el pasillo, seguí haciendo ese ruido, ese espantoso zumbido gritón que no podía acallar. Entonces recordé el olor, lo que realmente era ese hedor: Kontos muerto por CFaD. La mujer de la que se había contagiado también estaba muerta, a su lado. Vomité el hema que acababa de desayunar sobre el brillante suelo del pasillo teñido de color rojo granate. La combinación de esos tres tipos de sangre resultaba horrible. Tenía que ir a por ayuda.

Los hexágonos de la suela de mis zapatillas modelaron el suelo, mis propias huellas rojas me persiguieron por el pasillo.

26

Taylor

Me llevaron a un laboratorio de física en el piso de arriba. Alguien me dio una manta porque debía de estar temblando. En verdad, nunca supe para qué era. La manta estaba a mi lado, en un taburete. No sabía qué hacer con ella. ¿De dónde había salido una manta en el edificio de Ciencias? ¿Quién la había traído?

Quería regresar a mi habitación y meterme en la cama para despertarme de esta pesadilla.

Kontos.

Su ridículo bigote y sus caquis plisados, sus bolígrafos retráctiles y sus obstinadas buenas intenciones. Su tonta fe en Vampirdom.

¿Cómo pudo morir Kontos alimentándose de un humano? Iba en contra del unionismo. Su idea era que los vampiros podían ser «buenos», que podíamos contenernos y vivir con los humanos como iguales.

Casi me había convencido. Pero anoche había acertado: los vampiros no eran de fiar. Ninguno lo era. Excepto yo.

Me restregué las manos contra la cara y luego las aparté. Me miré las manos buscando sangre en los pliegues de las palmas y en las uñas. No había tocado nada, pero tenía la sensación de haberlo hecho.

Atherton llegó con Radtke, que parecía aún más enjuta que de costumbre, excepto por su nariz, que estaba rosada y congestionada. La piel alrededor de sus ojos estaba tensa, como si los músculos se hubieran contraído demasiado y ahora estuvieran congelados. Tenía el pelo suelto. Nunca la había visto así, ni siquiera en la casa Hunter. Verla de aquel modo me asustó: aquello era capaz de desmontar a alguien tan frío como Radtke.

Por otro lado, miré a Atherton, que lo estaba llevando mucho mejor. La noticia de la muerte de Kontos había interrumpido su sesión de gimnasia. Su cara de aspirante a fraternidad estaba más manchada que de costumbre, y llevaba una especie de camiseta deportiva muy ajustada. A través de ella, pude ver sus pezones. Quise borrar la imagen de mi cerebro, pero luego no pude dejar de mirar.

Cogió un taburete frente a mí.

—Esta mañana te has llevado un buen susto, Taylor —dijo de una manera en que el peor día de mi vida sonaba como un ataque de hipo inesperado—. Debe de haber sido desconcertante.

—Está muerto… —dije como preguntando, aunque, en realidad, no quería decirlo así: sabía que estaba muerto.

Atherton asintió.

—Creemos que ocurrió durante el baile de anoche.

—¿Durante el baile? —tartamudeé—. Pero él estaba allí. Hablé con él…

Y luego volvió a su oficina para guardar el disco duro en un lugar seguro.

El disco duro que yo le había devuelto.

—Sé que esto es difícil. Pero yo…, nosotros… —Atherton hizo un gesto alrededor de la habitación, aunque Radtke era la única otra persona allí presente—. Creo que sería mejor que te guardaras los detalles. No queremos que los otros sangre joven se enteren de esta inquietante noticia.

Como si los sangre joven no estuvieran haciendo exactamente lo mismo que había matado a Kontos.

—¿Puedes hacer eso por mí? —preguntó Atherton.

Asentí con la cabeza.

—Sé que es difícil aceptarlo. —Parecía creer que sabía mucho de lo que yo sentía—. Pero el señor Kontos llevaba tiempo luchando contra este comportamiento.

—¿Se refiere a matar humanos?

Algo en mi interior se rebeló. ¿Cómo podía decirme que creía que Vampirdom podía ser mejor cuando él era lo peor de todo?

—Estábamos tratando de conseguirle ayuda. —Atherton puso una mirada de preocupación que parecía imitar la de un dibujo animado: cara fruncida, ojos saltones—. Por desgracia, fue demasiado tarde.

Miré a Radtke. Todavía tenía esa mirada. Sus mejillas estaban hundidas y apretaba tanto los labios que apenas se veían mientras se agarraba los codos. Estaba haciendo un gran trabajo para parecer disgustada, cuando tal vez fuera eso lo que había querido que pasara la noche en que la escuché hablar con Atherton en Old Hill. Probablemente, estaba más que feliz de que Kontos hubiera muerto.

—¿Por qué me cuenta esto?

Las cejas de Atherton hicieron un pequeño baile que significaba que estaba tratando de entender a los jóvenes.

—Eras cercana al señor Kontos. Es natural que sientas curiosidad.

—Era mi profesor de ciencias, eso es todo. Cosas que pasan. —La manta cayó del taburete al suelo. No la recogí—. ¿Puedo volver a mi habitación ahora? Tengo que recuperarme.

Atherton parecía incómodo. Probablemente, estaba esperando que llorara. Lo único que los hombres odiaban más que el llanto de las chicas era cuando no llorábamos como ellos esperaban.

—Puede hacerlo.

Me bajé del taburete y salí del edificio de Ciencias.

El sol había salido y brillaba en el césped, que estaba húmedo a esas horas. Parecía un montaje para una sesión fotográfica de la Oficina de Admisiones; era como si estuviera flotando. Como si estuviera en un sueño y nada de esto fuera real, ni siquiera el cadáver de Kontos, que seguía tirado en el suelo del edificio de Ciencias, detrás de mí, con las entrañas fundidas por el CFaD.

No me sentía triste, ni alterada, ni nada parecido a lo que decía Atherton.

Solo estaba cansada. Me parecía que habían pasado tres años desde que había dejado la casa Hunter. De vuelta en la habitación, me desabroché las zapatillas —las mismas que había llevado al baile— y las tiré a la basura. Me metí en la cama y me tumbé como los vampiros de película en sus ataúdes, con las piernas estiradas, los brazos cruzados sobre el pecho, mirando fijamente el techo. Dejé la mente en blanco.

Kat

—¿Quién soy yo? —repetí—. Yo no soy nadie.

—Eres alguien para ellos —insistió Galen.

—Lo que dices no tiene sentido.

—Cuando dijiste que querías sorprender a todo el mundo, no intentaba esconderme solo de los demás alumnos —dijo con cuidado—. Mis padres y mi hacedor tienen muchas expectativas puestas en mí. Es importante con quién me ven.

—Estoy segura de que a Victor no le importa a quién llevas al baile del instituto —resoplé.

—Sí le importa. Para ellos, todo es como una declaración —dijo de una manera que me hizo sentir joven y estúpida—. Esto es Harcote. Somos los sangre joven. El futuro del Vampirdom está en nuestras manos, y en las mías, se encuentra el futuro de la Black Foundation para la cura, tal vez incluso el de CasTech. —Nunca me lo había admitido—. Mis padres siempre han sido muy claros en una cosa: con quién me relaciono los implica. Yo debo respetarlo. En mi primer día de mudanza, supe que había una chica que ellos preferían para mí.

—Evangeline. —Puse los ojos en blanco—. ¿Qué ven todos en ella?

—Es «qué» es, no «quién» es. Evangeline proviene de uno de los linajes de vampiros más antiguos de Europa. En realidad, ni siquiera tiene un hacedor por parte de su padre porque es tan antiguo que probablemente es uno de los vampiros originales, creados sin un hacedor. Vive en un castillo real en Rumanía. Apenas lo conoce. La criaron su madre y sus niñeras, pero eso no importa cuando tienes su nombre y su sangre. Y también hay algo en Evangeline..., siempre ha sentido que lo que tiene no es suficiente.

—Es rica, es hermosa, pertenece a la realeza vampírica. ¿Qué más quiere?

Sus cejas se alzaron.

—Poder, por supuesto. Su «propio» poder. Evangeline y yo empezamos a salir justo después de que empezaran las clases. Todo el mundo estaba contento. Sin embargo, tras unas semanas, no pude hacerlo. Incluso pensar en ella me provocaba un ataque de pánico. —Dudó—. ¿Alguna vez has sentido como si estuvieras pasando por tu vida como un actor, leyendo un guion que alguien escribió?

Asentí.

—Así es como me hacía sentir estar con Evangeline. Rompí con ella. Estaban furiosos conmigo. Nunca los había decepcionado. Mis padres y Victor siguen pensando que Evangeline es mi pareja perfecta. Que nosotros...

—Acabaréis juntos. Todo el mundo por aquí piensa lo mismo.

Él asintió.

—Esa es la maquinaria de propaganda de Evangeline. Ella siempre ha hablado de la ruptura como si fuéramos amantes malditos. El mayor romance de la generación sangre joven. En este momento, no sé si me odia o si me ama, o ambas cosas. Pero puede que no se equivoque.

—¿Crees que volveréis a estar juntos?

Se pasó los dedos por el pelo.

—Es posible. Si ellos lo deciden. Evangeline tiene fe en que lo harán.

—Oh, Galen, lo siento mucho.

Me dedicó una sonrisa amable.

—Hay destinos peores. Después de terminar con Evangeline, me prometí que no saldría con nadie más. No quería poner a nadie más en esa situación. Me convencí de que era como mi propia rebelión privada. Pero se supone que una rebelión no debe ser privada. Me di cuenta de eso cuando te conocí. Lo mío no es nada comparado con lo que tú has pasado. No tener suficiente dinero para el hema, crecer sola. Me hiciste preguntarme si podría enfrentarme a ellos. Sabía que no eras el tipo de persona con la que me querrían. Nadie sabe cuál es tu linaje. Eres un misterio, una extraña.

Eso me erizó la piel.

—Eres exactamente lo que no quieren para mí. Supongo que por eso me enamoré de ti. —Sus pestañas oscuras se agitaron—. Mis padres me llamaron esta mañana. Esperaba escucharlos enfadados porque te había llevado al baile. Pero no lo estaban. Fue como si todas las veces que se pasaron gritándome por esto…

—¿Te gritaron por esto?

—… nunca hubieran sucedido. Solo dijeron que parecías simpática. Mi padre dijo: buena elección, hijo. Literalmente, jamás me había dicho eso en mi vida, sobre nada.

—Tal vez le causé una buena impresión a Victor. Podría ser por la tutoría.

—Pero ¿por qué te eligieron para eso? —dijo Galen—. Se suponía que solo había una plaza.

—Es porque soy una marginada —dije—. Soy su historia de pobreza y riqueza, una doña nadie que creció rodeada de humanos.

—Seas quien seas, me gustas. —Una nota de timidez asomó en su voz—. Me gustas mucho, Kat. Ya has conocido a mi hacedor, pero me preguntaba si querrías conocer a mis padres el Día de los Descendientes el mes que viene.

Tuve que morderme la lengua para no decir una estupidez. ¿Conocer a sus padres? Galen y yo habíamos tenido una cita que fue desastrosa en un cincuenta por ciento.

Sabía que Galen no me gustaba tanto como yo a él. Pero, de nuevo, cuanto más tiempo pasábamos juntos, más me importaba, y era imposible no sentirme mal por él después de lo que acababa de compartir. Le arruiné el baile. ¿No le debía otra oportunidad?

Lo que fuera que sintiera por Taylor, era solo eso, un sentimiento. No era algo real. Taylor tenía a Evangeline, y estábamos empezando a reparar nuestra amistad.

Sin embargo, enterrado bajo toda esa confusión, como un residuo nuclear que sigue activo y contamina todo lo que lo rodea, tenía un deseo absolutamente claro: la venganza. Si decía que sí, sería básicamente la novia de Galen, estaría a medio camino de la realeza vampírica, y eso pondría a Evangeline contra las cuerdas.

—Claro —dije—. Me encantaría conocerlos.

Galen me cogió de la mano mientras caminábamos por el campus. También quería conocer a mi madre el Día de los Descendientes, tal vez que nuestros padres se sentaran juntos en el almuerzo. Le dije que mi madre no vendría, casi seguro. Culpé a su trabajo; no le dije nada respecto a que despreciara la escuela ni a que fuera la mujer misteriosa que había desaparecido de

CasTech. Dijo que se sentía mal porque no tuviera a nadie en el campus (lo que no me despertó ninguna ilusión por el Día de los Descendientes). De pronto, justo en medio del patio de la residencia de chicas, donde todo el mundo podía vernos, me besó. El beso fue rápido, sus labios estaban fríos y no hice nada fuera de lo normal mientras sucedía. Él estaba radiante mientras me veía entrar a la casa Hunter.

En el interior, Lucy estaba tumbada en un sillón. El tamborileo de su manicura contra la pantalla de su móvil no se detuvo mientras me miraba.

—Así que los tortolitos se reconciliaron. ¿Ya es oficial?

—Podría decirse que sí.

La boca de Lucy se abrió en una perversa «o» de sorpresa.

—¡Evangeline va a morir!

—Evangeline es inmortal —dije.

Estaba a punto de subir las escaleras, pero Lucy me detuvo.

—¿No te has enterado? Todas las casas tienen reuniones convocadas para esta tarde. Seguramente, alguien violó el Código de Honor en el baile.

La sala común empezó a llenarse de chicas. Me quedé atrás para buscar a Taylor, en el asiento que se había inventado sobre el alféizar de la ventana y en el que solía estar, pero no estaba.

La señora Radtke estaba de pie al frente de la sala, pero no parecía la misma de siempre. Llevaba un cárdigan con los botones mal abrochados.

Las escaleras crujieron detrás de mí. Vi a Taylor en el peldaño más alto, cosa que le permitía ver la sala a través de la barandilla. Tenía las rodillas dobladas casi hasta la barbilla, como si intentara empequeñecerse, y su mano se enroscaba con fuerza en el poste tallado de la escalera. Tuve que apartar los ojos de ella.

—Chicas, tengo que comunicarles una triste noticia —empezó la señora Radtke; de inmediato, supe que se trataba de algo más que de una violación del Código de Honor—. Con profundo dolor, debo decirles que el señor Kontos falleció anoche.

No era silencio, pero se sentía como tal: el sutil gemido del cuero del sofá de cuarto año con una chica acomodándose, el zumbido de la música que alguien había dejado sonando arriba.

—¿De verdad? —dijo Evangeline.

La señora Radtke estaba diciendo algo sobre servicios de asesoramiento psicológico, apoyo mutuo y una asamblea mañana cuando las escaleras volvieron a crujir. Taylor se había ido.

No esperé a que la señora Radtke terminara. Seguí a Taylor escaleras arriba.

Nuestra habitación estaba extrañamente oscura. Las cortinas estaban cerradas. Taylor estaba sentada en el borde de la cama, encorvada, con los brazos extendidos y los codos metidos entre las rodillas.

Sus ojos se veían enormes y tristes cuando me miró.

—¿Estás bien? —le pregunté.

Puso los ojos en blanco. Supongo que me lo merecía.

—Lo he encontrado —dijo con desidia—. Encontré su cuerpo. Esta mañana.

—Oh, Dios mío, Taylor...

Me senté en el borde de su cama sin dudarlo, hasta que pensé que tal vez era raro estar cerca de ella después de la noche anterior, pero ya estaba sentada allí y no podía levantarme como si nada.

A Taylor no le importaba. No me miraba a mí, ni el estrecho espacio que había entre nuestros cuerpos. Sus ojos estaban fijos en algún punto de la habitación. Seguí su mirada hacia la papelera en la que se asomaban las recién estrenadas Converse que se había puesto anoche.

—Estaba en el suelo. Había sangre por todas partes. Por todas partes. También vi a una mujer humana muerta.

—¿El señor Kontos murió de CFaD?

—Sip —respondió Taylor, haciendo estallar sus labios en

la «p»—. ¿Lo has visto alguna vez? La sangre es como..., no color sangre. Es un poco negruzca..., o tal vez fue porque estuvo ahí toda la noche, desde el baile. Así que era vieja. Sangre vieja.

¿Kontos se había alimentado de humanos? No podía relacionar eso con Kontos, que se entusiasmaba con los experimentos químicos y sonreía teatralmente en cada Cena Sentada.

—Nunca se conoce realmente a la gente, ¿verdad? Cualquiera puede resultar ser un imbécil.

Taylor estaba aligerando su voz, como si pudiera convencerme de que eso no le importaba; de repente me sentí tremendamente triste por ella, y estábamos sentadas tan cerca... Todo lo que quería hacer era eliminar ese espacio entre nosotras y besarla hasta que no le doliera más o, si no podía hacer eso, abrazarla mientras lloraba, hasta que...

¿En qué estaba pensando?

Literalmente, no había un momento menos apropiado para lanzarle una sesión de besos a alguien a quien no le gustabas que justo después de haber encontrado a su mentor muerto. Obviamente, Taylor no me necesitaba. Tenía a Evangeline, que estaba diez mil veces más buena que yo, de una manera aterradora. Y a Taylor le gustaba eso, las chicas aterradoramente buenas, las que te comen para desayunar. Ella no querría reducirse a estar abrazadas en la cama besándonos... Dios mío, ¿por qué mi cerebro no podía comportarse?

—Si quieres hablar...

Su labio se curvó.

—No esperes parada.

—Lo sé, te da urticaria cuando alguien intenta preocuparse por ti. —Se suponía que debía sonar gracioso, entonces añadí—: Pero yo no soy alguien cualquiera.

—Ja. Lo que sea, Kath-er-ine.

Llamaron a la puerta. Me levanté de un salto para abrirla.

Una parte de mí (una parte muy pequeña) esperaba que fuera Evangeline.

Taylor necesitaba a alguien que no le creyera cuando decía que estaba bien. Alguien que supiera que se enfrentaría a ser aplastada por una fuerza bruta; aunque Taylor era fuerte, todo el mundo tenía un límite. Merecía estar con alguien que se acercara a ella en esta pequeña habitación del ático y la abrazara. Tenía mis dudas de que Evangeline fuera esa persona, pero si era lo que Taylor quería, que así fuera.

Sin embargo, cuando abrí la puerta, vi a la señora Radtke. Su color negro y gris nunca había parecido tan apropiado.

—Señorita Sanger —dijo. Me hice a un lado, pero Taylor no se levantó—. Señorita Sanger… Taylor, ojalá pudiera borrar lo que ha visto esta mañana. El señor Kontos se preocupaba mucho por usted, y sé que ambos se habían acercado aún más en los últimos tiempos. No me puedo imaginar lo sola que se siente en este momento.

Taylor se ensombreció.

—¿Qué se supone que significa eso?

—Simplemente quiero decir que, si necesita ayuda, estoy aquí para usted.

Justo después de que la señora Radtke cerrara la puerta me volví hacia Taylor. Se había puesto pálida.

—¿Qué pasa? Me pareció muy amable por su parte.

Las cejas gruesas de Taylor se juntaron y sus labios se separaron ligeramente (no es que estuviese pendiente de lo que hacían sus labios).

—Necesito hablar algo contigo.

—Sí, claro. Deberíamos hablar…

Se sonrojó.

—No quería decir…

—Sí, no, ¡por supuesto!

—Es sobre Kontos. ¿Recuerdas lo que escuchamos? Lo que le dijo Radtke a Atherton.

—Que el señor Kontos estaba haciendo algo que amenazaba Harcote —dije—. Supongo que se refería a alimentarse de humanos.

—No, no lo creo. —Taylor hizo un gesto de preocupación juntando su labio con el pulgar—. Kontos estaba tramando algo. Me lo contó, pero le prometí guardar el secreto.

Parecía tan intensa mientras lo decía, tan triste, que antes de que me diera cuenta estaba diciendo: «sin secretos».

Sus ojos se dirigieron a los míos.

—Solo quiero decir que no tienes que hacer esto sola —añadí.

Pude ver cómo decidía si confiar en mí o no. Sabía que ya no era fácil para ella, pero esperaba que lo hiciera.

—Hay algo en su oficina. Un disco duro. Necesito recuperarlo antes de que caiga en manos de Radtke.

27

Taylor

Llevaba horas dándole vueltas. Kontos me había mentido. No había hecho nada más que mentir, mentir y volver a mentir. Proclamaba a los cuatro vientos que quería un futuro distinto para el Vampirdom, pero lo que realmente deseaba era un futuro donde pudiéramos ponernos las botas con la sangre de huéspedes humanos.

Todos los vampiros eran iguales. Solo pensaban con los colmillos.

Pero ese no era el Kontos que yo conocía, ese que yo quería que fuera, pero que, al parecer, no era. Por eso me sentía tan vacía por dentro. Otra vez.

Kontos me había ayudado a sobrellevar la soledad. Nadie había visto en mí lo que él sí había visto. A pesar de que todo fueran mentiras, eso no podía ser falso.

Pero si no era falso, entonces, ¿qué estaba haciendo? ¿Podía ser Kontos una buena persona si en secreto obraba mal? ¿O podía ser una mala persona si actuaba bien en secreto?

Yo quería el mismo futuro que él había imaginado: uno donde el Vampirdom no ejerciera ningún control sobre nuestras vidas, donde el CFaD no azotara a la humanidad y donde nadie muriese como Kontos y esa pobre mujer.

Sin embargo, si Radtke encontraba el disco duro, nada de

eso se haría realidad. No sabía lo que contenía, pero era suficientemente importante como para que Kontos se hubiera preocupado por mantenerlo en secreto. Y yo le prometí que lo mantendría a buen recaudo. La expresión de decepción que dibujó su rostro cuando se lo devolví estaba grabada en mi cabeza y formaba parte de nuestra última conversación. No podía dejarlo así.

Por eso puse rumbo al campus. Hacía frío y prácticamente era de noche. Así es como el invierno se te echa encima después de Halloween.

Solo encontraba calidez en Kat.

No debería haberle pedido que me acompañara. No tendría que haberle contado nada de nada. No era justo que el sábado por la noche me hubiera roto el corazón, y que el domingo actuara como si nuestra amistad fuera más fuerte que nunca. Me había prometido a mí misma levantar una nueva coraza, aún más resistente, pero, en realidad, acababa de recibir un buen golpe, y cuando el rostro de Kat me miró con preocupación, más hermoso que nunca, y me dijo «sin secretos», no pude resistirme.

Quería hacer esto con ella.

El edificio de Ciencias, con su horrible diseño modular, todavía no había cerrado. Nos colamos dentro y nos dirigimos hacia el despacho de Kontos.

—Esta vez tengamos cuidado con los asistentes humanos —susurré—. Últimamente, parece que crezcan debajo de las piedras.

Como si lo hubiera invocado, un asistente con una escoba entró en el pasillo y me miró directamente. Empujé a Kat por la espalda y giramos en la esquina hacia el siguiente pasillo. Al cabo de apenas unos segundos, nos encontrábamos en la clase de Kontos. Y antes de que tuviera tiempo de darme cuenta, ya había cerrado la puerta detrás de nosotras.

—¿Qué haces?

—Tenía un mal presentimiento —dije.

Mi corazón latía desbocado.

Cuando eché un vistazo al aula, se me cortó la respiración. Las luces estaban apagadas, y el polvo azul grisáceo arrojaba una luz espeluznante por toda la sala. En realidad, el polvo no tenía la culpa. Lo que lo hacía espeluznante era que en ese mismo linóleo había encontrado dos cuerpos sin vida. Los cadáveres ya no estaban, pero todavía podía sentir su olor y su presencia, incluso podía ver la sangre reseca que se había convertido en polvo oxidado y se acumulaba en las grietas de las baldosas del suelo. Quería salir de ahí y fingir que no había vuelto, pero, en lugar de eso, me acerqué al rincón donde encontré los cuerpos tendidos.

En la mesa de la parte delantera, un tubo delgado de vidrio estaba preparado para un experimento de valoración. Kontos siempre mostraba mucho entusiasmo con este tipo de cosas, como si el hecho de introducir una solución en un matraz fuera uno de los mayores retos de nuestra generación. Una sensación extraña me oprimió el pecho: que un hombre que se suponía que iba a vivir para siempre pudiera entusiasmarse con los experimentos de química de un instituto resultaba paradójico. «Esto os va a dejar boquiabiertos —decía—. Cuando acabemos el experimento, se os va a cortar la respiración.»

Lo dijo en todos y cada uno de sus experimentos.

Parpadeé para contener las lágrimas. Kat me estaba observando.

—Seguramente está en su despacho —susurré.

Me quedé plantada un instante ante la puerta. Sus pilas de papeles y libros de texto, la desgastada chaqueta de cuero marrón que le encantaba (porque, por supuesto, no había elegido una negra), esa enorme estantería que sobresalía de la pared, atestada de DVD y libros. El disco duro estaba sobre su escritorio, con la etiqueta del club de cine francés claramente visible. Cuando lo cogí y me lo metí en el bolsillo, sentí un enorme alivio. Ya teníamos lo que queríamos. Deberíamos haber salido de allí. Pero no pude.

Kat estaría preguntándose qué demonios estaba haciendo, pero tampoco me atosigó. Me senté en la silla de su escritorio, que nunca más volvería a girar, y empecé a manosear los bolígrafos de su mesa. También abrí su cajón. Y ahí estaba: un sobre con mi nombre escrito de su puño y letra.

No era lo más inteligente que podía hacer, pero, en ese momento, me puse a llorar, incluso antes de abrirlo. Lloré de verdad, con el rostro descompuesto, la carta arrugada entre mis manos y la frente apoyada en su escritorio. Tenía que recobrar la compostura y dejar de llorar por un mentiroso, pero no podía.

No sabía qué hacer. Hasta se me había cortado la respiración.

Kat se arrodilló a mi lado y me abrazó. Era todo lo que necesitaba para hundir la cabeza en su hombro. Estaba llorando a lágrima viva y, probablemente, manchando su abrigo. Pero se quedó allí, conmigo. No sé exactamente cómo decirlo, pero fue como si su mera existencia me garantizara que podía seguir adelante. Como si me asegurara que, a pesar de que estaba asustada y triste, era lo suficientemente fuerte como para levantarme de esta. Así pues, me pegué a su cuerpo y empecé a sollozar.

Kat

¿Qué se suponía que tenía que hacer? ¿Dejarla ahí sola llorando?

Taylor

—Lo siento —dije cuando me recompuse.

—Mira quién se disculpa ahora por llorar.

—Está bien —le contesté—. Solo quiero agradecerte que estés aquí.

Kat sonrió, solo un poco. Se fijó entonces en la carta.

—¿No vas a leerla?

Abrí el sobre con un bolígrafo.

Querida Taylor:

Veo que has estado curioseando :)

Siento no estar aquí para ayudarte a encontrar lo que buscas. Eso no significa que debas dejar de hacerlo. Confía en ti. Mantén la esperanza.

Te quiere,

KONTOS

Había una llave larga y estrecha pegada dentro de la carta.

—¿Qué creía Kontos que estarías buscando? —me preguntó Kat examinando la llave.

—Una mejor perspectiva de la vida —respondí con tristeza—. No creo que la llave sea de gran ayuda. No tengo ni idea de para qué sirve.

Kat la metió de nuevo en el sobre.

—Es como si supiera que le iba a ocurrir algo —dijo.

—¿Como un fallo multiorgánico provocado por la adicción a la sangre humana? —Kat me lanzó una mirada incrédula—. Tenía la costumbre de matar humanos. Atherton me lo dijo.

Inmediatamente, sentí una punzada de culpabilidad. Estaba en su despacho, rodeada de sus cosas; parecía un delito pensar que Kontos podía haber mordido a un humano.

—Una incontrolable sed de sangre humana no encaja con la personalidad de Kontos.

—Lo sé —admití—. Pero yo misma lo vi. Un cuerpo sin sangre, justo ahí.

Kat se balanceó sobre sus talones.

—Así que crees que estaba supervisando el baile de los Fundadores y que, de repente, decidió ir a su oficina, y esa mujer, digamos, lo estaba esperando. ¿O quizá fuera una de las asistentes de la escuela?

—No pude verle la cara, pero no iba vestida como una de ellos.

—Así que no es una asistenta. ¿Y qué estaba haciendo aquí?

—¿Puede que Kontos se la hubiese reservado para picar algo a medianoche?

—Pero ¿por qué en medio del baile? Podría haber aguardado hasta el final y haberse tomado su tiempo.

—Le devolví el disco duro. Al fin y al cabo, por eso asistí al baile. Seguramente, quería dejarlo en su despacho. Entonces se encontró con esa mujer..., y ya conoces el resto de la historia.

—Así que, simplemente, ¿se encontró a esa mujer en el laboratorio y pensó...?

No podía seguir con eso.

—¡Qué importa lo que pensara o lo que ocurriera! Probablemente, estaba hechizada como todos los humanos que están aquí. No es tan difícil. Pero eso no cambia el hecho de que esté muerto.

—No es culpa tuya, Taylor —dijo Kat—. Lo entiendes, ¿verdad?

—Puedes saber que algo no es tu culpa y al mismo tiempo sentirte culpable por ello. —Estaba tiritando. El despacho estaba completamente a oscuras, y todavía era más espeluznante que antes—. Salgamos de aquí.

Ya estaba casi en la puerta cuando Kat dijo:

—¿Quieres llevarte algo para recordarlo? Tú también tienes este libro: *1001 películas que hay que ver antes de morir*. No creo que a nadie le importe que...

Se oyó un chirrido, como el de un engranaje rotando. Con el libro todavía en una mano, Kat desplazó la abarrotada librería que estaba sujeta con una bisagra en la pared. Detrás había una puerta de acero gris sin picaporte. Solo había una cerradura. Kat se agachó para mirar a través de ella.

—Tal vez, después de todo, la llave puede servir para algo —dijo.

Tras la puerta había un tramo de escaleras con paredes de bloques de hormigón. Al parecer, a Kat no le había sorprendido descubrir un pasadizo secreto, así que dejé que liderara la marcha. Las escaleras desembocaban en un largo pasillo. El aire era frío y húmedo. En el techo, las bombillas desnudas parpadeaban; como estábamos en una gruta misteriosa, resultaba horriblemente aterrador. Estaba tan nerviosa que parecía que el corazón quería salírseme por la boca. En realidad, no quería recorrer ese pasillo. No deseaba averiguar qué se escondía detrás de la puerta que teníamos delante.

—Tal vez no deberíamos... —susurré a Kat—. ¿Y si es una mazmorra llena de humanos?

Me miró consternada.

—Si es una mazmorra llena de humanos, evidentemente, los dejaremos tranquilos y nos iremos por donde hemos venido. Estoy segura de que no les importará.

Me agarró la mano y apretó con fuerza.

Abrí la puerta.

La luz se encendió automáticamente y reveló una habitación sin ventanas repleta de material científico.

Kat y yo avanzamos cautelosamente por la estancia. No había nada inquietante, como esposas o jaulas, ni nada que pudiera retener a una persona en contra de su voluntad. En realidad, curiosamente había un sofá, una cafetera y una puerta con un cartel de salida de emergencia. La mayor parte de la habitación estaba llena de artefactos y archivadores. Reconocí algunas piezas, como las pipetas o los microscopios, pero había muchos trastos que apenas eran un pedazo de plástico: viejas impresoras o sofisticadas cocedoras de arroz.

Además, era obvio que no éramos las únicas que habíamos estado aquí desde la muerte de Kontos. Parecía que alguien había registrado el lugar. Un ordenador había desaparecido. En la mesa de laboratorio, solo había un montón de cables, un teclado, un ratón y un rectángulo libre de polvo donde debería estar el ordenador. Un archivador colgaba completamente abierto, y algunos de los papeles que contenía estaban esparcidos por el suelo.

Kat examinaba una máquina que parecía una vieja caja registradora, que, en lugar de tener un cajón para depositar el dinero, contaba con una bandeja de plástico que parecía diseñada para hacer los cien cubitos de hielo más diminutos de la historia.

—¿Te dijo Kontos en qué estaba trabajando?

—Un poco. Era unionista y quería que me uniera a ellos. ¿Por qué sonríes?

Kat me miraba con una sonrisa de oreja a oreja.

—Te estaba imaginando formando parte de un grupo clandestino —dijo.

—Lo sé. Menuda tontería. Intenté decírselo.

—Estás bromeando, ¿verdad? Si creara un grupo clandestino, tú serías la primera persona a la que le pediría que se uniera. Siempre has querido cambiarlo todo.

Mi rostro estaba encendido.

—No sabría por dónde seguir. Kontos nunca llegó a contarme sus planes. Lo único que sé es que tenían tres objetivos: una cura para el CFaD, el acceso libre a un sucedáneo de la sangre humana y que los sangre joven apoyaran la causa.

—Supongo que, aquí abajo, estaría trabajando en el primero de los objetivos. Reconozco algunos de estos artilugios. Se parecen mucho a los que tienen en la clínica de mi madre para detectar el CFaD. —Se volvió hacia mí, con los ojos muy abiertos—. Es increíble que alguien busque la cura por su cuenta. La Black Foundation lleva intentándolo desde hace años y tiene un presupuesto casi ilimitado.

Tenía razón. Pensar que alguien podía encontrar la cura del CFaD por su cuenta era tremendamente estúpido, pero eso no había echado atrás a Kontos. El corazón se me desbocó de nuevo nada más pensarlo, pero no quería volver a llorar y aparté la mirada. La persona que había registrado el laboratorio había esparcido los papeles por todas partes. Levanté uno con el pie.

Sujeto de prueba humano 113A

Estado del tratamiento: con tratamiento.

Resultados de la prueba: virus de disfunción del factor de coagulación: negativo.

La palabra «negativo» estaba marcada con un círculo de color naranja brillante.

Recogí el papel del suelo.

—Mira esto.

Kat inspiró profundamente y supe que lo había comprendido. Kontos lo había logrado. Había encontrado una cura para el CFaD.

Nos arrodillamos y recogimos los resultados de las pruebas de debajo de la silla y la mesa. Todas tenían el mismo resultado: «negativo, negativo, negativo».

—¿Cómo es posible? —preguntó Kat sin aliento mientras cotejaba los resultados.

—Tal vez estaba equivocado. —Cerré de golpe otro cajón de archivo. Quería revisar todos los archivadores para asegurarme de que no nos habíamos dejado nada—. Probablemente, la mujer a la que mordió era uno de los sujetos de estudio.

Tal vez Kontos pensaba que estaba curada, pero, en realidad, no lo estaba. Tal vez su cura no fuera efectiva.

—Pero eso no explica por qué la mordió en el aula en mitad del baile. Aquí abajo tenía su propia cueva de investigación.

Abrí de un tirón el cajón inferior. Esperaba que estuviera vacío, como los demás, pero había una carpeta atascada en la parte posterior. La saqué de ahí y la abrí. Contenía múltiples fotos Polaroid donde aparecían seres humanos. El espacio en blanco de las fotografías incluía un número escrito. La numeración encajaba con la de los resultados en papel: 113A, un hombre blanco y calvo; 124B, una mujer de piel morena y pelo negro. Pasé la página. 154B, una mujer joven con un aro en la nariz, ojos azules y pelo rubio. Llevaba una camiseta de tirantes y tenía un tatuaje en el hombro. Saqué la foto de su funda de plástico para mirarla más de cerca.

Conocía ese tatuaje.

Lo había visto en el suelo del aula de química.

—¿Tienes el 154B?

Kat rebuscó en los resultados de las pruebas.

—Es negativo. La fecha de la prueba es de la semana pasada.

—Es posible que se infectara de nuevo.

—O no se contagió de ella.

Sacudí la cabeza.

—Me acuerdo perfectamente de lo que vi.

—Tal vez esa sea la cuestión —dijo Kat—. Piénsalo: un unionista afirma que puede curar el CFaD, pero muere en unas circunstancias que socavan completamente su trabajo. Sería de lo más apropiado para mucha gente.

—Si todo esto es un montaje, entonces, no fue un accidente. Kontos no era un mentiroso —dije muy poco a poco—. Simplemente, lo asesinaron.

De repente, una de las luces parpadeó; el corazón nos dio un vuelco. Sin mediar más palabra, regresamos a toda velocidad por aquel escalofriante pasillo y subimos a su despacho. Sin embargo, mientras cerraba la puerta de metal y recolocaba la estantería en su lugar, el corazón me seguía latiendo a toda velocidad.

Kontos estaba muerto... Lo habían asesinado. Pero eso no quería decir que todo lo que le importaba tuviera que morir con él.

28

Kat

El lunes, después de que Taylor saliera a correr, esperé cinco minutos para llamar a mi madre.

Desde que había llegado a Harcote, habíamos estado en contacto por mensajes de texto, aunque yo sabía que lo odiaba.

No la había llamado desde antes de ganar la tutoría con Victor, semanas atrás. Pero ahora necesitaba hablar con ella, aunque no quisiera hacerlo. No podía conocer a los padres de Galen el Día de los Descendientes sin saber cuál había sido su relación con ellos. Además, necesitaba saber con certeza si asistiría.

Por si fuera poco, estaba un poco sensible. No se trataba solo de lo que había sucedido la noche del baile de los Fundadores, ni de que Taylor y yo estuviéramos investigando un asesinato de forma discreta, ni de que la cura para el CFaD pudiera estar almacenada en un disco duro en mi habitación. La muerte del señor Kontos me hizo pensar en mi padre. Nunca había conocido a nadie que hubiese muerto por culpa del CFaD. La forma en que Taylor lo había descrito —una sustancia viscosa negra que salía por todos los orificios— hacía imposible no pensar en sus últimos momentos.

Mi madre contestó al primer tono.

—¿Kat? ¿Estás bien?

Me froté la frente.

—¿Por qué crees que me pasa algo?

—No estoy acostumbrada a que me llames de improviso —respondió con frialdad.

Así de fácil, cualquier esperanza de tener una conversación amable entre madre e hija se había desvanecido.

—Quería saber si vendrías al Día de los Descendientes. Es dentro de dos semanas. Mi... novio quiere presentarme a sus padres.

—No sabía que tenías novio. ¿Ya vas a conocer a sus padres?

—Sería más extraño que tratara de evitarlos, ellos vendrán al campus. De todos modos, quiero conocerlos. Dirigen la Black Foundation.

—¿Estás saliendo con el hijo de Simon y Meera Black?

—Galen Black. Nos conocimos haciendo esa tutoría. Con Victor Castel.

—No sabía que te interesaba pasar tiempo con gente así.

—Eso es un poco cruel. No sé cómo son. Todavía no los he conocido. ¿Y tú? —Hice una pausa, pero ella no respondió—. Estoy segura de que, cuando nos conozcamos, me preguntarán por mis padres y por mi linaje. Obviamente, les contaré lo que pueda. Pero si tú los conoces algún día...

—¿Si conozco algún día a los Black?

—Quiero decir, que nuestra relación... parece que va en serio.

Hice una mueca. La idea de una relación seria con Galen, graduarse juntos, llevarlo a Sacramento y presentarle a Guzmán y a Shelby, me resultaba desagradable, en cierto modo.

—En realidad, los conozco. Los conocí hace mucho tiempo. Dudo que se acuerden, así que probablemente sea mejor no mencionarme.

—Genial —dije—. Les diré que soy huérfana.

—¡Kat!

—¿Qué se supone que debo decir cuando me pregunten por mis padres? Tengo tu apellido, seguro que lo reconocerán.

—Por aquel entonces me llamaba de otra manera —admitió.

—Y tu nombre era…

—Cariño, tengo poco tiempo para comer y prefiero no malgastarlo explicándote por qué no quiero tener nada que ver con Simon y Meera Black.

—¿No quieres tener nada que ver con ellos?

—Además, preferiría que mantuvieras la distancia. No son buena gente.

—¿Cómo no van a ser buena gente? Dirigen una gigantesca fundación benéfica.

—Lo sé —dijo con un tono sombrío—. Tengo que irme, Kat.

—Espera, ¿vas a venir al Día de los Descendientes? —Mi voz sonaba como la de una persona necesitada—. Podrías ver el campus y conocer a mis amigos.

Sabía que no lo haría. Ni siquiera estaba segura de querer que lo hiciera. Aun así, me dolió que dijera:

—Me encantaría, pero la clínica tiene muy poco personal; ahora mismo no podemos permitirnos un día de descanso. Te veré en las vacaciones de invierno.

Taylor

El lunes, a la hora de comer, me dolía la cabeza por el esfuerzo de ignorar la oleada de rumores que había desatado la muerte de Kontos. Oficialmente, no se nos había comunicado la causa de la muerte, pero no había muchas formas de que un ser inmortal muriera repentinamente. Todo el mundo hablaba del CFaD.

Kat estaba en una mesa en la esquina. Me hizo señas para que me acercara con una sonrisa que le iluminó el rostro. El estómago se me subió a la garganta, era tan ridículo que quería meter la mano dentro de mi cuerpo para devolverlo a su lugar. Acababa de ver a Kat esa mañana. La veía a todas horas, más de lo que era recomendable, así que no había razón para que perdiera la cabeza cada vez.

Aparte de eso, estaba, como siempre, completamente enamorada de ella.

Cogí una silla. Kat inmediatamente acercó la suya y se inclinó.

—He estado pensando en la señora Radtke… —susurró.

La noche anterior nos habíamos quedado hablando hasta muy tarde sin llegar a conclusión alguna. Aunque no me importaba empezar a hablar de nuevo si eso implicaba tener el aliento caliente de Kat en mi oreja.

El verdadero problema era que, como no sabíamos quién más sabía lo que Kontos había descubierto, no podíamos acortar la lista de sospechosos.

En mi opinión, Radtke era la opción obvia. La habíamos pillado amenazando a Kontos y la habíamos visto husmear en su despacho. Kontos estaba muy seguro de que no suponía una amenaza, pero eso no significaba que tuviera razón.

—Ella no tuvo la oportunidad de hacerlo —dijo Kat—. La señora Radtke estuvo toda la noche supervisando el baile. ¿Por qué iba a saber que estaría en el edificio de Ciencias? Además, parece realmente… afectada por su muerte.

Al otro lado del comedor, Radtke miraba fijamente su tazón de hema. Tenía que admitir que tenía un aspecto bastante taciturno. Sin embargo, no sentía simpatía por Radtke.

—Su aspecto siempre es ese.

—Ella no tiene un motivo. La señora Radtke es una trav. Quiere volver al estilo de vida antiguo, cuando todos se alimentaban de humanos. Ella más que nadie quiere una cura, un remedio.

—Tal vez entrara en su oficina para robarla, para poder apropiarse de ella.

—Es un motivo para robar algo, no para asesinar a alguien —dijo Kat con frialdad, como si fuera una sensual detective de esas que salen en la televisión.

—Pero si no es Radtke, ¿quién nos queda como sospechoso?

Juntó sus cejas, concentrada.

—Básicamente, todos. Si el CFaD tuviera una cura, el Vampirdom cambiaría por completo. Incluso podría dejar de existir. Las viejas costumbres volverían: podríamos alimentarnos de humanos y no necesitaríamos tener acceso directo al hema. En realidad, no lo necesitaríamos para nada.

—Así pues, estás sugiriendo que podría ser Castel.

Los ojos de Kat se abrieron de par en par.

—Yo no he dicho eso.

—Pero lo has pensado. Él ha hecho una fortuna con el hema. Todo su poder proviene de ahí. Prácticamente, se podría decir que el Vampirdom es su construcción.

Kat negó con la cabeza.

—Él no planearía un asesinato.

—¿Por qué no? Es un tipo temible —dije—. Una vez vino a casa para ver a mis padres. Fue más o menos cuando te fuiste. No paraba de preguntarme si iría a Harcote. Tenía una sonrisa escalofriante en la cara. Pero no era solo eso. Era la sonrisa y la colonia que emanaba de él. Cómo me miraba de arriba abajo, como si fuera un espécimen, otro sangre joven para su colección. Ese tono con el que dijo que estaba creciendo «tan bien». Hay algo raro en él.

—Así pues, recapitulando, las razones que encontramos para considerar a alguien un posible asesino son: interés en tu educación, sonreír demasiado y mala vibra.

—No me refería a eso. —Hice girar mi taza vacía.

—Mira, no creo que Victor tenga realmente un motivo. Tiene tanto dinero que no sabe qué hacer con él. Aunque los vampiros dejaran de beber hoy mismo el hema, eso no cambiaría.

—Pero ¿es suficiente dinero como para que le dure para siempre?

—Estoy segura de que tiene un plan para cuando se descubra una cura. Al fin y al cabo, forma parte del consejo de la Black Foundation —dijo Kat.

—Está bien —concedí—. Su imperio tiene los días contados. Si bloquea la cura ahora, solo es cuestión de tiempo que la descubra otra persona. Si Kontos pudo hacerlo trabajando solo en ese pequeño laboratorio casero, entonces la Black Foundation no puede estar muy lejos.

—Pero ¿por qué no han encontrado la cura a estas alturas? Los Black invierten todo el dinero en la investigación del CFaD. Mi madre me dijo una vez que casi todos los científicos que trabajan en CFaD dependen de las subvenciones de la fundación.

—Quien descubra la cura contra el CFaD va a ganar mucho dinero, ¿verdad? Si los Black ya casi tienen su propia cura, tendrían que impedir que Kontos hiciera pública la suya. Les quitaría sus derechos sobre ella.

—Entonces vamos a averiguar lo cerca que están realmente —asintió Kat.

Detrás de Kat, una mopa de rizos óptimamente despeinados pegada al cuerpo de un futuro ejecutivo se dirigía a grandes zancadas hacia nosotras.

—Lo importante es…

Pero la mano de Galen ya estaba en su espalda. La deslizó hasta su hombro y la dejó allí, tocando a Kat como si nada mientras se sentaba a su lado. Kat no la apartó de un manotazo, ni lo regañó, ni siquiera se inmutó. Le sonreía y le preguntaba cómo había sido su día.

Sí, claro. Por supuesto. No debería haber asumido que el baile del sábado por la noche había cambiado lo que Kat sentía por el Chico de Oro de las Tinieblas.

—Me voy —dije mientras cogía mis cosas.

—Quédate —dijo Kat.

—Sí, quédate —añadió Galen con su brazo aún colgando sobre el hombro de Kat.

¿Por qué iba a hacerlo? Con Galen allí, no podíamos hablar de nada importante; además, me daba la sensación de que habían reemplazado mi corazón por una lata de refresco aplastada.

—Venga, Taylor. ¿Por favor?

Dejé caer mi bolso al suelo.

—Galen, ¿sabes si la Black Foundation tiene una cronología para la cura? —dijo Kat—. Llevan casi cincuenta años investigando. Deberían estar cerca de encontrarla, ¿no?

Galen se echó el pelo hacia atrás.

—No sé si están cerca. Es una enfermedad muy compleja.

—No tienes ni idea, ¿verdad? —dije.

Me miró con el ceño fruncido. Era un muy buen ceño, muy oscuro y hosco, eso había que reconocerlo.

—Por supuesto que sí. Aunque la mayoría de la investigación no es pública. No publicamos los estudios que fracasan. Además, si encontráramos algo, tampoco lo publicaríamos porque sería de nuestra propiedad. Cualquier tratamiento que desarrollaran pertenecería a la Black Foundation.

—Entonces no es realmente una fundación, ¿verdad? —dije—. Suena más como una compañía farmacéutica.

—Todo el mundo lo hace así. —No parecía convencido.

—Pero nosotras no queremos lanzar nuestra propia cura para el CFaD —dijo Kat sarcásticamente, lo que me hizo querer besarla de una manera feroz—. Solo me preguntaba si hay una cura en el horizonte, cuáles son los principales avances, ese tipo de cosas. Para la tarea de Victor. Tú debes tener acceso a todo tipo de información privilegiada. ¿Crees que podrías averiguarlo?

—Fácilmente —asintió con seguridad.

Antes de que Kat pudiera burlarse más de Galen, Atherton entró en el comedor con el entusiasmo de un pastor que salva las almas de su rebaño. Los ayudantes dejaron de servir el hema y de limpiar los platos, y se pusieron firmes para recibirlo. Sin embargo, en lugar de dirigirse a su sitio, en la parte delantera de la sala, Atherton se acercó a nuestra mesa.

—¡Justo a los que buscaba!

Obviamente, no se refería a mí, miraba a Kat y a Galen.

—¿En qué puedo ayudarle, director? —dijo Galen, amablemente.

—Me gustaría que habláseis en la asamblea de este mediodía. Para ayudar a los jóvenes a entender lo que ocurre en estos momentos tan difíciles. Todo el mundo os admira, sois dos auténticos líderes estudiantiles. Un breve discurso recordándoles a todos que mantengan la cabeza alta y los colmillos afilados me parece ideal.

—Pero la asamblea es dentro de media hora —dijo Kat.

—¡No te preocupes, Kat! —Atherton le apretó el hombro. ¿Por qué siempre encontraba la manera de darme asco?—. Todo está preparado. Lo único que tendrás que hacer es leer unas notas.

—Estaremos encantados —dijo Galen con suavidad—. Gracias por pensar en nosotros.

Ese chico era tremendamente bueno relacionándose con los adultos, incluso con los que parecían adolescentes. Aunque, a decir verdad, era muy sencillo: bastaba con hacer exactamente lo que ellos querían.

Kat

En el Gran Salón, el ambiente era sombrío. Taylor se separó para encontrar un asiento entre los de tercer año. Galen y yo nos dirigimos hacia la parte delantera de la sala. Parecía que todas las cabezas se volvían cuando pasábamos. Al llegar, nos sentamos junto al director Atherton.

Me incliné hacia Galen para llamar la atención del director Atherton.

—¿Puedo ver las notas del discurso?

—Están en el atril, Kat —dijo.

Fruncí el ceño mirando a Galen.

—¿Se supone que tenemos que dar un discurso que nunca hemos leído?

—No es el discurso del estado de la Unión —susurró Galen—. Lo harás bien.

—Tengo un mal presentimiento sobre esto —dije en voz baja—. ¿Por qué aceptaste por los dos?

—Creí que era algo inofensivo. —Sonaba desconcertado.

Empezaba a pensar que Galen no sabía lo que significaba esa palabra.

El director Atherton ocupó su lugar ante el atril. Como en el primer día, nos pidió que nos levantáramos y sacáramos los colmillos para recitar el juramento de Harcote. Esta vez lo hice sin dificultad y dije las palabras como todos los demás, con un ligero ceceo por los incisivos alargados.

Atherton empezó a hablar con un tono sombrío.

—Me hubiese gustado que nos reuniéramos en circunstancias más agradables. Pero este año escolar ha comenzado con algunos imprevistos. Estamos de luto por la pérdida de un miembro de nuestra familia vampírica y de Harcote: Leo Kontos. La muerte de cualquier vampiro es una tragedia, especialmente después de haber perdido a tantos de los nuestros en el Peligro. Nuestras vidas, vuestras vidas, son un regalo.

Los dedos del director Atherton tamborileaban sobre los bordes del atril. Su piel lechosa estaba tan manchada de rosa que parecía un yogur de vainilla caducado.

—Cuando se desperdicia el don de la vida eterna, no debemos mirar hacia otro lado. Leo Kontos fue el único responsable de su muerte. Conocía el riesgo de exponerse al CFaD y decidió jugarse la vida. Y lo que es peor, lo hizo en las instalaciones de la escuela. Las acciones de Leo Kontos fueron una falta de respeto para la escuela, para vosotros y para todo el Vampirdom. Se desprestigió a sí mismo. Traicionó los valores de nuestra comunidad. Murió solo y desolado. Tuvo el final que se merecía.

Un escalofrío me recorrió la espalda. El Gran Salón estaba en silencio. Nadie susurraba a su compañero de asiento, ningún teléfono sonaba accidentalmente, ningún banco de madera crujía.

De repente, el director Atherton volvió a su habitual comportamiento, el del consejero menos molón del campamento de verano.

—Cielos, es mucho para asimilar, ¿verdad? Pero no se preocupen, vamos a superar esto como una comunidad. Para empezar, vamos a hacer que Galen Black y Kat Finn suban y digan unas palabras sobre cómo se sienten en este momento.

Galen me dirigió una mirada tranquilizadora mientras nos acercábamos al atril. Allí había una pequeña pila de papeles. El primero llevaba el nombre de Galen. Este se aclaró la garganta mientras ojeaba el discurso, luego enderezó los hombros y comenzó.

—Cuando el director Atherton me pidió que compartiera con vosotros cómo me ha afectado la muerte del señor Kontos, sabía exactamente lo que quería decir. Estoy triste, como muchos de nosotros, porque me caía bien. Pensaba que era un buen tipo. Eso es lo que no puedo superar. —Sabía que Galen estaba leyendo un discurso que nunca había visto, pero sonaba muy natural. Jamás habría adivinado que el discurso no era suyo—. El señor Kontos traicionó nuestra confianza. En público actuaba de una forma, pero, en realidad, en privado, actuaba de otra. Arriesgó su vida y acabó muriendo. —Volvió a aclararse la garganta—. Probablemente, pensó que la inmortalidad lo hacía invencible. Pero no es así como funciona. El Peligro nos enseñó esa lección. Somos los vástagos de los hacedores y los padres que sobrevivieron a esa pesadilla. Así que supongo que su muerte me hace apreciar la suerte que tenemos de estar aquí y de tenernos los unos a los otros.

Cuando cambiamos de lugar ante el atril, Galen se inclinó y susurró:

—¿Ves? No está tan mal.

Me quedé ante el atril, mirando al Gran Salón, y por un segundo me quedé helada. Sabía que el discurso que el director Atherton había escrito para mí albergaría la misma retórica sentenciosa a favor del Vampirdom que Galen acababa de leer. También sabía que disponía de un micrófono y la atención de toda la escuela, y que no tenía que decir lo que ellos querían que dijera. Podría haber hablado sobre la fiesta de Lucy o en lo que había estado trabajando Kontos. Al menos, podría haber dicho la verdad sobre cómo había muerto. Me empezaron a sudar las palmas de las manos. ¿Era este el momento adecuado? ¿Por dónde debía empezar?

Busqué la cara de Taylor, como si verla pudiera ayudarme.

En cambio, encontré a otra persona.

Estaba de pie a la sombra de una de las capillas, observándome.

Victor Castel.

Respiré con fuerza. Tal vez la tutoría solo pretendía promocionar a Galen, pero, en este momento, yo contaba con toda la atención de Victor. Aunque ya hubiera elegido a su sucesor, su ayuda podía cambiar mi vida de un millón de formas, siempre y cuando le demostrara que me lo merecía. No solo durante la tutoría, no solamente en Harcote, sino durante el resto de mi inmortalidad. Inesperadamente, imaginé que después de la asamblea Victor me decía que lo había hecho muy bien, que lo había impresionado. Una aprobación que jamás recibiría de mi madre ni, obviamente, de mi padre. De repente, deseaba tanto su aprobación que me dolía el estómago.

Bajé los ojos y comencé a leer.

—Para mí, estar en Harcote es algo diferente que para los demás estudiantes. Significa que pertenezco a una comunidad abierta. Mi madre me crio fuera del Vampirdom. Nuestro distribuidor de hema era el único vampiro que conocía. Lo peor fue que perdí…, perdí a mi padre por el CFaD, y a mis dos hacedores en el Peligro. —Eran las palabras que había escrito en la solicitud para la tutoría. Eran personales. No era algo que quisiera anunciar a toda la maldita escuela. Me sentí utilizada, traicionada…, pero, con todo el mundo mirándome, no podía más que seguir adelante. Por suerte, el discurso cambio de tercio—. El señor Kontos no sabía lo afortunado que era. Tenía una comunidad, aquí, en Harcote y en el Vampirdom, que lo apoyaba y lo comprendía. Pero no trató eso como el privilegio que es. Lo echó todo por la borda. Espero que todos los sangre joven se den cuenta de lo perdidos que estaríamos sin el Vampirdom.

Galen se acercó a mí cuando abandonamos el escenario. Casi no me di cuenta de que me cogía de la mano hasta que volvimos a estar sentados. Estaba entumecida, con la mente borrosa y esponjosa. El director Atherton me había engañado para que contara a toda la escuela los secretos de mi familia. Me había traicionado por una maldita campaña publicitaria. Ir a Harcote era un privilegio, mucho más de lo que la mayoría de los estudiantes creían, pero ahora parecía que los sangre joven siempre dependerían de él y de Vampirdom. Yo no pensaba eso. Si algo había aprendido desde que había llegado aquí, era que ambas instituciones necesitaban un cambio importante.

—Chicos, tenemos muchas conversaciones pendientes —dijo el director Atherton—. Pero, en primer lugar, recordemos que Harcote es una institución educativa. Este no es lugar para la política. Cualquier discusión de tal naturaleza que se produzca fuera del aula supone una violación potencial del Código de Honor. Y eso incluye las publicaciones impresas. Cualquier estudiante que disponga de información sobre ese tipo de actividad debe reportarla de inmediato. Centrémonos en la curación ¡y en dar lo mejor de nosotros para el Día de los Descendientes! Lo mejor de lo mejor, juntos.

Cuando finalizó, mi cuerpo casi no pudo aguantar las náuseas que me provocaba. Quería encontrar a Taylor, pero Galen me había agarrado la mano otra vez y el director Atherton aún no había terminado con nosotros.

—¡No tan rápido, queridos líderes! A la luz de los acontecimientos y como jefe de nuestra junta, el señor Castel hoy está en el campus, y le gustaría ver a sus aprendices.

29

Kat

—¿Por qué quiere vernos en medio de todo este follón? —le susurré a Galen mientras seguíamos al director Atherton hacia Old Hill.

Galen me lanzó una mirada resignada, pero no me contestó. A medida que nos acercábamos a Old Hill, su porte se había endurecido con ese exigente autocontrol que siempre se imponía cuando Victor Castel estaba cerca. Parecía otra persona, toda su confianza se concentraba a su alrededor como una coraza. Le agarré la mano y apreté.

El director Atherton nos condujo a un aula donde nos esperaba Victor. Su elegante traje y sus brillantes zapatos hacían que incluso un aula impecable pareciera descuidada. No se parecía al hombre que había conocido en su casa. De alguna manera, en ese momento se le veía más poderoso, más amenazante. Era como si pudieras ver todos los años que llevaba a sus espaldas, sin que, en realidad, hubieran hecho mella en él. Parecía más alto, más grande, como si ejerciera algún tipo de gravedad sobre todas las cosas.

Victor se fijó en nuestras manos.

—Muy bien, Galen.

Mientras me esforzaba por mantener la calma, Galen agachó la cabeza y dijo:

—Gracias, señor. Sabiendo que usted vio algo en Kat, yo también empecé a verlo.

Tomamos asiento en la mesa de seminario. Victor parecía estar analizándonos, con las manos cruzadas.

—¿Por qué creéis que hoy me he acercado al campus?

Miré a Galen, pero no parecía dispuesto a abrir la boca.

—Es uno de los administradores de la escuela y un profesor ha muerto. Eso es lo que ha dicho el director Atherton.

No era la respuesta que quería. Victor se centró en Galen.

—Hay cuatro administradores más. Dos son mis padres, y no están aquí —dijo Galen—. La muerte de Leo Kontos va más allá del hecho de que fuera profesor en Harcote.

—Correcto —dijo Victor enfáticamente.

La vergüenza tiñó mis mejillas. Galen no sabía nada de Kontos o, al menos, no tenía tanta información como yo, pero había supuesto que su muerte significaba algo más porque Victor se había presentado en la escuela.

—¿Qué significa su muerte? —preguntó Victor.

¿Qué significaba la muerte de Kontos? Intenté encontrar una respuesta, pero mi cabeza solo podía acordarse del rostro de Taylor y de su pulso acelerado mientras me contaba lo que había visto.

Victor se percató de mis dudas. Se inclinó hacia delante y apoyó una mano en la mesa.

—Deja las emociones a un lado. El pensamiento emocional es enemigo de la claridad de juicio. Corrompe las decisiones que debemos tomar por el bien de todos los vampiros.

No me parecía acertado decir que las emociones eran enemigas de la lógica y el buen juicio. Aquello que te molestaba, entristecía o indignaba era lo que realmente te importaba, es decir, lo que más valorabas. Sustituir esas emociones por una lógica fría era como si no te importara nada en absoluto.

No dije nada. Victor tenía razón: en este momento, no podía dejar que las emociones me controlaran. Y no solo porque quería causarle tan buena impresión que tenía la espalda completamente empapada de sudor, sino porque, en realidad, quería averiguar qué sabía Victor sobre Kontos. Quienquiera que hubiera registrado el laboratorio sabía que había una cura. Sin embargo, no sabía si Victor tenía esa información.

—Hay algunos rumores que afirman que Kontos era unionista —dije con cautela.

—¿Lo era? —Galen parecía sorprendido—. Pero los unionistas abogan por la integración. ¿Cómo podía ser unionista si murió alimentándose de un humano?

—Obviamente, la brújula de su moral no era tan exquisita como sus creencias.

Galen asintió.

—Eso parece demostrar su muerte. El señor Kontos creía que los vampiros y los humanos podían vivir juntos, pero, al mismo tiempo, se alimentaba de ellos. Era un hipócrita. Sería un gran revés para los unionistas —dijo Galen.

—Yo pensaba que los unionistas no suponían una amenaza para el Vampirdom. Eso es lo que me dijiste tú, Galen —repliqué—. No pueden encontrar la cura del CFaD por su cuenta, ¿verdad?

—Por supuesto que no —dijo Galen con tono burlón.

No sabía nada de lo que Kontos había descubierto.

El rostro de Victor apenas se inmutó. Se mantuvo serio y me observó.

—Kat, en cierta medida, la cura es irrelevante. Lo importante son las ideas. La visión de los unionistas implica cambios fundamentales en nuestro estilo de vida. El Vampirdom tiene una arquitectura delicada. En realidad, podemos vivir juntos gracias a una serie de circunstancias. Hizo falta una crisis que casi nos aniquila para crear una comunidad y que los sangre joven tuvieran la suerte de nacer en ella. Y esta construcción podría desmoronarse en cualquier momento. No podemos dejar que tal cosa ocurra.

—Pero encontrar una cura para el CFaD solo es cuestión de tiempo —insistí. Victor todavía no me había revelado nada—. Puede ocurrir en cualquier momento. Básicamente, porque la Black Foundation está trabajando en ello.

—Cuando tienes mi edad, el tiempo se percibe de otra forma —dijo Victor riendo con astucia—. Cuando se descubra la cura, todos los humanos que están vivos en este momento podrían llevar años muertos.

Un escalofrío recorrió mi cuerpo.

—Entonces, ¿qué problema tiene el Vampirdom? —pregunté—. Nos ha pedido que pensemos en el futuro. Debe tener algún plan.

Victor me miró con una intensidad desconcertante.

—¿Qué harías tú en mi lugar, Kat?

Lo sabía perfectamente: me aseguraría de que cada vampiro pudiera conseguir hema al mejor precio posible cuando y donde lo necesitara, como querían los unionistas. Crearía un Vampirdom donde solo tuviera que esconderme de Guzmán y Shelby si así lo deseaba. Pero esa no era la cuestión. Victor quería saber que creía que «él» tenía que hacer. Tal vez no desconfiaba tanto de él como Taylor, pero estaba convencida de que jamás cedería ante las demandas de los unionistas.

—Me aseguraría de que el Vampirdom se sustentara sobre algo más sólido antes de que se encontrara una cura —respondí.

Se recostó en la silla, satisfecho.

—Así que entiendes cuáles son nuestros objetivos —dijo.

—¿Qué quiere decir con «nuestros» objetivos? —pregunté—. ¿Quién más forma parte de esto?

Victor y Galen intercambiaron una mirada que estaba convencida que confirmaba mi estupidez.

—Nosotros, el Vampirdom, Kat. ¿Quién si no? —dijo Galen.

Victor se alisó la corbata.

—Kat me gustaría hablar contigo en privado. Galen, cierra la puerta al salir.

Galen obedeció sin rechistar, así de sencillo. Ahora estaba a solas con Victor Castel. Tenía la boca seca. Los tentáculos de su poder parecían extenderse desde su cuerpo para abarrotar la habitación e incrementar la presión. No recordaba cuándo era la última vez que había estado a solas con un hombre como él. Victor tenía cientos de años, pero su aspecto era el que podría tener mi padre, y su presencia me hacía sentir más joven e insegura que nunca.

Quizás era consciente de eso, porque me dedicó una mirada tranquilizadora.

—No hay motivo para que estés nerviosa, Kat. Quiero que sepas que tu forma de comportarte hoy me ha impresionado. Estoy muy orgulloso de ti.

La sorpresa inicial se convirtió en una extraña sensación de orgullo. Victor Castel estaba orgulloso de mí. Mi madre jamás hubiera dicho nada parecido. Todavía me acordaba de la indiferencia de su voz cuando le hablé de Harcote. «Siempre estoy orgullosa de ti», me dijo, como si fuera algo demasiado banal como para gastar energía diciéndolo en voz alta. Tenía mis razones para desconfiar de Victor, pero, al mismo tiempo, era la única persona que parecía entender por qué había venido a Harcote.

—Mmm… Gra-gracias —tartamudeé.

—No hay de qué. En la asamblea lograste conmover a los sangre joven, y tus comentarios en esta reunión han sido muy acertados. Tienes un gran potencial. Sé que esta oportunidad significa mucho más para ti que para Galen.

Que Victor se diera cuenta de eso fue gratificante, pero, con todo, mi corazón no estaba tranquilo. Esa legitimación era todo lo que podía esperar. El puesto por el que Galen luchaba llevaba su nombre grabado desde que nació. Nunca pasaría por delante de él. Admitirlo era vergonzoso, pero no podía soportar que Victor fingiera lo contrario para protegerme.

—Quiero que sepa… que lo entiendo.

—¿Qué es lo que entiendes, Kat?

Fruncí el ceño.

—Es usted el hacedor del linaje de Galen. Quiere nombrarlo su sucesor, pero el proceso tiene que parecer legítimo, como si se lo hubiera ganado. De lo contrario, nadie lo respetaría. Estoy aquí porque no soy nadie, para que la competición parezca justa. A pesar de ello, creo que puedo sacar algo bueno de todo esto, puedo aprender de usted. Ya sabe que no tengo ningún apoyo, ni siquiera para hablar de mi futuro.

No tenía nada más que decir.

Victor lucía una expresión ligeramente divertida que me hizo sentir infantil. Y eso me sacaba de quicio. Quizás había sido una ingenua, pero no era idiota. Me enderecé y lo miré fijamente a los ojos.

—No creo que haya dicho nada especialmente gracioso —dije.

—Lo siento, Kat. No has dicho nada gracioso. Aunque no sé de dónde has sacado la idea que quiero que Galen sea mi sucesor. En primer lugar, no pretendo irme a ningún sitio. Y, en segundo lugar, Galen nunca ha gozado de toda mi confianza.

—Pero si lo único que le preocupa a Galen es impresionarle.

Victor se frotó la mandíbula para mostrar su desacuerdo.

—De todas formas, tiene que probar su valía. Pero tú, Kat, no eres como él. He estado observándote. Tienes mucha energía. Si canalizamos todo ese potencial en la dirección correcta, puedes ser una gran líder para los sangre joven. A mí me gustaría que colaborásemos.

—Sí —respondí.

No estaba segura de lo que me estaba ofreciendo, pero sabía lo que significaba: la clave para el futuro que siempre había deseado.

—Bien. Sigue impresionándome y harás que mi decisión resulte más sencilla. —Su tono era despreocupado, como si hubiéramos concluido una reunión de negocios, no un acuerdo que podía cambiar el curso de mi vida—. Una última cosa: el director Atherton me ha comentado que tu madre no se ha inscrito para acompañarte el Día de los Descendientes. Me gustaría ocupar su lugar.

Seguramente, me había desmayado y el cerebro me estaba goteando por las orejas. Nada más pensar en el Día de los Descendientes, me entraban ganas de meterme en la cama e hibernar hasta primavera. Además, después de lo que me habían obligado a admitir en la asamblea, seguro que sería todavía peor.

Pero si Victor me acompañaba, no estaría sola. Pasaría el Día de los Descendientes con alguien que estaba orgulloso de mí. Aunque no sabía si me lo merecía.

No lo tenía claro.

—¿No será extraño?

—¿Por qué lo dices? —preguntó Victor.

—Porque usted es el hacedor de la familia de Galen. Y porque yo..., yo no soy nadie.

—Prométeme algo, Kat: prométeme que nunca más dirás eso de ti.

Taylor

Había estado frente al ordenador mucho rato, porque así era como quería que Kat me encontrara: navegando despreocupadamente por Internet, completamente ajena a lo que sentía por ella.

Kat estaba con Galen. Los signos resultaban inequívocos. La forma de tocarle la espalda en el comedor. Cómo sus manos se encontraron en el atril. Las miradas de complicidad que intercambiaron ahí arriba, como si se estuvieran comunicando en un idioma secreto frente a todos los demás, y nadie, incluida yo, pudiera darse cuenta.

Evangeline tenía razón: Kat era una causa perdida. Era esa piedra que rodaba colina abajo para destrozarme cada vez que intentaba ponerme en su camino.

Cuando entró por la puerta, tenía las mejillas coloradas por el aire fresco del otoño y el pelo enredado en la bufanda. Al verme, sus ojos de color avellana parecieron cobrar vida.

—¡No vas a creerte lo que me acaba de pasar! —dijo.

—¡No me lo digas! ¿Acaso eras tú la que estaba vomitando propaganda vampírica? Porque, desgraciadamente, tuve que presenciarlo.

Kat bajó los hombros.

—Sabes perfectamente que el director Atherton escribe esos discursos. Galen era el único que estaba de acuerdo. ¿Crees que me apetece decir todo eso sobre mi padre y mis hacedores?

—¿Y todas esas mentiras sobre Kontos? Sabías perfectamente que no eran ciertas.

—Shhh. Hay una asistenta en el rellano —me dijo—. Podría oírnos.

Antes de que pudiera darme cuenta, había agarrado a Kat por el brazo, la había metido en el baño y había abierto la ducha.

—Ahora ya no puede oírnos.

La respiración de Kat era entrecortada. Estábamos muy cerca la una de la otra. En realidad, no había tenido en cuenta lo pequeño que era el baño.

—Sabes que el director Atherton redacta esos discursos. Tenía que hacerlo.

—Nadie te apuntaba con una pistola. Podías haber dicho lo que te viniera en gana. Por ejemplo, la verdad.

—¿Así que tú te escondes en el anonimato, pero se supone que yo debo salir a la palestra delante de toda la escuela y gritar a los cuatro vientos lo que pienso? Todo el mundo estaba mirando.

—Exacto, todo el mundo pudo ver cómo nos recordabas que debemos ser buenos vampiros. Me sorprende que tú y Galen no encontrarais una corona para salir a hablar ante vuestro pueblo.

—¿Qué quieres decir con eso? —me soltó, dando un paso hacia delante. No había ni un centímetro entre nosotras.

—¿Por qué no me contaste que estabas saliendo con Galen?

—Pensaba que no te importaba.

Mi labio se curvó. ¿Pensaba que no me importaba?

—Sería de gran ayuda saber que una de las dos únicas investigadoras de esta locura está durmiendo con el enemigo.

—Yo no estoy…, y él no es…

No dejé que siguiera.

—¿Te acuerdas de esa mañana que decidimos que la Black Foundation tenía un buen motivo para matar a Kontos? Pues, por si te has despistado, te recuerdo que Galen es de la Black Foundation, y, por ende, es sospechoso.

—Galen es un estudiante de la escuela, no forma parte de una conspiración del Vampirdom. En realidad, no es tan mala persona.

—Es un idiota con privilegios.

—Exactamente, como todos los demás alumnos de Harcote. ¿Por qué lo odias tanto?

Me quedé helada. Odiaba a Galen por un millón de motivos. La mayoría los entendía: Galen actuaba como si lo hubiera criado una manada de lobos en un chalet suizo. Además, la chica con la que me liaba se había propuesto casarse con él y, ahora, salía con la chica de la que yo estaba enamorada. Pero, en realidad, odiaba a Galen desde mucho antes de que Kat llegara a Harcote, incluso desde antes de que me hubiera besado con Evangeline. Y era ahí donde me confundía. ¿Por qué no podía soportarlo?

Odiaba su pelo increíblemente hermoso, muy parecido al mío, pero infinitamente mejor. Odiaba su impecable y perpetuo saber estar, aunque él tampoco pusiera mucho empeño en mostrarlo. Odiaba cómo le quedaba bien cualquier traje, mientras que yo tenía que revolver toda la sección de chicos para encontrar uno que no me hiciera sentir como un espantapájaros. Odiaba cómo podía arquear la ceja como si no formara parte de su rostro.

En realidad, no es que me hubiera gustado haberme criado con una manada de lobos en un chalet suizo, pero, por una vez, me encantaría aparentarlo.

Pero no podía decirle esto a Kat. Me miraba con desconfianza. Sabía que yo estaba a punto de mentir.

—Lo odio porque nunca me dice qué productos usa para el pelo.

Kat suspiró.

—Si te digo que tu pelo es tan bonito como el suyo, ¿lo superarás?

Me mordí el labio.

—Lo intentaré.

Clavó esos ojos color avellana en los míos. Casi no podía ni respirar.

—Taylor, tu pelo es tan hermoso como el de Galen. En realidad, creo que es mucho mejor.

Apreté con fuerza los labios. Tenía los dientes apretados para que no se diera cuenta de que estaba a punto de derretirme. Kat me miraba expectante. Sabía que ella estaba pensando en Galen, cuando debería estar pensando en mí.

La quería para mí.

De repente, sentí un dolor punzante en mi cuerpo, como si cada músculo se me acalambrara por estar tan cerca la una de la otra en ese cuarto de baño. ¿Cómo es posible que Kat me quiera lo suficiente para intentar hacerme sentir bien, pero no me ame?

No era justo, y me dolía. Me dolía hasta el hecho de hacerle una broma…, porque es que sabía que nunca estaríamos juntas.

Por primera vez, pensé que no podría fingir durante mucho más tiempo.

—¿Mejor? —me preguntó Kat.

Negué con la cabeza. Luego giré sobre mis talones y salí del baño, dejándola ahí plantada, con la ducha abierta.

30

Kat

Ya era mediados de noviembre y todas las mañanas el césped amanecía brillante por la escarcha. Estaba muy agradecida al Benefactor por los jerséis y abrigos pijos que me había dejado en el armario.

Había pensado que el tiempo cambiaría las cosas, pero los días que habían pasado desde el beso —ese beso— no habían hecho nada para opacar el recuerdo. Apenas podía mirar a Taylor sin pensar en tocarla. Aquel día, cuando me arrastró al cuarto de baño después de la asamblea, creí que iba a quemarme por el simple hecho de estar tan cerca de ella. Lo último que quería era hablar de Galen.

Por desgracia, el tiempo tampoco había cambiado lo que Taylor sentía por mí. Seguía igual de enfadada por lo que había dicho en la asamblea (lo que era exasperante, porque sabía que no lo había dicho en serio) y por no haberle contado que estaba saliendo con Galen (lo que era exasperante, porque ella no me había dicho que estaba con Evangeline, que era mucho peor en todos los sentidos).

En clase, comencé a pillar a Evangeline mirando a Taylor, como si no fantasease solo con desnudarla, sino con devorarla de arriba abajo. Tener una relación secreta, probablemente, era algo muy excitante. Aunque no estaba segura de por qué tenía que ser secreta. Esperaba que fuera porque Evangeline no estaba preparada para salir del armario; si era por vergüenza, aunque fuera ligera, yo misma le clavaría una estaca.

Últimamente, Taylor dedicaba su tiempo libre a ser la técnica de la obra en la que ensayaba Evangeline para el Día de los Descendientes. Una vocecita molesta en mi cabeza me preguntaba si solo eran ensayos, si no estaría haciendo algo más que eso, pero no era asunto mío. Taylor era demasiado. Demasiados sentimientos, demasiados problemas, demasiada distracción.

Tenía otras cosas en las que enfocarme. Como en Galen. Con quien todavía estaba saliendo.

Nos encontramos en la biblioteca; nada más entrar en Colecciones ampliadas, incluso antes de que estuviésemos en el espeluznante cubo de hielo de la Pila, me dio la vuelta para besarme.

Me había cogido totalmente desprevenida y me dejó sin aliento. Aspiré su aroma, una colonia de adulto y un matiz de hema en su aliento. Cuando le devolví el beso, intenté perderme en él, pero me asaltaron una serie de pensamientos que me llenaron de pánico: «¿Me gusta esto? ¿Cómo se supone que deben ser los besos? ¿Debería parecer que estoy relajada o que estoy excitada? ¿Por qué estoy pensando tanto? ¿Cuándo empezaré a disfrutarlo? ¿Por qué no lo disfruto?».

Las manos de Galen estaban sobre mí mientras que las mías colgaban como un peso muerto en los extremos de mis brazos. Se suponía que las mías también debían tocarlo a él, pero me resultaba de lo más incómodo: ¿cómo debía tocarlo? De repente, mis ojos se llenaron de lágrimas traicioneras. Me aparté de él. Me pareció que era la primera acción correcta que había hecho desde que plantó sus labios en los míos hacía unos segundos (que parecieron una eternidad).

Sus ojos grises como la ceniza me miraban, a través de unas pestañas tan densas que podría habérselas robado a una muñeca. Por la rigidez con la que me sostenía, estaba segura de que algo iba mal.

Pero, de repente, sus labios se movieron con satisfacción.

—Llevo todo el día esperando para hacer esto —dijo con la voz ronca.

Mi corazón se hundió un poco por alivio o tal vez por decepción, mientras me escabullía de donde me había inmovilizado, contra la puerta.

—Se supone que estamos trabajando.

Me gustaba. Realmente me gustaba. Más o menos. El problema era que quería que me gustara más, de otra manera o…, no estaba muy segura. Sus pequeñas pedanterías, la ceja arqueada, la voz ronca, habían dejado de molestarme semanas atrás. Ahora las entendía como una especie de armadura frente a los demás, aunque no me hubiera mostrado exactamente lo que protegían. Seguía con ese rostro impecable desde todos los ángulos, como si la luz y la sombra se hubieran inventado para resaltar los rasgos perfectos del heredero del Vampirdom. Galen tenía mucho más de lo que necesitaba, pero, al mismo tiempo, nunca había logrado lo que quería. Sin embargo, era feliz estando conmigo. Se lo merecía, ¿verdad?

Pero cuanto más pensaba en eso, más oía en mi cabeza una voz que decía: ¿yo me merezco eso?

Galen obtuvo un permiso especial del director Atherton para salir del campus durante el fin de semana, cosa que supuso un alivio. Los exámenes no estaban tan lejos, y me sentía feliz de tener la oportunidad de ponerme al día con los deberes. Cuando regresó, el domingo por la noche, me envió un mensaje para que nos encontráramos en el patio de la residencia de los chicos. Mientras me ponía el abrigo para ir a su encuentro, hice como si no me diera cuenta de que Taylor me miraba con desprecio desde su lado de la habitación.

Había estado en el patio residencial de los chicos solo un par de veces. Su distribución era exactamente igual que el de las chicas: cuatro casas residenciales alrededor de una plaza central, pero con un ambiente menos acogedor. Alguien había tallado un pene en el tronco del roble central. Galen salió de su casa con un aspecto increíblemente despreocupado, con el cuello del abrigo de lana negro hacia arriba y las manos en los bolsillos. El viento lo molestaba con un mechón de pelo que tenía en su frente. Al acercarse, vi que tenía una expresión de preocupación que no se suavizaba.

—¿Qué pasa? —pregunté.

Sus cejas se levantaron; debió de pensar que lo estaba disimulando mejor. Miró por encima del hombro. Unos cuantos alumnos de segundo año deambulaban por el patio. Me tomó de la mano.

—Vamos a dar un paseo.

Galen me guio hacia los campos de deportes. Intenté no pensar en Taylor mientras cruzábamos el de *lacrosse* y nos dirigíamos hacia el césped recortado que daba paso a los árboles. Detrás de ellos vi la valla que delimitaba el campus.

—Me estás poniendo nerviosa, Galen. Di algo.

Sus hombros estaban tan tensos que los tenía subidos hasta las orejas.

—Me pediste que investigara lo cerca que está la fundación de encontrar la cura para el CFaD —comenzó—. Francamente, fue más difícil de lo que había previsto. Debería haber tenido acceso a todo. Se supone que algún día tomaré el relevo de mis padres. Nada debería estar fuera de mi alcance. Pero me fue imposible lograr la información por mi cuenta. —Suspiró frustrado—. Este fin de semana fui yo mismo a la oficina de la fundación. Tenían que enseñarme lo que les pedía o negármelo en la cara. Pero a quien llamaron para explicármelo fue a mi padre.

—¿Qué dijo?

Galen volvió a mirar por encima del hombro. Me pareció un poco paranoide, pero quizá fuera necesario.

—Nada. No tienen nada.

—Vamos, dime la verdad.

—Lo estoy haciendo. Dijo que no están cerca de encontrar la cura. —Ahogó una risa desdichada—. La Black Foundation existe para encontrar una cura, ¿verdad? Tenemos todos los recursos disponibles del Vampirdom. Seguramente, te estarás preguntando cómo hemos podido fracasar en el único objetivo que tenemos. —De repente, su tono bajó y sonó muy parecido al que, supuse, ponía su padre—. No debería estar contándote esto. No tendría que hablar de ello. Es un asunto familiar.

Se pasó la mano por el pelo, como si lo que realmente quisiera fuera golpear algo. Le agarré las muñecas y se las aparté de la cara.

—Galen, mírame.

Con cierto esfuerzo, posó sus exaltados ojos en los míos.

—Explícame, ¿qué está haciendo la fundación? —le pregunté cuando se tranquilizó un poco.

—En realidad, no están buscando una cura —dijo con un tono serio—. Ellos financian la investigación, pero la utilizan para mantener los resultados en privado. Son privados. Si el estudio tiene éxito, nunca dejarán que sea público. Todos los científicos están encantados de guardar silencio.

—Así que no hay investigación, no hay progreso, no hay cura —dije—. No lo entiendo, ¿no quieren un remedio para el CFaD?

—¡Eso es lo que pensé! Estaba orgulloso de ser un Black, de que mi nombre llegara a ser sinónimo de la cura de esta enfermedad. Sé que mis padres estaban en esto por el bien de los vampiros, pero los humanos también eran importantes para mí. Esa era la huella que íbamos a dejar en el mundo. —Sacudió la cabeza—. Pero la huella que quieren dejar es la de la enfermedad, el sufrimiento y la muerte.

—Pero ¿por qué? —pregunté—. ¿Por qué hacen todo eso?

—Mi padre no me lo dijo. Dijo que tenía que confiar en él. «El mundo es complicado», dijo. ¿Por qué sería complicado curar una enfermedad? Kat, ¿qué voy a hacer?

Me miraba con tanto dolor que me entraron ganas de correr hasta la casa Hunter; no sabía qué hacer con ese dolor. Lo único que deseaba era encontrar a Taylor.

Apreté la mano de Galen.

—Tómate un tiempo para pensar en ello y sabrás lo que tienes que hacer.

Suspiró con fuerza.

—¿De verdad lo crees?

—Sí, estoy segura —le aseguré.

Taylor

Estaba en el escenario junto con Evangeline, marcando con cinta adhesiva para señalar dónde debía ir la decoración, cuando Kat bajó furiosa por el pasillo.

—¿Qué estás haciendo aquí? —gritó Evangeline—. ¡No se puede entrar a los ensayos!

—Necesito hablar con Taylor —respondió Kat.

—¿No puedes esperar tan solo una hora? —dijo Evangeline.

—Si pudiera, ¿estaría aquí? —le contestó Kat.

—¡Taylor! —gritaron las dos exactamente al mismo tiempo, removiéndome por dentro.

—Será solo un segundo, Evangeline, te lo prometo. —Salté del escenario hacia donde estaba Kat—. ¿Qué pasa?

Ella dirigió una mirada muy intensa hacia Evangeline.

—Bien, vamos —dije.

Me siguió a la parte trasera del teatro, luego subió las estrechas escaleras pintadas de negro hasta el palco donde estaban los aparatos técnicos.

—¿No nos escuchará? —preguntó Kat.

—No, a menos que grites —dije—. ¿Qué pasa?

—Acabo de hablar con Galen. No hay cura.

—Está bien, pero ¿han hecho algún progreso?

—No, quiero decir que la Black Foundation no está buscando una cura para el CFaD. En realidad, están tratando de evitar que alguien descubra una.

Me dijo todo lo que le había contado Galen.

—Si la Black Foundation es una farsa, entonces la cura de Kontos es una amenaza aún mayor de lo que pensábamos —dije.

—Tenemos que desenmascararlos. Creo que deberíamos decírselo a Victor.

—Espera, no soy partidaria de contarle una mierda a Victor Castel.

—Bueno, tenemos que decírselo a alguien, y no creo que el director Atherton sea una gran opción —dijo ella.

—Tampoco lo es el tipo que convirtió a Simon Black, que es el hacedor de Meera Black y que además dirige «en la sombra» la organización que acabas de darte cuenta que es un fraude total.

—Él no la dirige «en la sombra»...

—Forma parte de la junta y aporta la mitad de su financiación. Pero estoy segura de que es una coincidencia que la Black Foundation esté bloqueando la investigación que sacaría el hema del mercado.

—Sabía que dirías eso. Pero creo que es posible que los Black estén actuando por su cuenta. No tenemos ninguna prueba de que Victor esté involucrado.

—¿Por qué siempre defiendes a Victor?

Los ojos de Kat brillaron.

—Porque me ha apoyado mucho, ¿vale? Él cree en mí. No quiero traicionar esa confianza sin una buena razón. Además, no creo que sea capaz de hacer algo así. A mí me trata bien.

Resoplé.

—¿Esperas que me crea que un hombre tan poderoso, y peor aún, un vampiro tan viejo, es bondadoso?

Kat comenzó a dar vueltas y, como no había suficiente espacio, estaba empezando a sacarme de quicio.

—Tenemos que volver a lo básico —dijo con firmeza—. Lo que sabemos con seguridad es que la señora Radtke le dijo al director Atherton que el señor Kontos era una amenaza.

—¡He estado diciendo eso durante semanas!

De repente, se detuvo.

—¿Qué pasa con el director Atherton? Él sabía que el señor Kontos estaba haciendo algo. Y a diferencia de la señora Radtke, él tiene mucho que perder si la cura se descubre.

—¿Qué es lo que tiene que perder?

Ella abrió los brazos.

—Esto. Para él, Harcote y los sangre joven lo son todo. Habla de ello todo el tiempo. Esta escuela era un sueño para él..., y estar rodeado de jóvenes vampiros... le gusta mucho, ¿sabes?

Hice una mueca. Atherton se movía entre la figura de autoridad y la de un alumno más que desprendía un entusiasmo exagerado. El año pasado, el club de *ultimate frisbee* se había visto obligado a reunirse fuera del campus para mantenerlo alejado de sus partidos.

—Ha sido un adolescente, básicamente, desde la guerra de 1812. No hay muchos otros vampiros que hayan sido convertidos tan jóvenes —admití.

—Exactamente. Si encuentran una cura, todo volvería a ser como antes y seríamos los últimos sangre joven. La escuela cerraría y él lo perdería todo —dijo Kat aprovechándose de lo que yo acababa de decir.

Era un buen argumento, pero no pude evitar la sensación de que nos estábamos desviando.

—Entonces, ¿qué quieres hacer? ¿Quieres entrar en la oficina de Atherton para encontrar dónde guarda los archivos secretos sobre cómo asesinar a profesores durante los bailes escolares?

—Podemos empezar por ahí —dijo Kat.

Casi me atraganté con mi propia saliva.

—No puedes estar hablando en serio. ¿Quieres entrar en el despacho de Atherton?

—¿Por qué no? —dijo indignada—. Hemos entrado en el edificio de Ciencias y hemos vuelto a la casa Hunter sin que nadie se diera cuenta.

—Esto está en otro nivel.

—Ahora todo está en otro nivel —dijo ella—. Esto es por Kontos. Por la cura.

Lo que dijo era un poco manipulador. Pero me había prometido que haría lo correcto por Kontos. Ahora no podía echarme atrás.

31

Taylor

Le dije a Kat que me apuntaba al allanamiento de morada, pero que ella tendría que encargarse del trabajo de campo para descubrir cómo podíamos colarnos en el despacho de Atherton. Lo admito, no daba un duro por ella. Sin embargo, dos días más tarde, me llamó para que me acercara a su escritorio: tenía un plano de Old Hill en su ordenador.

—¿De dónde has sacado eso? —le pregunté

—La Pila tiene una sección entera dedicada a la historia de Harcote. ¿Sabías que el director Atherton compró la escuela en los sesenta?

—¿De verdad? Pero ¿no se supone que este año es el vigesimoquinto aniversario? —dije—. ¿Por qué compraría un internado antes de que nacieran los sangre joven?

—No lo sé. Pero lo más importante es que Old Hill, como dice su nombre, es muy antiguo. Al principio, era una casa solariega para la familia Harcote. Luego se convirtió en un internado. Pero todo eso fue antes de que instalaran la calefacción en el edificio. Así que, por aquel entonces, tenían que construir pasillos entre los muros para que los sirvientes pudieran mantener calientes las habitaciones sin ser vistos. Cuando Atherton montó la escuela, clausuraron todos esos pasillos.

—Pero todavía están ahí —dije.

Kat asintió.

—Lo comprobé el otro día. Hay uno cerca de los baños del segundo piso. No deberíamos tener ningún problema para acceder. Lo taparon tan solo con un cuadro. Y nos debería llevar directamente... —Desplazó su dedo por la pantalla y lo detuvo en el despacho de Atherton.

Me rasqué la ceja.

—¿Y crees que estará abierto por el otro lado? —pregunté.

—Vale la pena intentarlo. ¿Por qué debería tapiar Atherton un pasadizo de su despacho si, de todas formas, los estudiantes no pueden acceder desde ningún otro lugar?

—Está bien —dije. No me gustaba el plan. Puede que la idea de merodear por los pasadizos entre muros de Old Hill me incomodara—. ¿Cuándo lo hacemos?

—Mañana, durante el partido de *lacrosse*. Todo el mundo estará ahí. Y también habrá humanos en el campus. Atherton estará más distraído que de costumbre.

—¿No se supone que tú deberías estar en ese partido de *lacrosse*? —le pregunté—. Galen es el capitán.

Kat lo descartó con un gesto de la mano.

—Estará tan concentrado en el partido que ni siquiera se dará cuenta. Además, esto es más importante.

Así fue cómo acabamos escondidas en el baño del segundo piso de Old Hill, esperando que cerraran el edificio para poder retirar el cuadro de metro y medio de alto de la pared (no es tan fácil como parece). Tal y como había dicho Kat, detrás había una pequeña puerta. Ni siquiera estaba cerrada.

—¡Te lo dije! —dijo con satisfacción mientras la abría.

Eché un vistazo al pasadizo y se me puso la piel de gallina. Estaba oscuro y lleno de polvo.

—Si lo seguimos hacia la izquierda, deberíamos encontrar unas escaleras para bajar al primer piso —dijo Kat.

Señalé el cuadro.

—¿Lo dejamos así hasta que regresemos?

—No pasará nada, Taylor.

Cada segundo que pasamos entre esos muros fue un infierno. Los vampiros se desenvuelven bien en la oscuridad, pero ese pasaje estaba totalmente desprovisto de luz. Usábamos nuestros teléfonos móviles. Las paredes se cernían sobre nosotras, y no podía aguantar más ahí dentro. Cuando Kat me aseguró que la siguiente puerta nos llevaría al despacho de Atherton, no las tenía todas conmigo. Estaba muy nerviosa, y no tenía nada que ver con la claustrofobia.

—¿Estás segura de que es por aquí? —susurré—. Si nos pillan, nos meteremos en un buen lío.

—¿Desde cuándo te importa eso? —me soltó.

Me sentí pequeña, muy lejos de ella. No de forma literal, claro, apenas había espacio entre nosotras, pero, en mi interior, sentía que quería esconderme de ella. Tenía todo el derecho a preocuparme de los riesgos que estábamos tomando. Yo también tenía mucho que perder, y esta misión era muy imprudente. Creía que Kat sabía que yo no buscaba problemas por simple aburrimiento.

—Es el despacho del director Atherton —susurró. Kat se comportaba de forma errática e inestable. En ese momento, no me gustaba nada cómo era—. Estoy segura.

Apoyó su peso contra la puerta. Hubo un crujido seguido de un ruido seco; entonces, de repente caímos en el piso afelpado del despacho de Atherton.

Kat

Caí de bruces hacia delante. El despacho estaba oscuro, y nosotras, solas.

—Esto es una estupidez —gruñó Taylor desde el suelo.

Estábamos a punto de resolverlo todo…, pero Taylor actuaba como si le importara un pimiento. Odiaba a Atherton, pero había sido sorprendentemente complicado convencerla de que el culpable era él, y no Victor. Yo también tenía mis sospechas sobre Victor, pero tenía que confrontarlas con la persona que ahora conocía: esa que había prometido ayudarme, que había dicho que podía asociarme con él y que había visto algo en mí. No podía actuar en contra de alguien que me había dado tanto. Además, a pesar de que Victor estaba en contra de los unionistas, no parecía el tipo de persona que se ensucia las manos. No podía concebir que Victor hubiera irrumpido en el laboratorio de Kontos o que le hubiera tendido una trampa para asesinarlo. Por otro lado, el director Atherton, emitía una energía extraña y era el único que no estaba presente durante el baile.

Solo teníamos que probarlo.

Barrí la habitación con la linterna de mi teléfono. Nunca había estado en el despacho del director. Pero me lo imaginaba tal y como era. En primer lugar, tenía un aire completamente vampírico. El haz de luz de la linterna iluminó una espeluznante pintura al óleo de una especie de murciélago con esmoquin que se abalanzaba sobre una dama desnuda con piel de porcelana. En un estante, vi un premio de cristal tallado, flanqueado por un molde de dientes de vampiro y un horroroso pájaro disecado. Al mismo tiempo, el despacho tenía algo de piso de estudiantes. En un rincón vi un equipamiento deportivo (palos de *lacrosse*, *frisbees* y una pelota firmada) y también una consola. En una estantería asomaba el lomo amarillo del libro *Redes sociales para dummies.* Quizás era lo peor que había visto en mi vida.

—Yo voy a registrar esta mesa —dije.

—Perfecto, yo... voy a deambular por aquí a ver si encuentro algo incriminatorio.

Abrí uno de los cajones del archivo.

—No hace falta, si no quieres.

Taylor resopló.

Rebusqué en los archivos. Taylor tenía razón. No sabía qué estábamos buscando. El director Atherton no sería tan estúpido como para etiquetar una de las carpetas con el nombre de «Asesinatos». Pero algo tenía que haber.

Entonces topé con una carpeta que me llamó la atención: KATHERINE FINN.

Mientras la abría, noté que los latidos del corazón me golpeaban las orejas. La primera página era mi solicitud de admisión con una nota garabateada: «Prioritario». Era muy extraño. Había mandado la solicitud en enero y no había tenido noticias hasta mucho más tarde. Incluso pensé que la solicitud se había perdido por el camino. El siguiente documento era una impresión de un correo electrónico:

Para: Atherton@TheHarcoteSchool.edu

De: Castel@CasTech.com

Proporciona a Katherine Finn todo lo que necesite. Remueve cielo y tierra para que esté aquí. Como hemos hablado, mantendremos esto en el anonimato.

V.

Sentí que la sangre se me escurría de la cabeza. Victor era quien me ayudaba económicamente. Él era el donante anónimo, el Benefactor, el hombre que había pagado mi matrícula, mi alojamiento, que había llenado mi armario de ropa. Era quien me había enviado ese horrible vestido para el baile de los Fundadores. Él quería que estuviera en Harcote. Leí una y otra vez esa frase: «Remueve cielo y tierra para que esté aquí». ¿De qué estaba hablando exactamente? Una cosa era que se interesara por mí porque había ganado la tutoría y porque luego me había conocido. Pero ¿por qué iba a quererme en Harcote antes de que nos conociéramos?

—¿Kath-er-ine? ¿Hola? —Bajé de las nubes. Taylor apuntaba con su linterna a mi cara—. ¿Has encontrado algo?

Metí el documento en la carpeta y cerré el archivador de golpe.

—No, nada.

—Pues yo sí —dijo Taylor.

Taylor estaba de pie frente a un armario abierto. Su linterna enfocaba una pila de ordenadores portátiles, con los cables colgando en todas las direcciones.

—¿Crees que acaba de asaltar un Media Mark o…?

—¡Los ordenadores del laboratorio! —Cogí el primer portátil. La parte inferior estaba agujereada—. Ha destruido los discos duros. Debió de pensar que no había más copias. Así que Atherton sabe que existe una cura.

—Tenías razón —dijo Taylor sombríamente—. ¿Contenta? ¡Mierda! ¿Has oído eso?

Un ruido en el pasillo. Miré la hora.

—Si solo han jugado una mitad del partido.

—Se llama media parte —dijo Taylor—. Ahora es cuando te digo que te lo dije.

—Pero si hemos encontrado los ordenadores…

—¡Si nos atrapan, todo habrá sido en vano!

—Si seguimos discutiendo, seguro que nos pillan. Hay que salir de aquí. ¡Vamos!

Volvimos al pasillo. Taylor tiró de la puerta y se cerró detrás de ella. Luego subimos a toda prisa por la estrecha escalera de caracol y cruzamos corriendo el resto del pasadizo. Cuando salimos, cerré la puerta de una patada y volvimos a colgar el cuadro en su sitio. Estábamos corriendo por el segundo piso cuando dos figuras doblaron la esquina.

Todo ocurrió muy rápido. No pudimos hacer nada más que quedarnos allí mientras la señora Radtke y el director Atherton se acercaban hacia nosotras.

32

Taylor

Ahora sí que estábamos jodidas.

Después de todo lo que había pasado en esta estúpida escuela, finalmente, había hecho trizas el Código de Honor y estaban a punto de echarme.

El frío del campo de *lacrosse* había enrojecido las mejillas picadas por el acné del director Atherton. Como llevaba una sudadera de Harcote, parecía más que nunca un estudiante de la escuela. Era aterrador, porque ahora, además, estaba convencida de que era un asesino. A su lado, la señora Radtke llevaba el pelo amontonado en su cabeza como si llevara un halo. Tenía los labios tan apretados que apenas eran una fina línea pálida, y sus ojos nos miraban alternativa y frenéticamente.

—Buenas tardes, señor director y señora Radtke —dije con mi tono de voz más educado—. ¿Estamos ganando el partido?

La colorada boca de Atherton se agitó. El espíritu escolar le resultaba irresistible.

—Es el medio tiempo. Vamos ganando por un punto.

—¡Vamos, Harcote! —dije—. Kat y yo solo estábamos…

—Estas alumnas forman parte del club de cine francés —dijo Radtke—. Me he hecho cargo de ellas, en lugar de Kontos. Como usted sabrá, señor director, todavía no es un club oficial, pero estamos trabajando en ello.

Los tres nos quedamos boquiabiertos.

—¿Club de cine? —repitió Atherton—. Eso no es propio de ti, Miriam.

—Es cierto, nunca me ha interesado el cine. Por eso ha llegado el momento de que empiece a desarrollar cierto aprecio por esta forma de arte —dijo Radtke—. La señorita Sanger es una gran aficionada al cine. Les he pedido que se reúnan conmigo aquí para planificar las sesiones del resto del semestre.

Atherton nos miró con desdén mientras buscaba algún indicio de que le estábamos tomando el pelo.

—Director Atherton, creo que no hay nada más que hablar —dijo Radtke—. Chicas, venganconmigo.

¿En realidad quería seguir a Radtke por los pasillos de Old Hill? ¿Quería irme con mi némesis, con esa momia andante? No, en absoluto. Pero no tenía elección. Kat y yo estábamos en sus manos. Nos metió casi a empujones en su despacho y cerró la puerta.

—Siéntense.

Nos sentamos.

Radtke estaba de pie detrás de su escritorio, masajeándose la piel fina de sus nudillos y mirándonos con cierto aturdimiento.

—¿Qué estaban haciendo?

A mi lado, Kat temblaba como un conejo asustado, completamente despojada de la audacia que había mostrado hacía unos minutos. No parecía preparada para ningún tipo de discusión o pelea. Pero si íbamos a caer, no lo haríamos sin devolver el golpe.

De todas formas, en ocasiones, no puedes andarte por las ramas.

Levanté la barbilla hacia Radtke y dije:

—Sabemos lo que ustedes han hecho. Han matado a Kontos.

—¡Taylor! —gritó Kat.

Pero no pensaba cerrar la boca.

—Tal vez no se hayan manchado las manos, pero ustedes lo han planeado. Además, creo que usted es el diablo en persona —le espeté.

Su rostro dibujó una mirada agridulce.

—Tengo mis defectos, pero le aseguro, señorita Sanger, que los demonios son mucho peores que yo.

—¡Mentira! —chillé—. Kontos pensaba que usted era su amiga. Le caía bien porque él era una buena persona. Y lo ha traicionado. —Había empezado a despotricar con mucha energía, pero ahora sentía un vacío en mi pecho. Kontos ya no estaba entre nosotras, y odiaba tanto a Radtke que tenía ganas de llorar—. Ni siquiera deberías hablar del club de cine francés. Eso era una cosa nuestra. No pueden actuar como si supieran qué significa.

—Oh, Taylor —dijo Radtke con ternura.

—¡Qué pasa! —intenté que mi voz rebosara indignación, pero se me quebró; me temblaba la barbilla.

Radtke rodeó el escritorio y se arrodilló frente a mí. No tenía ningún sentido, pero su cara era el reflejo de la mía: estaba profundamente triste. Tomó mis manos entre las suyas y la dejé.

—Yo también lo echo de menos.

Era la señora Radtke, lo opuesto a Kontos. Era la persona a la que acababa de acusar de matarlo. Sin embargo, era imposible mirarla y no entender lo que sentía: nuestros corazones supuraban por la misma herida, esa que tenía forma de bigote de los años setenta.

—Lo echo tanto de menos —logré decir.

El llanto me venció y lloré tan fuerte como el día en que Kat y yo encontramos el laboratorio secreto. Había aguantado durante todo ese tiempo, pero tal vez la pena podía surgir de la nada una vez que se metía dentro de ti. Entonces sucedió una de las cosas más extrañas que ni siquiera hubiera podido imaginarme: Radtke me abrazó. Me abrazó mientras ella también lloraba. Y aunque fuera extraño, me hizo sentir un poco mejor porque lloraba por lo mismo que yo.

Se echó para atrás y se secó las lágrimas de las mejillas con un pañuelo de encaje.

—Siento mucho haber usado el nombre del club de cine francés en vano, pero era necesario para desembarazarnos del director Atherton. Leo siempre hablaba con mucho cariño de vuestros encuentros. —Radtke se recompuso—. Yo no lo maté. Leo y yo trabajábamos juntos.

—Pero usted es una trav —dije—. Mírese.

Radtke chasqueó con la lengua.

—Me esperaba que, de entre toda la gente, usted, señorita Sanger, podría ser más comprensiva con el hecho de que no me importa en absoluto lo que opinan los demás de mi vestimenta o incluso de mí. No defiendo la misma causa que los travs. Los travs abogan por un estilo de vida tradicional, pero pretenden imitar un estilo de vida que solo ha existido en la ficción. Vampiros en sus decadentes castillos, acechando a inocentes damas con su encanto irresistible. En realidad, han olvidado lo dolorosa que fue la realidad. —Se alisó la falda—. Me visto así porque me ayuda a recordar quién era cuando era humana.

Kat arrugó el ceño con empatía.

—Pero parece que viste de luto —dijo.

El rostro de Radtke se desdibujó.

—Tuve una hija. Tenía dos años cuando me convirtieron. Me obligué a no volver a hablar con ella. Murió hace mucho tiempo, pero tuvo hijos, y ahora sus bisnietos están teniendo sus propios hijos. Francamente, cuando apareció el CFaD una parte de mí estaba contenta porque protegería a los humanos de nosotros. Entonces uno de mis descendientes desarrolló complicaciones con la enfermedad del CFaD crónico, y supe que tenía que hacer todo lo posible para detenerla.

—Así que es unionista —dijo Kat.

Radtke asintió.

—Señorita Sanger, hablé con Leo sobre su incorporación a nuestro movimiento, pero no sé exactamente si hablaron entre ustedes antes de su muerte.

—Encontramos su laboratorio —dijo Kat—. Sabemos que había hallado una cura.

—Robaron su trabajo antes de que pudiera recuperarlo —dijo Radtke.

—Atherton —respondí—. Por eso estábamos aquí, para registrar su oficina. Ha destruido los ordenadores.

Radtke entrecerró los ojos.

—Espero que sean conscientes de lo tremendamente estúpido que ha sido colarse en el despacho del director, y de la suerte que han tenido de que estuviera esta noche aquí. No obstante, es una pena que haya destruido la investigación de Kontos. Con su muerte, la causa unionista retrocederá significativamente, décadas tal vez.

—Pero su trabajo no se ha perdido —dije—. Al menos, eso creo. Me entregó un disco duro para mantenerlo a salvo. Aún lo tengo.

Radtke sintió un alivio parecido a la redención. De hecho, hasta su columna vertebral, siempre recta como un bastón, se hundió ligeramente. Me preocupaba que pudiera empezar a llorar de nuevo cuando dijo, con la característica contención victoriana:

—Son muy buenas noticias. Me pondré en contacto con mi red para que recuperen los datos.

—Hay una cosa que todavía no entiendo —dijo Kat.

—¿Solo una? —respondí—. Yo estoy completamente perdida.

Pero Kat pasó de mí.

—Señora Radtke, no es una trav. Sin embargo, deja que todo el mundo lo crea. En las clases de Ética Vampírica nos enseña que somos superiores a los humanos, que los humanos son débiles. ¿Por qué dice esas cosas?

—Lo que imparto en mis clases forma parte del plan de estudios. No son mis principios.

Durante dos años, me había mortificado pensando que la señora Radtke pretendía lavarnos el cerebro con la ideología trav.

—Déjame adivinar: Atherton establece el plan de estudios.

Radtke se inclinó hacia delante.

—Roger Atherton está convencido de nuestra superioridad y de que no debemos convivir con los humanos. El plan de estudios está diseñado para alcanzar ciertos objetivos. Se lo aseguro, me encantaría modificarlo, pero mi posición se vería comprometida. Construimos el laboratorio en secreto, con grandes gastos y tremendas dificultades. Leo, como saben, se ocupaba de la investigación. Era brillante, el mejor en su campo. Tal vez era el único capaz de encontrar una cura por sí mismo. Yo era la representante del movimiento en las negociaciones. Y, en realidad, mi aspecto siempre ha sido una ventaja para nosotros. Los vampiros creen que soy tradicionalista, por eso no creen que sea una amenaza para el Vampirdom. La mayoría de ellos me cree cuando afirmo que solo transmito los mensajes de los unionistas, que no soy uno de ellos.

—La oímos hablar con el director Atherton —dijo Kat—. Unas semanas atrás, la noche en que debían presentarse las solicitudes para la tutoría. Usted le dijo que Kontos estaba haciendo algo que amenazaba la escuela.

Radtke volvió a quedarse perpleja.

—Si la memoria no me falla, esa conversación sucedió después del toque de queda. Victor Castel era la amenaza a la que me refería. Su monopolio sobre el hema es inseguro y poco ético. Le pedí a Roger que le dijera a Victor que los unionistas habían encontrado una cura. Queríamos darle primero la oportunidad de diversificar la producción del hema. El movimiento le ofrecía distintas opciones: liberar la fórmula patentada de hema, establecer verdaderos centros de distribución, venderlo a precio de coste y subvencionarlo para los vampiros que no pudieran pagarlo.

—¿Y qué dijo Victor? —preguntó Kat con un hilo de voz.

—Nunca dijo nada, pero creo que hemos recibido su respuesta.

Tragué con dificultad.

—Entonces, ¿Victor es el responsable de la muerte de Kontos?

Radtke apretó los labios.

—Alguien tuvo que ser. Lo que estamos haciendo pone en peligro todo lo que Victor ha construido. Su riqueza, su imperio. El mismo Vampirdom. Creo que está dispuesto a llegar hasta el final para proteger todo eso.

Kat

La cabeza me daba vueltas mientras la señora Radtke nos sacaba de Old Hill. Pero no estaba pensando en los ordenadores rotos en el despacho del director Atherton o en lo que Radtke nos había dicho sobre los unionistas, como debería haber hecho. En lo único que podía pensar era en ese mensaje de Victor: «Remueve cielo y tierra para que esté aquí».

Por el motivo que fuera, el director Atherton y él se habían salido con la suya: estaba en Harcote. La ayuda del Benefactor, es decir, de Victor, era irrecusable. Lo había arriesgado todo para estar aquí. Y ahora estaba en Harcote y dependía de ellos para quedarme. Todas las veces que había dudado para asegurarme de que no violaba el Código de Honor y, en consecuencia, no perdería la beca, había estado pensando en Victor. Además, me había elegido para la tutoría; siempre que siguiera impresionándolo, me había ofrecido un futuro prometedor. De alguna forma, había sabido ocupar el vacío que habían dejado mi padre y mis hacedores. Victor se había metido en cada resquicio de mi vida. Pero ¿por qué? ¿Cómo sabía quién era?

Cuando llegamos a las escaleras del campus, Taylor rompió mi hilo de pensamientos.

—¿Sabes quién tenía razón? —preguntó.

—Tú estabas equivocada con Radtke —respondí.

—Me refería a Victor Castel. Te he repetido un millón de veces que él es el que está detrás de todo esto. Radtke nos lo ha confirmado.

Me rasqué la cabeza. No sabía si podría encontrar las palabras acertadas para discutir con Taylor ahora mismo.

—Radtke no nos ha confirmado nada.

—No me lo puedo creer. Todavía quieres defenderlo…

—¡Radtke ha dicho que cree que está involucrado! Le pidieron que facilitara el acceso al hema y él se negó. Eso no es un crimen.

Taylor se detuvo al pie de la escalera y me agarró.

—No me creo lo que está pasando. ¿Victor te ha lavado el cerebro? ¿Estás enamorada de él o algo parecido? Todo eso de la tutoría… No eres capaz de ver ni lo que tienes delante.

Apreté tan fuerte la mandíbula que sentí que mis dientes estaban a punto de estallar. Taylor no tenía la menor idea de lo que estaba en juego. ¿Qué significaba para mí que Victor fuera un monstruo? En el mejor de los casos, me echarían de Harcote y el futuro por el que tanto había luchado quedaría hecho trizas. Y en el peor, todo el mundo pensaría que estaba involucrada en todo aquello. Al fin y al cabo, era mi tutor, y mi madre había trabajado en CasTech con los Black. Ahora sabía que todo estaba relacionado, aunque no entendía exactamente cómo.

—Necesito pensar en eso, ¿de acuerdo?

—No hay nada que pensar —me soltó Taylor—. Es un maldito monstruo que viste con estilo. Y lo único que se te ocurre hacer es defenderlo.

—Porque estoy intentando hacer algo con mi vida, y él…, él forma parte de eso.

Negó con la cabeza, como si lo que había dicho fuera una gran decepción.

—Ves, esto es exactamente lo que odio de este lugar, que te obliga a pensar así. No necesitas hacer nada con tu vida. Ya tienes una.

—¿Acaso es la peor cosa del mundo anhelar una vida mejor? No soportas que quiera cambiar mi vida, pero no tengo miedo de intentarlo. Una boca cerrada no se alimenta.

—¡Esa es la estupidez más grande que he oído en mi vida! Al menos, una boca cerrada no suplica por las sobras.

—Estoy seguro de que preferirías que no me importara nada, como a ti. Pero yo no soy así. No voy a dejar que me arrastres a tu mundo.

Taylor se estremeció.

—No te preocupes. En mi mundo solo hay espacio para una persona. Voy a resolver toda esta conspiración de asesinato por mi cuenta. Puedes volver a lamerles los culos a Castel, a Galen, a Lucy y a Evangeline.

—Por lo que sé, no soy la única que le lame el culo a Evangeline.

—¡Por Dios! ¡Eso no es asunto tuyo! —gritó—. ¡Tú estás con Galen! ¿Por qué te importa?

—Porque me sacas de quicio. Siempre me has sacado de quicio.

Por un instante, Taylor me miraba intensamente. Sin embargo, un segundo después, su rostro se quedó vacío.

Se dio media vuelta y se alejó.

—¿Adónde vas? —grité.

Taylor se volvió.

—A la habitación que compartimos. Y cuando llegue allí, no quiero hablar contigo. De nada. En absoluto.

—Taylor…

—He terminado con todo esto, Kat. He terminado contigo.

33

Taylor

—¿Qué estás haciendo aquí abajo?

Mis ojos se abrieron bajo un techo poco común: sin la inclinación del ático ni la bandera arcoíris. Y la cara de Evangeline Lazareanu en el centro.

Era como si mi cuerpo hubiera estado imitando la misma postura que un velocirráptor durante toda la noche: todos y cada uno de los músculos estaban agarrotados. Intenté estirar las piernas y me topé con algo duro.

Vaya, había dormido en la sala común de la casa Hunter.

Después de la pelea, lo último que me apetecía era regresar a esa maldita habitación con Kat. Pero eso era lo que tenía que hacer; al parecer, tenía que vivir ahí. Cada vez que la miraba, otra ráfaga de rabia extrañamente trágica me barría por dentro. Intenté hacer los deberes. Intenté ver una película. Y, finalmente, intenté dormir. Pero esa rabia interior seguía machacándome por dentro. ¿Cómo era posible que Kat siguiera apoyando al puto Victor Castel, a Galen y a Harcote? ¿Cómo podía haber elegido todo eso por encima de mí?

No podía pegar ojo, completamente despierta en la oscuridad. Estaba bastante segura de que Kat tampoco podría dormir. Y quería que ella rompiera ese estúpido silencio para explicarse.

Para disculparse.

Para prometerme que estaría a mi lado.

Pero dejé que todo eso pasara de largo.

Kat nunca estaría a mi lado, no al menos de la forma que a mí me gustaría.

Durante todo el tiempo que Kat había pasado en Harcote, me había estado engañando sobre quién era. Me convencí a mí misma de que fingía para encajar, pero que la verdadera Katherine Finn todavía se encontraba debajo de esa fachada. Pero debajo no había nadie. No había ninguna diferencia entre la persona que era y la que fingía ser. Kat se había mostrado tal y como era desde el principio, una y otra vez. Y yo lo había pasado por alto.

De repente, era incapaz de parpadear, respirar o siquiera existir en la misma habitación que ella. Y, desde luego, no podía dormir con ella.

Así pues, bajé las escaleras hacia la sala común, cogí una de las mantas raídas y me dormí en el sofá, donde en ese momento estaba sentada Evangeline.

—Si no me contestas en los próximos diez segundos, se lo voy a decir a Radtke.

Me incorporé. Los músculos y las articulaciones gimieron en señal de protesta.

—Estoy durmiendo. ¿Acaso no es lo que parece?

—¿Le ocurre algo a tu cama?

Apenas había amanecido, pero un resplandor azulado iluminaba la pálida piel de Evangeline. Parecía un ángel caído del cielo, no uno condenado a morar en el infierno. Debía de ser muy temprano, pues nadie más se había levantado; de lo contrario, Evangeline nunca habría estado tan cerca de mí.

—Bésame y te lo cuento —le dije resoplando.

Sus brillantes ojos azules se volvieron hacia la escalera; luego acercó sus labios a los míos. Me incliné hacia ella, y mi nariz se hundió en su mejilla, y la suya en la mía. Solo quería sentirla cerca de mí, como si una parte de mí creyera que

Evangeline podía sacarme de ese pozo, como si ella supiera que necesitaba que alguien me rescatara.

Pero se separó de mí.

—Alguien podría vernos —me regañó—. Tu turno.

Mi turno. Como no me sentía suficientemente patética, ahora, además, acababa de hacer un trueque para obtener un momento de comodidad antes de que el sol hubiera salido.

—Me he peleado con Kat. —Había un brillo perverso en los ojos de Evangeline, pero renuncié a mi perverso deseo de satisfacerla—. Fue por culpa de Galen, Castel y toda esa mierda.

—Te lo advertí.

No tenía energía ni para echar mano del sarcasmo.

—Lo sé.

Evangeline frunció el ceño y apretó los labios. Me quitó la manta con brusquedad y la dobló rápidamente.

—Al menos siéntate antes de que baje alguien más. No me gustaría que nadie viera a la chica con la que me he acostado deprimida de esta manera.

Mis ojos se abrieron de par en par.

—Lo he buscado, ¿sabes? —me dijo levantando la barbilla—. Ahora ya sé cómo tienen sexo las chicas.

Luego salió de la habitación, con la manta bajo el brazo y mi mirada siguiendo sus pasos.

Kat

Nuestra investigación había llegado a su fin. No lo había hablado con Taylor, pero apenas me había dirigido la palabra desde la noche de Old Hill.

Me pasé toda la clase de Ética Vampírica viendo cómo Taylor fingía que no estaba pensando en lo que la señora Radtke nos había confesado. Simplemente, estaba repantingada en su silla: las piernas abiertas, el brazo enganchado sobre el respaldo en un extraño equilibrio; aunque el sol había entrado en estado de hibernación, llevaba unas gafas de sol en el pelo.

Pero cuanto más la observaba, menos convencida estaba de que fingía. Al fin y al cabo, ¿hay alguna diferencia entre actuar como si nada te importara y que realmente nada te importe? Taylor siempre estaba demasiado dispuesta a rendirse, a arrojar la toalla.

No era la primera vez que se comportaba así. Cuando nos fuimos de Virginia, no supe nada más de ella. Para Taylor fue muy sencillo pensar que la había abandonado. Antes de mandarle el mensaje en el que le pedía que no volviera a ponerse en contacto conmigo, me pasé dos semanas comprobando mi teléfono cada dos por tres para saber si me había escrito. En primer lugar, esperaba una disculpa porque les había contado a sus padres el secreto sobre mi hacedor, pero, luego, simplemente quería que se pusiera en contacto conmigo. Sin embargo, nunca recibí un solo mensaje. Además, cuando le dije que desapareciera de mi vida, una parte de mí lo hacía porque de ese modo, al menos, recibiría una respuesta.

Pero, simplemente, lo dejó pasar, como si nuestra relación no importara en absoluto. Y ahora estaba comportándose del mismo modo, otra vez. Pero en esta ocasión la herida era muy distinta. Ahora sabía que, cuando éramos pequeñas, nuestra separación solo fue un malentendido, un malentendido del que nuestros padres eran responsables. Sin embargo, durante las últimas semanas habíamos recuperado la confianza y habíamos despertado algo más profundo de lo que me esperaba.

Apreté el bolígrafo con fuerza. A pesar de todo lo que había ocurrido, no podía dejar de pensar en sus labios apretados contra los míos.

Sin embargo, ese beso solo había sido un arrebato de pasión rebelde. Surgió de la nada para desestabilizarme, pero con el tiempo recuperaría la tranquilidad.

—¿Todo bien? —me susurró Galen.

Pegué un bote.

—Sí, por supuesto.

—¿Así que vas a mirar a Taylor durante toda la clase?

—Yo no estoy mirando a…

—Debes ser una especie de santa para poder soportarla.

Me obligué a mirar hacia delante.

—No la soporto.

Había una razón por la cual no le había contado a Taylor que había descubierto que mi madre, en el pasado, trabajaba en Cas-Tech y que Victor, en realidad, era mi benefactor. No se lo había contado porque, antes de intentar entender qué significaba para mí, me juzgaría, como siempre. Incluso en las raras ocasiones en las que Taylor no decía directamente lo que pensaba, su rostro la traicionaba: esa ceja medio alzada y una pequeña sonrisa que no podía contener. En realidad, dentro de mi cabeza, Taylor siempre estaba con esa misma expresión.

Lo que me molestaba era que, durante los últimos meses, su forma de pensar me parecía excitante. Pensaba que era liberador ser tú mismo de esa manera. Pero emitir juicios contra todo lo que te rodea no te hace más valiente, sino cruel. Te deja atrapada con tus miserias. Era tal y como había dicho Lucy: pensar que eres mejor que los demás no significa tener personalidad.

Romper la relación era lo mejor que nos podía haber pasado. Ella me alejaba de mis metas, me hacía dudar de lo que quería y de mí misma. No podía concentrarme en los conflictos de Taylor, tenía que resolver los míos.

Galen llegó a la Pila directamente del entrenamiento de *lacrosse*. Todavía llevaba puesta la ropa de deporte. Desde que se enteró de que la fundación de su familia estaba más preocupada por entorpecer la investigación sobre el CFaD que por encontrar una cura no era el mismo. Su pelo estaba liso por el sudor; cuando se inclinó para darme un beso salado, solo pude encogerme. Apestaba. Después de besarme, estaba demasiado agitado como para sentarse.

Era plenamente consciente de que Galen siempre llevaba puesta una coraza impoluta. Nunca había conocido a nadie que controlara tanto su imagen ante los demás. Si esa armadura estaba desmoronándose, algo iba realmente mal. Una buena novia le habría preguntado qué le ocurría o habría intentado animarlo.

Pero yo no era una buena novia.

Así que sonreí y le pregunté:

—¿Estás preparado para las semifinales del torneo?

Se frotó la sien.

—No hay más partidos hasta los exámenes finales.

—Además, sois muy buenos —dije.

—No somos buenos. —Su voz rebosaba frustración—. Somos vampiros. Es absurdo que juguemos contra equipos humanos. No tienen ninguna posibilidad de ganarnos. Atherton actúa como si los equipos deportivos de la escuela fueran muy potentes, como si realmente ganáramos de forma limpia. Cada año entrenamos para ganar el torneo, pero, en realidad, lo hemos ganado antes de empezar la temporada. Todo es una pantomima.

—Solo es un juego.

—No es justo, Kat. Nos repetimos una y otra vez que nos lo merecemos, pero es mentira. ¿No crees que es importante? —Se sentó pesadamente en una silla—. No hace falta que digas nada. Claro que es importante.

—¿Estás hablando solo del equipo de *lacrosse*? Siempre puedes dejarlo y apuntarte a otro deporte.

Bajó sus ojos, cargados con una tormenta interior. Tenía las manos apoyadas en los muslos, apretadas en un puño.

—No es solo el *lacrosse*. —Su tono fue seco—. Siento que todo se derrumba a mi alrededor, y todo son mentiras. La fundación es una mentira, una mentira que mis padres y Victor me han repetido durante toda la vida. No puedo dejar de preguntarme cuándo pensaban contarme la verdad. Me lo he imaginado mil veces… —Levantó la mirada hacia mí, pero no pudo aguantarla—. Lo peor de todo es que siempre, en cada ocasión, les sigo el juego. Me piden que mienta por ellos, y lo hago. Dejo que me controlen, como siempre.

—No puedes culparte por sus mentiras.

—He sido tan estúpido como para creérmelas.

—No eres estúpido. Solo has confiado en tus padres —dije—. Además, todavía no has tomado ninguna decisión.

—No.

—Pues entonces aún estás a tiempo de encontrar otro camino.

Se restregó las manos por el pelo; su expresión se relajó y adoptó una postura más descansada.

—Si mis padres supieran cómo somos cuando estamos juntos, no les parecería una buena idea que estuviéramos saliendo.

—¿Qué quieres decir?

—Desde que te conozco, todo parece más nítido y claro. Por ejemplo, antes no entendía por qué no me parecía correcto beber sangre humana en las fiestas de Lucy. Pero, desde que te conocí, todo tiene sentido. Me haces mejor persona. —Esbozó una sonrisa tierna—. Me gustas mucho, Kat.

De repente, me invadió una indignación incontenible.

Este hermoso chico al que todo el mundo deseaba, al que yo tanto le gustaba, me miraba con ojos de ángel y me decía que lo hacía ser mejor persona. Sin embargo, me hacía sentir como si no quedara aire en la habitación. Nunca dejaría de sorprenderme cómo alguien como Galen podía ser tan frágil. Tenía tanto poder y tantas atenciones…, y él simplemente creía que así era como funcionaba el mundo.

Al mismo tiempo, era la novia de Galen. Se suponía que debía ayudarlo en esa suerte de crisis emocional. Pero sabía mucho más sobre sus privilegios de lo que probablemente él jamás sabría. ¿No tenía el deber de abrirle los ojos? ¿No tenía que convertirme en su terapeuta emocional?

Pero, en realidad, no quería desempeñar ese papel en su vida.

Cuanto más tiempo pasara con él, más cosas me quitaría. Galen no sabía ser fuerte por sí solo. Además, como sabía que lo estaba utilizando, me sentía en deuda con él. Y se lo permitía. Pero Galen nunca me haría ser mejor persona. Ni siquiera me entendía, aunque yo siempre fingía que era así.

Porque mientras fuéramos novios, yo sería parte de ese sistema que lo mantenía en el centro de todos esos privilegios. Tendría que ir con cuidado cada vez que hablara con él, cada vez que lo besara o cada vez que mostrara mi opinión. Tendría que ir con cuidado, a pesar de que sintiera que una parte de mí estaba languideciendo.

Entonces lo entendí perfectamente: Galen nunca podría gustarme.

No podría gustarme como debería.

No podría gustarme tanto como Taylor.

—¿He sido demasiado intenso? —dijo Galen con timidez.

Yo lo miraba fijamente, con la boca abierta.

Era demasiado. No podía aguantar un segundo más esa mirada que me decía que creía que estaba enamorado de mí.

—Lo siento, debo irme. Tengo que hacer una cosa que había olvidado por completo.

Me maldije a mí misma, pero tenía que salir de ahí. Metí mi portátil en la mochila y desaparecí antes de que pudiera darme un beso de despedida.

Taylor

Evangeline y yo nos vimos cada día de la semana. No fue difícil dar con una excusa. Con su obra de un acto a punto de estrenarse, coincidíamos cada tarde en el teatro.

Nuestra relación nunca había sido así. Jamás quedábamos tan a menudo. El primer día, fue genial. El segundo, también.

Hasta el tercero. Sin embargo, el quinto día, cuando estaba inclinada encima de mí y me susurraba al oído que siguiera, lo cual solía hacer que me temblara todo el cuerpo, sentí un profundo vacío en mi interior, como si el suelo se esfumara debajo de mí y cayera en un pozo sin fondo.

—¡No pares! —protestó.

Un mechón de su pelo negro le golpeó una mejilla.

Pero no podía seguir.

Me escabullí y rodé hacia la sucia alfombra del armario de los trajes. Normalmente, estar con Evangeline me hacía sentir bien. Sin embargo, ahora me parecía que todo era mentira. Ella nunca hacía algo sin una razón.

—Dime por qué, Evangeline.

Me lanzó una sonrisa socarrona, y se levantó sobre los codos. Su camisa estaba abierta y tenía al descubierto sus abultados pechos.

—¿Es esto una especie de juego?

—No, últimamente me haces mucho caso. Y no digo que no me excite, pero quiero saber por qué.

—La gente tiene necesidades —dijo, agarrándome de nuevo.

Me aparté de ella y me volví a poner el sujetador deportivo. Dios, por qué era todo tan complicado. Además, si no estaba con Evangeline, podía tardar un millón de años en volver a besar a alguien.

Sin embargo, cada vez que la besaba, pensaba en Kat. No es que me imaginara liándome con ella, sino que pensaba cómo sería si algún día tuviera que contarle todo esto. Cómo le explicaría que Evangeline me hacía sentir inútil y usada, y que, con todo, cada vez que me lo pedía corría a su lado. Que mantenía nuestra relación en secreto y que me había convencido para que no le diera importancia, porque, en realidad, así resultaba más excitante. Me había engañado a mí misma para creer que si estaba con ella y la besaba en secreto, en cierto sentido, mantendría algo de control sobre mi vida. Pero no tenía nada.

Evangeline se levantó y se abrochó la camisa.

—Porque ahora sabes lo que se siente. Ahora sabes qué se siente cuando no eres suficiente. He visto cómo vas detrás de Kat. Yo hacía lo mismo con Galen.

Negué con la cabeza.

—A ti solo te gusta Galen por lo que representa.

—Me gusta Galen y me gusta lo que representa. No puedes disociarlo. A ti te gusta Kat y te gusta porque es diferente. Ella va por libre y tú siempre te has sentido así. Solo quieres su aprobación, como yo busco la de Galen. —Esbozó una sonrisa terrible—. Pero nunca la obtendrás, como yo. Siempre llevaremos esta herida en nuestro interior.

Me volvió a agarrar, con el pelo derramado por su rostro.

—Evangeline, nos odiamos.

Dejó escapar una ruidosa carcajada.

—¿Y qué?

Era una pregunta sincera, sin doble sentido ni malicia. Como si nuestro odio mutuo fuera el hilo conductor, como si, durante los últimos dos años, nos hubiéramos limitado a jugar en torno a ese sentimiento. Momentos robados llenos de besos, insultos, mensajes secretos y miradas de reojo. Mi cerebro se esforzaba por reconstruir todas esas escenas. ¿Me gustaba Evangeline realmente? ¿Lo nuestro era una relación? Apenas podía imaginármelo, pero no hacía falta, podía verlo en su cara. Yo no era nada para ella. Pero, ahora mismo, era lo único que tenía.

Era una persona desdichada, y por eso, yo también lo era. Por alguna perversa casualidad, nos habíamos encontrado y habíamos compartido una serie de encuentros desagradables y sin sentido. Yo era la única persona en toda la escuela que había podido conocerla. Me había mostrado partes de sí misma que ella era incapaz de entender. Tal vez yo había hecho lo mismo. En otra vida, quizá nuestra relación habría sacado lo mejor de nosotras, en lugar de nuestro peor yo. Por eso, en ese momento, me di cuenta de que nuestra historia había llegado a su fin. De alguna manera, esta certeza resultaba incontestable.

Pero, a pesar de estar hundida, tenía que levantarme.

—No tenemos una relación, Evangeline.

Ella me sonrió.

—De acuerdo, si quieres, podemos hacer lo de «te odio, esta es la última vez».

—No te odio —dije en voz baja.

Su sonrisa se desvaneció.

—Pero estar contigo me hace odiarme a mí misma. Creo que esta herida que compartimos me impide sanar. Necesito que se cure. Y quiero que la tuya también se cure.

—Era una forma de hablar —me respondió—. No puedes dejarme por Kat. Ella no te quiere y nunca lo hará.

—Esto no lo hago por ella.

—No sé si de verdad te crees lo que dices o esperas que me lo crea yo. Deja de ser tan patética y vuelve aquí.

Deseé que Evangeline no estuviera medio desnuda y tirada en el suelo mientras decía esto. La estaba dejando, pero no quería que se sintiera humillada.

—Lo siento, Evangeline. Esta ha sido nuestra última vez.

34

Kat

Estaba sentada a mi escritorio, trabajando en el ensayo final para la clase de Ética Vampírica de la señora Radtke, cuando alguien golpeó la puerta de nuestra habitación.

—¡Inspección! Poneos decentes: voy a abrir esta puerta dentro diez segundos.

Era la voz del director Atherton. ¿Qué estaba haciendo aquí? Se suponía que las inspecciones de las habitaciones las hacía el mayordomo de la casa.

—Diez..., nueve..., ocho...

Me lancé a la cama y saqué la revista que había robado de las Colecciones ampliadas. Me la metí en la cintura de la falda y luego me apresuré a ir al lado de la habitación que era de Taylor.

—Siete..., seis..., cinco...

Taylor estaba en la biblioteca, pero el disco duro estaba aquí, en algún lugar. ¿Dónde lo había escondido? Busqué en su escritorio, esperando que el director Atherton no me oyera abrir los cajones. Nada.

—Cuatro..., tres...

Ahí estaba, metido en la estantería justo al lado del libro *1000 películas para ver antes de morir*.

—Dos...

Lo cogí y lo metí en una manga de mi cárdigan.

—Uno.

El director Atherton abrió la puerta. Yo estaba de pie en medio de la habitación. A su lado estaba la señora Radtke, con su típica mirada de estar medio molesta. Pero cuando me miró, vi la alarma en sus ojos. Los acompañaban tres ayudantes de rostro inexpresivo.

El director Atherton, atrapado en ese cuerpo de niño, por primera vez me pareció tan viejo como su edad.

—Un chivatazo anónimo me informó de que tú eres la autora de este artículo.

¿Un chivatazo anónimo? El artículo se había publicado semanas atrás, y el director Atherton no había encontrado ninguna prueba de que yo lo hubiera escrito, porque, en realidad, no lo había hecho. ¿Por qué estaba registrando nuestra habitación ahora?

—Esta es tu oportunidad de practicar los valores de respeto de Harcote —dijo el director—. Kat, ¿escribió usted ese artículo?

—No —chillé.

—Espero que esté diciendo la verdad —replicó el director Atherton—. Espere en el pasillo.

—Este es mi lado de la habitación. —Señalé mi escritorio—. Yo y Taylor mantenemos nuestras cosas bastante separadas.

—Taylor y yo —me corrigió el director Atherton—. Al salón.

Mientras la señora Radtke y el director Atherton hablaban en la puerta, me asomé por la barandilla para ver cómo los ayudantes desmontaban nuestra habitación. Revisaron todos los cajones de mi escritorio, incluso hojearon mis cuadernos. Luego pasaron a la cama para buscar bajo el colchón, y después bajo el marco de la cama, como si la escuela fuera una cárcel y el director Atherton nuestro alcaide. Cuando terminaron con mi armario, esperaba que se fueran. No habían encontrado nada entre mis cosas, pues no había nada que encontrar. Después de todo, el objeto de aquella búsqueda era yo.

Pero, de repente, se dirigieron hacia el lado de Taylor.

El miedo me revolvió el estómago. Más le valía a Taylor no haber dejado ningún rastro de haber escrito ese artículo. Sabía que habría pruebas en su ordenador, pero se lo había llevado a la biblioteca. Si pudiera llegar hasta ella a tiempo, podría borrarlo. Estaría bien.

Todo estaría bien.

Taylor estaría bien.

No es que fuera de mi incumbencia que ella estuviese bien.

Escuché pasos en la escalera.

—¿Inspección de habitaciones? —dijo Evangeline—. ¿Qué están buscando?

En los últimos días, había empezado a no darle importancia a lo que Evangeline pensara. Esa aura de caos que llevaba consigo ya no me intrigaba. No resultaba excitante. Era la destrucción y la crueldad por su bien, por su «propio» bien.

—Un informante anónimo le dijo al director Atherton que yo había escrito ese artículo, así que ahora están registrando la habitación.

Evangeline emitió un pequeño bufido de satisfacción que hizo que me entraran ganas de golpearla con todas mis fuerzas.

—Toda la habitación —susurré para que el director Atherton no pudiera escuchar—. ¿Cómo pudiste hacer esto?

—¿Qué te hace estar tan segura de que lo hice yo?

—Nadie más ha aparecido para mirar, ¿verdad? Sé que eres completamente despiadada, Evangeline, así que puede que no te hayas dado cuenta de esto, pero cuando estás saliendo con alguien, se supone que debes cuidarla, que debes estar para ella.

—¿De qué estás hablando?

—¡De Taylor! ¿De quién más?

—No estoy saliendo con Taylor —dijo amargamente.

A pesar de lo que estaba pasando, el alivio me hinchó el pecho.

—Os vi en el baile de los Fundadores.

Se apartó el pelo de la cara, pretendiendo hacer un gesto informal.

—No sé qué crees que viste, pero si se lo contaras a alguien, nadie te creería.

Se asomó a la habitación y volvió a mirarme, frunciendo el ceño.

—Taylor no saldría conmigo aunque yo quisiera. Está completamente colgada de ti, junto con Galen y todos los demás en esta escuela. Pero no serás un problema por mucho tiempo.

—¿Estás celosa? ¿Por eso me delataste al director Atherton? No tienes idea de lo que has hecho.

—Por supuesto que sí.

Evangeline se movió, incómoda. Agarré la barandilla para evitar empujarla por las escaleras.

—¡Eres la persona más tonta y obsesiva del mundo, Evangeline!

Ella puso sus manos en las caderas.

—Perdona, ya que soy tan imbécil, tendrás que explicarme de qué va todo esto.

—Yo no he escrito el artículo —dije con firmeza.

Por fin lo entendió.

—Oh, no…

—¿Qué estáis haciendo? —preguntó Taylor mientras se desabrochaba el abrigo en el rellano. Sus rizos estaban mojados por la lluvia—. ¿Ese es Atherton?

Levanté la vista para ver al director Atherton en lo alto de la escalera; sostenía un trozo de papel arrugado y cubierto con la letra irregular del cuaderno de Taylor.

—Taylor, ven conmigo.

Levantó sus cejas y sus labios se separaron, pero rápidamente se recompuso y adoptó una expresión seria, feroz pero resignada. Me costó un mundo no bajar corriendo las escaleras hacia ella, rodearla con mis brazos y decirle que seguía estando a su lado. Si iba a ser valiente, no tenía que hacerlo sola.

Pero no lo hice.

Me quedé allí con Evangeline y la señora Radtke, viendo como el director Atherton se la llevaba.

Taylor

Atherton y sus ayudantes me acompañaron a su despacho.

En la hoja arrugada estaba mi letra, con garabatos y líneas tachadas. No debería haber redactado el artículo a mano (¿quién lo hace?), pero no soy muy buena escribiendo, y hacerlo a mano me ayuda a pensar. Al menos debería haber sido lo suficientemente cuidadosa como para meterlo dentro del cubo de basura, en lugar de tratar de encestarlo.

—Taylor, ¿escribió esto?

Abrí la boca para decir algo sarcástico; no iba a darle la satisfacción de verme ceder.

Pero entonces recordé lo que le había dicho a Evangeline, que quería curar esa herida dentro de mí. Me acordé de lo que Kontos me había dicho, eso sobre defender lo que creía. Y aunque no quería, pensé en Kat. Ella se había sentido orgullosa de mí, aunque me hubiera escondido tras el anonimato y luego tras ella. Creía en lo que había escrito y no quería seguir fingiendo.

—Sí. Yo lo escribí —dije—. Kat no estuvo involucrada. Lo hice sola. Nadie lo sabía, ni siquiera Max. Le dije que era de un amigo, que él me lo había pasado a mí para mantener el anonimato.

Atherton apretó sus extraños labios rosados. Sus ojos brillaron como los de un lobo, como si me tuviera en una trampa. No se parecía en nada al director de escuela tan poco guay que aparentaba ser. En ese momento, resultaba desconcertantemente fácil imaginarlo acechando a los humanos como si fueran una presa.

—Esto es una violación del Código de Honor, por lo que el Consejo de Honor debe determinar las consecuencias, ¿no? —pregunté—. ¿Va a llamar a los demás miembros?

—Esta vez no. Me he tomado este asunto como algo personal. La tomo a usted como algo personal, Taylor. Los últimos dos años ha sido un problema. En cada oportunidad, ha insultado a esta escuela y lo que representa. Se le ha dado advertencia tras advertencia, oportunidad tras oportunidad. Siempre esperaba que fallara en mejorar, y cumplió esa expectativa. Nunca ha pertenecido a Harcote. —Sonrió de manera perversa y horrible mostrando las puntas de marfil de sus colmillos—. Taylor Sanger, queda expulsada del centro.

35

Kat

Con la nariz pegada a la ventana frontal de la casa Hunter, observé cómo el director Atherton acompañaba a Taylor hasta el campus bajo una lluvia gris. En el primer piso, Evangeline se había encerrado en su habitación; me preguntaba si podía bloquear la puerta con unos clavos para evitar que ella o Lucy causaran más estragos.

Nuestra habitación estaba hecha un desastre por culpa de la inspección: ropa y libros tirados por todas partes. Los asistentes habían derribado la torre de cajas de zapatos de Taylor e, incluso, habían retirado la bandera arcoíris, a pesar de que era imposible que esperaran encontrar algo debajo.

No podía dejar que Taylor regresara y se encontrara la habitación en tal estado. Recogí la bandera que se había caído debajo de la cama y la volví a clavar en el techo, justo donde estaba antes. Luego alisé las páginas arrugadas de *1000 películas que hay que ver antes de morir*, colgué de nuevo las camisas que los asistentes habían arrancado de sus perchas y apilé las cajas de zapatos.

Entonces me senté en la cama de Taylor. Mi lado de la habitación parecía la resaca del mordisco de un huracán, pero no me importaba. Nada de todo eso era mío.

Todo pertenecía a Victor Castel.

¿Había algo mío realmente?

Enrosqué la mano en las sábanas de Taylor.

Esto era real. Mis sentimientos por ella. Solo quería que no le pasara nada. Deseaba que estuviera a mi lado. Era un sentimiento más fuerte que la amistad, que iba más allá de nuestra historia, más allá de nuestros desencuentros.

De repente, todo resultaba tan sencillo.

Era como si hubiera abierto una puerta dentro de mí, y tras ella descubriera un nuevo universo. Me había pasado las últimas semanas sintiendo que, de alguna manera, les estaba fallando a Galen y a Taylor. Pero, en realidad, me estaba fallando a mí misma. Estaba tan convencida de que sabía quién era y lo que quería (y había gastado tanta energía en Harcote intentando que todo encajara) que me parecía imposible que hubiera partes de mí que todavía no hubiera descubierto. ¿Por qué había estado tan segura de que era un fracaso no conocerme a mí misma, especialmente cuando me había equivocado en tantas cosas?

Cuando dejé que todo eso cayera, solo quedó una certeza: me gustaban las chicas, y amaba a Taylor.

Cómo me había dado cuenta no tenía tanta importancia como el hecho de que lo había hecho. No sabía cómo definirme, qué etiqueta tenía que usar, cómo se lo diría a los demás. Pero eso podía averiguarlo más tarde. Ya no tenía miedo. Me parecía emocionante.

Ahora sentía que era yo misma.

Alguien llamó a la puerta. Cuando la abrí, vi a Lucy al otro lado.

—¿Un día duro, verdad, pequeña Kat?

Su larga cola de caballo se agitó detrás de ella mientras giraba el cuello para intentar ver el interior de la habitación.

—Lucy, si vuelves a llamarme pequeña Kat, voy a convertir esa cola de caballo en un corte de pelo tan ridículo que LucyK no va a asistir a ninguna fiesta durante un tiempo.

—¿De verdad? ¿No puedes ser amable? Además, solo quería avisarte de que Galen te está esperando fuera. Dice que no respondes a ninguno de sus mensajes.

Cogí el móvil de mi escritorio:

¿Han registrado tu habitación?

¿Estás bien? Dime algo. ??????

Estoy delante de la casa Hunter. ¿Puedes bajar?

Voy a llamar a Evangeline o a Lucy.

—Gracias, Lucy —dije a regañadientes.

—No hay de qué, Kat.

Hacía mucho frío y seguía lloviendo. Galen estaba bajo un paraguas negro con el ceño fruncido. Parecía que acababa de ver una película de la *nouvelle vague* sin haber entendido nada. El paraguas no era suficientemente grande para los dos, y el agua helada se me escurría por la espalda.

Deslizó los dedos por el cuello de mi abrigo para acercarme a él. Pero agarré su mano y la aparté.

—No hagas eso —dije cruzando los brazos.

—¿Qué ocurre? —Su rostro era todo confusión—. Puedes hablar conmigo, Kat.

Sus palabras me dolieron: Galen se preocupaba por mí, quería apoyarme y amarme. Me estaba comportando exactamente igual que Evangeline con Taylor.

Y no quería ser como ella.

Galen era tan hermoso… Tal vez algún día podría perdonarme por esperar que su belleza transformara mi aprecio en algo más fuerte. Y yo podría perdonarlo a él por no darse cuenta de que siempre que intentaba besarme buscaba una excusa para que no lo hiciera.

Entonces una discreta voz en mi cabeza se preguntó: «Si no me gusta Galen, ¿es que no me atraen lo chicos?».

Tomé aire profundamente. No necesitaba responder a todas las preguntas. Por el momento, lo único que sabía era que no podía seguir con esto.

Busqué los ojos de Galen. El color de sus ojos combinaba perfectamente con el color de las nubes del cielo.

—No puedo seguir saliendo contigo. Necesito resolver algunos asuntos que, ahora mismo, no puedo contarte —dije.

—Pero podemos hacer que funcione. Yo también estoy pasando un mal momento con todo esto de mi familia. Pero nos tenemos el uno al otro.

Se acercó a mí.

—No —le dije—. Tengo que hacer esto sola. Quizá tú también deberías hacer lo mismo. No necesitas preguntarme lo que está bien y lo que está mal. Puedes decidir por ti mismo. Te apoyaré, como amiga.

—Pero yo confío en ti, Kat. Te necesito.

Sacudí la cabeza.

—Sé que eso es lo que crees. Pero no puedo cuidar de ti. Primero tengo que cuidar de mí misma.

Una mirada de dolor atravesó su rostro mientras se pasaba una mano por el pelo.

—Me estaba enamorando de ti.

Volví a negar con la cabeza.

—La verdad, Galen, es que ni siquiera me conoces.

Regresé a la casa Hunter y lo dejé solo bajo la lluvia.

Taylor. Siempre había sido Taylor. Y pensaba decírselo en cuanto la viera.

Taylor

Mientras bajaba a duras penas la colina, apenas podía sentir la lluvia.

Expulsada.

Después de todos estos años odiando este lugar, al fin estaba fuera. Dejaría Harcote atrás, con todas sus estúpidas tradiciones, su gente falsa y su ridícula moral vampírica.

Había fantaseado tantas veces con la idea de irme que jamás se me había ocurrido pensar en lo que me perdería si sucedía.

Abrí la puerta de la casa Hunter. Mientras había estado fuera y había hablado con Atherton, los inquilinos de la casa habían sentido la necesidad de ir a estudiar a la sala común. Las estúpidas chicas Dent me miraban con una curiosidad socarrona. Lucy manoseaba su teléfono para tomar una foto de mi caída. Evangeline estaba sentada donde solía ponerme yo y me observaba con la cara desencajada y seria.

Y en el rellano estaba Kat, mirándome fijamente.

Me dolió demasiado mirarla, así que me sacudí la lluvia del abrigo y me centré en las demás chicas de la casa Hunter.

—Os voy a ahorrar los correveidiles —les dije—. Yo escribí el artículo del periódico. No me arrepiento. En realidad, no debería haberlo publicado de forma anónima. Mantengo todo lo que escribí. Y Atherton me ha expulsado. Después del Día de los Descendientes no volveréis a verme.

Apenas había acabado de hablar y ya tenía a Evangeline frente a mí.

—No puede expulsarte —gritó. Me agarró las manos con fuerza y tiró hacia ella delante de todo el mundo. Yo estaba mirando sus cuidadas uñas—. Lo siento mucho. Esto no tenía que haber pasado. Tienes que creerme, Taylor. No es lo que yo pretendía... Se supone que tenían que expulsar a Kat, no a ti.

Me mordí el labio. Debería haberme imaginado que Evangeline no iba a quedarse de brazos cruzados. Le había asegurado que no habíamos roto por culpa de Kat, pero su cerebro no estaba preparado para entenderlo. Kat estaba con Galen, y Evangeline no podía permitir que también me tuviera a mí. Su plan era quitar a Kat de la ecuación, pero había fallado con el blanco.

Apreté sus manos.

—No pasa nada, Evangeline. Está bien.

—No, no está bien. —Su voz temblaba más que nunca, como si estuviera a punto de llorar por mí, por algo que había hecho mal—. Tú perteneces aquí. Te necesito.

—¿La necesitas? —dijo Lucy, contrariada—. Es Taylor Sanger. No es ninguna sorpresa que la hayan expulsado.

Evangeline soltó mis manos y se volvió hacia la habitación, como si acabara de recordar que no estábamos solas. Entonces se transformó en esa furia con sed de venganza que yo conocía tan bien.

—Es una sorpresa si me da la gana, Lucy. No pueden expulsarla por decir lo que piensa. Eso es fascismo. Taylor es la única persona en esta escuela medianamente interesante, y todos la hemos tratado fatal. —Entonces se volvió hacia mí, y la furia desató el caos—. Yo la he tratado fatal.

No es que no agradeciera la disculpa de Evangeline; en realidad, sí que lo hacía. Y mucho. Pero tenía un nudo en la garganta, y todo el mundo me estaba observando. Una cosa era reconocer la autoría del artículo, y otra, escenificar un melodrama en la sala común. Por encima del hombro de Evangeline, todavía podía ver a Kat en las escaleras, como una esfinge que se interponía entre yo y el único lugar donde podía lograr un poco de intimidad para procesar todo eso.

No podía hacerlo.

Así pues, di media vuelta y me adentré de nuevo en la lluvia.

Me senté en las gradas y miré hacia el campo de *lacrosse*. La lluvia había menguado hasta convertirse en una espesa llovizna. Mis ojos no dejaban de mirar la línea de medio campo. Mi cerebro seguía ofuscado con Kat. Había intentado olvidarme de ella. Había intentado ser su amiga. Había intentado alejarla.

Pero nada de eso había funcionado.

No era justo que tuviera que perderla de nuevo.

Pero, al mismo tiempo, no la podía perder porque no era mía. Nunca lo había sido.

Debajo de mí, las gradas tintineaban con la lluvia. Una figura negra que se subía unas faldas de gran tamaño para que no se embarraban se acercaba hacia mí. Cuando Radtke llegó a mi altura, parecía un gato negro empapado.

—He hablado con Atherton —dijo—. Técnicamente, ha roto el protocolo, pues la ha expulsado sin reunir al consejo.

Me encogí de hombros.

—No importa. Me quiere fuera de aquí.

—Así es —confirmó Radtke—. Siento que hayamos llegado a esto, Taylor.

Me mordí el puño. Necesitaba decir algo gracioso para demostrarle que no quería su compasión. Pero no se me ocurría nada. ¿También había perdido mi habilidad para sacar de quicio a Radtke?

—¿Por qué ha sido tan dura conmigo si estaba en el mismo equipo que Kontos? —le pregunté.

—No solo me mostraba dura con usted. Hacer respetar el Código de Honor es mi trabajo, y no me hace ser muy popular entre los alumnos. Pero la mayoría de ellos solo necesitan un pequeño toque de atención. Pero usted no. Cada vez que le advertía de que estaba violando el código solo lograba que persistiera más en su empeño. Me recuerda a mí, antes de que aprendiera a tener paciencia. —Radtke sonrió al ver mi cara de horror—. Es posible que le haya prestado bastante atención, pero lo hacía con la esperanza de que un público menos receptivo que yo no se percatara de sus pequeños actos de rebeldía.

—¿Atherton?

—Por ejemplo.

Me llevé las manos a la cabeza. El agua se me metía en los ojos.

—Me ha dicho que la semana que viene tengo que estar fuera. Además, me ha prohibido participar en cualquier acto relacionado con el Dia de los Descendientes, salvo la obra de teatro de Evangeline.

—¿Qué tiene pensado hacer hasta entonces?

—Nada. Si pudiera, me iría hoy mismo. Me gustaría acabar con todo esto, en lugar de pasarme dos días fingiendo no saber que todo el mundo está hablando de mí. Probablemente, me quedaré mirando películas en mi habitación, aunque... —En mi habitación estaría la maldita Katherine Finn. Miré de soslayo a Radtke—. Bueno, en esa habitación hay un ambiente extraño.

Radtke se cepilló el agua acumulada en su camisa.

—Si quiere un consejo... —empezó a decir delicadamente.

Pero yo no quería ningún consejo. Seguramente, me recomendaría que reflexionara sobre las virtudes de la amistad o algo parecido...

—Yo le recomendaría que, simplemente, le dijera a Kat cómo se siente. Está a punto de abandonar la escuela, y quién sabe qué puede pasar antes de que vuelva a verla. En su lugar, yo enseñaría todas las cartas...

Me quedé con la boca abierta.

—Creo que no entiende lo que ocurre...

—Taylor, he vivido diez veces más que usted. ¿De verdad cree que no puedo entender la homosexualidad? —Radtke resopló, exasperada—. Además, aunque no entendiera nada, la forma en que mira a Kat deja muy claro lo que siente por ella.

Mis mejillas se sonrojaron.

—Si es tan obvio, entonces, ¿por qué tengo que decírselo? Solo le daría una oportunidad para que me rechazara. Y si tiene que pasar eso, prefiero ahorrármelo.

—Un día se dará cuenta de que, si quiere algo, si quiere algo de verdad, debe insistir en ello. Se lo debe a usted misma. Sí, es arriesgado y embarazoso, y a veces incluso doloroso. Pero si no puede pedirlo, nunca lo conseguirá. Es inmortal, señorita Taylor. Pero eso no significa que pueda perder el tiempo.

36

Kat

Taylor se había ido.

Otra vez.

Siempre estaba huyendo, marchándose antes de que la dejaran a ella. Hacía imposible que alguien permaneciera a su lado.

No podía hacer nada más que esperar a que volviera.

Estaba mirando por la ventana de nuestra habitación del ático, observando la lluvia y mordiendo el interior de mi mejilla, cuando la puerta se abrió detrás de mí. Taylor estaba empapada, con el pelo pegado a su rostro, pálida por el frío. El corazón se me aceleró cuando me di cuenta, como nunca antes (o tal vez nunca me lo había permitido), de lo hermosa que era: la suave hendidura en su barbilla, la forma en que sus labios se ensanchaban en un perfecto arco de Cupido, la delicadeza con la que se movían sus oscuras cejas, el oro que brillaba en sus ojos. Una ráfaga de aire frío la había seguido hasta la habitación, pero mi cuerpo estaba ruborizado por el calor.

—Taylor, yo…

Me interrumpió.

—Tengo que…

—No, yo primero —dije—. He estado pensando durante horas en lo que quiero decirte. Vine a Harcote para intentar ser una persona diferente. Eso era lo que quería y pensé que tenía sentido. Pero terminé perdiendo la noción de quién era realmente. Hice muchas cosas de las que me arrepiento. Pero de lo único que no me arrepiento, y de lo que nunca podría arrepentirme, es de ti.

»Eres la única persona que me hace sentir normal en este estúpido lugar. Como si estuviera siendo la persona que se supone que debo ser, es decir, quien soy realmente. Siempre supiste cuándo fingía, o descubrías cualquier mentira que había dicho.

»Por eso he decidido que, si te expulsan, yo también me voy. Sé que quizá eso no arregle nada, pero podemos solucionarlo. Tal vez puedas quedarte en Sacramento con nosotras. Mis amigos te encantarán. Y, básicamente, allí todo el mundo es *queer*.

Lo había imaginado como un gran ofrecimiento, pero sonó de lo más estúpido cuando lo dije: nosotras dos, juntas. Taylor se quedó allí, con la boca un poco abierta y mirándome como si la hubiera abandonado a la deriva en altamar.

Me acerqué a ella. Cuanto más cerca, mejor.

—No puedo sobrevivir aquí sin ti. Ahora no entiendo cómo pude pensar que podría hacerlo. Ni siquiera comprendo cómo pasé los últimos tres años creyendo que te odiaba. Eres mi pilar. No voy a dejarte otra vez.

Todo su cuerpo estaba tenso, como si algo de lo que había dicho le hubiera dolido y se esforzara por ocultarlo. Se rascó una ceja y cruzó los brazos con fuerza sobre su pecho.

—Quieres decir como amigas, ¿no? —dijo cuidadosamente—. Quieres estar conmigo como amigas.

—¡Taylor!

Pero ella se apresuró a hablar antes de que yo lo hiciera.

—Necesito que me digas si es solo como amigas, porque no puedo soportar más esto. Me prometí a mí misma que lo diría, y no sé cómo vas a reaccionar y tal vez me odies, pero, como me voy, no quiero arrepentirme de no haberlo dicho. —Cerró los ojos con fuerza durante un segundo, luego exhaló y me miró fijamente—. Estoy completamente enamorada de ti. Siempre lo he estado.

—Yo…

—No, no digas nada. Solo un segundo, ¿vale?

Sus ojos se llenaron de lágrimas, pero lentamente surgió una mirada de alivio. Había algo más ligero en ella, como si finalmente se hubiera liberado de un peso que había estado cargando durante demasiado tiempo.

Mi corazón retumbó en mi pecho. Podía sentirlo en todo mi cuerpo.

—¿Siempre?

Ella asintió.

—Sé que es demasiado, y sé…

—Taylor…

—… que probablemente estés completamente asustada, pero…

—¡Taylor, escúchame! Eso es lo que yo estaba tratando de decir —grité—. Creo… que yo también estoy completamente enamorada de ti.

—Tú… ¿qué? —Sus ojos se abrieron tanto que pude ver el blanco alrededor de sus iris—. ¿Y Galen?

—Rompí con él. Tú misma lo has dicho, ni siquiera me gusta.

Taylor me miraba fijamente, con los labios entreabiertos. Parecía tan indefensa y vulnerable que casi daba miedo. Pero yo también me sentía así.

—Y te besé, ¿recuerdas? —añadí.

Ella negó con la cabeza.

—Eso fue un error. Te disculpaste.

—No fue por el beso, fue por no preguntarte primero. Y, como estabas tan molesta, estaba segura de que no habías querido que te besara, y después pensé que estabas con Evangeline. Pero ese beso no fue un error. Para ser sincera, no he podido dejar de pensar en él.

—Kath-er-ine. —Su voz sonó grave, áspera; decía mi nombre como nadie lo hacía. Encendió una mecha dentro de mí que lanzaba chispas y amenazaba con prenderse—. Yo tampoco.

—Di mi nombre otra vez —dije bajando yo también la voz.

—Kath-er-ine. —Los labios de Taylor se curvaron en una mueca torcida y hambrienta—. ¿Puedo besarte?

—Por favor.

Pero no lo hizo, no de inmediato. Primero dejó caer su abrigo mojado al suelo. Su camisa abotonada estaba empapada, pegada a ella. Me dejé llevar por la forma en que se ceñía a su cuerpo, las curvas, los planos y las ondas. El calor floreció dentro de mí como nunca lo había sentido con ningún chico. No quería pensar en chicos ahora; no quería volver a pensar en chicos, no cuando había otras mil cosas que necesitaba y todas ellas estaban aquí mismo: necesitaba quitarle esa camiseta. Necesitaba apretar mi piel contra la suya. Necesitaba que se diera prisa en besarme.

Taylor me cogió las mejillas con las palmas de las manos. Intenté no temblar. Me metió los dedos en el pelo. La mirada en su rostro resultaba casi dolorosa, pero era un tipo de dolor que reconocí como el placer surrealista de conseguir por fin lo que quería y no creer que fuera real. Deslicé mis manos sobre las suyas para entrelazar nuestros dedos, y, aun así, por un eterno segundo, pensé que no lo haría, que volvería a huir.

Se inclinó y me besó.

Sus labios eran cálidos y suaves, su beso era tentativo, delicado, como si estuviera probando si yo realmente quería eso. O tal vez si ella lo quería. Sin embargo, en el mismo instante en que pensé en preocuparme por eso, yo la estaba besando más fuerte, apretándola hacia mí, con mi lengua recorriendo sus labios.

El calor corría por todo mi cuerpo. Era una atracción magnética que me hacía querer aplastarme contra ella para que ni siquiera el aire se interpusiera entre nosotras.

Era un deseo real, fuerte, caliente y verdadero. Ni parecido a la mísera sensación que pensaba que era el deseo.

Deslicé mis manos por los brazos de Taylor, agarré sus músculos bajo la tela húmeda de sus mangas; luego, sorprendiéndome a mí misma, la empujé contra la puerta. Pasé las palmas de mis manos por su torso mientras sentía las crestas de sus costillas y las costuras de su sujetador deportivo. Inclinó la cabeza hacia atrás y puse mi boca en su mandíbula, en su cuello. Un pequeño rincón oscuro de mi cerebro, la última parte que permanecía operativa, se preguntaba si lo estaba haciendo mal, si no se suponía que ella debía tomar la iniciativa o si besar una mandíbula era raro…, pero, de repente, Taylor curvó su cuerpo contra el mío y gimió suavemente. Nunca había escuchado un sonido como ese, un sonido que me atravesó e hizo que mi corazón se estremeciera.

La idea de que ella estuviera disfrutando de esto tanto como yo hizo temblar mis cimientos.

Taylor había dicho «siempre». Había dicho que siempre me había deseado.

Me aparté para mirarla. Su pulso parpadeaba en su cuello. Me miraba, con los ojos oscuros y la boca distendida.

—¿Estuvo bien? —Mi respiración era corta y rápida.

—Sí —susurró con voz ronca—. Muy bien. Muy muy bien.

Sonreí y entrelacé mis dedos con los suyos.

—¿Vamos a la cama?

Sus cejas se levantaron.

—¿Estás segura de que eso es lo que quieres?

¿Lo estaba? Nunca había sido esa persona, la que presionaba por quitarse la ropa o para ir a la cama. Tal vez debería sentirme nerviosa, pero no lo estaba.

—Si esto es demasiado rápido, podemos ir más despacio. Lo que quieras —le dije—. Pero te deseo, Taylor. De eso estoy segura.

37

Kat

Estaba en el auditorio con el Comité del Día de los Descendientes representando al club ¡Activismo Climático! para comentar la presentación que se suponía que íbamos a hacer durante el almuerzo del domingo. Me había ofrecido para presentar las diapositivas con la esperanza, probablemente vana, de que se hablara de algo real.

Pero tenía la cabeza en otro lado. En mi habitación, Taylor estaría haciendo las maletas. Lo sabía porque aprovecharía mi ausencia para hacerlo más rápido. Mis mejillas se sonrojaron al recordar los últimos dos días. No podía creerme que alguna vez me hubiera preguntado si me gustaba liarme con otra persona, porque ahora sabía perfectamente que me encantaba.

Me costó mucho convencer a Taylor para que se creyera que la oferta de abandonar la escuela e irnos a Sacramento juntas iba en serio, aunque finalmente lo conseguí, ella rechazó la oferta. Entendía que Harcote era muy importante para mí. Me dolía en el alma pensar en todo lo que no podríamos compartir: pasar las noches de invierno juntas o ir de la mano por el campus observando las miradas escandalizadas de los demás alumnos.

Pasamos rápidamente las diapositivas que había preparado para mostrar imágenes del plástico oceánico y de distintos vertederos.

—No queremos que la presentación sea muy deprimente —dijo uno de los participantes—. Nuestros padres y hacedores estarán allí.

Puse los ojos en blanco.

—Es cierto, se merecen una versión más feliz del cambio climático. Lo cambiaré por unos polluelos rescatados de un vertido de petróleo.

No lo decía en serio, pero a todo el mundo le gustó la idea.

Alguien posó la mano sobre mi hombro: era el vampiro de cara puntiaguda que me había recibido el primer día.

—Kat Finn —dijo. El zumbido nasal de su voz me puso la piel de gallina—. Tiene un invitado en el Centro de Visitantes.

El Centro de Visitantes de Harcote era una casa de campo rodeada de viñedos que quedaba cerca de la entrada principal. Era lo suficientemente mona como para que apenas te dieras cuenta de que, en realidad, era la oficina de seguridad que se ocupaba de todos los visitantes del campus; especialmente, de los humanos que lo visitaban durante las jornadas de puertas abiertas y los eventos deportivos que la escuela tenía que dar para mantener su imagen pública de escuela de élite.

Cuando el vampiro abrió la puerta de la sala de espera, mi madre estaba allí. Nada más verme, se apresuró a abrazarme.

—Mamá, ¿qué estás haciendo aquí? —dije con mi cara aplastada contra su hombro.

—¡Decidí venir al Día de los Descendientes un poco antes! Además, quería pasar algo de tiempo con mi niña.

—Me dijiste que no ibas a venir.

—¡Sorpresa!

Había algo en ella que no estaba bien. Sus ojos seguían mirando al vampiro que me había llevado hasta allí: no nos sacaba sus brillantes ojos de encima.

—Tengo una habitación de hotel en la ciudad para que puedas pasar la noche conmigo.

—¿Una habitación de hotel? Pero no tenemos permisos para pasar la noche fuera.

Sonrió de una manera que no parecía del todo ella misma.

—Todavía soy tu madre, Kat. No me hace falta ningún permiso para sacarte de aquí.

A pesar de que no sabía lo que estaba ocurriendo, mientras pasábamos por delante de las puertas de Harcote con el coche que mi madre había alquilado, le mandé un mensaje de texto a Taylor: «¿Mi madre me está secuestrando?». Cuando las puertas se cerraron detrás de nosotras, resopló aliviada.

—¡Por Dios! ¿El ambiente siempre es tan opresivo en Harcote?

—Mas o menos —dije—. ¿Adónde vamos?

—A casa —respondió mi madre—. Te llevo a casa.

—¡Ni se te ocurra!

¿Qué pasaría con Taylor? Si me iba ahora, tal vez no volvería a verla nunca más. ¿Y la investigación de Kontos y la señora Radtke? ¿Y el Día de los Descendientes con Galen y sus padres? ¿Y Victor y sus planes para mí? ¡Estábamos a punto de descubrir cómo encajaban todas las piezas y a mi madre se le ocurría llevarme a casa!

—¡No puedes llevarme a casa! —dije.

—Lo que no puedo hacer es dejar que mi hija pase un fin de semana con la familia Black y con Victor Castel. —Cuando dijo su nombre pareció que lo escupía—. No puedo permitir que me separe de ti. Cuando te admitieron, intenté engañarme para pensar que no se fijaría en ti. Fui una estúpida.

—¿De qué estás hablando?

—Fue un error dejarte venir a esta escuela, un error mío, y lo pagaré durante mucho tiempo.

—Si no detienes el coche ahora mismo y me cuentas qué está pasando, abriré la puerta y me arrojaré a la carretera con el coche en marcha.

—Kat.

—¡Lo haré! Sabes perfectamente que sobreviviré.

Detuvo el coche en un área de descanso de la autopista a pocos kilómetros del campus y apagó el motor. Había empezado a llover, grandes gotas salpicaban el parabrisas.

—Sé que antes trabajabas en CasTech —le dije—. Encontré una fotografía tuya en los archivos, Meredith Ayres.

—¿En serio? —dijo resoplando—. Pensaba que habían destruido cualquier rastro de mi presencia.

—¿Eso es lo único que tienes que decir? Me aseguraste que apenas te habías relacionado con otros vampiros. Pero, en realidad, los conocías a todos. ¡A los Black y a Victor Castel! Estabas en CasTech prácticamente desde que se fundó.

—No. En realidad, estuve desde el principio. La idea de encontrar un sucedáneo para la sangre fue mía y de Victor.

Me aparté de ella.

—¿De qué estás hablando? Victor inventó el hema. Todo el mundo lo sabe.

—Kat. —Su voz era seca y me estaba lanzando una mirada dura y familiar. Era esa cara que ponía cuando necesitaba que me pusiera seria y dejara de actuar como una cría—. Victor y yo creamos juntos Castel Technologies. Más tarde, él cambió el nombre por CasTech. Pensó que sonaba más moderno. —Puso los ojos en blanco—. Sobre gustos no hay nada escrito.

Nunca había pensado en Victor Castel antes de que se convirtiera en el salvador del Vampirdom, es decir, antes del CFaD o del hema. Antes incluso de que existiera un Vampirdom que salvar.

—Pasaste treinta años con él y nunca me lo dijiste. ¿Por qué?

—Tienes que entender, Kat, que hui en cuanto se me presentó la primera oportunidad. Antes todo era muy distinto. Victor no siempre ha sido lo que es ahora. No me di cuenta de que las cosas habían cambiado hasta que fue demasiado tarde.

—Te refieres al dinero que ha ganado con el hema, ¿verdad? Es decir, que mientras exista el CFaD, CasTech seguirá ganando miles de millones.

—Sí, supongo que a eso me refiero —dijo lentamente.

Pero yo sabía que esa no era toda la historia.

—Taylor y yo… —empecé a decir, y no pude evitar que cierto rubor asomara en mi rostro Mi madre enarcó una ceja al oír su nombre, pero la ignoré—. Descubrimos que la Black Foundation no está buscando una cura. En realidad, trabajan para que eso nunca ocurra. Creemos que Victor puede estar involucrado.

—¿Que puede estar involucrado? No creo que Simon Black haya tomado una sola decisión que no tenga como objetivo complacer a Victor desde que este lo convirtió. Además, hace muchos años que depende de él.

—¿Qué quieres decir?

—Me refiero a que, llegados a este punto, tienen intereses comunes. Lo que es bueno para Victor es bueno para los Black, y viceversa. Además, Victor es el responsable de la existencia de la Black Foundation.

No estaba segura de comprenderlo todo.

—¿Quieres decir que ayudó a crear la fundación para que no se descubriera la cura?

—Así es. Pero lo que quiero decir es que Victor es el principal responsable de que necesitemos una cura. Es el culpable de que exista el CFaD. Él creó el virus en el laboratorio de CasTech.

—¡No puede ser cierto! —tartamudeé—. El CFaD pasó de los murciélagos a los humanos.

—De los murciélagos a los humanos y, luego, a los vampiros —corrigió mi madre—. Le dije que era un poco drástico. Pero como nunca le importaba mi opinión, siguió adelante.

Los ojos se me salían de las cuencas mientras la miraba

fijamente. Apenas podía respirar, y mucho menos articular palabra. Pero es que, aunque hubiera podido, ¿qué habría dicho? El mundo se había vuelto loco: Victor Castel era el creador de un virus mortal, y mi madre era su… ¿Quién era?

—Créeme, Kat —me dijo—. Nunca pensé que haría daño a nadie. Y mucho menos de esta forma. Tienes que comprenderlo.

—No pienso comprender nada hasta que me cuentes toda la historia desde el principio.

Al principio, mi madre y Victor habían compartido un mismo sueño. Antes, ser un vampiro suponía aislarte de la sociedad. Cuando te convertías, dejabas atrás toda tu vida: tu familia, tus amigos, tu profesión, tu religión e, incluso, tu nombre. Es decir, todo lo que te hacía ser tú. Y lo que obtenías a cambio era la sed de sangre, la inmortalidad, una mejor visión nocturna y algunos otros rasgos vampíricos que no eran motivo de queja, pero que apenas compensaban el enorme agujero en tu vida y en tu identidad.

Tanto ella como Victor se sentían solos. Y sabían que otros vampiros sufrían como ellos: aislados, merodeando por las húmedas cuevas y los polvorientos castillos que los travs tanto idolatraban. Se avergonzaban de la necesidad de cazar humanos o de disfrutar demasiado con ello. Si los vampiros pudiesen organizarse, todo sería mucho mejor. Pero una concentración de vampiros acarreaba problemas por culpa de su alimentación. Si el objetivo de una comunidad de vampiros era recuperar algo de lo que habían perdido como humanos, no podían dejar un reguero de cadáveres a su paso.

Por eso, lo que necesitaban, lo que todos los vampiros precisaban, era liberarse de la necesidad de alimentarse de los humanos. Necesitaban sangre sintética.

Por aquel entonces, la Segunda Guerra Mundial acababa de

empezar, y la hematología había logrado grandes avances. Victor y mi madre se dedicaron a investigar lo que era necesario para crear un sucedáneo de la sangre. Una réplica que se pudiera transfundir a los humanos era algo increíblemente complicado, pero recrear los componentes de la sangre que los vampiros necesitan para sobrevivir era mucho más sencillo. Al cabo de apenas quince años, ya tenían un prototipo para someter a prueba.

—La primera vez que lo probamos, no estábamos seguros de lo que iba a ocurrir —dijo mi madre—. ¿Habríamos cometido algún error? Si la comida normal nos hacía enfermar, ¿qué síntomas causaría el nuevo sucedáneo? ¿Podía matarnos? Ese día, estábamos los dos solos en el laboratorio. Victor trajo dos copas. ¿Sabes que ahora el hema tiene aditivos para hacerlo más parecido a la sangre? Colorante, saborizante. Sin ellos, parece chocolate espeso y sabe a… nada bueno. Brindamos, y todavía recuerdo la sensación de la copa en mis labios. Era tan extraño estar bebiendo algo frío.

—¡Mamá! —Pensar en ella chupando la sangre de un humano era solo un poco menos asqueroso que imaginármela teniendo sexo—. Sé algo de lo que pasó después. No pudiste encontrar una forma para distribuir el hema a los demás vampiros. Eso fue a finales de los cincuenta, ¿verdad?

Asintió.

—Tienes que entender que Victor es muy inteligente. Un gran estratega. Sin embargo, eso no lo había previsto. Este es su punto débil: está tan enamorado de su propio ingenio que no puede imaginarse que los demás no lo reconozcan. Por eso no solo estaba decepcionado. Ni siquiera le importaba que hubiera invertido casi todos sus recursos (y los de los Black) para desarrollar este proyecto. Se había pasado años fantaseando con la comunidad de vampiros que iba a crear. Mucho antes de probar ese primer prototipo del hema, ya había empezado a hablar de su idea: el Vampirdom. Cuando los vampiros no reconocieron lo que había hecho por ellos, no pudo aceptarlo.

Una vez me dijo que se sentía como si lo hubieran apuñalado en el corazón, aunque no creo que en ese momento se acordara de cómo dolía una herida en la carne.

»La idea de que pudiéramos tener hijos, como vampiros, también fue suya. Le dije que nunca conseguiría que las mujeres vampiro estuvieran de acuerdo, y me dijo que ya lo veríamos. —Hizo una pausa, con el rostro sombrío—. Además, él mismo no podía tener hijos. No todos los vampiros pueden.

Algo en su tono me hizo reflexionar.

—Mamá, por aquel entonces, estabais..., ¿estabas con él?

Me miró como si estuviera siendo una mojigata. Eso quería decir que sí. Estuvieron juntos.

—¡Qué asco! ¿Qué pasa con mi padre?

—Conocí a tu padre más tarde, y él fue el verdadero amor de mi vida. Pero Victor y yo llevábamos juntos muchos años. En aquella época, yo pensaba que lo quería. —Negó con la cabeza—. Pero eso no era amor. No estaba ni cerca de serlo.

—¿Cuánto tiempo? ¿Y todos esos años que me dijiste que pasaste sola?

Me dio un golpe en el brazo con el dorso de la mano.

—No me distraigas. Lo importante es que Victor lo había invertido todo en esa fantasía del Vampirdom. ¿Y cuál fue el resultado? Nada. Estaba completamente obsesionado. Era insoportable estar con él. A veces quería que lo consolaran, y otras, se enfurecía por mostrarse vulnerable —dijo apretando las manos contra el volante—. Reconozco que, más tarde, cuando volvió a pasar tanto tiempo en el laboratorio, fue un alivio para mí. Pero, finalmente, me enteré de cuál era su plan: si creaba una enfermedad que impidiera a los vampiros alimentarse de sangre humana, entonces dependerían del hema para sobrevivir. Y el Vampirdom sería una realidad.

»Debería haberle parado los pies. Ahora me doy cuenta. Decir que es el mayor error de mi vida apenas sirve para expresar la culpa con la que he tenido que convivir todos estos años. Pero la verdad es que, durante mucho tiempo, no creí que su plan pudiera tener éxito. Incluso después de infectar a los murciélagos con el virus, pasaron diez años antes de que escucháramos que un vampiro había muerto por CFaD. Fue entonces cuando comprendí que había abierto la caja de Pandora.

—Pero no lo ayudaste. No lo ayudaste como los Black.

—Aunque no tuve nada que ver con el virus, sabía lo que estaba tramando e hice la vista gorda. Todos desempeñamos nuestro papel. Los Black, los ingenieros y los científicos que colaboraron…

La lista del personal. Todos esos primeros empleados habían fallecido.

—Ninguno de ellos sobrevivió al Peligro. Victor los mató, ¿no es así?

Su rostro palideció.

—No directamente. Se limitó a cortarles el acceso al hema. Victor no quería pasarse el resto de la eternidad preocupado por si algún día sacaban a la luz el origen del virus.

Intenté tragar saliva, a pesar del nudo que tenía en la garganta.

—¿Y tú? Intentó…

—¿Matarme? —Se encogió de hombros—. Hice todo lo que pude para que no lo tuviera fácil. Hui y me escondí. Pensaba que había logrado escaparme de él. Pero ahora lo veo. Nadie puede escapar de sus garras. Si realmente me quisiera muerta, no estaría aquí. Creo que, a pesar de que me odiaba por haberlo abandonado, significaba demasiado para él como para borrarme del mapa. No estuve a salvo hasta que te tuve a ti. Victor nunca dejaría que el hijo de un vampiro que él mismo convirtió, es decir, uno de sus vástagos…

De repente, mi madre se calló.

—¿Uno de sus vástagos? —Se me revolvió el estómago—. Mamá, ¿qué tienen que ver sus vástagos conmigo?

La quietud que siguió fue insoportable, como ese instante

típico de las películas de guerra que se produce entre la detonación y la destrucción que causa una bomba atómica.

Mi madre respiró profundamente.

—Eres uno de sus vástagos, Kat. Victor me convirtió a mí.

Salí del coche.

No había suficiente espacio. No quedaba aire. Antes de darme cuenta, estaba a quince metros del área de descanso. No sentía ni la fría lluvia ni las ráfagas de viento que levantaban los camiones que circulaban por la autopista.

Victor Castel era mi hacedor.

El hacedor de mi madre no la había abandonado porque creía que estaba muerta. Mi madre no había estado toda su vida sola. Había estado con su hacedor, Victor Castel, y había sido su amante. Había estado con Victor hasta que arriesgó su vida para escapar de él.

Y yo había ido corriendo a Harcote para arrojarme a sus brazos.

Había barajado varias posibles razones para explicar el interés de Victor en mí: un lavado de imagen para Galen, mi anonimato o que le gustaba como trabajaba.

Pero, en realidad, todo se limitaba a que era… suya. Como había dicho Galen.

Victor lo sabía desde el principio.

Una punzada me atravesó el estómago cuando recordé que Victor me había hecho prometer que nunca más diría que no era nadie. Seguramente, no le gustó escuchar eso.

Creía que había derrotado todas las adversidades para poder entrar en Harcote y conseguir la tutoría, pero no había vencido nada. Al igual que Galen, no me había dado cuenta de que todo jugaba a mi favor.

Y Galen… ¿También lo sabía desde el principio? ¿Por eso quería estar conmigo? Me acordaba perfectamente de esa mirada burda de aprobación que le lanzó Victor cuando vio que sujetaba mi mano.

Sus dos vástagos finalmente juntos, preparados para seguir sus órdenes.

¿Acaso no es lo que había hecho hasta entonces?

—¡Kat! ¡Espera! —La lluvia empapaba el pelo de mi madre mientras corría en mi dirección por el asfalto.

—Victor me lo pagó todo: la matrícula, los uniformes, los vuelos… —Las lágrimas se mezclaban con la lluvia en mis mejillas—. Me dio la tutoría. Se hizo indispensable para mí, y yo caí en la trampa. Lo defendí frente a los demás. Cada vez que Taylor sembraba dudas sobre él, yo buscaba una excusa para no hacerle caso. Pensaba que Galen solo estaba resentido con él porque era un desagradecido. ¡Confiaba en Victor! ¡Quería su aprobación! He hecho todo lo que él quería, y él es un monstruo. ¿En qué me convierte eso?

—Cariño, no sigas. Es lo que Victor hace. Cuenta con siglos de experiencia manipulando vampiros. Además, tú no sabías que era peligroso. Eso es culpa mía. Debería habértelo dicho. Pero creía que, si no te contaba la verdad, podría mantenerte alejada de toda esta locura. Lejos de él. Por eso no quería que vinieras a Harcote. Aquí no te podía proteger. Cuando me escribiste contándome que habías ganado la tutoría con él, oh, Kat, no puedo explicar cómo me sentí. Pensé que te había perdido.

La abracé con fuerza. No era suficiente para compensar el tiempo que Victor nos había separado, pero suponía un comienzo.

—No me has perdido. Aquí estoy.

Me limpió las lágrimas del rostro.

—Ahora entiendes por qué te llevo a casa, ¿verdad?

—No —dije—. Ahora no puedo irme. ¿Sabes quiénes son los unionistas?

38

Taylor

Radtke estaba enseñándole el campus a la madre de Kat; nosotras solo las estábamos acompañando.

Al menos, eso es lo que tenía que parecer.

Radtke nos dijo que esa era la forma más segura de hablar sin que alguien nos vigilara. Sin teléfonos móviles, lejos de los edificios, moviéndonos en todo momento y vigilando que nadie no os siguiera. Todo eso era mierda de agente secreto. Radtke era de fiar.

—Tuve que suplicarle a mi madre que me dejara volver —me dijo Kat.

La gélida lluvia se había disipado; su pelo brillaba rojo bajo el sol. Un mechón se deslizó por su hermoso rostro. No me podía creer que no estuviera besando esa cara ahora mismo. Los músculos de mi mano se acalambraron porque no podían sujetar su mano, porque estaban muy cerca de ella y no conseguían tocarla. Sin embargo, en ese momento, ella enganchó su meñique en el mío y me miró con una alegría picarona, como si hubiera sentido exactamente lo mismo que yo.

Una explosión de euforia invadió mi cerebro y me obligó a esbozar una sonrisa boba y fuera de lugar. Era increíble lo bien que me sentía cuando estaba a su lado. Hacía que todo lo anterior pareciera triste, gris y aburrido.

Había malgastado dos años en esta escuela escondiéndome, y quién sabe cuántos años más antes de venir aquí. Supongo que alguien heterosexual nunca lo habría descrito de este modo, pero tampoco podía oír la voz en mi cabeza que cuestionaba y analizaba cada pequeña cosa que hacía o quería hacer. ¿Cuáles eran las consecuencias? ¿Merecía la pena ese sufrimiento? Eso es lo que me pareció más dulcemente trágico de la forma en que Kat ensortijó su dedo en el mío: parecía haberlo hecho sin agonizar. Lo hizo con la misma facilidad que cuando me besó después del baile de los Fundadores. Pero entonces me disgustó..., bueno, no, no fue tanto eso, sino más bien una sensación de tristeza porque fui incapaz de no entenderlo como un ataque a mi coraza. Pero tal vez con Kat podría cambiar eso.

—¿Le has dicho que estamos juntas? —le pregunté.

—Todavía no. Tiene muchas cosas en la cabeza. Pero no me preocupa.

Cuando llegamos al campo de *lacrosse*, giré la mano y la deslicé dentro de la suya. Cuando Kat me miró, sus ojos resplandecían como el ámbar. Era la persona más hermosa que habían visto mis ojos.

Delante de nosotras, Radtke y la madre de Kat se detuvieron cerca de la portería y se dieron la vuelta para esperarnos. Entonces me di cuenta de que su madre se percataba de que íbamos de la mano. Mi estómago se contrajo.

Kat apretó la mano con más fuerza.

Su madre, simplemente, sonrió y se giró hacia Radtke. Ni siquiera lo mencionó.

—Es fantástico poder hablar con usted —le decía Radtke a la madre de Kat—. Esta conversación confirma las sospechas que teníamos desde hace años sobre los orígenes del hema y el CFaD. Ahora tengo una noticia que me gustaría compartir con ustedes. Hemos desarrollado con éxito lo que creemos que es una cura para el CFaD.

Qué buena noticia, ¿verdad?

Pues no: el rostro de la madre de Kat mostraba una mueca de terror.

—¡No puede ser! —dijo.

—¡Mamá! —gritó Kat—. Tú trabajas en una clínica para tratar el CFaD. Siempre has querido una cura.

La madre de Kat tenía los hombros rígidos y los brazos cruzados, como si deseara aislarse del mundo.

—Quiero una cura. Ha sufrido tanta gente... Pero no entendéis a Victor. Una cura amenaza todo lo que ha construido. El Vampirdom. El hema. CasTech. No permitirá que os salgáis con la vuestra.

—Cuando todo el Vampirdom sepa la verdad sobre el CFaD, Victor habrá perdido —dijo Radtke.

La madre de Kat dirigió a Radtke una mirada fulminante.

—Victor nunca pierde.

—Señora Radtke, en septiembre, usted le dijo que había una cura. Así pues, tras la muerte de Kontos y el saqueo de su laboratorio, Victor debe de pensar que ha solucionado el problema, al menos de momento —dijo Kat—. Eso significa que cree que cuenta con tiempo para aplicar otras estrategias. Me dijo que tiene al menos un plan de contingencia para cuando se descubra la cura. Pero ¿y si se trata de algo aún peor que el CFaD?

—¿Acaso importa? —dije—. Quiero decir, ¿estamos considerando seriamente ocultar la cura para el CFaD porque no sabemos cómo va a actuar Victor? Hay gente sufriendo en todas partes. Los vampiros están muriendo. Además, es el legado de Kontos. No podemos ceder ante Victor simplemente porque sea rico y poderoso.

—Perdóname si la idea de enfrentarme a Victor Castel me hiela el corazón. —La madre de Kat buscó el calor de su chaqueta—. He pasado demasiados años escondiéndome de él. Huyendo de él. Primero, me quería a mí. Luego, a Kat. —Me miró y su rostro se suavizó—. Nunca podré agradecer a tus padres todo lo que hicieron por nosotros.

—¿Mis... padres? —dije tartamudeando.

—Tus padres nos permitieron estar en un lugar seguro cuando Kat más lo necesitaba.

—¿Mis padres sabían todo esto?

—No conocían todos los detalles. Pero sabían que mi hacedor era peligroso y que lo había arriesgado todo para escapar de él. Tu madre me entendió perfectamente. También conoce a Victor y siempre lo ha detestado.

—Un momento, ¿los padres de Taylor siempre supieron que Victor era tu hacedor? —preguntó Kat.

Su madre asintió.

—Entonces, ¿por qué nos echaron de su casa?

—No lo hicieron —respondió su madre—. Victor se presentó en su casa para buscarte.

—Victor vino a nuestra casa el mismo invierno que os fuisteis —dije con un hilo de voz—. Pero no recuerdo si fue antes o después.

La madre de Kat volvió a asentir.

—Fue para asegurarse de que Kat asistiría a Harcote el siguiente otoño. Fue una suerte que no estuviera en casa. Tu madre me lo dijo esa misma noche, y nos fuimos. Estabais tan unidas... Pero no podíamos dejar que Victor nos encontrara. Tu madre y yo acordamos mentir para que no siguierais en contacto.

Necesitaba un momento para digerir todo esto. Semanas atrás, Kat y yo habíamos descubierto que no conocíamos la historia completa de nuestra separación. Pero como no teníamos otra explicación ese descubrimiento no había servido de mucho para cerrar la herida abierta desde hacía años: yo tenía la culpa de que se hubieran ido. En realidad, ni siquiera sabía de dónde había salido tal certeza. Puede que culparme a mí misma fuera la única opción.

Pero no fue culpa mía. La culpa era del peor desgraciado del Vampirdom.

—Al menos, parece que habéis recuperado ese vínculo —dijo la madre de Kat con una leve sonrisa.

Kat se ruborizó: un hermoso y brillante color escarlata iluminó su rostro.

Vimos a la madre de Kat alejarse con el coche. La mandíbula de Radtke estaba tensa cuando se volvió hacia mí y hacia Kat.

—Ahora, no actúen precipitadamente. Deben obrar como si no supieran nada. Como si nada hubiera ocurrido.

Ese era el plan. No queríamos saber qué era capaz de hacer Victor si se daba cuenta de que un grupo de unionistas lo estaban acorralando. Ahora que la madre de Kat había entrado en escena, la ingeniería inversa del hema no era una tarea imposible. Era indispensable actuar con cautela. El primer paso era que Radtke entregara la investigación de Kontos a sus contactos fuera del campus. Eso ocurriría aprovechando el movimiento del Día de los Descendientes. Pero la tarea más inmediata de la operación «Revolución» era no levantar ninguna sospecha. Para Kat, eso quería decir que tenía que pasear con Victor como si no supiera que él casi había llevado a los vampiros a la extinción para que dependieran del hema, que era su hacedor o que era el misterioso Benefactor que la había mandado al baile de los Fundadores vestida como Jessica Rabbit. En comparación, yo tenía por delante un día mucho más tranquilo: todavía formaba parte del equipo de la obra de Evangeline, pero, aparte de eso, mi expulsión me excusaba de todas las actividades relacionadas con el Día de los Descendientes. Solo tenía que acabar de hacer las maletas.

Por alguna razón, cuando dejamos a Radtke en Old Hill y nos dirigimos a las escaleras del campus, me sentí sorprendentemente deprimida. Kat por fin estaba a mi lado, las cosas estaban bien con Evangeline y, aunque Kontos ya no estaba, empezaba a pensar que había encontrado la parte de mí que él siempre había visto. Esa parte que se preocupaba por lo que más le importaba. Pero, justamente ahora, tenía que dejar todo eso atrás. No era justo.

Kat me agarró la mano. No me lo esperaba. Frente a nosotras, los demás estudiantes se dirigían desde los edificios residenciales hacia el comedor, así que apreté su mano y luego la solté.

—¿Es demasiado?

—No, solo que... —Levanté la barbilla hacia las residencias.

—Que más te da. Es tu último día.

—Lo sé —le respondí—. Pero no el tuyo.

Kat me había dicho que se iría de Harcote si yo me marchaba, pero eso era una soberana estupidez. Me había repetido un millón de veces que la oportunidad de estar en Harcote significaba mucho más para ella que para mí. Ella merecía estar aquí, al menos tanto tiempo como pudiera (Radtke había buscado otras formas de financiar su matrícula, por si surgía algún problema).

—No voy a dejar que ocupes mi lugar como lesbiana simbólica.

Estábamos al final de las escaleras, cerca del comedor. Kat se giró para estar de pie frente a mí. Me miraba intensamente.

—En primer lugar, sabes que hay otros chicos homosexuales en Harcote. Que alguien no esté preparado para salir del armario o no esté seguro de sí mismo no significa que no sea homosexual. Y segundo, ¿cuándo fue la última vez que lograste hacer algo que yo no quería?

Era increíble. Me miraba fijamente, como si pudiera besarme ahí mismo, delante de todos. Aunque no me esperaba que lo dijera:

—Ahora voy a besarte, ¿de acuerdo?

Mis labios se separaron por la sorpresa. Conseguí asentir con la cabeza. Entonces, se inclinó y me besó.

Fue como si me hubieran desnudado. Resultaba doloroso preocuparse por alguien, pero eso no tenía nada que ver con lo aterrador que era dejar que alguien se preocupara por ti, estar fuera del comedor y dejar que cualquiera que girara la cabeza viera lo mucho que amaba a Kat, lo mucho que ella me amaba a mí. Pero me obligué a cerrar los ojos. Nos quedaba tan poco tiempo para estar juntas que tenía que saborear cada beso.

Kat se separó. Detrás de ella, todo el mundo fingía que no había visto nada. Tal vez no había nada de malo en eso.

—Me da igual que lo sepa todo el mundo —dijo Kat.

—A mí tampoco me importa. —Esbocé una sonrisa mientras entrelazaba mis dedos con los suyos—. Pero solo tenemos un día para estar juntas, y tienes que pasarlo con Castel.

Kat hizo una mueca.

—Lo sé. Pero tenemos que fingir que todo es normal —dijo Kat.

—Tú tampoco estás cómoda con todo esto, ¿verdad?

—No —admitió ella—. Pero ¿hay alguna alternativa?

Kat

Éramos conscientes de que lograríamos que la causa unionista diera un gran paso adelante: Radtke pondría la investigación de Kontos en manos seguras, y los unionistas elaborarían un plan para que fuera una realidad. Por fin los humanos que padecían el CFaD tendrían la ayuda que necesitaban. Además, con mi madre en escena, también podríamos dar con otro sucedáneo que no fuera el hema. Sin embargo, mientras esperaba el helicóptero de Victor en la fría niebla matutina que cubría el campo de *lacrosse*, era difícil sentir que habíamos ganado. Especialmente porque, cuando pensaba que tenía que pasar el resto del año sin Taylor, solo tenía ganas volver corriendo a la habitación y atrincherarme allí dentro con ella.

A mi lado, Galen escudriñaba el cielo. Sus ojeras parecían inusualmente oscuras. No habíamos hablado desde que había roto con él. Supongo que ahora ya sabría por qué. Mis mejillas entraron en calor al recordar cómo había besado a Taylor delante de todo el mundo.

El helicóptero emergió por detrás de los árboles con un zumbido lejano.

—Tengo que hablar contigo —digo Galen de pronto—. Me has ayudado a darme cuenta de muchas cosas. Cosas sobre las que podría haber reflexionado antes.

El helicóptero se acercaba zumbando hacia nosotros. El aire nos azotaba la cara y pegaba los rizos de Galen a su frente. No estaba segura de haberlo escuchado bien cuando gritó por encima del ruido:

—Sé que harás lo correcto.

—¿De qué estás hablando? —grité.

Pero era demasiado tarde. El helicóptero había aterrizado en el campo y la puerta estaba abierta. Simon Black, Meera Black y Victor Castel se aproximaban hacia nosotros.

El Día de los Descendientes era un acontecimiento menos festivo de lo que me imaginaba. Empezó con una asamblea en el Gran Salón, el director Atherton parecía tan emocionado por el vigésimo quinto aniversario de la escuela que llegué a pensar que la cabeza se le saldría del cuerpo. Después de eso, nuestras familias y nuestros hacedores asistieron a una versión reducida de nuestras clases. Guie a Victor por Old Hill, participé en un «debate» en la clase de la señora Radtke y, en el edificio de Ciencias que lleva su nombre, le expliqué a Victor lo que el señor Kontos nos había enseñado sobre la valoración. Estuve todo el rato con una sonrisa condescendiente y reaccionaba a todo lo que me decía como si fuera una perla de sabiduría. Fingía ser otra persona. Pero esta vez era diferente. Sentía que estaba interpretando un personaje, no que intentaba cambiar mi forma de ser.

Todo el mundo se reunió en el comedor para el almuerzo. Un escalofrío me atravesó mientras observaba la sala. Esos eran los vampiros más viejos y poderosos: no solo habían sobrevivido al Peligro, sino que habían vivido durante décadas o siglos antes. Victor y los Black se mantenían al margen de los demás, aunque compartíamos mesa con Lucy y Evangeline. La hacedora de Lucy era una mujer tan delgada y angulosa como una ilustración de moda. Su pelo tenía matices blancos y llevaba una chaqueta tan complicada que parecida una armadura. Seguramente, habría estado más a gusto en la revista *Vogue* o en el Tribunal Penal Internacional que en la cafetería de un instituto.

Evangeline se parecía muchísimo a su madre; eran igual de guapas y parecía casi tan joven como su hija. La única diferencia entre ambas era que la madre de Evangeline no parecía interesada en participar en conversación alguna. Por otro lado, me esperaba que el hacedor de Carsten fuera una especie de jefe vikingo, pero resultó ser un tipo extremadamente espeluznante que llevaba una túnica hecha jirones. Por suerte, Lucy ya no salía con Carsten, así que no se sentaba a nuestra mesa. Las gemelas Dent, Dorian y sus padres adulaban a su hacedora, que, al parecer, era la misma persona: una mujer diminuta de aspecto avejentado que llevaba unas enormes pestañas postizas y un lápiz de labios extremadamente rosa. No había retraído sus largos y manchados colmillos en ningún momento. Cerca de esa señora, las otras familias de la escuela estaban sentadas juntas, incómodas. Finalmente, en una mesa del rincón, Taylor cuidaba de su hema con los estudiantes cuyos antepasados no habían ido a verlos. En realidad, yo deseaba estar con ellos.

El club de música interpretó algunas canciones. La presentación de ¡Activismo Climático! era la siguiente actividad, cosa que no me entusiasmaba. Mientras tanto, Max Krovchuk se paseaba por el comedor distribuyendo la última edición del *Diario de Harcote* en cada mesa.

Dejó una pila en nuestra mesa y, antes de salir corriendo, nos lanzó una mirada seria a Galen y a mí. Cogí uno de los ejemplares. No era un número del *Diario de Harcote,* sino un folleto impreso en papel de fotocopiadora.

El *Harcote Renegade,* así se llamaba.

Sonreí. Max había lanzado su propio periódico. Tras el escándalo que había levantado el artículo de Taylor, el periódico estaba bajo la supervisión directa de Atherton: no se publicaba nada sin su aprobación.

Leí el titular del único artículo del folleto:

FRAUDE EN LA BLACK FOUNDATION

UNA INVESTIGACIÓN DE GALEN BLACK

No daba crédito. Miré a Galen con la boca abierta. Él estaba analizando lo que ocurría en la mesa mordiéndose el labio con intensidad. El silencio se apoderó del comedor mientras todos los alumnos, sus padres y sus hacedores, es decir, toda la élite vampírica, leían el artículo de Galen.

—¿Qué significa esto, Galen? —dijo Simon Black—. ¿Es algún tipo de broma?

Galen elevó la barbilla.

—Es la verdad —dijo.

—No lo es —soltó su padre.

—Tú mismo me la contaste, papá. —Galen dijo eso con la compostura de siempre, aunque cierto tono rosado en sus mejillas le delataba—. «Es nuestro negocio familiar», dijiste. «Es nuestro deber con el Vampirdom», añadiste. «Curar el CFaD no es uno de nuestros objetivos.» Esas fueron tus palabras exactas. La fundación solo existe para garantizar nuestra dependencia al hema. ¿No es así, Victor?

Victor lo miraba con odio en los ojos, como si fantasease con clavar una estaca en el pecho de su vástago.

—Este chico no se encuentra bien, ¿verdad? —logró decir finalmente. Meera Black saltó de su asiento y agarró a Galen del brazo para levantarlo de su silla.

—No, no está bien. Su salud mental no pasa por un buen momento.

El director Atherton se movía entre las mesas, recogiendo los ejemplares del *Harcote Renegade*. Sus ayudantes también se dispersaron por el comedor para retirarlos. No obstante, cuando Atherton intentó quitarle de las manos uno de los folletos a la hacedora de Lucy, esta le dijo algo tan amenazador que Atherton retrocedió con las manos en alto. Sus ayudantes se quedaron parados.

Nada de todo aquello había impedido que todo el mundo (incluida yo) pudiera leer el folleto. El artículo de Galen resultaba revelador. Había utilizado su acceso a la Black Foundation para reunir un montón de pruebas y las había expuesto de forma clara y convincente. Mientras Meera intentaba sacar a Galen del comedor, algunos vampiros se levantaron de sus sillas con el folleto en alto exigiendo una explicación.

Cuando Simon Black agarró el otro brazo de su hijo, Galen dejó de resistirse. Y, mientras sus padres se lo llevaban a rastras del comedor, me miró.

Su sonrisa era desafiante.

Cuando la familia Black abandonó la sala, toda la atención se concentró en Victor Castel, que se levantó lentamente, guardándose una copia del folleto en el bolsillo de su traje.

—Estoy tan sorprendido por estas afirmaciones como vosotros —dijo—. Los Black eran unos socios cercanos y amigos de confianza. —Me heló la sangre escuchar que hablaba de ellos en pasado—. Pero se creará una comisión de investigación para llegar al fondo del asunto. El Vampirdom se merece una cura para el CFaD. Se hará justicia.

Dicho esto, Victor llamó a Atherton y salieron disparados del comedor. Mientras se dirigían a Old Hill me acerqué a Taylor.

—¡Vaya con el príncipe de los peinados! —dijo.

—Sí, esto lo cambia todo. Es exactamente el escenario que querían evitar Radtke y mi madre. No es un artículo anónimo: lo firma Galen, su pequeño príncipe. Victor no podrá limpiarse las manos tan fácilmente. Culpará a la familia Black.

—Aunque no desmantele la Black Foundation, al menos tendrá que hacer públicas las investigaciones que han llevado a cabo, es decir, algunos de los avances que Galen asegura que han estado ocultando.

—Esto significa que ahora Victor es consciente de que la cura puede aparecer a corto plazo. Y lo que es peor: acaban de humillarlo en público; no va a quedarse de brazos cruzados.

Taylor se pasó las manos por el pelo.

—¿Qué debemos hacer? —me preguntó—. Radtke está fuera del campus entregando el disco duro. Pero lo que acaba de ocurrir es una muy buena razón para desechar el viejo plan.

—No podemos dejar que Victor abandone el campus —dije—. Si se sube al helicóptero, no podremos hacer nada. Todo irá a peor. ¿Cómo podemos retenerlo?

—¿Cómo? —Taylor esbozó una sonrisa—. Contigo. Pídele que no se vaya. Castel está obsesionado contigo, Kat. Ha planeado durante años tu llegada a Harcote para poder estar contigo el Día de los Descendientes. Literalmente, está aquí por ti.

—Y por Galen —añadí.

—No, Victor se ofreció a venir contigo, a ser el representante de tu familia —dijo Taylor—. Además, no creo que ahora mismo Galen sea santo de su devoción.

Eso era cierto. Después de aquello, Victor renegaría de Galen. Se había pasado muchos años educándolo para que fuera un sucesor obediente, pero nunca lo había respetado porque Galen se limitaba a seguir las órdenes. Pero ahora que no era tan obediente, tal vez podría ser un líder para los sangre joven. Aunque, a decir verdad, Victor nunca volvería a confiar en él.

Para él, Galen estaba muerto. La pérdida no sería plato de buen gusto. Pero Victor se recuperaría rápidamente. Porque ahora me tenía a mí.

Durante las últimas semanas, me había estado probando, entrenando y preparando como hacía con Galen. Nunca me había usado para legitimar el éxito de ese chico. Siempre me había querido para él, como su vástago. Y ahora que Galen ya no contaba para él, además de quererme, me necesitaba.

Levanté los ojos hacia Taylor, que me miraba con esos brillantes ojos y unos rizos cayendo sobre su rostro.

—Kath-er-ine, no me mires así. Solo se te permite besarme cuando tienes una buena idea.

Me levanté sobre las puntillas y planté mis labios en los suyos.

39

Kat

Lo esperé donde estaba el helicóptero, en el campo de *lacrosse*. No sabía si sería capaz. Tampoco sabía cómo estaba Galen. Desconocía si todo esto funcionaría. Mi móvil sonó: «Lo vas a lograr, mi reina vampiro».

Tuve que morderme la mejilla para mantener la compostura cuando Victor Castel apareció en el campus. El director Atherton estaba a su lado, como un gatito que persigue los pasos de su amo.

—Kat, continúa con tus actividades. La visita del señor Castel ha llegado a su fin —dijo el director Atherton.

Ni siquiera lo miré. En realidad, sus palabras permitieron que alcanzara a Victor y dejara a Atherton con la palabra en la boca.

—Victor, usted me asignó una tarea: evaluar las amenazas al Vampirdom. Pues bien, ha surgido una.

—El señor Castel está muy ocupado… —dijo Atherton.

Victor levantó la mano y el director cerró la boca.

—¿Y bien? —preguntó.

—Una cosa que he aprendido en su tutoría es la importancia de controlar la información. —Miré al director Atherton, que tenía la cara roja y seguía rondando demasiado cerca—. Conozco un lugar donde podemos hablar en privado.

Victor me escrutó, su rostro era ilegible. Traté de igualar su expresión de piedra: me esforcé por parecer su vástago.

—Te sigo.

La puerta se selló detrás de nosotros. La oscuridad que había entre las paredes de cristal de la Pila te hacían tener la impresión de que estabas flotando en el espacio. Estaba totalmente sola con Victor Castel, el hombre que había creado el Peligro, que acabó con la vida de mi padre, que había convertido a mi madre y que había creado todas las circunstancias que me habían llevado a este lugar.

Saqué mi móvil.

—Aquí no hay señal y el director Atherton nunca instaló el wifi. Además, esta sala apenas está oxigenada, para evitar incendios. Ninguno de sus ayudantes puede espiarnos. Podemos hablar libremente. Su archivo está por aquí.

Las luces con sensor de movimiento parpadearon para iluminar el archivo de CasTech. Puse mi móvil bocabajo, en la misma mesa en la que Galen y yo habíamos trabajado.

—Galen lo ha dejado en una posición difícil.

—Los Black actuaron para favorecer sus intereses —dijo Victor con suavidad—. Los habría detenido si lo hubiera sabido.

Sonreí para tranquilizarlo.

—Ya le he dicho que aquí estamos los dos solos. No tenemos que fingir que Simon y Meera Black han hecho nada por su cuenta. Galen tampoco lo había hecho, hasta ahora. Debe doler, después de haberle dado tanto. Quiero decir, tuvo que trabajar tanto para lograr todo lo que tiene ahora, y Galen apenas es consciente de lo que le debe. Ahora entiendo por qué nunca lo respetó.

Victor se masajeó los nudillos, con el ceño fruncido.

—El respeto se gana.

—Exactamente —dije—. Galen nunca iba a ser lo que usted quería que fuera. Siempre lo ha sabido. Le falta carácter para liderar a los sangre joven como usted lidera el Vampirdom. Pero si lo tuviera, no podría controlarlo. Además, ahora ni siquiera puede confiar en él. El problema es que ha tratado a Galen como un protegido.

—¿Me has hecho venir hasta aquí para criticar la educación de Galen?

—El problema es que usted no necesita un protegido. Necesita un aliado. Alguien que quiera lo mismo que usted. Me necesita a mí. ¿No es por eso por lo que me ha traído a Harcote?

Una sonrisa de satisfacción apareció en el rostro de Victor; sus profundos ojos brillaron con intensidad.

—¿Lo has descubierto?

Asentí con la cabeza, respirando profundamente.

—La ayuda económica, la tutoría. Estoy muy agradecida, pero, al mismo tiempo, me parece un desperdicio. Debería haber sabido siempre que usted era mi hacedor.

Sus ojos se abrieron de par en par. Por un momento pensé que iba a abrazarme, así que seguí hablando.

—Soy la aliada que usted necesita ahora. He pasado toda mi vida fuera del Vampirdom, así que entiendo lo que necesitamos para mantenernos fuertes. Y usted también quiere eso. Pero los sangre joven piensan que soy diferente. Independiente…, porque no saben cómo me ha estado cuidando. Han visto de lo que soy capaz en apenas unos meses. Puedo guiarlos. Los guiaré exactamente hacia donde usted quiera que vayan.

Victor me miraba sin parpadear, como si me viera por primera vez.

—Kat…, lo admito. No creí que estuvieras preparada. No me di cuenta de que lo sabías.

—Lo sospechaba, pero mi madre me lo acaba de confirmar.

Sacudió la cabeza.

—Nunca debí dejar que tu madre se fuera. La habría traído de vuelta, pero luego se fue con ese hombre… y naciste tú. Deberías haber sido mía, pero me vi obligado a observarte desde lejos.

Sus palabras rasparon mi interior como un fragmento de hielo. Ardía en deseos de decirle que nunca había sido suya y que nunca lo sería. Pero dije:

—Hasta que mandé la solicitud para entrar en Harcote.

—Habría encontrado la forma de traerte.

No quería oír nada más sobre eso. Nos estábamos quedando sin tiempo. La obra de Evangeline comenzaba pronto y necesitábamos estar entre el público.

—Ahora mismo no tenemos tiempo para sentimentalismos —dije—. Si me quiere como aliada, hay algo que necesito.

—Cualquier cosa. Por ti cualquier cosa, Kat.

—Necesito saber qué pasó realmente. No me refiero a la Black Foundation. Me refiero al hema y al CFaD. Me imaginé la mayor parte, pero cubrieron muy bien sus huellas. Faltan muchas piezas. Si me quiere como aliada para descubrir lo que le hizo Galen a la Black Foundation, tengo que saber la verdad. —Lo miré, llena de gratitud—. Usted es mi hacedor. Todo lo que soy, se lo debo a usted. Confíe en mí: nunca lo traicionaría.

Taylor

Estaba sentada en el palco del control técnico moviendo el pie sin parar. La obra de Evangeline empezaba dentro de quince minutos y las filas de asientos se estaban llenando. Intenté no pensar en que Kat estaba metida en una cueva subterránea llena de libros, haciéndole la pelota al mayor asesino de vampiros de todos los tiempos. Traté de centrarme en que este era mi último momento en Harcote, la última vez que era técnica de iluminación o que veía las estúpidas caras de los sangre joven. Pronto sería como si nunca hubiera estado ahí jamás.

Escuché unos pasos en la estrecha escalera. Salté de mi asiento y abrí la puerta de golpe.

Era Evangeline.

Estaba radiante con su traje de Juana de Arco. Llevaba el pelo recogido bajo una peluca de paje y una camisa de cota de malla: preparada para la batalla de la forma más sexi posible. No la había visto desde su arrebato en la casa Hunter. Para fortuna suya, entre que Kat y yo estábamos saliendo y la denuncia de Galen, no había mucho más espacio para cotilleos.

—¡Deberías estar entre bastidores! —dije—. Alguien podría verte.

—Quería comprobar que sabías lo que se supone que debes hacer —respondió.

—Oh, cielos, nunca he visto un tablero de luces en mi vida, por favor, explícame cómo funciona. —Puse los ojos en blanco—. Por supuesto que sé lo que estoy haciendo.

—En realidad, no es eso. —Jugó con el borde de su cota de malla—. ¿De verdad te han echado?

—Mi vuelo sale esta noche.

—No puedo imaginarme aquí sin ti. Después de lo que hizo Galen, las cosas no van a volver a ser como antes. Nunca debí haber hablado con Atherton. Pensé que Kat había escrito el artículo. Estaba tan celosa. Ni siquiera reflexioné sobre el asunto del artículo.

Levanté las cejas.

—¿Y?

—Le dije a Lucy que, si volvía a hacer otra de sus fiestas, filtraría las fotos que tengo de ella alimentándose de humanos. Probablemente, tengo cientos. La sancionarían tan rápidamente que ni siquiera su carisma vampírico le serviría de nada.

—Vaya, Evangeline. —Sonreí—. Sabía que tenías conciencia en alguna parte.

—Sí, bueno. ¡Sorpresa! Debería volver a bajar. —Pero no se fue. Sus ojos se movieron entre el suelo y yo. Luego dio un paso rápido hacia delante y me rodeó con sus brazos—. Adiós, Taylor.

Bajó las escaleras y se fue.

Me puse los auriculares y miré el teatro. Faltaban cinco minutos para que se abriera el telón; el director de escena llamaba a que todos ocuparan sus posiciones. Debajo de mí, la mayoría de los asientos estaban llenos. Una figura fúnebre recorría el pasillo izquierdo. Radtke levantó la vista para captar mi atención y asintió una vez: había entregado el disco duro con éxito. Sin duda, se había enterado de lo que Galen había hecho. Lo último que querría en ese momento sería ver la obra de un solo acto de Evangeline. Pero afortunadamente Radtke tenía el estómago para una sorpresa más.

Y, con suerte, Kat llegaría para dársela.

Faltaban dos minutos para que bajara las luces de la sala cuando Kat y Castel llegaron por el pasillo. Atherton había guardado un asiento vacío a su lado, pero solo uno. Prácticamente echó a Kat para poder estar a solas con su amigo Castel. No estaba segura de si eso era una buena o mala señal. Entonces vi que Castel miraba a Kat, como si le pidiera permiso. Ella le dedicó una sonrisa muy amable, y solo entonces Castel se sentó.

Así fue como lo supe: lo teníamos.

Bajé las luces del todo, se abrió el telón y dirigí el foco hacia Evangeline.

Un minuto después, Kat irrumpió por la puerta del palco y me abordó para darme un beso, o lo habría hecho si el micrófono de mis auriculares no hubiera estado en medio. Lo golpeó contra mis dientes.

—¡Ay! —susurré—. ¿Lo lograste?

Asintió con la cabeza y me pasó su móvil.

—Ya está en marcha —dijo Kat mientras conectaba el cable—. Evangeline nos va a matar por estropear su obra.

—Por suerte, somos los siempre vivos, nunca muertos —dije—. ¿Estás lista?

—Un beso de buena suerte —susurró.

Apreté mis labios contra los suyos.

Luego le di al botón de *play*.

40

Kat

La luz blanca brillaba sobre la camisa de cota de malla de Evangeline mientras una sirvienta, interpretada por Carolina Riser, la atendía en el escenario (lo esperable). De repente, la voz de Victor Castel resonó en todo el teatro.

—El problema de los vampiros es que la mayoría de ellos han pasado tantas décadas preocupándose por la procedencia de su próxima comida que sus mentes se han embotado. Les di un regalo con el hema, pero fueron demasiado estúpidos como para darse cuenta de su potencial.

—*¿Cuál era?* —dijo mi voz.

—El Vampirdom. Una sociedad donde podemos ser libres de nuestra patética dependencia de los humanos. Los vampiros somos seres superiores. Merecemos que se nos permita abrazar esa superioridad. Pero se necesita un visionario para imaginar un futuro diferente y hacer que ese futuro sea una realidad.

—Ahí es donde surge el CFaD.

Miré hacia abajo, a la oscuridad del teatro. Victor estaba agarrado a los reposabrazos con la espalda rígida. Sabía lo que se avecinaba.

—El CFaD fue mi idea, tal vez mi mejor idea.

Me dio repelús recordar el orgullo que irradiaba de él

cuando dijo tal cosa, la satisfacción que se escuchaba al presumir de su terrible logro.

—*No te puedes imaginar lo difícil que fue hacerlo exactamente como debía hacerse. Crear un virus era algo de lo que, en aquel momento, los humanos apenas eran capaces. Desarrollar esa tecnología, y luego hacer que una enfermedad transmitida a través de los humanos fuera fatal para los vampiros. El CFaD es una obra de arte. Es una pena que tan pocos lo entiendan.*

—Maldito monstruo —susurró Taylor.

Sus cejas habían subido hasta la mitad de su frente.

—Eso no es lo peor. —Me estremecí al recordar lo que diría a continuación. La mirada de lobo en su cara mientras lo decía.

—*Así que sabía que el CFaD mataría a muchos vampiros.*

—*¿Lo sabía? Sus muertes eran el objetivo. El coste necesario del progreso. El CFaD resultó ser mucho mejor de lo que esperaba. Mira dónde estoy ahora. Los vampiros me adoran. Me consultan cada decisión. Cada comida que toman engorda mi cartera. Y los sangre joven son toda una generación de vampiros, sin humanidad, en deuda conmigo. Tengo que dar crédito a Roger Atherton por crear esta escuela: él comprendió que, si iban a existir los sangre joven, tendríamos que asegurarnos de que pensaran como nosotros.*

—*¿Y la cura para el CFaD? Sabe que los unionistas tienen una.*

Los gritos de sorpresa se elevaron desde el teatro, debajo de nosotras.

En la grabación, Victor se burló.

—*No te preocupes por eso. Está claro que los Black ya no me sirven, pero tengo otras estrategias, otras enfermedades, otros aliados. Y ahora te tengo a ti.*

Hice un gesto de arcada mirando a Taylor.

—*Todo lo que he hecho me ha llevado a este punto: el vampirismo me pertenece a mí.*

Hice una pausa y Taylor encendió las luces de la sala. Los

vampiros que estaban en el teatro habían oído más que suficiente. Algunos seguían confundidos o preguntándose si se trataba de algún tipo de broma, pero otros (los hacedores y los vampiros más antiguos) comprendieron que no lo era. Estaban de pie, gritándole a Victor y acorralándolo. Victor también se había levantado y ofrecía algún tipo de explicación con las manos en alto, como si se tratara de otra situación que pudiera manejar desde lejos. De alguna manera, el director Atherton se había escabullido de su asiento y había desaparecido.

Los sangre joven (los *harcoties*) no sabían qué hacer. Evangeline y Carolina seguían en el escenario con las caras desencajadas por la confusión. La señora Radtke se dirigió a la parte delantera del escenario haciéndoles señas para que se fueran tras las bambalinas.

Victor se dirigió al pasillo y dio un pequeño paso para encaminarse a la salida de emergencia. Fue una mala decisión. El padre de Max Krovchuk, un hombre calvo tan enorme que parecía un supervillano de la vida real, agarró a Victor de los brazos y lo inmovilizó.

—¿Qué crees que le van a hacer? —pregunté, paralizada por la escena.

—Espero que algo malo —respondió Taylor, volviéndose hacia mí—. ¿Qué quiso decir con lo de Atherton y la escuela? Atherton estaba metido en esto desde el principio, ¿no?

En ese momento, la puerta del palco se abrió de golpe: era el director Atherton.

Taylor

—Por supuesto que estaba metido en esto, estúpidas. —Atherton hizo girar el cerrojo, cerrando la puerta tras de sí. Nos levantamos—. Victor se atribuiría el mérito de convertir al primer vampiro si nadie se lo impidiera. Pero no lo hizo todo él. Le has oído decir que la escuela fue idea mía, pero fui yo quien vio el potencial de los sangre joven. Vi que necesitábamos nuestra propia juventud vampírica.

—Por eso compró usted la escuela antes de que empezara el Peligro —suspiró Kat.

—O sea, ¿que estaba obsesionado con los sangre joven incluso antes de que existieran? No es algo de lo que yo presumiría. —Intenté sonar sarcástica, como habitualmente, pero tenía un gran nudo en la garganta.

Atherton tenía los ojos desorbitados y estábamos los tres solos. Miré hacia abajo, hacia el atrio: nadie prestaba atención a lo que sucedía en el palco.

—¡Cállate, Taylor! —rugió. Me estremecí, no pude evitarlo—. Nunca puedes mantener tu estúpida boca cerrada, ¿verdad?

—Director… —interrumpió Kat.

Atherton la abofeteó.

Lo hizo con tal fuerza que Kat chocó contra la pared y cayó al suelo.

Me lancé a su lado, poniendo mi cuerpo entre ella y Atherton. El corazón me retumbaba en los oídos mientras Kat murmuraba:

—Estoy bien.

—Perra desagradecida —gritó Atherton—. ¡Victor estaba preparado para dártelo todo y tú le escupes en la cara! Vosotras dos no habéis hecho más que intentar destruir lo que las generaciones anteriores construyeron para vosotros. No tenéis ni idea de la suerte que tenéis: nunca tendréis que sufrir como nosotros. No sentís ningún aprecio por los sacrificios que hicimos, ¡solo para que podáis tener una bonita experiencia en el instituto!

Me puse de pie.

—Harcote es su patio de juegos. Es el único lugar en la Tierra donde realmente no tiene que elegir entre ser un adolescente o un monstruo de quinientos años.

—¡Construí Harcote para los sangre joven!

—Miente —dijo Kat mientras se levantaba—. Si lo hizo para los sangre joven, entonces… ¿por qué no están todos aquí? Tiene que haber docenas, incluso cientos de sangre joven que podrían estar aquí, pero no lo están. ¿Qué ha pasado con ellos?

—Harcote es una institución de élite. Es para lo mejor de lo mejor.

—Exactamente —dijo Kat—. Quiere que la escuela sea exclusiva. Fija la matrícula y se asegura de que no haya becas ni nada parecido. Sabe que apenas hay vampiros racializados aquí, pero no ha hecho nada al respecto. Ustedes se desviven por incomodar a los estudiantes *queer* y van por ahí llamándonos chicos y chicas, como si las personas no binarias no existieran. Esta escuela no es más que una puta fantasía.

—Y la ha utilizado para lavarnos el cerebro con sus ideas tóxicas sobre la supremacía vampírica —añadí.

—¡Leo Kontos era el que hacía el adoctrinamiento! No he hecho otra cosa que educar a los sangre joven, hasta que llegaste tú y trataste de arruinar todo lo que había creado.

—De todos modos, su pequeño imperio estaba arruinado —dije—. Kontos encontró la cura.

—¿La cura? —resopló Atherton—. Yo me encargué de eso. Ya me ocupé de él.

—¿Lo mataste? —murmuré.

Sospechar que lo había hecho era una cosa, pero mirar a Atherton, que no era más que un escuálido chico inmortal amante del *frisbee*, y oírle admitirlo era otra bien distinta.

—¿Es tan difícil creerlo? —rugió—. Leo estaba atacando los cimientos del Vampirdom, todo lo que hemos trabajado. Tuvo la audacia de hacerlo delante de mis narices. Sabía de su laboratorio, de sus experimentos, de sus pequeñas excursiones nocturnas.

—¡Lo sabía! —gritó Kat—. ¡Usa a los ayudantes para espiarnos!

Atherton hizo una mueca de disgusto.

—¡Por supuesto! ¡Sería ridículo no hacerlo! En mi escuela no pasa nada que yo no sepa.

Apunté hacia abajo, al caos que se había desatado en el teatro.

—Excepto esto, ¿verdad?

Atherton se lanzó hacia delante. Kat y yo retrocedimos de un salto, pero no había hacia dónde ir. Estábamos aplastadas contra la pared trasera del palco. Sentía a Atherton tan cerca que podía ver las antiguas fosas de las cicatrices de su acné y oler el sabor metálico del hema en su aliento.

Metió la mano en su chaqueta y sacó una jeringuilla. El tubo estaba lleno de un líquido carmesí.

El mundo se terminaba en la punta de esa jeringa. Encontré la mano de Kat y la agarré.

—Eso es... —dijo Kat.

—¿Sangre infectada? Sí, lo es. Qué perspicaz, Kat. —Atherton soltó una horrible carcajada—. Todo lo que hizo falta para deshacerse de Leo fue un poco de esto. Yo mismo drené a esa mujer para preparar la escena. Su cura es realmente increíble.

Kat se puso frente a mí y me aferré a su hombro.

—¿Qué está haciendo?

—Victor Castel es mi hacedor —dijo Kat—. Cuando se entere...

—¿No lo entiendes? Ahora eso ya no significa nada. Acabas de arruinarlo todo. —Los rosados labios de Atherton formaron una cruel sonrisa—. Ya nadie va a venir a salvarte.

Estábamos literalmente entre la espada y la pared. No había lugar al que pudiéramos escapar. Puede que Atherton fuera escuálido, pero era alto y tenía siglos de fuerza vampírica. El teatro seguía siendo un caos debajo de nosotros.

Tenía razón.

Atraje a Kat y la rodeé con mis brazos. Ella deslizó los suyos alrededor de mi cintura y enterró su cara en mi hombro. Apoyé mi mejilla en su pelo y respiré por última vez el olor a jazmín de su champú. Esto era una mierda, pero, si tenía que morir joven, al menos había conseguido hacer algunas cosas bien a tiempo.

Luego todo sucedió muy rápido: Atherton se lanzó hacia nosotras con la jeringa en la mano. La punta se dirigiría hacia mí primero, de eso estaba segura. Agarré a Kat con más fuerza, por última vez, y cerré los ojos.

Un tremendo estruendo llenó el palco. Abrí los ojos. El tiempo parecía ir más despacio. A centímetros de mí, Atherton estaba congelado en el espacio. Tenía el brazo levantado, la jeringuilla estaba casi a la altura de mi hombro, pero su cuerpo se había puesto rígido, como si algo lo hubiese detenido en pleno movimiento. Su rostro era una máscara dura, paralizada en el momento de angustia que precede a un grito. Unos capilares largos, delgados y sutilmente violáceos estallaron en su rostro, como grietas que se abren paso a través del cristal.

Kat me empujó con su peso. Nos lanzamos hacia un lado, fuera de la trayectoria de la jeringa, justo cuando Atherton se desplomó y se golpeó de frente contra la pared.

Una larga estaca de madera sobresalía de su espalda.

Al otro lado del palco, la puerta que Atherton había cerrado con llave estaba destrozada, y la madera, esparcida en gruesos fragmentos por el suelo.

Vi a Radtke en la puerta; su figura color cuervo estaba cubierta de pálidas astillas de madera. Se le había caído el pelo, parecía estar sin aliento y tenía el puño lleno de trozos de la puerta, listos para lanzarlos a la espalda de Atherton.

Abrió la mano y los dejó caer.

En el suelo, entre nosotras, yacía el cadáver de Atherton.

41

Kat

Aunque casi era mediodía, todavía iba en pijama. Cogí una taza de hema del microondas y me senté en la encimera. Lo había calentado demasiado; el primer sorbo me quemó la lengua. El sol de California entraba a raudales por las ventanas del apartamento. Era tan brillante que era difícil creer que estuviéramos en diciembre. No echaba de menos el norte de Nueva York, en absoluto.

Hacía tres semanas que había regresado a casa. Después de todo lo que había pasado el Día de los Descendientes, no tenía ningún sentido que Harcote siguiera abierto. Así pues, muchos padres decidieron llevarse a sus hijos a casa porque, incluso si el director Atherton no hubiera muerto, la escuela, seguramente, habría cerrado. Lo primero que hizo la señora Radtke como directora en funciones fue decretar que las dos últimas semanas del semestre quedaban canceladas y que podríamos hacer los exámenes finales desde casa.

No tuvo mucha competencia para hacerse cargo temporalmente de Harcote. La mayoría de la gente cercana al director Atherton, como el vampiro del Centro de Visitantes, intentó huir del campus. Aunque, más tarde, el hacedor de Max Krovchuk, que empezó a patrullar la zona antes de que el drama en el teatro terminara, los detuvo; en realidad, era un tipo bastante siniestro. Para Radtke, no fue demasiado difícil demostrar que solo había estado representando el papel de aliada del director Atherton, y que le había clavado una estaca en el pecho para proteger a las dos estudiantes que habían derrocado a Victor Castel. Por supuesto, Taylor y yo la defendimos.

La segunda cosa que hizo como directora en funciones fue cerrar la escuela, al menos, durante el resto del año.

Dijo que Harcote era una institución basada en la exclusión, la explotación y la muerte, desde el uso de sirvientes humanos o la alarmante falta de diversidad entre el alumnado hasta el tendencioso plan de estudios. Si la escuela quería ser una institución provechosa para los sangre joven, tendría que cambiar: ser abierta a todo el mundo y estar construida sobre la premisa de que los vampiros y los humanos están intrínsecamente unidos. La señora Radtke había sido sincera al decir que no estaba segura de que ese tipo de reforma fuera posible. Por eso había animado a los padres a que, en lugar de acudir a tutores privados, inscribieran a sus sangre joven en las escuelas secundarias públicas para el siguiente semestre. Era una clara muestra de que nuestro aislamiento no se iba a prolongar.

Así pues, ahora, tres meses y medio (casi toda una vida) después de haberme ido por primera vez, estaba de vuelta en Sacramento.

Además, aunque Harcote volviera a abrir sus puertas, no estaba segura de que yo pudiera volver. Al fin y al cabo, mi no tan anónimo Benefactor estaba retenido por un tribunal vampírico y habían confiscado sus bienes. El vampirismo no tenía un sistema de justicia al uso (dado lo que había visto del Código de Honor en Harcote, eso no me sorprendía), así que todo había sido un poco improvisado. Victor y los Black, junto con otros colaboradores, estaban retenidos en un motel cerca de Harcote porque era el mejor lugar para vigilarlos. Ante la magnitud de lo que habían hecho, vampiros de todo el país y del mundo entero se habían reunido para trabajar juntos, incluso aquellos que habían sido excluidos de Harcote y de los límites que Victor había establecido para el Vampirdom.

Pero no se quedaron solo en colaborar para investigar los distintos crímenes de Victor o debatir cuál era el mejor castigo para los responsables de tanto mal, sino que, además, empezaron a debatir ideas como la del libre acceso al hema, la educación de los sangre joven o qué ocurriría después de erradicar el CFaD. Por primera vez, los vampiros hablaban para imaginar un Vampirdom más justo. Solo pensar que Victor estaba encerrado en una mugrienta habitación mientras su amada creación evolucionaba justo delante de él me arrancó una enorme sonrisa.

Tomé otro sorbo de hema. Se había enfriado. Ahora estaba en su punto.

El revoltijo de mantas del sofá se movió y se escuchó un gemido. Taylor sacó la cabeza, con los rizos revueltos y la marca de la almohada en su mejilla. Solté una carcajada.

—¿Tienes hambre? —pregunté.

Taylor se frotó los ojos.

—Estoy hambrienta.

—Pues ven aquí.

Se levantó del sofá y se acercó a la cocina en calcetines. Era su tercer día aquí. Había hecho los exámenes finales en su casa y luego había volado para pasar las vacaciones de invierno con nosotras. Ahora que mi madre había empezado a trabajar como directora científica de la Fundación Leo Kontos, antes llamada Black Foundation, podíamos permitírnoslo.

Sus padres se alegraron de que viniera. Taylor no les había dicho que éramos novias exactamente, pero creía que su madre lo sospechaba porque le había repetido un millón de veces que se alegraba de que hubiéramos arreglado las cosas.

La eché terriblemente de menos durante esas tres semanas, pero, al mismo tiempo, no fue tan horrible como me había imaginado. Tenerla en mi vida, saber que estaba ahí y que me entendía, quererla y ser querida, aunque estuviera lejos, era mucho mejor que su ausencia. Incluso había perdonado a mi madre porque la hubiera hecho dormir en el salón. Encontrarla aquí por la mañana era como ver un amanecer después de toda una vida en la oscuridad.

Taylor seguía medio dormida, revolviéndose el pelo para que cogiera volumen. Dejé la taza en el suelo y la atraje hacia mí. Se colocó entre mis piernas y pude acurrucar mi cara contra la suya. Taylor suspiró de felicidad mientras sus pestañas me hacían cosquillas en la mejilla.

—Sabes que, por las mañanas, mi aliento apesta, ¿verdad?

—No me importa —murmuré contra sus labios.

Y entonces la besé.

Taylor

Me senté en el coche de Kat, mordiéndome las uñas y moviendo la rodilla sin parar.

—¿Qué es el té de burbujas?

—Es una bebida con bolas de tapioca.

Arrugué la nariz.

—¿Y se sorben las bolas con una pajita?

—Vamos, que tampoco te lo vas a beber. Shelby y Guzmán están obsesionados.

—Suena fatal —dije, entrecerrando los ojos hacia el sol que se ponía en el aparcamiento.

—Taylor.

—¿Qué?

Ella se acercó y me acarició el hombro.

—Todo va a ir bien.

Intenté dejar que su tacto me tranquilizara, pero seguí mordiéndome las uñas.

—Eso dices... Pero ¿y si no es así?

¿Estaba encantada de estar en Sacramento con Kat, que seguía siendo, milagrosamente, mi novia oficial? Sí, estaba jodidamente eufórica.

¿Quería que me enseñara a montar en patinete eléctrico, que se liara conmigo en el cine y que me llevara en su coche (que, por alguna razón, la volvía mucho más sexi)? Sí, absolutamente, sí. ¿Quería que me presentara a sus amigos? También, por supuesto.

Pero ¿quería que ocurriera todo eso en el mundo real y no solo en mi cabeza? Más bien no.

Mi cerebro estaba enzarzado en una batalla donde la ansiedad campaba a sus anchas.

Me daba vergüenza admitirlo, pero hacía años que no me relacionaba con humanos de mi edad. Prácticamente, desde antes de que me salieran los colmillos. Estaba nerviosa. No creía que los humanos fueran tan distintos ni una especie inferior. Pero me habían repetido durante toda mi vida que así era. ¿Los trataría mal sin querer? ¿Me daría cuenta de ello si lo hacía?

Además, Guzmán y Shelby eran los mejores amigos de Kat. Ella me había prometido que les encantaría, pero no dependía de ella. Dos años en Harcote no me habían ayudado a esperar que los demás me aceptaran y trataran amablemente. Kat había salido del armario unas semanas atrás, cuando llegó a casa. Por eso sabía que sus amigos estaban realmente ansiosos por conocer a la chica responsable del gran despertar *queer* de su amiga. Y eso quería decir que podía decepcionarlos de mil maneras distintas.

Tal vez ese era el auténtico problema. No solo eran humanos o los mejores amigos de Kat; eran los mejores amigos *queer* de Kat. A pesar del contacto de su mano, mis hombros seguían tensos. La verdad era que había tenido muy poco contacto tanto con los humanos como con gente *queer*. ¿Y si no encajaba? ¿Y si no era lo suficientemente *queer* o lo era de forma incorrecta? Por un lado, sabía que eso era ridículo: yo era quien era, independientemente de su opinión. Pero, por otro lado, la mayor parte de mi creencia sobre lo que significaba ser homosexual provenía de las películas, la televisión e Internet. Cómo encajaban esas ideas en Harcote me traía sin cuidado, porque nadie en esa escuela prestaba atención a estos asuntos. Incluso yo había sido culpable de asumir que todo el alumnado de Harcote era heterosexual, cuando tenía pruebas de primera mano de lo contrario. Pero, aquí, en el mundo real —en el mundo humano— había una comunidad LGBTQ+ en la que encajar.

Kat me apretó el brazo.

—Si no quieres hacerlo, no pasa nada —dijo.

Me subí las gafas de sol.

—No, quiero conocerlos. Pero... hay tantas cosas que pueden ir mal..., ¿no crees?

—¿Quieres decir, aparte de las otras tres mil cosas que ya han salido mal? —Sus ojos de color avellana resplandecían—. Entonces supongo que tendremos que apañárnoslas como podamos.

Me mordí el labio. Kat tenía razón, pero, aun así, una parte de mí quería desaparecer. Intenté imaginarme qué habría dicho Kontos. Seguro que me habría soltado que era normal estar nerviosa, que el miedo es una señal de que algo te importa, que no tenía que avergonzarme por ello. Además, esta vez valía la pena correr el riesgo de salir herida.

—¿Sabes qué?, me intriga bastante qué es esto del té de burbujas —dije—. Vamos.

Unas horas más tarde, apenas podía recordar por qué me había preocupado tanto. Guzmán y Shelby, que estaban sentados en la parte trasera del coche de Kat, eran increíbles. Todavía no me había acostumbrado a esa sensación de estar rodeada de gente como yo, de poder coger la mano de Kat o incluso besarla sin preocuparme por los comentarios o las miradas extrañas. Bueno, Guzmán y Shelby no se mordieron la lengua, pero solo para tomarnos el pelo.

—No me puedo creer que LucyK estuviera en vuestra escuela —dijo Guzmán—. Me da mucha pena que todas sus cuentas estén inactivas. ¿Es tan genial como parece o todavía más?

En realidad, Lucy no había publicado nada más desde que habían cerrado Harcote. Tal vez temía las amenazas de Evangeline…, aunque su hacedor, que era el responsable de la investigación sobre Victor Castel y los orígenes del CFaD, también podría tener algo que ver.

—Ninguna de las dos. No era demasiado genial —dijo Kat—. A decir verdad, era un poco problemática. Ahora no puedo contártelo con detalles, pero digamos que no me sorprendería que la cancelaran. Yo dejaría de seguirla.

—¿En serio? ¡Qué triste! —gritó Guzmán.

Me giré hacia atrás y dije:

—Lucy ha hecho alguna estupidez que otra, pero hay una cosa que tengo que agradecerle: engañó a Kat para que se cambiara de habitación. Así es como acabamos compartiendo cuarto.

Shelby lanzó una mirada a Guzmán.

—¡Dios mío, compartíais habitación!

—¡No me engañó! —protestó Kat—. Me lo pidió y yo estuve de acuerdo. Además, no lo olvides, te salvé de compartir habitación con Evangeline.

Kat se enderezó en su asiento.

Busqué sus ojos.

—Me salvaste…, me salvaste de verdad.

Lo malo de tener amigos como Guzmán y Shelby era que estaban tan atentos a los pequeños cambios emocionales de Kat como podía estarlo yo misma.

—Entonces, ¿quién es Evangeline? —preguntó Shelby—. ¿Qué clase de nombre es ese?

—Es la exnovia de Taylor —dijo Kat mientras salía de la carretera principal.

A Kat no le acababa de gustar que mi relación con Evangeline se hubiera convertido en una especie de amistad. Nos mensajeábamos casi todos los días. Kat decía que confiaba en mí, pero que Evangeline era un lobo con piel de cordero. Teniendo en cuenta nuestro pasado, su amistad parecía peligrosa. Yo pensaba lo mismo, pero conocía a Evangeline mucho mejor que Kat. Esa chica había empezado a aceptar partes de sí misma que solo había compartido conmigo, cuando, como Lucy, alguien la había tomado en serio. Su milenario padre la había mandado el resto del año a Rumanía y, seguramente, acabaría el instituto allí. Evangeline se quedaría sin escuela pública norteamericana.

—Bueno, no era una novia. Solo nos liábamos de vez en cuando —dije medio avergonzada—. En realidad, ella estaba enamorada del chico con el que salía Kat.

No sabía qué les había contado Kat a sus amigos sobre Galen, pero, antes de que dijeran nada, el coche pasó por delante de un cartel en el que se leía: EL DORADO HILLS COUNTRY CLUB.

—Shelbs, tienes la llave, ¿verdad?

Kat

Nos escabullimos por la parte trasera del club. Shelby llevaba tantos meses trabajando de socorrista que se había ganado tener la llave de la puerta trasera. Eran las diez de la noche y no superábamos los diez grados, pero el club permanecía abierto todo el invierno. Aunque el frío no era un gran problema para mí o para Taylor, la piscina estaba climatizada.

Seguimos a Shelby por el lateral del edificio hasta allí y vimos cómo retiraba la cubierta para dejar al descubierto el agua turquesa y humeante de la piscina. Taylor se acercó por detrás y me rodeó por la cintura, con su nariz enterrada en mi pelo. Guzmán se excusó para ir a ayudar a Shelby.

—No tienes que sentirte mal por él —dijo—. Lo hizo porque quería.

—Lo sé —dije en voz baja—. Pero todavía pienso en ello.

Desde que Galen había desenmascarado a la Black Foundation, su vida se había vuelto un auténtico caos. Sus padres no podían hacerse cargo de él: todavía estaban encerrados en ese motel y, además, lo habían repudiado. Tampoco tenía más familia ni ningún otro lugar al que acudir. Así pues, acabó quedándose en Harcote, al cuidado de la señora Radtke. Desde que terminaron las clases, nos habíamos mandado algunos mensajes, sobre todo para saber cómo estaba. Por eso era consciente de que tenía problemas, aunque no quisiera hablar de ellos. A decir verdad, eso era lo que yo siempre había querido: que Galen hiciera lo que creía correcto, que se valiera por sí mismo. Sin embargo, todavía sospechaba que no había superado que lo hubiera dejado por la única persona de Harcote que lucía un peinado mejor que el suyo. Con todo, me resultaba difícil no sentir que podía, o incluso debía, haber hecho algo más por él.

Me di la vuelta y miré a Taylor.

—No quiero pensar en eso ahora mismo. He estado esperando durante años para bañarme en esta piscina.

Detrás de nosotras, se escuchó un chapoteo. Guzmán se había lanzado de cabeza, poco antes de que lo hiciera Shelby.

Di un paso atrás, me quité la sudadera y la dejé caer al suelo. Luego me saqué la camiseta. La mirada de Taylor se clavó con avidez en mi sujetador, mis clavículas, mi cuello. Se acercó a mí, pero retrocedí para sostenerle la mirada mientras me desabrochaba los vaqueros.

—En la piscina —resoplé—. Venga, vamos.

Taylor se quitó la chaqueta, la camisa de franela y hasta el sujetador deportivo. Ahora era yo la que la comía con los ojos. Se quitó las zapatillas y luego los bombachos. Era hermosa, perfecta y estaba conmigo. Me estremecí un poco mientras buscaba su mano. Juntas, saltamos y nos sumergimos en el agua.

Agradecimientos

Concebí la idea de unas vampiras lesbianas en un internado cuando estaba totalmente quemada con el trabajo creativo, vivía temporalmente en Rusia y estaba centrada en esas cosas de crecimiento personal. No había leído ningún libro sobre vampiros, pero estaba demasiado agotada como para inventar un elemento fantástico más original. Beber sangre es asqueroso, por eso creé un mundo en el que los vampiros no pudieran hacerlo. Además, resultó que, a principios de 2020, fue un momento raro para empezar a trabajar en una historia sobre una enfermedad pandémica.

Este libro no estaría en tus manos sin el aliento y el duro trabajo de muchas personas.

El equipo de Razorbill y Penguin Young Readers ha apoyado enormemente este libro. Seguía esperando que alguien rechazara mis ideas, pero, al parecer, nadie lo hizo. Mi editora, Ruta Rimas, confió tanto en mi visión que, de hecho, me costó aceptarla. Estoy muy agradecida por que siempre haya comprendido lo que intentaba conseguir y me haya hecho saber cuándo no lo estaba consiguiendo. También agradezco mucho el trabajo de Casey McIntyre y Simone Roberts-Payne.

Jayne Ziemba, Krista Ahlberg y Abigail Powers se aseguraron de que esta «cosa» fuera legible; lamento no saber cómo se escribe o cómo se usan las comas o las mayúsculas.

Kristin Boyle, Maria Fazio y Rebecca Aidlin hicieron un trabajo increíble en el diseño. Cuando estaba planeando este proyecto, quería que los personajes fueran lo suficientemente geniales como para que Kevin Wada los ilustrara, pero nunca pensé que tal cosa fuera a suceder. Estoy muy impresionada por la forma en la que le dio vida a Kat y a Taylor, fue mucho mejor de lo que yo había imaginado.

Felicity Vallence, Bri Lockhart, Vanessa DeJesús y otras personas de Penguin Young Readers han hecho un trabajo increíble para asegurarse de que este libro llegara a sus lectores y estoy muy agradecida por ello.

Stephanie Kim, mi agente, ha sido una firme defensora y aliada, y estoy muy contenta de que el destino nos haya unido. En New Leaf, le agradezco a Veronica Grijalva y a Victoria Gilleland-Hendersen, mis agentes de derechos en el extranjero, y a Pouya Shahbazian y a Katherine Curtis, mis agentes de derechos cinematográficos. Estoy también, como siempre, agradecida con Jennifer Udden por haberme sacado de la oscuridad del fango, aunque haya tenido que pasar de ser mi agente a mi amiga a tiempo completo.

Estoy muy agradecida con Andrea Contos, Cale Dietrich, Kelly De-Vos, Jessica Goodman, Jennifer Iacopelli y Cameron Lund, y con todos los demás lectores y revisores iniciales: gracias por vuestro apoyo.

Amanda Zadorian me permitió enredarme con el rollo *queer* y la dinámica romántica de personajes que ella nunca había visto en los bares de Moscú, las cervecerías de Kaliningrado o las calles heladas de Nizhny. También se aseguró de que no descendiera hacia un oscuro agujero emocional durante mi trabajo de campo. Este libro no existiría sin ella, y soy una persona mucho mejor por su amistad. Ella quiere que sepáis que uno de los elementos fantásticos de este libro es que el traje de Taylor le queda bien sin necesidad de arreglos.

Estoy muy agradecida por su amistad a Kylie Schacte, por

su entrega inagotable de excelentes consejos del oficio y su disposición a responder mis caóticos mensajes de texto a toda hora del día. Escribir este libro durante el confinamiento fue duro, pero Kylie fue el grupo de escritura (conformado solo por ella) que me ayudó a superarlo.

Devi y Stephanie, gracias por animar este libro en cada paso del camino. Soy muy afortunada por teneros en mi vida. Erin Miles me dejó requisar su apartamento mientras escribía esta propuesta a principios de marzo de 2020 y, de nuevo, en noviembre de 2021, cuando, finalmente, escribí el epílogo. Ashraya Gupta me aconsejó sabiamente, desde el principio, que no sería un final satisfactorio hacer que Kat matara a todos los malos, y tenía razón. También le estoy agradecida a Katie Reedy, a quien puedo sentir arqueando las cejas mientras escribo esto. A Zander Furnas, Joe Klaver, Blake Miller, Steven Moore y Mike Thompson-Brusstar, quienes me han acompañado en muchas cosas, incluso en la finalización de mi tesis mientras trabajaba en este proyecto.

Nunca sé cómo darles las gracias adecuadamente a mis padres, Ann y Ronald; las palabras nunca parecen ser suficientes. Mi hermana, Alissa, es mi persona favorita. Gracias por tu amor incondicional y tu entusiasmo en todo lo que hago.

Gracias a Adrienne Rich por escribir *Heterosexualidad obligatoria y existencia lesbiana.*

Este libro utiliza el tipo Aldus, que toma su nombre
del vanguardista impresor del Renacimiento
italiano, Aldus Manutius. Hermann Zapf
diseñó el tipo Aldus para la imprenta
Stempel en 1954, como una réplica
más ligera y elegante del
popular tipo
Palatino

Sangre joven
se acabó de imprimir
un día de invierno de 2023,
en los talleres gráficos de Liberdúplex, s. l. u.
Crta. BV-2249, km 7,4. Pol. Ind. Torrentfondo
Sant Llorenç d'Hortons (Barcelona)